古典詩歌研究彙刊

第四輯

龔鵬程 主編

第8冊

中唐樂舞詩研究

周曉蓮 著

國家圖書館出版品預行編目資料

中唐樂舞詩研究／周曉蓮 著 — 初版 — 台北縣永和市：花木
蘭文化出版社，2008〔民 97〕

目 4+306 面；17×24 公分
（古典詩歌研究彙刊 第四輯；第 8 冊）

ISBN 978-986-6657-38-2（精裝）
1. 唐詩 2. 詩評 3. 中唐文學

820.9104   97012106

ISBN - 978-986-6657-38-2

9 789866 657382

古典詩歌研究彙刊
第四輯 第 八 冊   ISBN：978-986-6657-38-2

中唐樂舞詩研究

作　　者　周曉蓮
主　　編　龔鵬程
總 編 輯　杜潔祥
出　　版　花木蘭文化出版社
發 行 所　花木蘭文化出版社
發 行 人　高小娟
聯絡地址　台北縣永和市中正路五九五號七樓之三
　　　　　電話：02-2923-1455／傳眞：02-2923-1452
電子信箱　sut81518@ms59.hinet.net
初　　版　2008 年 9 月
定　　價　第四輯 20 冊（精裝）新台幣 28,000 元

中唐樂舞詩研究

周曉蓮 著

作者簡介

周曉蓮 安徽桐城人，中國文化大學中國文學研究所博士。著有《碧雞漫志研究》、《教坊記研究》。曾任中國文化大學中文系助教，高雄國際商業專科學校、中國海事專科學校講師，現任台北海洋技術學院專任副教授。

中唐樂舞詩內容豐富，具時代性及藝術性，是詩歌與樂舞的完美融合，余不揣駑鈍，撰寫此書，期能充實中唐詩學的研究領域。

提　要

《禮記・樂記》云：「詩，言其志也；歌，詠其聲也；舞，動其容也；三者本於心，然後樂器從之。」詩歌，是精緻的文學，以有限之文字，蘊涵著豐富之內容。音樂，起源於人心，是人心感於物而動，它足以宣洩情感，雄壯之樂，能興起慷慨之情；柔和之樂，能啟發愛戀之意。舞蹈，是以人的肢體為本，並以動作和姿態來表達思想和情感。而樂舞詩即是以詠樂或詠舞為審美對象的詩歌。

本論文共分八章，分別針對「中唐樂舞詩」的性質、淵源、主題內容與表現技巧予以探析，最後則論述其價值。茲將各章內容說明如下：

第一章「緒論」：首先說明研究動機，並對樂舞詩的時期加以界定，進而提出明確義界，作為中唐樂舞詩代表作品的選取及論述依據，並述及研究方法。

第二章「中唐樂舞詩的淵源」：為明瞭中唐樂舞的承襲與創新，必須追溯源流，作「史」的縱向剖析。本章試圖探索中唐之前樂舞詩的發展歷程，以顯現其文學史定位的基礎。

第三章「中唐樂舞詩產生的背景因素」：古今文學作品，或出於時代刺激的反映，或出於社會情狀的悲鳴，風俗的厚薄，國運的盛衰，與文學發展實有密不可分的關係。故重視背景原貌，方能掌握中唐樂舞詩興盛的緣由。

第四章「中唐詠樂詩的主題內容」：唐代是音樂文化鼎盛時期，音樂文化上的表現，豐富了詩歌內容。中唐詩歌中詠及音樂的作品為數甚豐，而樂曲及樂器是其重要題材。

第五章「中唐詠舞詩的主題內容」：唐代融合古今中外的眾多舞蹈，形成樣式繁茂，色彩豐富的特色，中唐詩歌中涉及舞蹈的詩作不在少數。本章對詠二部伎舞、軟舞、健舞、霓裳羽衣舞、驃國樂舞等詩加以闡述。

第六章「中唐樂舞詩的表現技巧」：本章從句式、語法、修辭等方面，探索中唐樂舞詩的表現形式。

第七章「中唐樂舞詩的價值」：中唐樂詩舞令人耳目一新，為唐代文化史寫下絢麗多姿的一頁。本章著重探討其史料價值、人文價值及美學價值。

第八章「結論」：總結前面章節的研究，對中唐樂舞詩予以綜合性的評價，以彰顯其在中國詩歌史上的地位。

研究發現，無論是發揚古代優秀的文化遺產，或是創造出閃耀輝煌的文學藝術，中唐樂舞詩都作了多方面的反映，其中還蘊藏著豐富的價值與內涵，值得後人重視。

目次

第一章　緒　論

第一節　研究動機與目的

一、以樂舞詩爲題之構想

　　「樂舞」乃音樂與舞蹈的合稱，樂與舞作爲一種綜合的藝術，是人類情感的宣洩。初民在振奮人心的樂舞中，發出喊叫的聲音，吟唱出內心的情緒，或藉出吹奏、敲打樂器激發心埋情緒感應，讓本身狂熱的情感得到滿足。可以說，在中國古代，音樂和舞蹈是一體兩面之藝術，這種古老的藝術形態，可以由一些出土器物上類似舞蹈的圖案獲得印證。在一九七三年秋天，青海省大通縣上孫家寨一座馬家窯類型的墓葬中，出土了一件內壁繪有舞蹈圖案的彩陶盆，這是出土文物中迄今爲止發現年代最早的一幅樂舞圖（見附錄二圖一）。其舞蹈圖案位於內壁上部，共繪有相同的三組舞者，每組五人，牽手而舞，各組之間以曲線花紋相隔，下有四道平行帶紋，以表示地面。舞者服飾劃一，動作齊一，頭飾和尾飾之擺向亦一致，此陶盆說明舞蹈有著統一的韻律節奏。從音樂考古領域而言，已爲探索我國原始時期之樂舞提供了十分罕見的形象資料〔註1〕。它的眞實年代，據炭素測定爲五

〔註 1〕劉再生：《中國古代音樂史簡述》，（北京人民出版社，1989 年 12 月），頁 10。

千至五千八百年，相當於我國傳說中的炎帝到黃帝時期〔註2〕。可知在新石器時代，樂與舞是密不可分，彼此亦互相依存。

先民在狩獵、漁牧、種植等集體勞動中，爲減輕疲勞，便在勞動中，將筋力之張弛與運用之工具相配合，自然地發出如「杭育杭育」之類的勞動之聲，此聲音與動作，於一定時間內，有規律地重複，因而產生了節奏。勞動時簡單之節奏，即爲詩歌之韻律與音樂、舞蹈之起源〔註3〕。對於此種三位一體的綜合藝術，漢人趙曄《吳越春秋》記錄著一首古歌謠，它採用兩字一句的形式，辭曰：「斷竹，續竹，飛土，逐宍。」〔註4〕（宍古肉字）這是一首獵歌，大意是砍斷竹子，作成彎弓，彈出泥丸，追逐野獸，其意即反映出從獵具製作至狩獵之過程。而在《尙書‧堯典》中亦有段形象生動的記述：「詩言志，歌永言，聲依永，律和聲。八音克諧，無相奪倫，神人以和。夔曰：於！予擊石拊石，百獸率舞。」〔註5〕八音克諧詩歌之樂，與百獸率舞之舞蹈形式，即爲樂舞有機的統一。此外，《毛詩‧序》曰：「情動於中而形於言，言之不足，故嗟嘆之；嗟嘆之不足，故詠歌之；詠歌之不足，不知手之舞之，足之蹈之也。」這段話將人們表達情意之方式分成三個層次。即以詩來言情，以樂來抒感，以舞來表象，詩、樂、舞三者之產生是相連的。由於情動於中，人心感於物而動，手之舞之，舉手舞身，而展其心志，詩樂舞可一齊表現。另據秦初呂不韋及門下食客著的《呂氏春秋‧古樂篇》中亦有「舞而歌」的記載：「昔葛天氏之樂，三人操牛尾，投足以歌八闋。」〔註6〕先民投足舞蹈動作，

〔註2〕劉芹：《中國古代舞蹈》，（台北商務印書館，民國84年8月），頁1至頁2。

〔註3〕徐昌州、李嘉訓編：《古典樂舞詩賞析》，（合肥黃山書社，1988年6月），頁1。

〔註4〕趙曄：《吳越春秋》，（台北三民書局，民國85年2月），頁309。

〔註5〕孔穎達疏：《尚書正義》卷三，（台北藝文印書館，民國49年），頁46。

〔註6〕呂不韋：《呂氏春秋》，收錄在《四部叢刊初編子部》，（台北臺灣商務印書館，民國56年），頁32。

亦說明了上古歌、樂、舞間有緊密的關聯。

　　中華民族的文學藝術發展歷史極為悠久，以詩、樂、舞三者合一的原始樂舞亦為人類一定歷史階段之產物。如舜時的韶樂，它以簫作為主要伴奏樂器，故稱為「簫韶」。且因樂舞有九個段落，所以又稱「九韶」。夔刮著或敲著玉磬，或輕或重地敲彈琴瑟以伴著歌唱，堂下的樂器有笙類及小搖鼓，調和節拍的柷和止樂的敔，笙與大鐘輪流地演奏著，鳥獸都在樂聲中舞動。簫韶的樂曲演奏了九節，鳳凰都飛來，樂舞精華在第九段，所謂「簫韶九成，鳳凰來儀。」〔註7〕〈簫韶〉可稱之為上古內容豐富且富于變化之樂舞。

　　在西洋音樂發展史中，也有類似之音樂觀。古希臘的詩歌、音樂、舞蹈這三種藝術，皆源於酒神祭典，酒神是繁殖的象徵。祭典時，主祭者和信徒披戴著葡萄及各種植物枝葉，助以豎琴等多種樂器，狂歌曼舞。從這祭典中之歌舞，演生出抒情詩，繼而演為悲劇與喜劇，此為西方歌、樂、舞同源之最早証據〔註8〕。此外，近代西方學者針對非澳諸洲土著進行研究，及中國學者對邊疆民族如苗、瑤、薩、滿諸部落的研究，所得到的歌樂舞同源之證據更多〔註9〕。可知，無論東西方，人類早期之藝術，詩樂舞三者是相輔相成的。

　　隨著歷史演進之跡，人類在思想及生活上的轉變，原始歌舞中的歌辭，演變為能獨立存在的詩歌。在歷史的長河中，詩歌、音樂、舞蹈已成各自獨立的藝術門類。唐代，由於音樂、舞蹈之發達，豐富了詩歌領域，產生為數甚夥且絢麗多彩之樂舞詩，如杜甫〈公孫大娘舞劍器行〉、李白〈春夜洛城聞笛〉、白居易〈琵琶行〉、韓愈〈聽穎師彈琴〉、李賀〈李憑箜篌引〉、元稹〈五絃彈〉等多不勝舉

〔註7〕《尚書》卷五〈益稷謨〉：「夔曰戛擊鳴球，搏拊琴瑟以詠，祖考來格；虞賓在位，群后德讓……鳥獸蹌蹌。簫韶九成，鳳凰來儀。夔曰：『於！予擊石拊石，百獸率舞，庶尹允諧。』」，同註5，頁72至73。

〔註8〕朱光潛：《詩論》，（台北萬卷樓圖書公司，民國82年10月），頁15。

〔註9〕同上註，頁16。

的名篇佳構。研究這類既是文學作品又兼具藝術內涵的詩篇，不僅能獲得富有啟示性之觀念，且對詩樂舞三者一體能有更深一層的體認。

二、以中唐爲研究對象之理由

唐代，是中國古典詩歌發展最豐盛的時期，詩人輩出，音樂和舞蹈，更呈現百花齊放的局面。而將初唐、盛唐、中唐、晚唐之樂舞詩逐一研讀、分類，觀察出其中一個特殊的現象，亦即唐人在繼承前代表演藝術的基礎上，又吸收各國之樂舞藝術，反映在詩中之樂舞詩，卻以中唐時期最具特色。如中唐詩人白居易、元稹、韓愈、張祜、李賀等人之樂舞詩，不只偏重社會現象之再現，而有關音樂之優美、舞者之神態，皆描述得極爲生動具體，活靈活現。綜而言之，中唐詩人不僅在動盪的社會中，一本詩人之志，將社會禍亂的象徵，寫入其詩中，更企圖於盛唐詩歌的鼎盛期之後另闢蹊徑。明代胡應麟《詩藪·外篇》對中唐詩人就極爲推崇，其文曰：

> 元和而后，詩道浸晚，而人才故自橫絕一時。若昌黎之鴻偉、柳州之精工、夢得之雄奇、樂天之浩博，皆大家材具也。今人概以中、晚束之高閣。若根腳堅牢，眼目精利，泛取讀之，亦足充擴襟靈，贊助筆力。東野之古，浪仙之律，長吉樂府，玉川歌行，其才具工力，故皆過人。如危峰絕壑，深潤流泉，并自成趣〔註10〕。

中唐詩人輩出，內容豐富，在唐詩壇中有其特殊地位，故胡應麟對中唐詩的意義和價值給予極高的肯定。然而，長期以來，許多人都將研究盛唐詩視爲典範，研究以前的詩是看它如何一步一步走向盛唐的，研究以後的詩是看它相對盛唐發生了什麼樣的變化，這個參照系是必不可少的，但並不是說越接近盛唐，詩歌的藝術價值就越高〔註11〕。

〔註10〕 胡應麟：《詩藪》，收錄在《傳世藏書·集庫·文藝論評》第 1 冊，（海口誠成文化公司，1995 年），頁 902。

〔註11〕 吳相洲：《中唐詩文新變》，（台北商鼎文化出版社，1996 年 8 月），

近來已有不少學者注意到大曆、貞元、元和詩壇的特殊性，而著書討論。如孟二冬《中唐詩歌之開拓與新變》〔註12〕試圖在中唐文化的廣闊背景上，對其總體特徵及其形成原因，作一深入系統之研究。吳相洲《中唐詩文新變》〔註13〕從士人的行爲風範、思想性格、精神境界、構思方式等方面，分析盛唐至中唐詩文演變之原因。張修蓉《中唐樂府詩研究》〔註14〕以中唐八大樂府詩人爲研究重心，考其異同，質其疑難。呂正惠《元和文人研究》〔註15〕從時代背景、政治情勢、詩歌特質、詩體演進各因素研究元和文人。鄒湘靈《大曆時期別離詩歌研究》〔註16〕針對大曆詩人的「別離」主題，作一深入探討。楊曉玫《中唐佛理詩研究》〔註17〕專論中唐詩人之佛學思想暨佛理詩。而中唐詩人所創作之樂舞詩，記錄了樂舞的狀況，詩人的感懷，社會的環境等層面。因此筆者認爲深究此時期詩歌，特具時代意義和文學價值，故本論文將研究對象設定在「中唐」範圍。

　　中國古典詩歌之發展，自《詩經》、《楚辭》以降，經過歷代詩人的創作與傳衍，迄於唐代而臻於極盛，胡應麟《詩藪‧外篇》又謂：

> 甚矣！詩之盛於唐也。其體則三、四、五言，六、七雜言，
> 樂府、歌行，近體、絕句，靡弗備矣；其格：則高卑、遠
> 近、濃淡、淺深、巨細、精粗、巧拙、強弱，靡弗具矣。
> 其調：則飄逸、渾雄、深沈、博大、綺麗、幽閒、新奇、
> 猥瑣，靡弗諧矣。其人：帝王、將相、朝士、布衣、童子、
> 婦人、緇衣、羽客，靡弗預矣〔註18〕。

　　頁4。
〔註12〕《中唐詩歌之開拓與新變》，（北京大學出版社，1998年9月）。
〔註13〕同註11。
〔註14〕《中唐樂府詩研究》，（台北政大中文所碩士論文，民國70年）。
〔註15〕《元和詩人研究》，（台北東吳大學中文所碩士論文，民國72年）。
〔註16〕《大曆時期別離詩歌研究》，（台北政大中文所碩士論文，民國 88
　　　　年）。
〔註17〕《中唐佛理詩研究》，（新竹玄奘大學宗教學研究所碩士論文，民國
　　　　88年）。
〔註18〕同註10。

唐代詩歌之盛，由此可見一斑。且其題材之豐富，作品之繁多，皆爲他代所不及，倘若再加上今人所輯錄的唐人逸詩，其數量已超過自古代到隋朝現存詩歌的總和〔註19〕。唐詩堪稱爲中華文化藝術之瑰寶，吸引人們浸淫其中，賞讀研究。是故歷來唐詩學的研究，可謂難以計數，或由作品本身著手：包括輯佚、選編、註箋、考證、解析與品評等；或由理論上著手：包括體凡、辨流、詩格等途徑。五四以後，唐詩研究受到西潮之衝擊，範圍更加擴大，其中主題學的研究，也因此興起，舉凡遊仙詩、戰爭詩、詠史詩、詠花詩、別離詩、邊塞詩、佛理詩等詩歌分類的研究，學者們多有所發凡。這樣的再出發，令唐詩學的研究注入了活力，也擴展了唐詩的研究領域。然而在琳瑯滿目的研究領域中，具豐富性與藝術性之樂舞詩，卻遭到冷落，僅大陸學者張明非〈論唐代樂舞詩的價值〉、周暢〈唐詠樂詩的史料價值與美學價值〉等單篇論文，及本地學者楊旻瑋《唐代音樂文化之研究》中以些微篇幅提及唐代的樂舞詩，而能進一步對「中唐」樂舞詩作全面性探究者，則尚未得見。由於筆者體認到唐詩學的整個體系是許多專題組合而成，每個專題對於體系而言，又是一個局部，故筆者興起了落實在專題的構想。鑑於中唐樂舞詩的豐富多樣且具時代性，乃決定以「中唐樂舞詩」爲題，作深入研究。從文學史上而言，可充實唐詩發展史之研究；從文化史上而言，可洞悉中唐社會文化與文學之相互融合，爲唐詩的研究開啓另一扇門窗。筆者希望透過本文，彰顯出中唐樂舞詩之重要意義。

第二節　研究範圍與方法

　　唐代是中國傳統詩歌的黃金時代，據清康熙年間所編《全唐詩》統計，唐代詩人共有兩千二百多人，詩歌四萬八千九百餘首，而中唐詩人即有五百七十餘人，詩人和詩作爲數甚夥，顯現「中唐之再盛」的局

〔註19〕邱師燮友：《品詩吟詩》，（台北東大圖書公司，民國78年6月），頁71。

面。而唐詩的分期法，首見於宋代嚴羽《滄浪詩話》，以「時」將唐詩分爲唐初體、盛唐體、大曆體、元和體、晚唐體，此五體的分期法，已爲後來的四唐說奠定基礎。元人楊士弘《唐音》添上初唐、始標初、盛、中、晚四唐之目。明高《唐詩品彙》承其餘緒，對唐詩四期的演進趨勢，提出一篇很有系統的見解，正式確立四期的分法，其文曰：

> 有唐三百年詩，眾體備矣。故有往體，近體，長短篇，五七言律句絕句等製，莫不興於始，成於中，流於變，而陊之於終。至於聲律、興象、文詞、理致，各有品格高下之不同，略而言之，則有初唐、盛唐、中唐、晚唐之不同〔註20〕。

文學史上的唐詩分初、盛、中、晚四期之名遂沿用至今。此四分法，備受錢謙益、王世懋、閻百詩諸輩非議〔註21〕，然歷來研究者，仍多采之。追究其因，蓋一代文學發展的脈絡，往往成一根起伏線，這根起伏線，必然包涵著盛衰變遷的趨勢，我們把這些盛衰變遷的脈絡分做幾段，以便於研究和敘述，並非毫無理由。且爲明瞭唐詩發展的過程，爲敘述的便利起見，唐詩的分期亦是必要的〔註22〕。而有關四唐起迄時間斷限，各家說法不一。如依高棅《唐詩品彙》則以太宗貞觀至玄宗開元初爲初唐，開元至代宗大曆爲盛唐，大曆至憲宗元和爲中唐，文宗開成至唐末爲晚唐〔註23〕。另據蘇雪林、葉慶炳所斷，是將中唐年代界定在代宗大曆初至文宗太和九年（西元 766 年至 835 年）〔註24〕。李曰剛則界定在

〔註20〕高棅：《唐詩品彙・總敘》，（台北學海出版社，民國 72 年 7 月），頁8。

〔註21〕如錢謙益云：「初、盛、中、晚，蓋創於宋季之嚴羽，而成於國初之高棅。」而王世懋就唐詩的風格加以駁斥，閻百詩則據詩人生卒的先後加以抨擊。以上三人立論參見胡雲翼《唐詩研究》引文，（台北臺灣商務印書館，民國 76 年 10 月），頁 34～36。

〔註22〕胡雲翼：《唐詩研究》，（台北臺灣商務印書館，民國 76 年 10 月），頁 36。

〔註23〕同註20。

〔註24〕蘇雪林：《唐詩概論》，（台北臺灣商務印書館，民國 65 年 6 月），頁 11 至 13。葉慶炳：《中國文學史》，（台北廣文書局，民國 54 年 11 月），頁 179。

肅宗寶應元年至敬宗寶曆二年（西元 762 年至 826 年）〔註25〕。劉開揚則界定在肅宗至德元年至穆宗長慶四年（西元 756 至 824 年）〔註26〕。而最爲通行的是採用高棅的系統，而調整其中的中唐、晚唐的範圍，亦即：

初唐：唐高祖武德元年至睿宗太極元年（西元 618 至 612 年）。計九十五年。

盛唐：玄宗開元元年至代宗永泰元年（西元 713 至 765 年）。計五十三年。

中唐：代宗大曆元年至文宗太和九年（西元 766 至 835 年）。計七十年。

晚唐：文宗開成元年至昭宣帝天祐三年（或唐末）（西元 836 至 903 年）（或 907 年）。計六十八（或七十二）年〔註27〕。

在中唐的七十年時間內，湧現出眾多的詩歌流派，即便在同一詩派中，在總體風格的基礎上，不同詩人又各自具有鮮明個性的風格特徵。如韓孟詩派中，即有韓愈之奇險狠重、孟郊之孤峭直鯁、盧仝之狷狂奇險、李賀之冷艷瑰怪、賈島之幽邃冷僻、張籍之峭窄清幽〔註28〕，眾多的流派與詩風，具體呈現出中唐詩壇的繁榮氣象。本論文的研究範圍，則是選取《唐詩品彙》中所列的中唐詩人作爲分析對象。

本篇論文以北京中華書局出版之《全唐詩》爲主要取材範圍，另佐以《全唐詩補編》〔註29〕，中唐樂舞詩資料之蒐選，係根據以下三

〔註25〕 李曰剛：《中國詩歌流變史》，（台北文津出版社，民國 76 年 2 月），頁 273 至 274。

〔註26〕 劉開揚：《唐詩通論》，（台北木鐸出版社，民國 72 年 4 月），頁 19 至 25。

〔註27〕 張健：《中國文學散論》，（台北臺灣商務印書館，民國 57 年 5 月），頁 102。

〔註28〕 孟二冬：《中唐詩歌之開拓與新變》，（北京大學出版社，1998 年 9 月），頁 63。

〔註29〕 彭定求等編：《全唐詩》，（北京中華書局，1996 年 1 月）；陳尚君輯

個條件來判斷：

一、由詩題判讀爲樂舞詩者

　　作者明確以樂舞爲詩題的作品，如元稹的〈何滿子歌〉（卷四二一）、李賀的〈上雲樂〉（卷三九三）、白居易的〈立部伎〉（卷四二六）、劉禹錫的〈觀柘枝舞二首〉（卷三五四）、李益的〈夜上受降城聞笛〉（卷二八三）等。

二、由詩作之內容得證其爲樂舞詩者

　　詩題未言及樂舞，而在詩句中言及樂舞的作品，如盧綸的〈長門怨〉云：「臥聽未央曲，滿箱歌舞衣。」（卷二七七）、楊巨源的〈寄申州盧拱使君〉云：「小船隔水催桃葉，大鼓當風舞柘枝。」（卷三三三）、白居易的〈重題別東樓〉云：「宴宜雲髻新梳後，曲愛霓裳未拍時。」（卷四四六）、錢起的〈夜泊鸚鵡洲〉云：「小樓深巷敲方響，水國人家在處同。」（卷二三九）等。

三、詠歌者、樂工暨舞者的詩

　　如顧況〈李供奉彈箜篌歌〉（卷二六五）、韓愈〈聽穎師彈琴〉（卷三四〇）、元稹〈李謨笛〉（卷五一一）、白居易〈柘枝妓〉（卷四四六）、劉禹錫〈與歌者米嘉榮〉（卷三六五）等。

　　依本節義界，篩選出「中唐」時期的「樂舞詩」（詳見附錄一），爲求方便起見，本論文引用詩作，直接在詩句後註明卷數，不另作註，茲以白居易〈重題別東樓〉一詩爲例：「曲愛霓裳未拍時。」（卷四四六），即指此詩出自《全唐詩》第四四六卷。而《全唐詩補編》的引詩則標明補編及頁碼。

　　本論文題爲「中唐樂舞詩研究」，研究方法有三：

　　一、歷史研究法：本文研究方向，偏重在時代整體特色，因而中唐時期詩人的確立，成爲首要之務。其次，根據文獻資料及個人的看

校：《全唐詩補編》，（北京中華書局，1992 年 10 月）。

法將樂舞詩的定義界定,再以史學方法蒐集資料、考證資料。此外還運用類化、量化的處理方法來處理歷史資料,以力求應證。

二、歸納演繹法:即由個別性中把握共同性,進而由共同性推演出個別性。針對此點,筆者透過《全唐詩》、《全唐詩補編》篩選出的資料,以歸納中唐樂舞詩所呈現的主題內容。並分析詩歌的表現技巧及價值,以期研究成果更接近科學化。

三、比較綜合法:將蒐集來的中唐樂舞詩眾多資料,作一細密比對,並從資料的相互關係中,求得結論,以達到對「中唐樂舞詩」的統一認識。

此外,本文多方參考正史、文化史、社會史、文學、美學、音樂學、舞蹈學等書,作為研究的輔助書籍。在資料處理方面,本論文尚藉助東吳大學 2000 年 3 月發行的「全唐詩」光碟片來處理研究素材。筆者期盼透過各種方法和典籍,為中唐樂舞詩歌尋求歷史定位。

第三節 樂舞詩歌的界定

詠物詩興於六朝〔註30〕,「物」在詩學創作中有其重要性。蓋詩感於物,而其體物者,不可以不工;狀物者,不可以不切,於是有詠物一體,以窮物之情,盡物之態,誠如《文心雕龍·物色篇》云:「自近代以來,文貴形似,窺情風景之上,鑽貌草木之中;吟詠所發,志惟深遠;體物為妙,功在密附。故巧言切狀,如印之印泥。」〔註31〕

中國古代典籍對於詠「樂舞」之詩歌並無明確的定義,然依分類上來觀察,可上溯至唐代,徐堅《初學記》卷十五「樂部上」依次列出雅樂一、雅樂二、四夷樂、歌、舞;卷十六「樂部下」列琴、箏、琵琶、箜篌、鐘、磬、鼓、簫、笙、笛,此書的「樂」,僅包括歌唱與歌曲。白居易攬輯諸書,事提其要,彙聚編成的《白孔六帖》於卷

〔註30〕 見於王夫之:《薑齋詩話》,收入丁福保編《清詩話》,(台北里仁書局,民國 73 年 5 月),頁 22。
〔註31〕 劉勰:《文心雕龍》,(台北天龍出版社,民國 72 年 1 月),頁 624。

六十一、六十二，概括論述樂、樂器、歌舞等，將樂與舞分開記載。
此外，明朝胡震亨《唐音癸籤》卷十二、卷十三「樂通」載雅樂調、
俗調、文舞、武舞、十部伎、鼓吹曲、唐曲、琴曲等細目。由以上諸
書來看，並無「樂舞」合列之名，真正將二字合用，應屬宋朝陳暘《樂
書》在卷一七七中論歷代舞姿，使用後周樂舞、隋樂舞等名稱。在談
及唐代時，則以唐樂舞稱之。然而陳暘所認定的唐樂舞是以文舞、武
舞及廟舞為主〔註32〕。

　　現今學者在編辭書時，已將名目分得更細。如胡光舟、周滿江主
編《中國歷代名詩分類大辭典》〔註33〕在〈十二・文學藝術〉下細分多
項，其中音樂詩與歌舞詩分列。馬東田主編《唐詩分類大辭典》〔註34〕
（上）在十四樂部上細分樂、歌、舞、琴、胡琴、琵琶、胡笳、磬、角
等小類目。鑒暉等編《中國古代詩詞分類大辭典》〔註35〕在〈十二・藝
術類〉下分詩文、書畫、琴棋、歌舞四部，將樂器詩與歌舞詩同列一部。
此類辭書多依內容而作彈性分類。

　　樂舞詩是詩歌重要的主題之一，然而當前學界多持二種看法。
如張明非於〈論唐代樂舞詩的價值〉一文中，認定樂舞詩是專指描
寫舞蹈的詩〔註36〕。楊旻瑋於《唐代音樂文化之研究》中指出「有
樂不一定有舞，但有舞必有樂。」將樂舞詩界定為配合音樂的舞蹈
詩〔註37〕。此二人的觀點，偏重於詩中的舞蹈性。而沈多著《唐代

〔註32〕陳暘：《樂書》，收錄在《景印文淵閣四庫全書》，（台北臺灣商務印
　　　　書館，民國72年6月），經部樂類第二一一冊，頁810。
〔註33〕胡光舟、周滿江主編：《中國歷代名詩分類大辭典》目錄，（南寧廣
　　　　西人民出版社，1992年7月），見目錄部分。
〔註34〕馬東田主編：《唐詩分類大辭典》，（成都四川辭書出版社，1992年），
　　　　見目錄部分。
〔註35〕鑒暉、華欣、穆昭天編：《中國古代詩詞分類大辭典》，（北京新華書
　　　　店，1998年1月），見目錄部分。
〔註36〕張明非〈論唐代樂舞詩的價值〉收錄在《唐音論藪》，（南寧廣西師
　　　　範大學出版社，1993年8月），頁137。
〔註37〕楊旻瑋：《唐代音樂文化之研究》，（台北文史哲出版社，民國82年9
　　　　月），頁204。

樂舞新論》，研究範疇雖設定在唐樂及唐舞，唯無可否認，音樂是其研究主體〔註38〕。大陸學者徐昌州、李嘉訓合編《古典樂舞詩賞析》，於序文中則明指樂舞詩是詩中描寫音樂或舞蹈的詩歌，且明白指出，此類詩歌是研究古典樂舞詩的珍貴史料，其文曰：

> 我們的前人曾爲我們留下不少有關音樂和舞蹈藝術的歷史記載，如各代史書中的《藝文志》，也曾爲我們留下一些理論專著和散見的論述，如《樂記》、《論語》等。這是研究我國音樂、舞蹈藝術發展的重要史料。但是古典樂舞詩廣泛地涉及到大量音樂、舞蹈作品和音樂、舞蹈藝術家，其豐富性與具體性遠遠超過上述史料〔註39〕。

另陰法魯於《唐代樂舞簡介》亦有獨到的看法：

> 唐代的音樂和舞蹈在唐詩里留下了生動的形象化的記載。由於唐詩的作者絕大部分屬於封建統治階級，所反映的自然以貴族的音樂生活爲多，而民間的樂舞資料則較少。但從唐詩里可以看到唐代樂舞的成就了〔註40〕。

陰氏將唐詩中蘊含音樂與舞蹈具形象化的詩，稱之爲「樂舞詩」。而歐陽予倩亦有精闢的見解，他認爲：

> 唐代是中國歷史上音樂舞蹈最發達的一個時代，把唐代的樂舞研究清楚了，宋代的樂舞就容易明瞭……關於唐代的樂舞不論是歷史記載、壁畫、雕刻、明器和許多專家的研究文字都比較多，但作爲系統地研究舞蹈史的基礎，那還十分不夠，我們還要從中外古今大力發掘。在文字記載方面，我們把全唐詩四萬八千多首全部讀了一遍，把其中關於樂舞和服飾部分的資料摘錄下來，分爲音樂、舞蹈、服飾三大類〔註41〕。

據徐昌州、李嘉訓、陰法魯、歐陽予倩四人的觀點，「樂舞詩」即是

〔註38〕沈冬：《唐代樂舞新論》，（台北里仁書局，民國89年3月），頁4。
〔註39〕徐昌州、李嘉訓合編：《古典樂舞詩賞析》，（合肥黃山書社，1988年6月），頁5。
〔註40〕中國舞蹈藝術研究會編：《全唐詩中的樂舞資料》，（北京人民音樂出版社，1996年1月），頁8。
〔註41〕同上註，頁2。

包含音樂和舞蹈的詩，詩中或詠樂，或詠舞，或樂舞兼而有之。因此本論文乃依此方向為衡量標準，從題目或作品的詩句中，尋求樂與舞的內容。但就字面上言，音樂與舞蹈不難理解，但若進一步的探討，此二者的範圍就十分廣泛。為求確實掌握樂舞詩，避免研究時模糊不明的狀況，在篩選出中唐樂舞詩之前，有必要先釐清唐代「樂」、「舞」的範疇，以作為擷取樂舞詩歌的標準依據。

一、唐代音樂

唐代音樂包括樂曲及樂器。樂曲的來源是多方面的，有前代流傳下來的古典樂曲，有自域外傳來的外國樂曲，有來自民間的樂曲，也有樂工創作的樂曲。而樂曲的性質大致可分為兩類，長的稱「大曲」，短的稱「雜曲子」。在唐詩裏提到的樂曲有綠腰（六么、樂世）、涼州（梁州）、薄媚、伊州、甘州、霓裳羽衣、玉樹後庭花、雨淋鈴、柘枝、三台、渾脫、劍器、熙州、石州、水調、破陣樂、春鶯囀等〔註42〕。

唐代所用的樂器很多，有承襲中國固有的樂器，有異域傳來的樂器。唐詩裏提到的樂器有二十多種，有琴、瑟、笙、簫、磬、鐘、鉦、鐸、甌、方響、拍板、琵琶、五絃、箜篌、篳篥、笛、胡笳、角、羯鼓等樂器〔註43〕。

二、唐代舞蹈

唐舞從各國文化、藝術中擷取精華，並承襲與融合歷代傳統舞蹈，孕育出多樣之新風貌。總括而論，略分以下五類：

（一）清樂伎舞

清樂伎舞即清商樂舞，是盛行於漢魏六朝的民間樂舞，東晉以後，傳到江南，融入江南吳歌和荊楚西聲，內容更為充實，以致於

〔註42〕同註40，頁13。
〔註43〕同註40，頁62。

風行在南朝各代，唯至唐代，僅視爲「前代正聲」，用於廟堂雅樂，故漸趨僵化。武則天時，宮廷的清商樂曲尚存六十三曲〔註44〕。中唐樂舞詩中述及者有五，即：（1）巾舞，即公莫舞，相傳項莊舞劍，項伯以袖隔之，使不害高祖，且語莊云：「公莫」，古人相呼曰公，云莫害漢王也。今之用巾，蓋像項伯衣袖之遺式〔註45〕。（2）拂舞，吳舞也，拂與帗，吳音近似，晉有拂舞歌五首，即白鳩、濟濟、獨祿、碣石、淮南王〔註46〕。（3）鞞舞，漢代已施於燕享。鞞，是一種有柄的鼓，類似今日的撥浪鼓，舞者手拿著鼓而舞〔註47〕。（4）巴渝舞，漢高祖自蜀漢將定三秦閬中，范因率賨人爲前鋒以從帝。及定秦中，封范因爲閬中侯，復賨人七姓，其俗喜舞，高祖樂其猛銳，數觀其舞，後使樂人習之，閬中有渝水，因其所居，故名曰巴渝舞〔註48〕。（5）白紵舞，紵乃苧麻布的簡稱，由於舞者身穿潔白苧麻布縫製的舞服而舞，故名白紵舞。古代紵產於吳地，故此舞宜屬吳地的舞蹈〔註49〕。

（二）二部伎舞

　　唐朝宮廷樂舞演出分爲兩類，一類是坐部伎，一類是立部伎，坐部伎和立部伎是依唐初九部樂、十部樂的基礎發展而成。唐玄宗分樂爲二部，堂上立奏，謂之立部伎，堂下坐奏，謂之坐部伎。立部伎在

〔註44〕《舊唐書》卷二十九〈音樂志〉載：「清樂者，南朝舊樂也，永嘉之亂，五都淪覆。遺聲舊制，散落江左。宋、梁之間，南朝文物，號爲最盛，人謠國俗，亦世有新聲。後魏孝文、宣武，用師淮、漢，收其所獲南音，謂之清商樂。隋平陳，因置清商署，總謂之清樂，遭梁、陳亡亂，所存蓋鮮。隋室已來，日益淪缺。武太后之時，猶有六十三曲。」（台北鼎文書局，民國65年），頁1062。

〔註45〕同上註，頁1063。

〔註46〕《樂府詩集》卷五十四，（北京中華書局，1996年7月），頁788。

〔註47〕《晉書》卷二十三〈志〉十三〈樂〉下，（台北鼎文書局，民國65年），頁710。

〔註48〕同註44。

〔註49〕同註46，卷五十五，頁797。

堂下立奏，在室外廣場庭院中演出，規規大，人數多，舞者最少也有六十四人，有時多達一百八十人，如破陣樂、慶善樂、上元樂、大定樂、聖壽樂、光聖樂、太平樂等舞。而坐部伎是在堂上坐奏，在室內廳堂裏演出，規模較小，表演人數也少，其中舞蹈者由三人到十二人不等，舞蹈節目有六部，即：燕樂、長壽樂、天授樂、鳥歌萬歲樂、龍池樂、小破陣樂〔註50〕。

（三）軟舞健舞

唐代教坊舞蹈有軟舞與健舞之分。就舞之性質及形態而言，大體凡動作較爽朗快捷剛健者，謂之健舞；動作較舒徐安詳溫婉者，謂之軟舞〔註51〕。唐人崔令欽《教坊記》載：「垂手羅、回波樂、蘭陵王、春鶯囀、半社渠、借席、烏夜啼之屬，謂之軟舞；阿遼、柘枝、黃獐、拂林、大渭州、達摩支之屬，謂之健舞。」〔註52〕

（四）霓裳羽衣舞

霓裳羽衣舞是歷史上最有名的舞蹈，楊貴妃美妙的舞姿和詩人的歌詠，使它更加有名，其曲名稱霓裳羽衣舞曲，是唐代著名的大山。關於此舞的來源，有許多傳說，事實上可能是西涼總督楊敬述將外國樂曲獻給唐明皇，明皇深曉音律，加以潤色，配以清歌妙舞而成。所以稱霓裳羽衣，則與舞者的服飾有關，蓋舞者上衣綴有很多羽毛，下穿白色閃光花紋的裙裾〔註53〕。

（五）其它類舞

驃國樂舞，是來自緬甸驃人的舞蹈，舞時以兩手十指，齊開齊斂，爲赴節之狀，一低一昂，未嘗不相對，此舞舞姿優美，輕快舒暢，有

〔註50〕 劉芹：《中國古代舞蹈》，（台北臺灣商務印書館，1995年8月），頁60至64。

〔註51〕 歐陽予倩等編：《中國舞蹈史·二編兩種》，（台北蘭亭書局，民國74年10月），頁22。

〔註52〕 崔令欽：《教坊記》，（台北鼎文書局，民國63年2月），頁12。

〔註53〕 同註39，頁167。

類中國的柘枝舞〔註54〕。「廟舞」有文舞、武舞之分，文舞持羽或龠而舞，象徵君王能以德服人，所謂文以昭德；武舞持干戚而舞，象徵國家武力強盛，所謂武以象功〔註55〕。唐代九功舞屬文舞，七德舞屬武舞。而巫舞是一種祭祀性舞蹈。在古代，人們對自然界諸多現象難以理解，爲祈神賜福，消災去禍，故通過音樂和舞蹈以娛神，這種舞蹈即稱爲巫舞。〔註56〕

　　依以上所闡述唐樂與唐舞的定義，方可確切掌握樂詩與舞詩之面貌。爲求敘述方便，本篇論文將涉及樂曲、樂器、舞蹈之詩作皆稱爲「樂舞詩」。而有關音樂詩或舞蹈詩之分類，依1996年北京中國舞蹈藝術研究會所編之《全唐詩中的樂舞資料》爲據。

〔註54〕見王溥：《唐會要》卷三十三〈南蠻諸國樂條〉，（台北世界書局，民國49年），頁620。
〔註55〕同註51，頁179。
〔註56〕同註51，頁169。

第二章　中唐樂舞詩的淵源

　　任何一類文學作品的形成，必有其孕育衍生的過程，中唐樂舞詩也有其歷史的傳承。《文心雕龍‧明詩》云：「人稟七情，應物斯感，感物吟志，莫非自然。」〔註1〕人有喜、怒、哀、懼、愛、惡、欲七種情感的表現，而這些感情是因景物環境的影響而發生，依據感情而吟詠心志，這是很自然的現象。清代俞琰云：「詠物一體，三百篇導其源，六朝備其製，唐人擅其美，兩宋元明沿其傳。其佳者往往擬諸形容，象其物宜，不即不離，而繪聲繪影。學者讀之，可以恢擴性靈，發揮才調。」〔註2〕確切說明了詠物體的源流及其功用。誠然，欲瞭解中唐樂舞詩，必須追溯源流，作史的縱向剖析，先勾勒出中唐之前樂舞詩的概況，進而能明瞭中唐樂舞詩在內涵上的承襲和創新，本章擬分唐代以前及初盛唐時期兩部份加以探討。

第一節　唐以前的樂舞詩

一、先秦時期

　　人類在未有文字之前，語言和舞蹈是人類心靈的交流工具，語言即聲音，舞蹈即動作，而後，先民智慧漸開，由聲音中加上節奏而形

〔註1〕劉勰：《文心雕龍‧明詩》，（台北天龍出版社，民國72年1月），頁66。
〔註2〕俞琰：《歷代詠物詩選‧序》，（台北廣文書局，民國57年），頁4。

成了歌詩，每一個民族都有其初期的歌詩，朱謙之云：「中國從古以來的詩，音樂的含有性是很大的，差不多中國文學的定義，就成了中國音樂的定義，因此中國的文學的特徵，就是所謂音樂文學。」〔註3〕《詩經》即是一部發之歌詠的音樂文學。有人認爲《詩經》三〇五篇都可依弦而歌，按節而舞；朱熹認爲《詩經》一部份是民歌，多出於里巷歌謠之作〔註4〕。李辰冬認爲《詩經》是採民歌的方式，抒情加敘事的筆調寫成〔註5〕。本文僅針對《詩經》行文中有音樂和舞蹈的篇章，做一概略的論述。

　　三〇五篇詩歌，觀其內容，有男女戀歌合樂、浪漫的解憂祝賀之樂、羽舞之樂、傾吐不平之樂、喜樂合樂、祭祀之樂〔註6〕，《詩經》中有關男女戀歌的樂舞詩，首推〈周南・關雎〉：

　　　參差荇菜，左右采之。窈窕淑女，琴瑟友之。參差荇菜，
　　　左右芼之。窈窕淑女，鍾鼓樂之〔註7〕。

窈窕的淑女，是君子所好逑，以彈著琴瑟及敲著鐘鼓使她歡樂。琴瑟自古用來比喻男女婚姻的恩愛美滿，琴瑟和鳴，以見嘉偶之合，所謂「妻子好合，如鼓琴瑟」〈小雅・常棣〉，琴瑟這個意象，意味著因琴瑟在音響上的共鳴。音樂是直接訴諸心靈的藝術，它足以傳遞情感，抒發情緒，由於琴瑟意象的出現，使得整首詩進入藝術的情調之中。鐘鼓的性質與琴瑟相似，既說明歡樂場面，也意味著窈窕淑女與君子的和諧互愛〔註8〕。又如〈鄭風・女曰雞鳴〉：

〔註3〕朱謙之：《中國音樂文學史》，（北京大學出版社，1989年），頁30至31。

〔註4〕朱熹：《詩集傳》詩卷第一謂：「國者，諸侯所封之城，而風者，民俗歌謠之詩也。」（台北學生書局，民國59年10月），頁1。

〔註5〕李辰冬：《詩經研究》，（台北水牛出版社，民國67年），頁229。

〔註6〕見梁美意：〈詩經中的歌舞詩篇〉，（台北《孔孟月刊》第十八卷第四期，民國68年12月），頁14。

〔註7〕《毛詩二十卷》，收錄在《四部叢刊初編經部》，（台北臺灣商務印書館，民國56年），頁2。

〔註8〕林明德：〈試論詩經第一首・關雎〉，收錄在《詩經研究論集》，（台北學生書局，民國72年11月），頁300。

> 女曰雞鳴，士曰昧旦。子興視夜，明星有爛。將翱將翔，
> 弋鳧與鴈。弋言加之，與子宜之。宜言飲酒，與子偕老。
> 琴瑟在御，莫不靜好〔註9〕。

此詩是用對話的形式，來描寫夫婦間和樂的家庭生活，妻子說：「雄雞鳴叫，天已亮了。」丈夫說：「天還沒有亮。」妻又說：「你打獵，我做菜肴，你彈琴，我奏瑟，一同白頭偕老。」可想而知，當吟誦「琴瑟在御，莫不靜好。」彷彿看到一幅恩愛夫妻琴瑟和鳴的畫面。而〈王風‧君子陽陽〉是描寫歌唱舞蹈和樂的情形，詩云：

> 君子陽陽，左執簧，右招我由房，其樂只且！君子陶陶，
> 左執翿，右招我由敖。其樂只且〔註10〕。

此詩共攝取了兩組歌舞，一是奏由房，一是舞由敖。「由房」者，即房中，是人君燕息時所奏之樂，非廟朝之樂，故曰房中；「由敖」，可能是鷔夏之舞，這兩首樂舞的內容雖已不可知，但從君子陽陽、陶陶等神情上看，當是兩支歡快的樂舞〔註11〕。而朋友間歡聚作樂，一起鼓瑟吹簧的情景，在〈秦風‧車鄰〉有生動的描述：

> 有車鄰鄰，有馬白顛。未見君子，寺人之令。阪有漆，隰有
> 栗。既見君子，並坐鼓瑟。今者不樂，逝者其耋。阪有桑，
> 隰有楊。既見君子，並坐鼓簧。今者不樂，逝者其亡〔註12〕。

此詩作者對音樂有很高的素養，詩人言及乘著馬車去見朋友，車聲鄰鄰，彷彿一首美妙的樂曲。見面之後，就一起彈奏樂器，朋友感慨說著，今日會面要盡情歡樂，因為轉眼間年華老去，日後將衰老死亡。另一首〈唐風‧山有樞〉第二、三章也是以演奏樂器，以表現及時行樂的思想，詩云：

> 山有栲，隰有杻。子有廷內，弗洒弗埽，子有鐘鼓，弗鼓弗
> 考。宛其死矣，他人是保。山有漆，隰有栗。子有酒食，何

〔註 9〕同註7，頁35。
〔註10〕同註7，頁30。
〔註11〕朱杰人評〈君子陽陽〉詩，收錄在《先秦詩鑒賞辭典》，（上海辭書出版社，1995年5月），頁137。
〔註12〕同註7，頁50。

　　不日鼓瑟？且以喜樂，且以永日，宛其死矣，他人入室〔註13〕。

詩人勸某位年邁高齡的人，有鐘鼓要自樂，有庭堂要灑掃，享受美酒和佳肴，何不日日鼓瑟，姑且借以尋歡作樂。此外，古人在宴飲時，常有音樂伴奏，使宴會具有歡樂的氣氛。〈小雅‧鹿鳴〉第一章云：

　　呦呦鹿鳴，食野之苹。我有嘉賓，鼓瑟吹笙。吹笙鼓簧，
　　承筐是將。人之好我，示我周行〔註14〕。

〈鹿鳴〉是古人在宴會時所唱的歌，此詩從首句「呦呦鹿鳴」就把讀者帶進鼓瑟吹笙的音樂伴奏聲中。自始至終，洋溢著歡樂的節奏，和悅的旋律。這首詩對後世影響很大。古代在宴會賓客時，常常要演奏這首歌。從漢到晉，以至於在唐代，宴會鄉貢，更一定要唱它。清朝時，鄉試放榜的第二天，舉行盛宴，招待考官和新中的舉人，這個宴會便稱做「鹿鳴宴」。從這些敘述中，可以看出〈鹿鳴〉一詩對後世的影響〔註15〕。

　　《詩經》中有一首描繪舞者熱情奔放的舞蹈名作，即〈陳風‧宛丘〉：

　　子之湯兮，宛丘之上兮！洵有情兮，而無望兮！坎其擊鼓，
　　宛丘之下。無冬無夏，值其鷺羽。坎其擊缶，宛丘之道。
　　無冬無夏，值其鷺翿〔註16〕。

詩言在歡騰熱鬧鼓聲、缶聲中，一位舞者手拿鷺羽不斷地旋舞，從宛丘山上坡頂舞到山下道口，從寒冬舞到炎夏，空間改變，時間改變，她的舞蹈卻沒有什麼改變，仍是那麼神采飛揚，仍是那麼熱烈奔放，具有難以抑制的野性之美〔註17〕。全詩一開始就以「湯」字凸現出舞之歡快，與「無望」二字凸現出愛之悲愴，互相映射，互相震激，令

〔註13〕同註7，頁46。
〔註14〕同註7，頁64。
〔註15〕吳宏一：《詩經與楚辭》，（台北臺灣書店，民國87年11月），頁84。
〔註16〕同註7，頁54。
〔註17〕茹云鶴、羅華榮評〈東門之枌〉詩，同註11引書，頁263。

人迴腸蕩氣，銷魂凝魂〔註18〕。後人讀此詩時，總會被那無休無止的歡舞，舞者不加矯飾、熱烈奔放的舞姿所感動。另一首〈陳風・東門之枌〉也是詠舞之詩，其第一、二章詩云：

> 東門之枌，宛丘之栩。子仲之子，婆娑其下。穀旦于差，
> 南方之原。不績其麻，市也婆娑〔註19〕。

這是一首歌詠男女聚會時歌舞遊樂的詩，女子舞姿翩翩，也反映出陳國當時尚存的一種社會風俗。前人指責鄭衛之風爲「淫風」，所謂的淫，或是指這類熱情奔放，男女歡歌狂舞之樂舞。

〈邶風・簡兮〉是描述高大魁梧的人士，在跳「萬舞」的詩：

> 簡兮簡兮，方將萬舞。日之方中，在前上處。碩人俁俁，
> 公庭萬舞。有力如虎，執轡如組。左手執籥，右手秉翟。
> 赫如渥赭，公言錫爵。山有榛，隰有苓。云誰之思？西方
> 美人。彼美人兮。西方之人兮〔註20〕。

萬舞即萬能舞，是舞的總名，周人在祖祭時必會跳萬舞。萬舞是古代殷商文化流傳之舞，〈商頌・那〉云：「庸鼓有斁，萬舞有奕。」即是指在宗廟祭祀的舞蹈。〈簡兮〉此詩是誦美一個舞萬舞的舞者，是「碩人俁俁」、「有力如虎」、「執轡如組」的男壯舞人，舞的時間是「日之方中」，舞的地點是「衛的公庭」。而後，只見舞者左手拿著籥在吹，右手拿著雉羽翟在舞，熱烈的一場舞蹈在公庭中展開〔註21〕。〈簡兮〉詩中描寫在衛國宮廷舉行的舞蹈，且交待了舞名、時間和地點。

《詩經》中尚有其它述及樂舞的詩句，如「舍其坐遷，屢舞僊僊。」〈小雅・賓之初筵〉詩人歌詠在宴集暢飲時，愉快的離開座席而舞，舞時舞步輕盈蹁躚。「坎坎鼓我，蹲蹲舞我。」〈小雅・伐木〉詩人用了兩個倒句，即言我之擊鼓則坎坎然，我爲興舞則蹲蹲然〔註22〕，表

〔註18〕同註11，頁264。
〔註19〕同註7，頁54。
〔註20〕同註7，頁17至18。
〔註21〕同註6，頁15。
〔註22〕《毛詩二十卷》鄭玄箋：「爲我擊鼓坎坎然，爲我興舞蹲蹲然，謂以
　　　　樂樂樂已。」（台北臺灣商務印書館，民國56年），頁67。

現出沈浸在酒舞狂歌的境地。「擊鼓其鐺，踊躍用兵。」〈邶風‧擊鼓〉古人在戰爭或用兵時都會擊鼓作節，以激勵士氣，詩人形容鼓聲咚咚然，用兵鏘鏘然。「伯氏吹塤，仲氏吹箎。」〈小雅‧何人斯〉塤，是古代用陶土燒成的吹奏樂器；箎，是古代一種竹製的管樂器，伯氏和仲氏各吹著塤和箎這兩種樂器。「振振鷺，鷺于下。鼓咽咽，醉言舞，于胥樂兮。」〈魯頌‧有駜〉天子舉行慶祝勝利的燕飲時，這是臣子在宴會上頌讚天子的舞蹈，臣子手拿鷺羽起舞，好似鷺鷥下落，鼓聲咚咚響不停，酒醉的舞姿婆娑，君與臣皆樂逍遙。

詠物詩，在先秦時已有之，《詩經》中明言樂舞者，略如上述。綜而論之，《詩經》有關樂歌篇什所表現的樂歌關係，可分為三類，（一）用於典禮的樂歌，如周頌的有瞽、商頌的那、小雅的鹿鳴、賓之初筵、小雅的行葦、國風的關雎等屬之。（二）歌詠一般歌舞之詩，如邶風的簡兮、陳風的宛丘、小雅的伐木等（三）只象徵享樂之意者，如邶風的考槃、秦風的車鄰等﹝註23﹞。俞琰《歷代詠物詩選‧序》謂：「古之詠物者，其見於經則灼灼寫桃華之鮮，依依極楊柳之貌……此詠物之祖也。」﹝註24﹞俞氏認為《詩經》是詠物詩之祖。《詩經》為我國最早的詩歌總集，其內容廣博「上而公卿大夫歌於朝廷，荐於郊廟，下而小夫賤隸詠於閭弄，播於田野，莫不傳焉。」﹝註25﹞《詩經》中收錄多首有關詠樂舞的詩歌。

《楚辭》，是《詩經》之後另一部辭賦總集。《楚辭》者，屈原之所作也。楚有賢臣屈原，被讒放逐，乃著〈離騷〉，弟子宋玉痛失其師，傷而和之。其後賈誼、東方朔、劉向、揚雄嘉其文采，擬之而作。蓋以原楚人也，謂之《楚辭》﹝註26﹞。《楚辭》富有地方色彩，以楚

﹝註23﹞ 何定生：〈從詩經本身看樂歌關係〉，《詩經研究論集》（台北學生書局，民國72年11月），頁18。

﹝註24﹞ 同註2。

﹝註25﹞ 見何文煥：《歷代詩話》載《韻語陽秋》徐林之前序，（北京中華書局，1992年），頁480。

﹝註26﹞ 魏徵：《隋書》卷三十五〈經籍志〉，（台北鼎文書局，民國68年），

國的語言書寫，用楚國的聲調吟誦，記載著楚國的風俗〔註27〕。有時候，甚至要配上楚地特有的舞蹈，才能顯出其特色。楚人信巫鬼，重淫祀，《楚辭》可以說楚地原始的祭神歌舞的延續，尤其在〈九歌〉中更是明顯。王逸《楚辭章句》釋〈九歌〉云：

> 昔楚國南郢之邑，沅湘之間，其俗信鬼而好祠，其祠必作
> 歌樂鼓舞以樂諸神。……因爲作九歌之曲〔註28〕。

〈東皇太一〉是〈九歌〉的首篇，是迎神曲，在全詩中有著特殊的意義，自東漢王逸以來，歷代注家對東皇太一究竟是屬何種神，說法不一。〈九歌〉中舞蹈也像傳說的萬舞一樣有文舞和武舞，九場歌舞中，只有〈東君〉和〈國殤〉有武舞，其餘都是文舞〔註29〕。在〈東皇太一〉中即有詠歌舞的辭句，如：

> 揚枹兮拊鼓，疏緩節兮安歌，陳竽瑟兮浩倡〔註30〕。

楚人喜祭祀，祭祀時必定奏樂歌舞來娛樂鬼神，屈原流放在沅湘一帶，模仿這種祭歌形式，創作了〈九歌〉之曲。九歌中屈原塑造了一系列的鬼神形象〔註31〕，〈東皇太一〉是〈九歌〉中的迎神曲。「揚枹兮拊鼓，疏緩節兮安歌，陳竽瑟兮浩倡。」二句是描述在祭祀時高舉著鼓槌猛擊鼓，疏緩的節奏，安祥的歌聲，竽笙陳列且放聲唱歌，在祭典時，配合著繁音急鼓，曼舞浩唱，也就是告訴人們，東皇太一神要降臨了，整個祭祀呈現歡欣的氣氛。而〈九歌〉最後的〈禮魂〉有云：

頁 1055。

〔註27〕據宋代陳振孫：《直齋書錄解題》卷十五所引黃伯思《東觀餘論・校定楚辭序》云：「皆書楚語，作楚聲，紀楚地，名楚物，故可謂之楚辭。」（台北廣文書局，民國 57 年 3 月），頁 906。

〔註28〕王逸：《楚辭章句》，（台北世界書局，民國 54 年 3 月），頁 33。

〔註29〕鄭在瀛《楚辭探奇》，（台北萬卷樓圖書公司，民國 84 年 8 月），頁 99。

〔註30〕黃壽祺等譯：《楚辭》，（台北臺灣古籍出版社，1996 年 11 月），頁 50。

〔註31〕同上註，頁 49。

　　成禮兮會鼓，傳芭兮代舞。姱女倡兮容與〔註32〕。

〈禮魂〉是〈九歌〉的送神曲，在祭禮完成後，鼓聲齊奏，鮮花傳遞
著，輪番起舞，美麗的女巫很有節度的領唱。由〈東皇太一〉及〈禮
魂〉的詩句，很清楚地可瞭解〈九歌〉是一種有關巫術宗教的祭神歌
舞和音樂。另如〈招魂〉中亦有詠樂舞的詩句：

　　肴羞未通，女樂羅些。陳鐘按鼓，造新歌些。涉江采菱，
　　發揚荷些〔註33〕。

招魂是古代的一種迷信活動。在巫術宗教統治下的楚國，這種活動更
爲盛行。楚懷王被騙入秦，三年後在秦國憂鬱而死。屈原用民間招魂
的形式，來表達自己對楚懷王的悼念和熱愛楚國的感情〔註34〕。在此
六句詩中，言及豐盛的食物尚未吃遍，女樂就已陳列，擺好樂鐘，安
放好樂鼓，要演奏新創作的歌曲，唱出涉江曲及采菱曲。從〈招魂〉
篇中，後人可看到楚國特有的樂曲名稱。此外，如朱菱曲、勞商曲、
陽春曲、白雪曲等楚國特有的曲名，《楚辭》中都有提及，由此亦可
想見古代楚國地方音樂已極爲發達。

　　在《楚辭》中，像〈離騷〉、〈九章〉等篇中，有些篇章都還保存
有「亂」，有「倡」、「重」、「少歌」等樂曲的形式。「亂」，指樂曲中
最後一節的齊鳴合唱。「倡」、「重」指樂曲重新開唱的部分。「少歌」，
類似小結，指樂曲中穿插的小合唱〔註35〕。觀察這些樂曲的形式，在
在可見《楚辭》與楚樂的關係。

　　綜上所述，可見《楚辭》中音樂、舞蹈和詩歌常合爲一體，尤其
與音樂的關係極爲密切。

二、兩漢時期

　　漢高祖劉邦一統天下，漢代繼承秦的基礎，因此無論在經濟上和

〔註32〕同註30，頁83。
〔註33〕同註30，頁279。
〔註34〕同註30，頁49。
〔註35〕同註15，頁144。

文化上都極為進步，在樂舞藝術上也有某種程度的發展。據史書記載，高祖善歌舞，會敲筑樂器，《史記‧高祖本紀》載：

> 高祖還歸，過沛，留。置酒沛宮，悉召故人父老子弟縱酒，發沛中兒得百二十人，教之歌。酒酣，高祖自擊筑，自為歌詩曰：「大風起兮雲飛揚，威加海內兮歸故鄉，安得猛士兮守四方！」令兒皆和習之。高祖乃起舞，慷慨傷懷，泣數行下〔註36〕。

武帝喜樂舞，故天下大定，宮中樂舞盛行，新聲變曲，倡優歌舞，往往流入漢宮，寵於天子，如李延年性知音，善歌舞，武帝愛之，每為新聲變曲，聞者莫不感動〔註37〕。其妹李夫人亦妙麗善舞，武帝召見之，由是得幸〔註38〕。成帝時嘗微行出宮，過陽阿主，作樂，上見飛燕而說之，召入宮而寵幸之〔註39〕，趙飛燕以歌舞而受寵，可見漢代君王極好樂舞。而公卿大夫之家也喜好音樂，畜倡優者，亦不乏人，如武帝時丞相田蚡即為顯例〔註40〕。且漢武帝沿秦舊制，設立樂府機構，使民間樂舞得以進入宮廷，自此之後，朝野出現了許多舞蹈家，史載的有戚夫人、唐山夫人、趙飛燕、李夫人等。由於君王的重視，漢代雅樂、俗樂都得到發展，雅樂的新生、俗樂的雅化，在漢代這兩者交融結合〔註41〕。漢代樂舞蓬勃發展，許多地方都設有專業樂舞人

〔註36〕《史記》卷八〈高祖本紀〉，（台北鼎文書局，民國68年），頁389。

〔註37〕見《漢書》卷九十七上〈外戚列傳〉，（台北鼎文書局，民國70年），頁3951。

〔註38〕《漢書》卷九十七上〈外戚列傳〉載：「延年侍上起舞，歌曰：「北方有佳人，絕世而獨立，一顧傾人城，再顧傾人國。寧不知傾城與傾國，佳人難再得！」上嘆息曰：「善！世豈有此人乎？」平陽公主因言延年有女弟，上乃召見之，實妙麗善舞。由是得幸，同上註，頁3951。

〔註39〕同註37，〈外戚列傳〉，頁3988。

〔註40〕《史記》卷一百七〈魏其武安侯傳〉載：「天下幸而安樂無事，蚡得為肺腑，所好音樂狗馬田宅。蚡所愛倡優巧匠之屬，」同註36，頁2851。

〔註41〕殷亞昭：《中國古舞與民舞研究》，（台北貫雅文化事業公司，民國80年5月），頁92。

員，據《漢書‧禮樂志》載：

> 江南鼓員二人，淮南鼓員四人，巴俞鼓員三十六人，……
> 臨淮鼓員三十五人，……楚鼓員六人〔註42〕。

此僅舉長江流域的樂舞人員而已，說明了漢時地方樂舞的興盛。漢世讌飲之會，必佐以歌舞，蓋不僅以之供娛樂，亦主人所以致賓禮。主客彼此以舞相屬，此乃當時之禮俗風尚〔註43〕，由此可見歌舞之風在漢時極盛。唯兩漢詩歌，現存數量不多，可以分爲樂府詩和文人詩二個部份〔註44〕，漢樂府詩有郊廟歌辭、燕射歌辭、鼓吹曲辭、橫吹曲辭、相和歌辭、清商曲辭、舞曲歌辭、琴曲歌辭、雜曲歌辭、近代曲辭、雜歌謠辭、新樂府辭十二類〔註45〕。文人詩則多爲五言，作家如司馬相如、班固、張衡、蔡邕等。在兩漢時，詩歌中也出現以詠樂舞爲內容的作品，如司馬相如〈琴歌二首〉詩：

> 鳳兮鳳兮歸故鄉，遨遊四海求其凰。時未遇兮無所將，……
> 雙翼俱起翻高飛，無感我思使余悲〔註46〕。

司馬相如是漢賦大家，在文學方面享有極高的聲譽，而在音樂方面，也有高深的造詣。某次蜀地富豪卓王孫宴客，相如在席間當眾彈了兩首琴曲，欲以此挑動卓王孫的女兒卓文君。這兩首詩，據說就是相如彈琴歌唱的「鳳求凰」歌辭。曲情低徊婉轉，流露出幾許怨慕，滿堂賓客都爲之屏氣絕聲，躲在屏風後的卓文君，本就精通音律，震驚於他的演奏技巧，而在半夜與之私奔。此即著名的「司馬琴挑」故事〔註47〕。

〔註42〕同註37，頁1073。

〔註43〕臺靜農：〈兩漢樂舞考〉，收錄在《靜農論文集》，（台北聯經出版公司，民國78年），頁9。

〔註44〕吳小如等撰寫：《漢魏六朝詩鑒賞辭典‧序》，（上海辭書出版社，1998年1月），頁2。

〔註45〕見郭茂倩：《樂府詩集‧目錄》，（北京中華書局，1996年7月），頁1至97。

〔註46〕同上註，卷六十，頁881。

〔註47〕同上註，司馬相如〈琴歌二首〉詩下序云：「《琴集》曰：「司馬相如客臨邛，富人卓王孫有女文君新寡，竊於壁間見之。相如以琴心挑之，爲《琴歌》二章。」」

　　東漢蔡琰的〈胡笳十八拍〉是一首悲凉的抒情長詩，全詩共十八首，其中第一首及第十八首云：

　　我生之初尚無爲，我生之後漢祚衰。天不仁兮降亂離，地不仁兮使我逢此時。干戈日尋兮道路危，民卒流亡兮共哀悲。烟塵蔽野兮胡虜盛，志意乖兮節義虧。對殊俗兮非我宜，遭惡辱兮當告誰。笳一會兮琴一拍，心潰死兮無人知。

　　　（第一拍）

　　胡笳本自出胡中，緣琴翻出音律同。十八拍兮曲雖終，響有餘兮思未窮。是知絲竹微妙兮均造化之功。哀樂各隨人心兮有變則通，胡與漢兮異域殊風。天與地隔兮子西母東。苦我怨氣兮浩於長空，六合離兮受之應不容〔註48〕。

　　　（第十八拍）

蔡琰，蔡邕之女，博學有才辯，妙於音律，戰亂中，爲胡騎所虜，生二子，十二年後歸漢，她將此經歷寫成〈胡笳十八拍〉〔註49〕。胡笳是漢代流行於塞北和西域的樂器，其音悲凉。胡笳又是琴曲，第十八拍首兩句云：「胡笳本自出胡中，緣琴翻出音律同。」可知原爲笳曲，後爲琴曲。十八拍，在樂曲即爲十八個樂章，在歌辭也就是十八段辭，第一拍中所謂「笳一會兮琴一拍」，當是指胡笳吹到一個段落響起合奏聲時，正好是琴曲的一個樂章。此詩曲情悲怨，令人想到蔡琰不幸的遭遇。

　　在兩漢古詩十九首中，亦有以樂舞爲題材入詩之作品，如〈西北有高樓〉：

　　西北有高樓，上與浮雲齊。交疏結綺牕，阿閣三重階。上

〔註48〕同註45，卷六十，頁861至865。

〔註49〕見《後漢書》卷八十四〈董祀妻傳〉載：「陳留董祀妻者，同郡蔡邕之女也，名琰，字文姬。博學有才辯，又妙於音律。適河東衛仲道。夫亡無子，歸寧于家。興平中，天下喪亂，文姬爲胡騎所獲，沒於南匈奴左賢王，在胡中十二年，生二子。曹操素與邕善，痛其無嗣，乃遣使者以金璧贖之……後感傷亂離，追懷悲憤，作詩二章。」（台北鼎文書局，民國67年），頁2800。

有絃歌聲，音響一何悲。誰能爲此曲，無乃杞梁妻。清商
隨風發，中曲正徘徊。一彈再三歎，慷慨有餘哀。不惜歌
者苦，但傷知音稀。願爲雙鳴鶴，奮翅起高飛〔註50〕。

「絃歌聲」從高樓飄下，而且是與浮雲齊的高樓，則樓中人是多麼遙
遠，一開始就給人可望不可及的感覺〔註51〕。樓中人以琴聲傾訴心中
的悲哀，尤其詩中「清商隨風發，中曲正徘徊；一彈再三歎，慷慨有
餘哀。」四句，極力摹寫聲音，全從聽者耳中寫出，讀者從那琴韻和
嘆息聲中，彷彿看到一位雙眉緊蹙、撫琴流淚的女子，當高樓上琴音
漸止時，詩人已感傷不已。「不惜歌者苦，但傷知音稀！」當她藉錚
錚琴聲傾訴時，也令人感傷人世間知音之難覓。另一首〈今日良宴會〉
也是聽曲感傷之作，詩云：

今日良宴會，歡樂難具陳。彈箏奮逸響，新聲妙入神。令
德唱高言，識曲聽其眞。齊心同所願，含意俱未中。人生
寄一世，奄忽若飆塵。何不策高足，先據要路津。無爲守
貧賤，轗軻長苦辛〔註52〕。

詩言在熱鬧的宴會上，對酒聽歌，心中的歡樂難以一一述說，彈出的
箏聲非常美妙。詩中使用了不少褒意詞，贊美詞，如講宴會用「良」、
「難具陳」；講彈箏，用「逸響」、「妙入神」等，質直中見婉曲，淺
近中寓深遠，摹寫得傳神生動。

由以上所述，略可窺得在兩漢詩中，亦有多首詠樂舞的佳作，尤
其以詠琴爲主題的詩作較佳，而論及詠舞之詩則較少。如東平王蒼〈後
漢武德舞歌詩〉之雅舞詩〔註53〕，此詩內容較貧弱，乏善可陳。又兩

〔註50〕 李善注：《昭明文選》卷二十九，（台北河洛圖書出版社，民國64年
5月），頁632。
〔註51〕 馬茂元：《古詩十九首探索》，（台北純眞出版社，民國72年11月），
頁60。
〔註52〕 同註50，頁632。
〔註53〕 《樂府詩集》卷五十二〈後漢武德舞歌詩〉：「於穆世廟，肅雍顯清。
俊乂翼翼，秉文之成。越序上帝，駿奔來寧。建立三雍，封禪泰山。
章明圖讖，放唐之文。休矣惟德，罔射協同。本支百世，永保厥功。」，
同註45，頁755。

漢是賦體盛行之時，鋪采摛文，體物寫志爲賦所長﹝註54﹞，故在賦篇中有專詠樂舞之作品，最有名者，首推張衡〈舞賦〉﹝註55﹞。再如王褒的〈洞簫賦〉、傅毅的〈舞賦〉、馬融的〈長笛賦〉等亦爲有名的篇章。此外，五言詩在西漢尚屬醞釀時期，尚未有完全成熟的作品，其形式與文字的技巧，皆未臻完備，而由醞釀到完成，需要一個長時期的努力﹝註56﹞，以致未能有大量的詩作。且漢代又是辭賦的全盛期，因此，整體而言，兩漢樂舞詩的數量並不多。

三、六朝時期

六朝，是指東吳、東晉、宋、齊、梁、陳六個偏安江左的朝代，然在文學史上，近代一般相關性之討論並未加以嚴格區別。大抵而言，是以魏至隋爲主，上至三國，中涵兩晉，下沿南北朝至隋，本節所論六朝時期的樂舞詩，即指此較廣的範疇。六朝是處在我國中古時代的一個歷史轉折期，由於當時政局動蕩，戰禍頻仍所引起的社會變化，促使整個文化藝術以及藝術形態領域出現了新的轉機。在音樂、舞蹈上，產生了擺脫雅樂的束縛，追求新而美的藝術形式﹝註57﹞。

在漢代，由於漢武帝採用大儒董仲舒的建議，罷黜百家，獨尊儒術，於是儒學具有崇高的地位。學習經學，不僅能居高官，且能光宗

﹝註54﹞劉勰：《文心雕龍·詮賦》載：「賦者，鋪也，鋪采摛文，體物寫志也。」同註1，頁108。

﹝註55﹞東漢張衡〈觀舞賦〉云：「客有觀舞於淮南者，美而賦之，曰：音樂陳兮旨酒施。擊鐘鼓兮吹參差。叛淫衍兮漫陸離。……拊者啾其別，盤鼓煥以駢羅。抗修袖以翳面，展清聲而長歌。……搦纖腰而迴折，嬛傾倚兮低昂。……連翩絡繹，乍續乍絕。裙似飛鸞，袖如玄雪。……同肢駢奏，合體齊聲。進退無差，若影追形。」，〈觀舞賦〉從客在淮南觀舞作爲賦之引端，介紹淮南地區與漢代有關的樂舞，如長袖舞、折腰舞、七盤舞。見《漢魏六朝百三家名集》第一冊，〈張河間集〉，（台北文津出版社，民國68年8月），頁538至539。

﹝註56﹞劉大杰：《中國文學發展史》，（台北華正書局，民國64年8月），頁205。

﹝註57﹞同註41，頁117。

耀祖，天下許多學子便將畢生精力投注在學習儒家經典上〔註58〕。然而到六朝，儒學已式微。六朝時期，由於社會的動亂，一般人對於人生短促的感受特別強烈，以致於縱慾享樂成爲一種普遍的心態。在六朝，人們生活注重享樂，朝廷對有功的官吏賜予樂伎。某些官吏的家中，也都畜養數量可觀的歌伎，如到撝所畜妓妾之姿藝，皆貌美如花，《南齊書》載：

> 撝資籍豪富，厚自奉養，宅宇山池，京師第一，妓妾姿藝，
> 皆窮上品。才調流贍，善納交遊，庖廚豐脄，多致賓客。
> 愛妓陳玉珠，明帝遣求，不與，逼奪之〔註59〕。

另張瓌年老時還伎妾盈房，有人譏其已是遲暮之人，何須如此，張瓌云：「我少好音律，老而方解。平生嗜慾，無復一存。唯未能遣此處耳。」〔註60〕另《南齊書》亦記載劉宋時的奢侈風尚：

> 宋自大明以來……貴勢之流，貨室之族，車服伎樂，爭相
> 奢麗；亭池第宅，競趨高華〔註61〕。

據此可知，六朝人畜伎享樂、沈溺聲色，實在是社會上非常普通的現象。歌伎舞女，聲樂不輟，故此類描寫歌聲、樂藝、舞容的樂舞詩數量很多，茲舉三首以觀。如庾肩吾〈詠舞〉：

> 飛鳧袖始拂，啼鳥曲未終。聊因斷續唱，託記往還風〔註62〕。

梁元帝〈和林下詠姬應令〉：

> 日斜下北閣，高宴出南榮。歌清隨澗響，舞影向池生。輕
> 花亂粉色，風篠雜絃聲。獨念陽臺下，願待洛川笙〔註63〕。

〔註58〕班固：《漢書·儒林傳》載：「自武帝立五經博士，開弟子員，設科
　　　　射策，勸以官祿，訖於元始，百有餘年，傳業者寖盛，支葉蕃滋，
　　　　一經說至百餘萬言，大師眾至千餘人，蓋利祿之路然也。」同註37，
　　　　頁3620。
〔註59〕蕭子顯：《南齊書》卷三十七，（台北鼎文書局，民國67年），頁647。
〔註60〕同上註，卷二十四，頁454至455。
〔註61〕同註59，卷五十四，頁929。
〔註62〕見庾肩吾：《庾度支集》，收錄在《漢魏六朝百三名家集》第五冊，（台
　　　　北文津出版社，民國68年8月），頁4237。
〔註63〕見《梁元帝集》，同上註引書，頁3585。

庾信〈和詠舞〉：

> 洞房花燭明，燕餘雙舞輕。頓履隨疏節，低鬟逐上聲。步轉行初進，衫飄曲未成。鶯迴鏡欲滿，鶴顧市應傾。已曾天上學，詎是世中生〔註64〕。

詩中用辭艷麗，以寫樂舞之狀，使用多種意象，以表現聲色或舞態。此外，尚有梁簡文帝〈大垂手〉、〈小垂手〉、〈夜聽妓〉、〈詠獨舞〉；元帝〈詠歌〉、〈夕出通波閣下觀妓〉；何遜〈詠舞妓〉；庾肩吾〈詠舞〉；王僧孺〈在王晉安酒席數韻〉；劉孝綽〈同武陵王看妓〉、〈和詠歌人偏得日照詩〉；陳後主〈舞媚娘〉、〈聽箏〉、徐陵〈奉和詠舞〉等等，或敘歌聲樂曲之悠揚，如梁元帝〈詠歌〉：「傳聲入鐘磬，餘轉雜箜篌。」〔註65〕或敘舞姿之美妙，如簡文帝〈詠舞〉：「入行看履進，轉面望鬟空。腕動苕華玉，衫隨如意風。」〔註66〕皆可見六朝樂舞詩的作者，以寫實之眼光與雕琢之文筆，顯現艷冶婀娜之形象。

　　始創於六朝的女子抒情舞蹈白紵舞，舞時表現出委婉幽深、細膩傳神的情感，上承秦漢，下啓隋唐，開創了我國優美抒情樂舞舞風之先河。它不僅是六朝至唐宋，千餘年間久盛不衰的藝術佳作，而且還爲唐代樂舞的繁榮創造了良好的條件〔註67〕。白紵舞是我國古代樂舞中，留下歌詩舞詞最多的舞蹈，通過這些文字史實，不僅可以看到它的興衰和演變，而且可以探其舞形和舞魂。《樂府詩集》卷五十四所載〈晉白紵舞歌詩三首〉，描繪了白紵舞的舞服舞容，以及酒席宴會的舞蹈場面，它與後漢傅毅描繪鞞舞的〈舞賦〉，可相媲美，都是記錄古舞細緻而逼眞的文獻〔註68〕。茲錄一首〈晉白紵舞歌詩〉以見一斑，詩云：

〔註64〕見《庾開府集》，同註62引書第六冊，頁4886。
〔註65〕同註62，頁3588。
〔註66〕同註62，引書第四冊，頁3470。
〔註67〕同註41，頁117。
〔註68〕常任俠，《中國舞蹈史初編·南朝的白紵舞》，（台北蘭亭書店，民國74年10月），頁27。

輕軀徐起何洋洋，高舉兩手白鵠翔。宛若龍轉乍低昂，凝
停善睞容儀光。如推若引留且行，隨世而變誠無方。舞以
盡神安可忘，晉世方昌樂未央。質如輕雲色如銀，愛之遺
誰贈佳人。制以為袍餘作巾，袍以光驅巾拂塵。麗服在御
會嘉賓，醪醴盈樽美且淳。清歌徐舞降祇神，四座歡樂胡
可陳〔註69〕。

詩首二句描述舞者以輕盈的身軀緩緩起舞，舞姿是多麼美妙，兩臂
高高地張開猶如飛翔的白鵠。由此二句可知白紵舞緩慢柔軟，有如
波浪的起伏，而舞者所穿的是「質如輕雲色如銀」白色苧麻舞服，
在宴會上表演以娛嘉賓。此外，沈約〈四時白紵歌〉：「夜長未央歌
白紵」〔註70〕知此舞多在夜晚舉行，而舞時有聲樂和器樂伴奏，如
王儉〈齊白紵〉：「情發金石媚笙簧」〔註71〕、「清歌流響繞風梁」、
梁武帝〈梁白紵辭〉：「朱絲玉柱羅象筵」〔註72〕，舞時舉手揚袖，
舞姿輕盈，注重手與袖的動作。因此，白紵舞的舞譜雖已不傳，但
從六朝的詩歌中，已可一窺白紵舞的整體風貌。

六朝詠樂舞的詩作內容非常豐富，如有詠拂舞詩、巾舞詩、鐸舞
詩、文舞詩、矍舞詩、俞兒舞詩、詠歌曲詩、詠樂曲詩等，然細觀諸
詩作，可以看出六朝詩歌已脫盡樸素，而注重形式美的追求，講求對
仗的工整，語句的雕琢。如在劉宋文壇上享有盛譽的謝靈運、顏延之、
鮑照，雖然風格各有不同，但卻都有著對於形式美的共同追求。謝詩
「富艷難蹤」〔註73〕，顏詩「體裁綺密」〔註74〕，鮑詩「誶詭靡嫚」
〔註75〕。綜觀六朝時期的樂舞詩，不僅數量眾多，內容豐富，而且對
於音律、辭藻之美也是非常講究。

〔註69〕同註45，頁798。
〔註70〕同註52，頁3878。
〔註71〕同註62，引書第四冊，頁2975。
〔註72〕同註62，引書第四冊，頁3247。
〔註73〕鍾嶸：《詩品》，（台北臺灣古籍出版社，民國86年2月），頁9。
〔註74〕同上註，頁94。
〔註75〕同註73，頁107。

第二節　初盛唐的樂舞詩

一、初唐時期

　　李唐自高祖建國以來，國家統一，社會安定，形成中國歷史上的盛世，尤其太宗即位以後，知人善任，容納直諫，經濟繁榮，版圖擴張，國勢也更加昌隆。太宗具有過人的才識，認為國基始創，故提倡儉約，禁止時人耽於酣宴，朋遊無度，據《通志‧禮略》載：

> 太宗貞觀六年詔曰：比年豐稔，閭里無事，乃有墮業之人，
> 不顧家產，朋遊無度，酣宴是耽，危身敗德，咸由於此，
> 自非澄源正本，何以革茲弊俗〔註76〕。

太宗反對奢侈享樂，即使是太子承乾也不能縱情冶遊，惜自幼深得太宗寵愛的太子，等到年長，卻沈溺於聲色之中。有太常樂人名叫稱心者，善歌舞，特別受到承乾的寵幸，太宗怒而殺之〔註77〕，由此可見太宗對聲色狎樂的堅決反對。此外，太宗虛心好學，也傳為美談，在其尚未登基之時，就搜羅了十八位當時的一流文學士，設立文學館，使之成為國家文化建設的核心。其中著名人物除經學家孔穎達、史學家姚思廉以外，其餘多為詩人文士，如虞世南、褚亮、許敬宗等，即為著名詩人。及登基後，又於殿左置弘文館，得暇便與朝臣討論典籍，雜以文詠，其時朝中詩人多為重臣，如長孫無忌、魏徵、李百藥、馬周、楊師道、上官儀等人，都應詔奉和作詩〔註78〕。可以說，自高祖至武后的初唐時期，士子都胸懷經國大志，建功立業是當時文人的主要志向。至於歌舞遊樂，只限於偶一為之的社交應酬，當歌歇舞罷，

〔註76〕見《通志》卷四十四〈禮略〉三，（台北新興書局，民國48年），頁591。

〔註77〕《舊唐書》卷七十六〈恆山王承乾傳〉載：「及長，好聲色，慢遊無度。……有太常樂人年十餘歲，美姿容，善歌舞，承乾特加寵幸，號曰稱心。太宗知而大怒，收稱心殺之，坐稱心死者又數人。」（台北鼎文書局，民國65年），頁2648。

〔註78〕許總：《唐詩史》上冊，（江蘇教育出版社，1995年3月），頁54至55。

便如雲煙消散。且太宗採祖孝孫的建議，提倡大唐雅樂〔註79〕，俗樂因此受到冷落與輕視。

唐代樂舞詩的數量龐大，然論及初唐時的樂舞詩其數量則甚微，主要原因即在時代背景及環境的因素。唐初詩壇大都是隋朝舊臣，受到南朝綺靡詩風的影響，樂舞詩歌具有麗藻雕飾的形式。如沈佺期〈李員外秦援宅觀妓〉：

> 盈盈粉署郎，五日宴春光。選客虛前館，微聲遍後堂。玉釵翠羽飾，羅袖鬱金香。拂黛隨時廣，挑鬟出意長。囀歌遙合態，度舞暗成行。巧落梅庭裏，斜光映曉妝。（卷九七）

沈佺期以應制詩人著稱，其所作應制奉和等詩，一味粉飾鋪張，誇揚稱頌〔註80〕，此首詩即具有此特色。另宋之問〈夜飲東亭〉：「高興南山曲，長謠橫素琴。」（卷五一）、陳子昂〈登澤州城北樓讌〉：「且歌玄雲曲，御酒舞薰風。」（卷八三）及〈春臺引〉：「酒既醉，樂未已，擊青鐘。歌淥水，怨青春之萎絕。」（卷八三）等皆為宴飲之詩作，且承襲六朝宮廷綺麗的詩風。另李嶠有詠〈歌〉詩，詩云：

> 漢帝臨汾水，周仙去洛濱。郢中吟白雪，梁上繞飛塵。響發行雲駐，聲隨子夜新。願君聽扣角，當自識賢臣。（卷五九）

李嶠初與王勃、楊炯等人同仕，後與崔融、蘇味道齊名，晚年尤獨享盛名，為時人矜式，其詩以〈汾陰行〉最有名，但李嶠的好詩實在不多〔註81〕。此詠〈歌〉詩藉詠唐以前的歌曲，表達出君王當任用賢臣，以振興國勢的心聲。在初唐詠樂舞的詩人中，李嶠屬於作品較多的作家，此外他尚有詠瑟及琴之詩，其〈瑟〉詩云：

> 伏羲初製法，素女昔傳名。流水嘉魚躍，叢臺舞鳳驚。嘉賓飲未極，君子娛俱并。倘入丘之戶，應知由也情。（卷五九）

〔註79〕《舊唐書》卷二十八〈音樂志〉載：「貞觀二年六月奏之。……孝孫又奏：陳、梁舊樂，雜用吳、楚之音；周、齊舊樂，多涉胡戎之伎。於是斟酌南北，考以古音，作為大唐雅樂。」同註2，頁1040至1042。

〔註80〕胡雲翼：《唐詩研究》，（台北臺灣商務印書館，民國76年10月），頁49。

〔註81〕同上註，頁48。

又其〈琴〉詩云：

> 名士竹林隈，鳴琴寶匣開。風前中散至，月下步兵來。淮海
> 多爲室，梁岷舊作臺。子期如可聽，山水響餘哀。（卷五九）

琴和瑟都是中國傳統的絃樂器，爲雅樂伴奏之用，也是自古以來文人雅士用來怡情養性的樂器，在文人的心目中，具有崇高的地位，李嶠樂舞詩的內容是承襲儒家正樂的傳統思想。

另外楊師道有〈侍宴賦得起坐彈鳴琴〉：「變作離鴻聲，還入思歸引。長歎未終極，秋風飄素鬢。」（卷三四）在月夜彈思歸引琴曲，以抒內心之感歎。劉允濟〈詠琴〉：「欲作高張引，翻成下調悲。」（卷六三）琴曲所彈出的是悲涼的曲調。而宋之問〈詠鐘〉詩亦屬詠古樂器之作：

> 既接南鄰磬，還隨北里笙。平陵通曙響，長樂警宵聲。秋至
> 含霜動，春歸應律鳴。豈惟恆待扣，金虞有餘清。（卷五二）

初唐由於在政治、軍事、經濟上的強盛，整個朝代的氣象呈現出雄渾之氣，聽歌閱舞並非當時的風尚，相對之下，樂舞詩就顯得貧瘠。細觀數量極少的初唐樂舞詩，可見詩風是承齊梁餘緒，所作多爲應制、奉和、宴會之詩。其內容多爲頌揚太平盛世、歌功頌德，或對雅樂中的樂曲或樂器之歌詠，辭采華麗，而無真實情感的流露。遣詞煉句大都是直陳的描述，平淡而缺乏新意，詩作寥寥可數，仔細篩選，無高妙之佳構。

二、盛唐時期

唐玄宗朝，是唐代的盛世，尤其玄宗早期勵精圖治，政經局勢穩定，交通便利發達，人民生活安定，使得唐代與四鄰的文化交流頻繁，音樂、舞蹈如百花爭放，美不勝收。從事樂舞藝術的樂工人數上萬，《新唐書・文藝傳序》載：「唐之盛時，凡樂人、聲音人、太常雜戶子弟隸太常及鼓吹署，皆番上，總號音聲人，至數萬人。」〔註82〕更

〔註82〕見《新唐書》卷二〇一〈文藝傳序〉，（台北鼎文書局，民國68年），

由於胡俗樂之融合，使宮庭樂舞之盛達於頂點。

　玄宗在開元二年，設置教坊五所，將教坊脫離太常而獨立，太常專典雅樂，而所有諸部伎及散樂百戲等之俗樂，統歸教坊，教坊內之女妓或善歌舞，或善樂器演奏〔註83〕。玄宗喜好樂舞，有名的霓裳羽衣樂曲就由其潤色〔註84〕，且其洞曉音律，能演奏多種胡人樂器，尤善擊羯鼓，技藝達到「頭如青山峰，手如白雨點。」〔註85〕的爐火純青的境地。玄宗又能自度新腔，曾專門作曲數十曲，唐代許多著名的音樂作品，如霓裳羽衣曲、紫雲回、夜半樂、龍池樂、小破陣樂、光聖樂、得寶子、凌波仙、春光好、秋風高、聖壽樂、雨霖鈴等，均出自其手。或是作曲，或是改編，而且多為大曲、法曲，其中不乏佳作，且親自指點樂工演奏，音響齊發，有一聲誤，必覺而正之〔註86〕。可以說，唐玄宗的一生與音樂創作總是密切地聯係著，盛唐樂舞在這樣一位具音樂素養的君王帶領下，其樂舞的發達實在是其它朝代難以企及的。所以上有所好，下必風焉，開元、天寶年間，承平日久，聽歌閱舞，成為當時的風尚，如節度使安祿山曾為玄宗表演胡旋舞，舞時疾轉如風〔註87〕。而朝廷的官吏文人時常遊宴，皆以歌舞助興，如杜

頁5725至5726。

〔註83〕崔令欽：《教坊記》載：「西京右教坊在光宅坊，左教坊在仁政坊。右多善歌，左多工舞，蓋相因成習。東京兩教坊俱在明義坊，而右在南左在北也。」，收錄在《歷代詩史長編二輯》第一冊，（台北鼎文書局，民國63年2月），頁11。

〔註84〕王灼：《碧雞漫志》載：「霓裳羽衣曲，說者多異，予斷之曰：『西涼創作；明皇潤色，又為易美名。』」，收錄在《歷代詩史長編二輯》第一冊，（台北鼎文書局，民國62年2月），頁124。

〔註85〕南卓：《羯鼓錄》，收錄在《景印文淵閣四庫全書》第八三九冊，（台北商務印書館，民國72年），頁983。

〔註86〕《舊唐書》卷二十八〈音樂志〉載：「玄宗又於聽政之暇，教太常樂工子弟三百人為絲竹之戲，音響齊發，有一聲誤，玄宗必覺而正之。」同註2，頁1051。

〔註87〕《舊唐書》卷二〇〇上〈安祿山傳〉載：「（祿山）晚年益肥壯，腹垂過膝，重三百三十斤，每行以肩膊左右抬挽其身，方能移步。至玄宗前，作胡旋舞，疾如風焉。」同註2，頁5368。

甫〈陪王侍御同登東山最高頂宴姚通泉晚攜酒泛江〉:「清江白日落欲
盡,復攜美人登綵舟。笛聲憤怨哀中流,妙舞逶迤夜未休。」(卷二
二〇)及〈數陪李梓州泛江有女樂在諸舫戲為艷曲二首贈李〉:「上客
迴空騎,佳人滿近船。江清歌扇底,野曠舞衣前。」(卷二二七)、賈
至〈侍宴曲〉:「隔簾妝隱映,向席舞低昂。」(卷二三五)、薛據〈古
興〉:「歸來宴高堂,廣筵羅八珍。僕妾盡綺紈,歌舞夜達晨。」(卷
二五三)、王維〈從岐王夜宴衛家山池應教〉:「座客香貂滿,宮娃綺
幔張。……還將歌舞出,歸路莫愁長。」(卷一二六)、杜甫〈樂遊園
歌〉:「閶闔晴開昳蕩蕩,曲江翠幕排銀榜。拂水低徊舞袖翻,緣雲清
切歌聲上。」(卷二一六)、李白〈古風〉:「香風引趙舞,清管隨齊謳。
七十紫鴛鴦,雙雙戲庭幽。行樂爭晝夜,自言度千秋。」(卷一六一)
等詩所述。因此盛唐時期的樂舞詩,歌舞遊宴的詩數量頗眾,如岑參
〈涼州館中與諸判官夜集〉詩:

> 彎彎月出挂城頭,城頭月出照梁州。涼州七里十萬家,胡
> 人半解彈琵琶。琵琶一曲腸堪斷,風蕭蕭兮夜漫漫。河西
> 幕中多故人,故人別來三五春。花門樓前見秋草,豈能貧
> 賤相看老。一生大笑能幾迴,斗酒相逢須醉倒。(卷一九九)

「一生人笑能幾迴,斗酒相逢須醉倒。」人生在世苦多於樂,大笑之
次數能有幾回,年華有時而盡,何不縱酒狂歡,及時行樂。因此唐人
在宴會上,不僅有歌舞相伴,且有酒相佐。另如李白〈過汪氏別業二
首〉:「酒酣欲起舞,四座歌相催。」(卷一八二)、賈至〈對酒曲二首〉:
「當歌憐景色,對酒惜芳菲。」「春來酒味濃,舉酒對春叢。一酌千憂
散,三杯萬事空。放歌乘美景,醉舞向東風。」(卷二三五)、獨孤及
〈東平蓬萊驛夜宴平盧楊判官醉後贈別姚太守置酒留宴〉:「木蘭為樽
金為杯,江南急管盧女弦。齊童如花解郢曲,起舞激楚歌採蓮。」(卷
二四一)等等,都是屬於此類性質之作。由於宴飲時有樂舞助興,故
亦有觀妓之詩,如儲光羲〈夜觀妓〉:「白雪宜新舞,清宵召楚妃。」(卷
一三九)、孟浩然〈宴崔明府宅夜觀妓〉:「畫堂觀妙妓,長夜正留賓。

燭吐蓮花豔，妝成桃李春。鬟鬢低舞席，衫袖掩歌脣。」（卷一九八）。

盛唐邊塞派詩人岑參，一生中曾三次到西北邊地，因此其樂舞詩中還反映出漢胡樂舞交流的主要場所是在軍中酒宴，如〈酒泉太守席上醉後作〉二首詩作：「琵琶長笛曲相和，羌兒胡雛齊唱歌。渾炙犁牛烹野駝，交河美酒歸叵羅。三更醉後軍中寢，無奈秦山歸夢何。」（卷一九九）、及「酒泉太守能劍舞，高堂置酒夜擊鼓。胡笳一曲斷人腸，座上相看淚如雨。」（卷二○一）以胡兒唱歌，胡人琵琶長笛伴奏，漢將舞劍，生動的筆調再現當時的具體情景。另〈與獨孤及漸道別長句兼呈嚴八侍御〉：「軍中置酒夜撾鼓，錦筵紅燭月未午。花門將軍善胡歌，葉河蕃王能漢語。」（卷一九九）。軍中宴飲，漢軍善胡歌，蕃王能說漢語，胡漢融洽的交往，岑參在西域樂舞盛行的安西、北庭、涼州居住多時，因此他對樂舞詩題材和手法的創新便不是偶然的巧合〔註88〕。試看其〈田使君美人如蓮花舞北鋌歌〉：

> 美人舞如蓮花旋，世人有眼應未見。高堂滿地紅氍毹，試
> 舞一曲天下無。此曲胡人傳入漢，諸客見之驚且歎。慢臉
> 嬌娥纖復穠，輕羅金縷花蔥蘢。回裾轉袖若飛雪，左鋌右
> 鋌生旋風。琵琶橫笛和未匝，花門山頭黃雲合。忽作出塞
> 入塞聲，白草胡沙寒颯颯。翻身入破如有神，前見後見回
> 回新。始知諸曲不可比，采蓮落梅徒聒耳。世人學舞祗是
> 舞，姿態豈能得如此。（卷一九九）

由「美人舞如蓮花旋，世人有眼應未見。」及「此曲胡人傳入漢，諸客見之驚且歎。」可見此西域樂舞令漢人眼界大開，諸客觀賞是既吃驚且讚歎。詩題的「如蓮花」指穿著鮮艷的舞衣回旋而舞，美如蓮花。北旋舞是一種與胡旋舞類似的舞蹈，出自北同城（位於居延海，即今內蒙額濟納旗北境附近）。舞時多旋轉，舞姿美妙多變，故名北旋舞。岑參於此詩中提及舞者左旋右轉好比旋風，裙衫衣袖因旋轉彷彿飄如

〔註88〕張明非：〈略論唐代樂舞的興盛及影響〉，收錄在《唐音論藪》，（南寧廣西師範大學出版社，1993年8月），頁141。

飛雪。琵琶橫笛伴奏未到一個段落，好像居延海北的花門山頭的黃雲遮蔽了天空。忽然間音樂又奏出了出塞和入塞的曲調，眼前彷彿見到茫茫的白草，滾滾的黃沙，耳邊聽到寒風颯颯。北旋舞曲奏到了入破（樂曲第六遍，音調急促如破碎），輕捷飄浮如有神助。岑參以生動的比喻描繪此舞的舞曲、舞姿、觀舞感受及異域風情，可謂是樂舞詩中的佳作。另盛唐詩人中亦有多首描寫異域邊塞的的樂舞詩，如盧綸〈和張僕射塞下曲〉：「野幕敞瓊筵，羌戎賀勞旋。醉和金甲舞，雷鼓動山川。」（卷二七八）、王昌齡〈從軍行七首〉之二：「琵琶起舞換新聲，總是關山舊別情。撩亂邊愁聽不盡，高高秋月照長城。」（卷一四三）、儲光羲〈觀范陽遞俘〉：「北河旄星隕，鬼方獮林胡。群師舞弓矢，電發歸燕墟。」（卷一三七）等等。

　　盛唐描述前代樂舞的詩亦不少，如舞姿優雅的長袖舞，孟浩然〈崔明府宅夜觀妓〉：「長袖平陽曲，新聲子夜歌。」（卷一六〇）、儲光羲〈夜觀妓〉：「徐徐斂長袖，雙燭送將歸。」（卷一三九）。或前溪樂舞，崔顥〈王家少婦〉：「舞愛前溪綠，歌憐子夜長。」（卷一三〇）舞曲前溪，相傳是晉代車騎將軍沈充所作，詩中描述嫁到士家的少婦最愛跳的是前溪舞，子夜歌也唱得有情感。另王維有〈同崔傅答賢弟〉：「周郎陸弟為儔侶，對舞前溪歌白紵。」（卷一二五）白紵舞，是舞者身穿白色的衣服而舞。盛唐詠白紵舞的詩歌，以李白的三首〈白紵辭〉最有名，如第一首云：

> 揚清歌，發皓齒，北方佳人東鄰子。且吟白紵停綠水，長袖拂面為君起。寒雲夜卷霜海空，胡風吹天飄塞鴻，玉顏滿堂樂未終。（卷一六三）

詩言美麗的姑娘，唱出悠揚的歌聲，綠水曲先暫停，且唱白紵歌，隨著歌聲，為客起舞，寬大的長袖拂過臉龐，詩句「長袖拂面為君起」正是白紵舞的主要特徵。

　　董庭蘭是盛唐時的音樂家，擅長七弦琴的演奏，且技藝高妙，玄宗天寶五年，房琯在長安做官，會上請賓客聽董庭蘭彈奏「胡笳弄」，

時詩人李頎也在座，聽後寫下〈聽董大彈胡笳弄兼寄語房給事〉：

> 蔡女昔造胡笳聲，一彈一十有八拍。胡人落淚沾邊草，漢
> 使斷腸對歸客。古戍蒼蒼烽火寒，大荒沈沈飛雪白。先拂
> 商弦後角羽，四郊秋葉驚摵摵。董夫子，通神明，深山竊
> 聽來妖精。言遲更速皆應手，將往復旋如有情。空山百鳥
> 散還合，萬里浮雲陰且晴。嘶酸雛雁失群夜，斷絕胡兒戀
> 母聲。川為淨其波，鳥亦罷其鳴。烏孫部落家鄉遠，邏娑
> 沙塵哀怨生。幽音變調忽飄灑，長風吹林雨墮瓦。迸泉颯
> 颯飛木末，野鹿呦呦走堂下。長安城連東掖垣，鳳凰池對
> 青瑣門。高才脫略名與利，日夕望君抱琴至。(卷一三三)

詩首使用蔡文姬將胡笳聲翻入琴曲的典故，再細膩的描繪董庭蘭的美妙
演奏，並稱讚其琴藝精湛是：「董夫子，通神明，深山竊聽來妖精。」
李頎運用視覺形象來描摹難以捕捉的聲音，且生動地形容音樂的感人魅
力，可謂極盡樂曲情態。此詩被後人稱讚為摹寫聲音之至文。另高適〈別
董大二首〉：「莫愁前路無知己，天下誰人不識君。」(卷二一四) 董大
即董庭蘭，由高適詩中所述，可見其琴藝高超已是眾所皆知。李頎尚有
一首詩，讚美以善吹觱篥著稱的安萬善，其〈聽安萬善吹觱篥歌〉：

> 南山截竹為觱篥，此樂本自龜茲出。流傳漢地曲轉奇，涼
> 州胡人為我吹。傍鄰聞者多歎息，遠客思鄉皆淚垂。世人
> 解聽不解賞，長飆風中自來往。枯桑老柏寒颼飀，九雛鳴
> 鳳亂啾啾。龍吟虎嘯一時發，萬籟百泉相與秋。忽然更作
> 漁陽摻，黃雲蕭條白日暗。變調如聞揚柳春，上林繁花照
> 眼新。歲夜高堂列明燭，美酒一杯聲一曲。(卷一三三)

安萬善是來自西域安國的音樂家，李頎在聽了他的精彩演奏後，寫下
此詩。詩中提及這種樂器出自龜茲，流傳到漢地變得更加動聽，來自
涼州的胡人安萬善為我吹奏，遠離故鄉的旅人聽到以後，都流下思鄉
的淚水。李頎此詩敘述了觱篥的來歷及其音調的多變。

　　盛唐詩人喜詠笛，笛是由西域傳入，出自羌族中（今藏族的祖
先），因此又稱羌笛。盛唐詩中就常稱笛為羌笛，如王之渙〈涼州詞〉：

「羌笛何須怨楊柳」（卷二五三）、王昌齡〈從軍行〉：「更吹羌笛關山月」（卷一四三）等。笛子本是竹製，然亦有玉製，李白在詩中特別愛用「玉笛」名稱，如〈與史郎中欽聽黃鶴樓上吹笛〉：「黃鶴樓中吹玉笛」（卷一八二），而最有名的佳作是〈春夜洛城聞笛〉：

> 誰家玉笛暗飛聲，散入春風滿洛城。此夜曲中聞折柳，何
> 人不起故園情。（卷一八四）

李白在春天的某個晚上，聽見遠處傳來哀怨的折楊柳笛曲，勾起對故鄉的懷念，因而寫下此詩。

　　盛唐詩人常借詠劍舞之詩以贈人，如顏眞卿：〈贈裴將軍〉：「將軍臨八荒，烜赫耀英材。劍舞若游電，隨風縈且迴。」（卷一五二）在此方面最具代表性的是李白，他常借寫舞劍表達對人物的讚美之情，如〈司馬將軍歌〉：「將軍自起舞長劍，壯士呼聲動九垓。」（卷一六三）、〈送羽林陶將軍〉：「萬里橫戈探虎穴，三杯拔劍舞龍泉。」（卷一七六）、〈酬崔五郎中〉：「起舞拂長劍，四座皆揚眉。」（卷一七八）、〈送梁公昌從信安北征〉：「起舞蓮花劍，行歌明月弓。」（卷一七六）他甚至用作歌起舞以抒發孤獨寂寞的心情，如〈月下獨酌〉：「我歌月裴回，我舞影零亂。醒時同交歡，醉後各分散。」（卷一八二）或抒寫自身慷慨激昂的壯志，如〈玉壺吟〉：「烈士擊玉壺，壯心惜暮年。三杯拂劍舞秋月，忽然高詠涕泗漣。」（卷一六六）。盛唐詩人常以劍舞詩，或豪氣干雲的詩作以抒情，如杜甫〈承聞河北諸道節度入朝歡喜口號絕句十二首〉之十：「漁陽突騎邯鄲兒，酒酣並轡金鞭垂。意氣即歸雙闕舞，雄豪復遣五陵知。」（卷二三〇）、〈扶風豪士歌〉：「作人不倚將軍勢，飲酒豈顧尙書期。雕盤綺食會眾客，吳歌趙舞香風吹。」（卷一六六）等等。而盛唐詠劍舞的詩，最爲出色者首推杜甫的〈公孫大娘弟子舞劍器行〉：

> 昔有佳人公孫氏，一舞劍氣動四方。觀者如山色沮喪，天
> 地爲之久低昂。爛如羿射九日落，矯如群帝驂龍翔。來如
> 雷霆收震怒，罷如江海凝清光。絳脣珠袖兩寂寞，況有弟

子傳芬芳。臨潁美人在白帝，妙舞此曲神揚揚。與余問答
既有以，感時撫事增惋傷。先帝侍女八千人，公孫劍器初
第一。五十年間似反掌，風塵澒洞昏王室。梨園子弟散如
煙，女樂餘姿映寒日。金粟堆南木已拱，瞿唐石城草蕭瑟。
玳筵急管曲復終，樂極哀來月東出。老夫不知其所往，足
繭荒山轉愁疾。（卷二二二）

詩言美麗的公孫大娘，每逢她舞劍器時，就會轟動四方。當她舞動起
來，瞬間光芒四射，有如后羿射落九個太陽，那流暢矯健的舞姿，像
群仙乘龍飛翔，隨著隆隆鼓聲，她奔放急速的連續舞動，如雷電交加。
而穩健沈毅的靜止姿態，如江海凝聚著清光〔註89〕。在此詩中杜甫將
公孫大娘出神入化的舞姿，描繪的淋漓盡致。

　　劍器舞，是唐教坊中的健舞，舞蹈動作急速剛健、氣勢磅礴，具
有強大的感染力。唐玄宗時，公孫大娘以舞劍器而聞名，杜甫年幼時，
曾親眼觀賞公孫大娘如飛龍騰空般的舞姿，留下極深刻的印象。五十
年後，又欣賞到公孫大娘弟子的演出，舞者是臨潁李十二娘，她的舞
姿剛健，舞技高妙，與公孫大娘有著同樣的風格。杜甫追憶公孫大娘
的舞藝，且抒發王室衰微和自身飄零的感嘆，而寫下此詩。此詩之前，
尚有杜甫寫的一篇序文，記述李十二娘的舞技傳承淵源，文曰：「大
曆二年10月19日，夔府別駕元持宅，見臨潁李十二娘舞劍器，壯其
蔚跂。問其所師，曰余公孫大娘弟子也。開元三載，余尚童稚，記於
郾城觀公孫氏舞劍器渾脫，瀏灕頓挫，獨出冠時。自高頭宜春梨園二
伎坊內人泊外供奉，曉是舞者。聖文神武皇帝初，公孫一人而已。玉
貌錦衣，況余白首，今茲弟子，亦匪盛顏。既辨其由來，知波瀾莫二。
撫事慷慨，聊為劍器行。往者吳人張旭，善草書帖，數常於鄴縣見公
孫大娘舞西河劍器，自此草書長進，豪蕩感激，即公孫可知矣。」杜
甫所寫的這首詩及序，應該是記述唐代舞劍器的第一手資料〔註90〕。

〔註89〕廖美雲：《唐伎研究》，（台北學生書局，民國84年9月），頁261。
〔註90〕陳萬鼐：〈公孫大娘舞劍器〉，（台北《故宮文物月刊》第三卷第八期，
　　　　民國74年），頁74。

公孫大娘的舞蹈，促進了張旭的草書，激發了杜甫的詩情，公孫大娘也因為杜甫此詩而留名於後世。

　　唐朝全盛時期，社會安定，朝野富裕，人們充滿著奮發向上的精神。故盛唐樂舞詩中有許多詠劍舞的作品，顯然也由是於劍舞雄健剛武的風格，恰與盛唐時期蓬勃向上的時代精神相契合。西域樂舞的描寫，仔細考察其中變化的由來，可以發現，岑參是首開風氣者，他的〈田使君美人如蓮花舞北鋋歌〉便是令人耳目一新的詠西域樂舞詩，他以細膩的筆法再現了舞蹈矯健旋轉的舞姿。盛唐樂舞詩有多首具有很高的藝術價值，除前舉岑詩外，另如杜甫的〈觀公孫大娘弟子舞劍器行〉、李頎的〈聽董大彈胡笳弄兼寄語房給事〉及〈聽安萬善吹觱篥歌〉、李白的〈春夜洛城聞笛〉等等，每首皆具有獨特的風格和魅力，都是盛唐樂舞詩中的精品，且影響著中唐詩人的樂舞詩歌。

第三章　中唐樂舞詩產生的背景與因素

　　《文心雕龍‧時序篇》云：「歌謠文理，與世推移，風動於上，而波震於下者。」〔註1〕又云：「文變染乎世情，興廢繫乎時序。」〔註2〕可知文學發展與國運的盛衰、風俗的厚薄，實有密不可分的關係。文學作品往往關繫社會現實環境或相關時代背景，故研究一代文學，不僅只是探討作品內在的結構，對於作品的外緣背景，亦不可等閒視之。「樂舞」主題詩歌在中唐進入繁茂期絕非偶然，自有其背景因素作為創作的推動力量。有鑑於此，本章擬就中唐樂舞詩的時代背景作一橫切面的探討，分別從政治、經濟、社會、文化四方面著手，作為進一步研究中唐樂舞詩內涵的參考。

第一節　政治背景

一、政治局勢紛亂

　　唐玄宗天寶十四年至代宗廣德元年之間（西元755年至763年），前後長達八年之久的「安史之亂」是李唐王朝由盛轉衰的關鍵期，亦可視為盛、中唐之間的分水嶺。安祿山的叛亂，使承平的唐朝盛世迅

〔註1〕　劉勰：《文心雕龍》，（台北天龍出版社，民國72年1月），頁596。
〔註2〕　同上註，頁599。

速轉向分裂與衰敗，它結束了唐代穩定繁榮的前半期，開啓紛擾不安的局面，不僅給中原廣大地區帶來深重災難，且使李唐王朝的中央集權統治也由此一蹶不振。安史亂後，地處黃河中下游的河北、河南以及關內等幾個素稱農桑富庶的地區，由於久罹兵禍，在叛軍與唐軍彼此攻防進退的反複踐踏之下，變得滿目瘡痍〔註3〕。唐朝平叛名將郭子儀在上書朝廷時指出：

> 夫以東周之地，久陷賊中，宮室焚燒，十不存一。百曹荒廢，曾無尺椽，中間畿內，不滿千戶。井邑榛棘，豺狼所嘷，旣乏軍儲，又鮮人力。東至鄭、汴，達於徐方，北自覃懷，經于相土，人煙斷絕，千里蕭條〔註4〕。

這場大叛亂雖被討平，但它給予唐帝國的創痛，眞是至深且鉅。它直接間接遺留的若干困難癥結，使唐室始終無法解決；不特促進唐帝國的衰落與亂亡，某些方面甚至影響唐以後數百年的政局〔註5〕。從此藩鎮割據，宦官專權，朋黨相爭，外族入侵，邊患頻仍，經濟的凋殘和政治的動盪，支配著唐代的歷史。

安史亂後的一段時期，歷史上曾有過「中興」的美譽，其實不過是戰火連年、民不聊生的大亂之後，得以暫時的苟安。儘管社會表面承平，但早已是敗絮其中了。不可否認，代宗、德宗、順宗等君王即位之初，也有過重振朝綱、中興王室的抱負和一些相應的措施，如削藩、平邊、抑制宦官等，一些進步的改革家也曾勵精圖治，希望拯民於水火。但這一切很快就都隨著宦官專權、藩鎮跋扈、朋黨傾軋、邊患四起而偃旗息鼓〔註6〕。

代宗李俶（後改名豫），肅宗長子，玄宗時封爲廣平王。安史之

〔註3〕　孟二冬：《中唐詩歌之開拓與新變》，（北京大學出版社，1998年9月），頁1。

〔註4〕　《舊唐書》卷一二○〈郭子儀傳〉，（台北鼎文書局，民國65年），頁3457。

〔註5〕　傅樂成：《中國通史》下冊，（台北大中國圖書公司，民國60年7月），頁429。

〔註6〕　同註3，頁2。

亂時，玄宗入蜀，而俶及其弟建寧王倓從肅宗北上至靈武。天寶十五年 7 月，肅宗在靈武即帝位，改元至德，以廣平王俶爲天下兵馬元帥，統率諸軍，對平定安史之亂有功績。乾元元年（西元 758 年）4 月，被立爲皇太子。寶應元年（西元 762 年）4 月，太上皇和肅宗相繼去世，太子豫立，是爲代宗。代宗命其子雍王適爲兵馬元帥，僕固懷恩副之，會諸道節度使與回紇援兵於陝（今河南陝縣），進討史朝義。廣德元年（西元 763 年），史朝義爲李懷仙的士兵所追殺，至此河北終於平定。安史之亂在代宗一朝始告落幕，然而戰亂並未就此停止，反而引起藩鎮外族的蠢動侵略，割據之勢趁機興起。

（一）藩鎮跋扈

　　藩鎮的跋扈，主要是指節度使的任命不經過唐朝廷，而是父子、兄弟相傳，或由軍士擁立，唐朝廷只能承認既成事實。藩鎮地區的賦稅、戶口由本鎮掌握，不入朝廷。節度使甚至擁兵自重，對抗朝廷，其中尤以節度使的任命權不歸朝廷，更是造成藩鎮割據的主因。藩鎮稱兵作亂的局面，是安史之亂及其平定前後各種複雜的政治、軍事形勢和矛盾相互作用的結果。

　　代宗廣德元年（西元 763 年），史朝義既平，其部將薛嵩、張忠志、田承嗣、李懷仙等先後投降，唐朝遂以田承嗣爲魏博節度使，張忠志賜名李寶臣爲成德節度使，李懷仙爲盧龍節度使，薛嵩爲相衛節度使。代宗大曆十年（西元 775 年），薛嵩死，其轄州一部爲田承嗣所奪，一部由中央收回，派李承昭爲昭義節度使。自此以後，河北三鎮之名，遂固定不變，各鎮割據自爲，遞傳子孫部將達百餘年之久。除憲宗元和晚年，一度歸朝外，大河之陽，不爲王土〔註7〕。

　　代宗在位十七年（西元 763 年至 779 年），當大亂方平，一切措施不外彌縫善後，藩鎮之禍，於此時最囂張，藩鎮的跋扈，是安史之

〔註7〕　程光裕編：《中國通史》，（台北中國文化大學出版部，民國 72 年 9 月），頁 198。

亂留給王室的若干重大難題之一。藩鎮之爲禍，主要由於安史亂後節度使的數量增加及其所引伸的後患。安史之亂以前，節度使只設置於沿邊地區，爲軍事區。安史之亂以後，全國遍置節度使，林天蔚先生據〈唐書方鎮表〉統計肅宗至德元年的一年之中，即增十五鎮〔註 8〕。藩鎮數目多，朝廷勢力弱，因而使政治不安定，故而唐中葉以後，方鎮兵變，比比而是，且逐殺主帥，視爲常事〔註 9〕，以安史之亂爲關鍵點，軍亂爲藩鎮軍中的常事。

　　大曆十四年（西元 779 年）5 月，代宗崩，德宗即位，力圖振作，撤梨園，放宮女，惜其昧於知人，疑心太重，用楊炎讒言，誣殺忠臣，數年之間，政治日非，使天下人民又趨於失望，而朝廷威信喪失時，亦即藩鎮跋扈最好之時機。德宗末年，天下藩鎮共有四十餘處，布列四方，大的轄有十州之地，小的也轄三四州，大都在半獨立狀態中，德宗有意儘速平亂，乃採姑息政策，凡投降者則不處罪，降將仍留原地，授以節度使的官職。貞元十四年（西元 798 年），吳少誠於淮西舉兵，侵掠鄰州，唐室討之不利，終於赦免其罪，因此藩鎮的氣燄更加盛起〔註 10〕。而唐朝政府爲獎勵賊將投降，凡投降賊將多封爲節度使，即使屢叛屢降，最後仍封爲節度使，益增其割據野心〔註 11〕。

　　安撫招降之策略，雖是平定安史之亂的主因，但卻留下日後藩鎮不斷反抗中央的禍患，傅樂成先生即明白指出：「唐的由盛世突然步入衰運，關鍵在於安史之亂。」〔註 12〕，傅氏更進一步云：

　　　唐室於安史之亂平定後最大的失策，是對安史的降眾以及
　　　在戰爭期間過度擴充的政府軍力，沒有一個適當的安排。
　　　政府軍方面，除了開元時代所設的九節度使外，戰爭期間

〔註 8〕　林天蔚：《隋唐史新編》，（香港現代教育研究社，1968 年），頁 294 至 295。
〔註 9〕　趙翼：《廿二史札記》卷二○〈方鎮驕兵〉條，（台北鼎文書局，民國 64 年），頁 429。
〔註 10〕　同註 5 引書，頁 434。
〔註 11〕　同註 8，頁 296。
〔註 12〕　同註 5，頁 429。

又在內地增設不少兵鎮。亂平後，安史餘孽並未完全消滅，
仍然盤據黃河下游南北地區，唐室為防備他們，也就不敢
撤消內地的兵鎮，因此兵鎮幾乎遍及全國。這不但使唐室
的財政陷於困境，更平添若干據地自雄的軍閥〔註13〕。

藩鎮據兵自重，朝廷對安史餘黨的處置態度只是事事姑息，不能處
置。貞元二十一年（西元 805 年）正月，德宗死，太子誦繼位，是為
順宗，他因夙患風疾，在位僅八個月，即為宦官所逼，傳位於太子純，
而自號太上皇，並改元永貞，太子純即位，是為憲宗，次年改為元和。
元和有十五年（西元 806 年至 820 年），在唐史上號稱為「中興」時
期，其最大成就在於對桀傲不臣之藩鎮大膽用兵。元和元年，討平抗
命之夏綏、楊惠琳之亂，次年，再平鎮海節度使李錡之變，中央聲威
為之一振。惜元和十五年（西元 820 年），憲宗被宦寺所弑，子恒立，
是為穆宗，改元長慶（西元 821 年），即位伊始，河北藩鎮又叛，最
先叛變的是盧龍節度使，繼而成德、魏博兩節度使也相繼叛變，於是
河北三鎮又成割據之局面。從此終唐之世，河北不再為王土。《新唐
書‧藩鎮傳》載：

> 安、史亂天下，至肅宗大難略平，君臣皆幸安，故瓜分河北
> 地，付授叛將，護養孽萌，以成禍根。亂人乘之，遂擅署吏，
> 以賦稅自私，不朝獻於廷。效戰國，肱髀相依，以土地傳子
> 孫，脅百姓，加鋸其頸，利怵逆汙，遂使其人自視由羌狄然。
> 一寇死，一賊生，訖唐亡百餘年，卒不為王土〔註14〕。

藩鎮跋扈，位尊權重，俸厚優渥，而京官俸薄，時常不能自給，故安
史亂後，政治重心遂由朝廷轉移至地方，仕宦者紛求外任。當時文士
應各地藩鎮聘召，在幕府供職，是極普遍的現象，入幕對中唐詩人，
是有利的進階之道。傅璇琮謂：

> 安史之亂以後，地方節鎮的權力增大，特別是河北三鎮，

〔註13〕同上註。
〔註14〕《新唐書》卷二一〇〈藩鎮傳〉，（台北鼎文書局，民國 68 年），頁
　　　　5921。

儼然如同獨立王國，他們除了增強軍事實力以外，還聘召
讀書人為其幕僚或屬下的文吏〔註15〕。

士人熱衷於參加進士科考試，如屢試不中，或中而不得志者，則
多為藩鎮所用。故韓愈在送董邵南時曾謂：「燕趙古稱多感慨悲歌之
士，董生舉進士，連不得志於有司，懷抱利器，鬱鬱適茲土，吾知其
必有合也。董生勉乎哉！」〔註16〕再如中唐詩人李益出身進士，因不
受重用而遠走河朔，《舊唐書·李益傳》載：

> 李益，肅宗朝宰相揆之族子。登進士第，……以是久之不
> 調，而流輩皆居顯位。益不得意，北遊河朔，幽州劉濟辟
> 為從事，嘗與濟詩而有「不上望京樓」之句〔註17〕。

中唐的藩鎮跋扈，造成不穩定的政局，雖對朝廷有所威脅，但藩鎮自
辟幕職，多方延攬人才，促使文人投效其下，文士因此而顯貴者亦眾。
加以鎮帥多能禮遇士人，往往造成各地藩鎮名士雲集，宴會笙歌頻
繁，樂舞詩歌因而大量地產生。

（二）宦官專權

與藩鎮叛亂類似，宦官專權也是唐中期以後朝政敗壞的重要因素
之一。宦官勢力的膨脹，主要由於宦官們參預唐室皇位繼承的政治鬥
爭。唐朝的皇帝，從太宗起，直到最後的哀帝，幾乎每一朝都發生皇
位繼承問題，甚至引起政變。玄宗以後皇位繼承的鬥爭，大半由參預
者與宦官合謀而達到目的。如肅宗之立，便由於宦官李輔國的效力。
肅宗以後的皇帝，除德宗外，無一不由宦官擁立，因此宦官逐漸成為
中央大權的掌握者。其次是宦官掌握中央的軍權，這現象也是玄宗以
後發生的。安史之亂造成若干武人的擁兵割據，唐室中央，不能不在
首都建立一支堅強嫡系隊伍。對於統帥的選擇，也不能不審慎從事，

〔註15〕 傅璇琮：《唐代科舉與文學》，（台北文理出版社，民國66年4月），
頁202。
〔註16〕 《朱文公校昌黎先生集》卷二十，收錄在《四部叢刊正編》，（台北
臺灣商務印書館，民國68年），頁155。
〔註17〕 《舊唐書》卷一三七〈李益傳〉，同註4，頁3771。

至於選擇的標準，則不在才勇而在忠誠的程度，宦官較武人自然可靠得多，因此中央軍權便漸漸轉入他們的手中。軍政兩方面的大權既然都歸宦官，中央政局遂為宦官所操縱〔註18〕。

代宗永泰六年（西元765年），於宮中設樞密使，以宦者為之，初不置司局，但有屋三楹，貯文書而已。其職掌唯承受表奏，於內中進呈，若人主有所處分，則宣中書、門下施行而已〔註19〕，此舉遂開啓日後宦官以有承受表奏之權，進而干涉外朝大臣的行政，竊取皇帝大權，並創始多項專權首例。以宦官之封爵而言，代宗為唐朝之最，如李輔國、程元振、魚朝恩、駱奉先、高悅禮、孫知古等六人共九次封爵〔註20〕，朝中之軍政大權多旁落於宦者。

由於宦官政治勢力的日益膨脹，難免會與朝中士大夫發生權力衝突。如順宗於即位後，以王叔文為翰林學士，參預朝政，王叔文力主排抑宦官，奪取兵權。但為宦官首領俱文珍獲悉，即外結藩鎮韋皋等謀反，逼順宗退位，傳位太子，王叔文被賜死。朝中名士韓泰、韓曄、柳宗元、劉禹錫、陳諫、凌準、程異、韋執誼等俱貶，史稱「永貞內禪」，這是宦官與外廷鬥爭最有名的勝利。

憲宗對宦官相當親用，對外廷大臣的選拔也很慎重，但晚年因性情暴躁，為宦官陳弘志所弒。憲宗死後，宦官王守澄奉太子恒即位，是為穆宗。穆宗在位四年而崩，子湛立，是為敬宗，仍由王守澄專權，敬宗待宦官甚嚴，在位二年，為宦官劉克明所弒〔註21〕。宦官擁立皇帝，皇帝成為宦官私屬，一切唯宦者之命是從，國事遂不堪問，宦寺之權高出於皇帝，君王多形同傀儡，稍不如宦者意，即遭殺害。

唐朝中後期，宦官掌握兵權，並逐漸形成制度，這是唐朝宦官專

〔註18〕同註5，頁436至437。
〔註19〕同註7，頁196。
〔註20〕見王壽南：《唐代宦官權勢之研究》，（台北正中書局，民國60年12月），頁23至29。
〔註21〕同註3，頁439。

權的一個重要特點。宦官既握有軍政大權，又處於挾天子的優勢地位，因此大多數朝臣，懾於其淫威，唯有俯首聽命而已。且宦官集團在政治上結黨營私，外結藩鎮，排斥忠良，貪污受賄，賣官鬻爵，穢亂宮禁，無惡不作，他們的專權，使朝政更加敗壞。

（三）外廷黨爭

　　黨爭激烈，是中唐社會政治的重要特性，同時也是這個時期社會心理因素發生巨大變化的重要根源之一。

　　所謂黨爭，是指外朝士大夫之間的衝突，這種衝突，從唐初到唐末經常發生。關於唐代的黨爭，史學家言之甚詳，但有兩點值得注意：第一，在時間問題上，規模較大，鬥爭激烈，影響深遠的黨爭，是從安史亂後開始出現的。安史亂前，也存在黨爭，如玄宗朝就曾發生過張說、張九齡、與宇文融、崔祐甫之間的爭權奪利的派系鬥爭，但這種黨爭並沒有超越玄宗的控制勢力範圍，影響並不大。第二，在性質問題上，唐代的黨爭，基本上是由科舉出身的庶族官僚集團與依憑門第的士族集團之間的鬥爭，即是由科舉制度本身帶來的後果〔註 22〕。

　　自安史亂後，隨著社會政治的變遷，統治階級內部的矛盾也日益尖銳、突出，因而出現朋黨林立、黨爭不斷的局面。肅宗朝，朋黨已直接威脅到皇權，所以肅宗對朋黨的打擊還是較果斷而嚴厲的〔註 23〕。代宗大曆以後，黨爭日漸加劇，其中規模最大，時間最長的要屬「牛僧孺與李德裕的黨爭」。牛李黨爭，起於憲、穆，終於武、宣，前後達四十年之久。黨爭的起因，雖是私利意氣多於政見，但兩黨出身與習尚的不同，也是原因之一。關於這次黨爭對當時士大夫的影響，陳寅恪先生曾謂：

　　　　夫兩派既勢不並立，自然各就其氣類所近招求同黨，於是
　　　　兩種不同社會階級爭取政治地位之競爭，遂因此表面形式

〔註 22〕同註 3，頁 5。
〔註 23〕同註 3，頁 5。

化矣。及其後鬥爭之程度隨時間之久長逐漸增劇，當日士
大夫縱欲置身於局外之中立，亦幾不可能〔註24〕。

牛李黨爭觸及面之廣是十分驚人的，中唐著名詩人元稹、韓愈、李紳
等人都與牛李黨爭有關。傅錫壬於《牛李黨爭與唐代文學》中亦明白
指出：

> 唐代的牛（僧孺）李（德裕）黨爭，起自憲宗元和三年，
> 迄於宣宗大中三年，延續了四十餘年，它不但影響了朝局，
> 也激盪了文人的生命脈動。尤其當黨爭最激烈之時「一般
> 文士大有『非揚即墨』的現象」（用臺師伯簡「論唐代士風
> 與文學」文中語）。捲入這一事件的文士中，除了傳世詩文
> 不多的李德裕、李宗閔、牛僧孺、李逢吉、楊虞卿、令狐
> 綯等士大夫外，其他純粹以文學聞名於中、晚唐的大家，
> 如元稹、白居易、韓愈、李紳、杜牧、李商隱……等無不
> 參與盛事。所以它已不僅是政治事件，也是文學史上的大
> 事，此研究唐代文學與歷史者，不可不知也〔註25〕。

在牛李黨爭期間，朝臣互相攻訐，或爲文諷喻寄託，或利用詩歌以
發抒恩怨。如詩人李紳，於穆宗時被召爲右拾遺、翰林學士，與李
德裕、元稹同時，號稱「三俊」。他的政治立場也與李德裕一致，於
是遭到牛黨中人李逢吉及其黨羽的嫉恨讒誣，屢遭貶斥，禍及友人、
子孫。所以他把遭誣搆而貶斥的經過，寫成了一首四十六韻的長詩，
詩題是〈趨翰苑遭誣搆四十六韻〉〔註26〕。李紳爲自己傾吐出冤屈
的心聲，也爲歷史事件「牛李黨爭」，留下了鮮活的史料〔註27〕。黨
爭對中唐文人心理的影響是至深且鉅。

〔註24〕陳寅恪：《唐代政治史述論稿》收錄在《陳寅恪先生論文集》，（台北
　　　正中書局，民國66年4月），頁248。
〔註25〕傅錫壬：《牛李黨爭與唐代文學》，（台北東大圖書公司，民國73年9
　　　月），頁11。
〔註26〕李紳〈趨翰苑遭誣搆四十六韻〉：「九五當乾德，三千應瑞符。篡堯
　　　昌聖曆，宗禹盛盂圖。……疲馬愁千里，孤鴻念五湖。終當賦歸去，
　　　那更學楊朱。」（卷四八○），（北京中華書局，1996年1月），頁5460。
〔註27〕同註25，頁165至166。

二、重視科舉取士

　　唐朝君王爲了擴大統治基礎，在用人方面一反魏晉以來所保護士族特權的九品中正制，而實行科舉制度，通過明經、進士等名目的考試來遴選人才，拔擢官吏。唐代許多著名官吏都是科舉出身，這在唐代文人面前展開實現政治理想的新途徑，激發強烈的科舉求仕心，人人皆可爲官，實現自身的理想抱負。唐代實行科舉制度，爲寒門子弟開闢一條入仕的管道，打破六朝以來政權爲世族壟斷的局面，而從政亦是知識份子的共同出路，在寒窗苦讀後，莫不汲汲營營地追求仕進，唐人入仕雖非由一途，而科舉仍算是最正規的途徑。《通典·雜議》載：

> 我開元、天寶之中，一歲貢舉，凡有數千，而門資、武功、藝術、胥吏、眾名雜目，百戶千途，入爲仕者，又不可勝記〔註28〕。

唐於科舉之外，欲入仕者亦有多途，唯門資止乎貴冑；武功非士人所擅；而藝術亦非士人入仕之常，故唐士多致力於科舉一門，以此作爲步入仕途的重要途徑。唐代文士的科舉仕途企圖心，比任何一個時代都要強烈，「三十老明經，五十少進士」〔註29〕，唐代文士尋求仕進者頗多，每年爲求進士一科求舉者，少則數百，多則上千人。柳宗元於〈送韋七秀才下第求益友序〉一文曾謂：「若今由州邵抵有司求進士者，歲數百人。」〔註30〕。眾多士人爲此夜夜苦讀，學史窮經；眾多士人爲此干謁權要，投詩求荐，是有唐一代文人心中，進士及第是最

〔註28〕《通典》卷十八〈選舉〉六〈雜議〉，(台北新興書局，民國48年)，頁104。

〔註29〕《全唐詩》卷八七六〈明經進士語〉，(北京中華書局，1996年1月)，頁9928。

〔註30〕《全唐文》卷五七八，收錄在《傳世藏書》總集第十冊，(海口誠成文化公司，1995年)，頁4019。另韓愈〈送權秀才序〉亦謂：「余常觀於皇都，每年貢士至千餘人。」見《朱文公校昌黎先生集》卷二十一，收錄在《四部叢刊正編》，(台北臺灣商務印書館，民國68年)，頁161。

榮耀的事。反之，不由科舉出身，即使位極人臣，也認為是人生一大憾事。

　　對唐代大多數文人而言，從政是知識份子的共同出路，為謀取官職，必須先通過科舉考試，再談遠大的抱負。初盛唐時期，門閥勢力依舊穩固，雖有進士科的衝擊，然在政治體制上仍居絕對優勢。及安史之亂後，公卿世家受到戰亂的重創，勢力日趨萎縮，世家大族壟斷朝政之局被瓦解，庶民出身的進士得到絕佳時機，而再度活躍於政壇。中唐時期，宰相和朝廷中的要職，主要皆由進士出身者擔任。李肇《唐國史補》載：

　　　　進士為時所尚久矣。是故俊義實集其中，由此出者，終身
　　　　為聞人。故爭名常切，而為俗亦弊〔註31〕。

　　安史亂事使得社會結構產生變化，一般人民有更多機會參與朝政。唐德宗貞元時起，及第進士大量進入中高級官僚的行列。唐憲宗以後，進士在宰相和高級官僚中佔了絕對優勢，終唐沒有再發生變化。進士科穩定地成為高級官吏的主要來源〔註32〕，士人爭相奔赴京師以求仕祿，爭取科舉及第，成為文人入仕之最佳途徑。進士在社會上廣受一般人的重視，代宗朝禮部員外郎沈既濟即曰：

　　　　是以進士為士林華選，四方觀聽，希其風采。每歲得第之，
　　　　不浹辰而周聞天下〔註33〕。

進士登科如同登龍門，金榜題名時確實是唐文人感到最榮耀的事，難怪窮困潦倒的孟郊，在四十六歲考中進士時，寫下〈登科後〉一詩，描述心中的感受：

　　　　昔日齷齪不足誇，今朝放蕩思無涯。春風得意馬蹄疾，一
　　　　日看盡長安花。（卷三七四）

半生潦倒，十年寒窗，長期遭遇坎坷，一旦進士及第，那真是春風得

〔註31〕李肇：《唐國史補》卷下，（台北世界書局，民國80年6月），頁55。
〔註32〕李志慧：《唐代文苑風尚》，（台北文津出版社，民國78年8月），頁39。
〔註33〕杜佑：《通典》卷十五〈選舉〉三〈歷代制〉下，同註28，頁84。

意。唐代舉子每年奔波於長安道上，但有幸金榜題名者，只有極少數，據《冊府元龜》卷六百三十九記載，每年應試者多則二千人，少亦不減千人，所錄取者不過百分之一、二。柳宗元於〈送辛殆庶下第遊南鄭序〉文中曾感嘆道：

> 朝廷用文字求士，每歲布衣束帶，偕計吏而造有司者，僅
> 半孔徒之數。……僕在京師，凡九年於今，其間得意者，
> 二百有六十人〔註34〕。

在千餘人中，想脫穎而出，可以想見其中的困難。而令士子聞之痛苦者，是唐德宗貞元十八年（西元 802 年）五月敕：「自今以後，每年考試所收之人，明經不得過一百人，進士不得過二十人。如無其人，不必要滿此數。」〔註35〕朝廷有計劃的抑制進士名額，但參加考試的人數卻有增無減，競爭益發激烈，在僧多粥少的狀況下，中進士者備受尊崇，於是漸形成驕矜的心態，或耽溺放蕩狎邪的行徑。如《舊唐書·文苑傳》載：

> 崔顥者，登進士第，有俊才，無士行，好蒱博飲酒。及遊
> 京師，娶妻擇有貌者，稍不惬意，即去之，前後數四〔註36〕。

進士宴集，必有樂人演奏，歌舞助興，極盡歡樂。中晚唐之帝王多喜好文學，對進士之優寵也因而更甚於往昔。代宗、德宗曾親臨御試進士；文宗則自出題目，及所司進呈進士之試卷，則披覽吟誦，終日忘倦，且命神策軍重淘曲江、昆明二池，造彩霞亭、紫雲樓，還御題樓額以賜之，對進士極盡禮遇優渥。新科進士受到上自帝王公卿，下至社會百姓的尊崇，也因此造成進士恃寵而驕、放蕩不羈的心態。錢穆在《國史大綱》文中亦謂：「全國上下，尚文之風日盛，尚實之意日衰，詩賦日工，吏治日壞。」〔註37〕可見進士之侈靡好宴游，是整個

〔註34〕《全唐文》卷五七八，同註 30，頁 4018。
〔註35〕同註 31，頁 75。
〔註36〕《舊唐書》卷一九○〈文苑傳〉，同註 4，頁 5049。
〔註37〕錢穆：《國史大綱》，（台北臺灣商務印書館，民國 84 年 12 月），頁
　　　430 至 431。

中晚唐的普遍情形，甚至有舉止浮薄的新科進士，狎邪冶遊於青樓。
《北里志‧序》云：

> 京中飲妓，籍屬教坊，凡朝士宴聚，須假諸曹署行牒，然
> 後能致於他處。惟新進士設筵顧吏，故便可行牒，追其所
> 贈之資則倍於常數。諸妓皆居平康里，舉子、新及第進士、
> 三司幕府但未通朝籍未直館殿者，咸可就詣。如不惜所費，
> 則下車水陸備矣〔註38〕。

新科進士入妓館享有優待，不須由官府出具公文行牒，進士及第如同
得仙升天，流連於溫柔鄉，享有特權，世人之艷羨可想而知。故《唐
摭言》曾載元和十一年，世人詠該年登第者曰：「元和天子丙申年，
三十三人同得仙。袍似爛銀文似錦，相將白日上青天。」〔註39〕且同
書卷三亦載尚書楊汝士於其子名登金榜，光耀門楣之際，即開家宴相
賀，營妓咸集〔註40〕。進士及第，榮耀和利益接踵而至，為爭取中第，
士子焚膏繼晷，力學苦讀。如貞元十六年中進士第四名的白居易於〈與
元九書〉中即述其勤勉苦讀之況，其文曰：

> 十五六始知有進士，苦節讀書。二十已來，晝課賦，夜課
> 書，間又課詩，不遑寢息矣。以至于口舌成瘡，手肘成胝。
> 既壯而膚革不豐盈，未老而齒髮早衰白，瞥瞥然如飛蠅垂
> 珠，在眸子中者，動以萬數，蓋以苦學力文所致〔註41〕。

晝夜苦讀，以至目疾體衰，口瘡肘胝，以白居易之才智，尚且不免苦
讀如此，則其餘士人之勞可想而知。然而即使是進士及第，也還不能
入仕，還要再經吏部考試及格，才能分配官職。一代文宗韓愈三試於

〔註38〕孫棨：《北里志》，（台北世界書局，民國80年6月），頁22。
〔註39〕王定保：《唐摭言》卷七〈好放孤寒〉條，收錄在《四庫全書薈要》
　　　　第二七八冊，（台北世界書局，民國77年2月），頁531至532。
〔註40〕《唐摭言》卷三載：「楊汝士尚書鎮東川，其子知溫及第，汝士開家
　　　　宴相賀，營妓咸集，汝士命人與紅綾一匹。詩曰：『郎君得意及青春，
　　　　蜀國將軍又不貧。一曲高歌紅一匹，兩頭娘子謝夫人。』」，同上註，
　　　　頁505。
〔註41〕《全唐文》卷675，同註30，頁4754。

吏部都沒有通過，十年仍未得官，只好投靠藩鎮，在幕府中謀一差使。孟郊於貞元十二年（西元796年）登進士，四年後才被任官，可見及第入仕的艱難，故而傳為美談的唐代科舉盛事，對大多數文人來說，是落第的悲嘆。孟郊〈落第〉詩云：

> 曉月難為光，愁人難為腸。誰言春物榮，豈見葉上霜。鶗鴂
> 失勢病，鷦鷯假翼翔，棄置復棄置，情如刀刃傷。（卷三七四）

又其〈下落第〉詩云：

> 一夕九起嗟，夢短不到家。兩度長安陌，空將淚見花。（卷
> 三七四）

名落孫山，科場失意，則內心悲苦，然在孜孜矻矻、勤勉苦讀後，一旦金榜題名，則春風得意，聽歌閱舞，淺斟低唱，甚至縱情聲色，狎妓冶遊，使文士忘乎所以。總之，對中唐文人而言，努力求取功名，是人生理想的目標。

三、設立音樂機構

唐朝政治力量最強盛時期，當為高祖、太宗、高宗三代。則天皇后及中宗時，內政不修，外交衰退，至唐玄宗，曾投入大量金錢，供宮廷享樂，使宮廷文化，達燦爛極致，音樂在文化上佔有重要地位，故玄宗朝成為中國音樂史上最發達之時期。旋因安史之亂，造成政治混亂，文化衰微，唐室權威急轉直下，開元、天寶時代盛事已呈曇花一現，宮廷音樂文化，漸趨沒落，迨唐朝末葉，音樂文化開始由宮廷轉移至市井。綜觀唐代宮廷樂制，則為太常寺、梨園、教坊三個機構。

「太常寺」，下設「大樂署」及「鼓吹署」兩個單位。「大樂署」既管雅樂，亦管俗樂，以樂工為中心。根據史料記載，樂工名稱計有樂人、音聲人、樂工、舞工、歌工、伶人、倡優、散樂、妓女、女樂、鼓人等數十種，唯重要者為音聲人和散樂（包括伎內散樂）二種。音聲人除散樂外，亦擔任大樂署所屬之雅樂、燕樂、俗樂、胡樂等一切音樂之樂工，學習音樂的「音聲人」，在十五年內須經過五次上考，七

次中考，才能得到官職，而學會難的曲調五十曲以上，能夠演出的，才算畢業。除了這種高級訓練以外，還有專習某些技術的較短期的訓練。沒有學到十曲的人只能得到三分之一的工資，學不成的就從大樂署調到另一機構「鼓吹署」（專掌儀仗中的鼓吹音樂），去學大小橫吹。在燕樂、坐立部伎和雅樂之間，坐部伎比較難學，立部伎要容易一些，雅樂最為容易〔註42〕。故白居易於〈立部伎〉詩小序云：「刺雅樂之替也。」又云：「太常選坐部伎，無性識者退入立部伎。又選立部伎，絕無性識者退入雅樂部，則雅樂可知矣。」詩中有言：「立部賤，坐部貴。坐部退為立部伎，擊鼓吹笙和雜戲。立部又退何所任，始就樂懸操雅音。」（卷四二六）

玄宗晚年，沈溺聲色，不問政事，聽信李林甫、楊國忠等小人讒言，並寵信胡將安祿山，終導致天寶末年之安史之亂。長安、洛陽兩京遭盜賊蹂躪，其音樂設施亦不得倖免，蒙受極大損傷，梨園、內教坊急速衰頹，而樂工、樂妓亦多逃至民間。《新唐書・禮樂志》於此事載之頗詳：

> 其後巨盜起，陷兩京，自此天下用兵不息，而離宮苑囿遂以荒堙，獨其餘聲遺曲傳人間，聞者為之悲涼感動。蓋其事適足為戒，而不足考法，故不復著其詳。自肅宗以後，皆以生日為節，而德宗不立節，然止於群臣稱觴上壽而已。代宗繇廣平王復二京梨園〔註43〕。

由此可見，安史亂時，兩京受逆賊踐踏，其附屬設施多受損壞，至亂事平定，音樂機構已無玄宗朝之盛況與規模。如肅宗至德二年，猶有內教坊，唯兵戈方息，百事待興，教坊乃供宴饗遊樂之所，故須緊縮，避免鋪張過甚。再如文宗時曾下詔，凡教坊樂、翰林待詔、技術官、並總監諸色職掌內冗員者，共一千二百七十人，並宜停廢，且教坊每

〔註42〕楊蔭瀏：《中國古代音樂史稿》第二冊，（台北丹青圖書公司，民國70年5月），頁45。
〔註43〕《新唐書》卷二十二〈禮樂志〉，同註14，頁477。

日衹候樂人宜權停，即爲實例〔註44〕。憲宗元和十四年另置仗內教坊
於延政里，《舊唐書‧憲宗本紀》云：

> 元和十四年春正月……壬午，復置仗內教坊於延政里〔註45〕。

所謂仗內教坊，似因教坊附設於禁中而得名，其爲禁中之儀仗音樂，
直屬禁中〔註46〕。教坊爲唐朝宮庭俗樂機構，無論玄宗朝的內外教
坊，或中唐時的仗內教坊，皆爲專典歌舞、俳優、雜技、散樂等俗樂
事之音樂機構。

　　與教坊爲唐代音樂中樞的另一個重要機構則屬「梨園」，其存在
時間雖短，但其名聲卻長期流傳人間。在中國，將戲劇優伶之圈子稱
爲梨園，於元、明時即已採用，然究其淵源，當遠溯及唐朝玄宗之梨
園。《新唐書‧禮樂志》載：

> 玄宗既知音律，又酷愛法曲，選坐部伎子弟三百教於梨園，
> 聲有誤者，帝必覺而正之，「號皇帝梨園弟子」。宮女數百，
> 亦爲梨園弟子，居宜春北院〔註47〕。

根據《新唐書》所述，梨園係玄宗教習及上演其法曲之處，而所謂「法
曲」係承襲漢朝以來俗樂之遺風，參酌胡樂而融合成的一種唐朝新
樂，玄宗帝極爲喜愛，命名爲法曲。梨園與法曲之關係是極爲密切，
惜至安史之亂，亦不可避免的遭到荒廢之命運，梨園弟子，大半浪跡
四方，誠如陳暘《樂書》云：

> 洎于離亂，禮寺隳頹，簨簴既移，鼙鼓莫辨。梨園弟子半
> 已淪亡，樂府歌章咸悉喪墜，教坊之記雖存，亦未爲周備
> 爾〔註48〕。

〔註44〕見《舊唐書》卷十七上、〈文宗紀〉、寶曆二年 12 月詔，同註 4，頁
　　　　524。
〔註45〕同註 4，頁 466。
〔註46〕岸邊成雄著、梁在平及黃志炯譯：《唐代音樂史的研究》，（台北臺灣
　　　　中華書局，民國 62 年 10 月），頁 233。
〔註47〕《新唐書》卷二十二〈禮樂志〉，同註 14，頁 476。
〔註48〕見陳暘：《樂書》卷一八八〈俗樂部〉，收錄在《四庫全書》第二一
　　　　一冊，（台北臺灣商務印書館，民國 72 年），頁 846。

在離亂的時局，梨園弟子半已淪亡，迨至玄宗還都，肅宗即位以後，宮禁音樂再度復甦。《唐會要》載：

　　大曆十四年五月詔，罷梨園伶使及官冗食三百餘人，留者隸太常〔註49〕。

據此可知梨園雖未及昔日盛況，但其復興結果，僅冗員已有三百餘人矣。總之，梨園與太常寺、教坊皆為唐代宮廷貴族之音樂機構。「太常寺」既掌雅樂，亦掌燕樂或鼓吹樂；「梨園」專習法曲；「教坊」則專典俳優雜技等俗樂，三者鼎足而立，共同擔任宮廷讌饗音樂之重責，也因此促成了唐朝樂舞的輝煌成就。

第二節　經濟因素

一、城市熱鬧繁華

　　唐代國勢強盛，物資富庶，經濟呈現欣欣向榮的景象，加上中外貿易頻繁，巨商富賈不惜一擲千金，促使眾多的城市興起。尤其安史之亂前，社會安定，物產豐富，城鎮街坊異常熱鬧，杜甫在其〈憶昔〉詩中歌頌道：「憶昔開元全盛日，小邑猶藏萬家室。稻米流脂粟米白，公私倉廩俱豐實。」〔註50〕縱使在安史之亂後，由於國外物資運抵中國，商業貿易繁榮，亦使物資不虞匱乏，元稹在其〈估客樂〉詩中吟詠道：「求珠駕滄海，採玉上荊衡。北買黨項馬，西擒吐蕃鸚。炎洲布火浣，蜀地錦織成。越婢脂肉滑，奚僮眉眼明。通算衣食費，不計遠近程。經遊天下徧，卻到長安城。」〔註51〕食物多樣，四海之內，水陸之珍，靡不畢備，三五百人之饌，亦可立即辦妥〔註52〕。因此，

〔註49〕《唐會要》卷三十四〈雜錄〉，（台北世界書局，民國49年），頁630。
〔註50〕見《全唐詩》卷二二○，（北京中華書局，1996年1月），頁2325。
〔註51〕見《全唐詩》卷四一八，同上註，頁4611。
〔註52〕李肇：《唐國史補》卷中記載：「德宗非時召吳湊為京兆尹，便令赴上，湊疾驅諸客至府，已列筵畢。或問曰：『何速？』吏對曰：『兩市日有禮席，舉鐺釜而取之，故三五百人之饌，常可立辦也。』」，（台

在唐代大都會中，茶樓酒館，舞榭歌臺，處處林立，亦爲士子文人流連忘返之地。當時洛陽、長安、揚州、洪州、成都、廣州、襄陽、蘇州、杭州等都是繁榮的城市。茲就幾個較爲重要且著名之城市，加以探究，以見其繁華之情景。

（一）洛　陽

　　爲唐朝東都，都城南北十五里二百八十步，東西十五里七十步，天下舟船皆集於通濟橋東，常萬餘艘，塡滿河路，商賈貿易，車馬塡塞於市。且地處大運河中點，南北貨物均聚集於此，貿易鼎盛，使得城市商業蓬勃發展。由劉希夷〈公子行〉一詩，可見其奢華享樂之盛況：

> 天津橋下陽春水，天津橋上繁華子。馬聲迴合青雲外，人
> 影動搖綠波裏。綠波蕩漾玉爲砂，青雲離披錦作霞。可憐
> 楊柳傷心樹，可憐桃李斷腸花。此日遨遊邀美女，此時歌
> 舞入娼家。娼家美女鬱金香，飛來飛去公子傍。的的珠簾
> 白日映，娥娥玉顏紅粉妝。花際裴回雙蛺蝶，池邊顧步兩
> 鴛鴦。〔註53〕（卷八二）

天津橋是指穿過洛陽城洛河上的橋，透過此詩，可見洛陽城內尋歡作樂的生活情景。此外，唐代風俗在每年農曆三月三日，於洛水濱舉行祓除不祥的修禊禮，在這達官顯貴、文人雅士聚集的時節，排場是極其講究，歡樂亦不言而喻。白居易曾於〈三月三日祓禊洛濱序〉一文中述及此事：

> 由斗亭歷魏堤，抵津橋，登臨沂沿。自晨及暮，簪組交映，
> 歌笑間發，前水嬉而後妓樂，左筆硯而右壺觴，望之若仙，
> 觀者如堵。盡風光之賞，極遊泛之娛。美景良辰，賞心樂
> 事，盡得於今日矣。若不記錄，謂洛無人〔註54〕。

舉行修禊祭時，首先嬉水爲樂，繼之妓樂助興，再仿王羲之蘭亭集會修禊事，寫詩以記之，故樂天依此事而賦〈三月三日祓禊洛濱〉詩：

北世界書局，民國80年），頁35。

〔註53〕同註50，頁885。

〔註54〕見《全唐詩》卷四五六，同註50，頁5178。

　　三月草萋萋，黃鶯歌又啼。柳橋晴有絮，沙路潤無泥。禊
事修初半，遊人到欲齊。金鈿耀桃李，絲管駭鳧鷖。轉岸
迴船尾，臨流簇馬蹄。鬧翻揚子渡，蹋破魏王堤。妓接謝
公宴，詩陪荀令題。舟同李膺泛，醴為穆生攜。水引春心
蕩，花牽醉眼迷。塵街從鼓動，煙樹任鴉棲。舞急紅腰軟，
歌遲翠黛低。夜歸何用燭，新月鳳樓西。（卷四五六）

劉禹錫亦賦〈三月三日與樂天及河南李尹奉陪裴令公泛洛禊飲各賦十
二韻〉一詩和之，詩云：

　　洛下今修禊，群賢勝會稽。盛筵陪玉鉉，通籍盡金閨。波
上神仙妓，岸傍桃李蹊。水嬉如鷺振，歌響雜鶯啼。歷覽
風光好，沿洄意思迷。櫂歌能儷曲，墨客兢分題。翠幄連
雲起，香車向道齊。人誇綾步障，馬惜錦障泥。塵暗宮牆
外，霞明苑樹西。舟形隨鷁轉，橋影與虹低。川色晴猶遠，
鳥聲暮欲棲。唯餘踏青伴，待月魏王堤。（卷三六二）

　　由以上二詩可見唐人在洛陽修禊時歡樂的情景，以及妓樂歌舞的
盛況。

（二）長　安

　　為唐朝西都，位於渭河平原中部，由於氣候溫和，土地肥沃，農
業生產發達，在古代即是全國最富庶的地區之一。再加上四面關隘，
形勢險要，自古以來就稱為「關中之地」，在唐代，它不僅是帝王都
城之所在，也是繁華熱鬧的重鎮，其特殊之風貌，駱賓王在其〈帝京
篇〉中有詳細的描繪：

　　山河千里國，城闕九重門。不睹皇居壯，安知天子尊。皇居
帝里崤函谷，鶉野龍山侯甸服。五緯連影集星躔，八水分流
橫地軸。秦塞重關一百二，漢家離宮三十六。桂殿嶔岑對玉
樓，椒房窈窕連金屋。三條九陌麗城隈，萬戶千門平旦開。
複道斜通鳷鵲觀，交衢直指鳳皇臺。劍履南宮入，簪纓北闕
來。聲名冠寰宇，文物象昭回。鉤陳肅蘭扈，璧沼浮槐市。
銅羽應風回，金莖承露起。校文天祿閣，習戰昆明水。朱邸
抗平臺，黃扉通戚里。平臺戚里帶崇墉，炊金饌玉待鳴鐘。

　　小堂綺帳三千户，大道青樓十二重。(卷七七)

長安是西域和巴蜀等地商品的匯集地，商業發達，四方珍奇，皆聚於此，城內店肆林立，樓閣弘偉壯觀，居住此城者，除君王外，多爲王公貴臣，富商巨賈，或爲士子文人，其繁華自不待言。且城郊有多處美景，如大小雁塔、曲江池、芙蓉苑等，出外遊玩時，面對賞心悅目的風景，歌舞宴集是不可或缺的。白居易於〈上巳日恩賜曲江宴會即事〉詩中有生動的描述，詩云：

　　賜歡仍許醉，此會興如何。翰苑主恩重，曲江春意多。花低羞豔妓，鶯散讓清歌。共道升平樂，元和勝永和。(卷四三七)

西京長安不僅爲唐代政治中心，亦爲經濟繁榮的城市，長安人會到妓館酒樓尋歡，也會在良辰時欣賞美景，奢華享樂的風氣，猶勝於其它城市。

（三）揚　州

　　地居運河與大江交匯處，交通便利，物品琳琅滿目，商業貿易發達，中唐以後，北方經濟衰退，財物皆移轉至南方，以至朝廷將鹽鐵轉運使署常駐於揚州，以利財物之營運，因而揚州城車水馬龍，商賈往來不歇。洪邁在《容齋隨筆》卷九〈唐揚州之盛〉條述及其繁華之景況：

　　唐世鹽鐵轉運使在揚州，盡斡利權，判官多至數十人，商賈如織，故諺稱揚一益二，謂天下之盛，揚爲一而蜀次之也〔註55〕。

由此可見，揚州實爲唐代南方繁榮之城市，商賈雲集。從經營的物品看，不僅有當地出產的銅鏡、氈帽等手工業品，而且還有來自江南其它地區的名貴特產，如浮梁的名茶，豫章的木材，新平鎮的瓷器，四川的蜀錦、葯材等，門類齊全；從經營的時間看，揚州的商業活動，不僅在白天，而且在夜間也照常進行〔註56〕。如王建在〈夜看揚州市〉

〔註55〕洪邁：《容齋隨筆》，(台北臺灣商務印書館，民國 49 年)，頁 88。
〔註56〕見方亞光：《唐代對外開放初探》，(合肥黃山書社，1998 年 12 月)，

詩中所云：

> 夜市千燈照碧雲，高樓紅袖客紛紛。如今不似時平日，猶
> 自笙歌徹曉聞。（卷三○一）

揚州城市熱鬧，夜間燈火通明，有如白晝，無論晝夜生意皆興隆，因
此中唐詩人張祜於〈縱遊淮南〉詩中會認為人生在世，如能死在揚州，
也算不枉此生。詩云：

> 十里長街市井連，月明橋上看神仙。人生只合揚州死，禪
> 智山光好墓田。（卷五一一）

可見唐人對揚州生活的嚮往。揚州因其便捷的交通，發達的商業，使
得整個城市具有獨特的風貌，更令詩人留連忘返。

（四）杭　州

位於江南，人民生活富足，商業活動也很興旺。李華在〈杭州刺
史廳壁記〉一文中描述中唐時的杭州是東南名郡，駢檣二十里，開肆
三萬室〔註57〕，不僅商業繁榮，加以風景秀麗，因此文人遊杭時，常
被湖光山色所吸引。大詩人白居易於杭州刺史任上，曾賦詩多首，描
繪杭州城之美。如〈春題湖上〉：

> 湖上春來似畫圖，亂峰圍繞水平鋪。松排山面千重翠，月
> 點波心一顆珠。碧毯線頭抽早稻，青羅裙帶展新蒲。未能
> 拋得杭州去，一半句留是此湖。（卷四四六）

此詩描寫出如圖畫般的湖上風光。白居易又在其〈五月十五日夜月〉
詩中寫出江南麗景，管絃笙歌，城市熱鬧的景況。詩云：

> 歲熟人心樂，朝遊復夜遊。春風來海上，明月在江頭。燈
> 火家家市，笙歌處處樓。無妨思帝里，不合厭杭州。（卷四
> 四三）

杭州風景秀麗，樂天經常宴飲賦詩，極遊賞之樂，從其所撰有關杭州
詩的詩題中，亦可窺之一斑，如〈餘杭形勝〉、〈湖山招客〉、〈送春泛

　　頁 100。

〔註57〕《全唐文》卷 316，收錄在《傳世藏書》總集第九冊，（海口誠成文
　　　　化公司，1995 年），頁 2231。

舟〉、〈杭州春望〉、〈西湖晚歸〉、〈湖上夜飲〉、〈錢塘湖春行〉等。此外，由於城市繁華，江南美女又是聞名天下，因而秦樓楚館亦成士子流連之所，聽歌閱舞，蔚爲時尚，詩人將其冶遊見聞，吟爲詩篇。如張祜〈觀杭州柘枝〉：

> 舞停歌罷鼓連摧，軟骨仙蛾暫起來。紅罨畫衫纏腕出，碧排方胯背腰來。旁收拍拍金鈴擺，卻踏聲聲錦祢摧。看著遍頭香袖褶，粉屏香帕又重隈。（卷五一一）

詩人以艷麗的詞句描寫在杭州觀賞柘枝舞的美妙舞姿，而名城勝景與名妓美女，彼此相得益彰，令人神往，可謂是杭城的最佳寫照。

二、水陸交通發達

　　唐代經濟蓬勃興盛的另一個重要因素在於交通的暢達。唐朝，無論是陸路交通，還是水路交通，也無論是國內交通，還是域外交通，都較前代有所改變。中國古代交通受到客觀條件的限制，發展較爲緩慢，但秦始皇統一天下後，交通狀況已大爲改善。李唐時期，由於政治統一，經濟繁榮，國內外交通有極爲明顯的進步，從《元和郡縣圖志》、《舊唐書・地理志》、《新唐書・地理志》等歷史地理典籍可以得到明確的瞭解。而根據《唐會要》卷八六〈道路〉條的記載，唐朝開發的道路爲數甚多，如：

> 貞觀十四年七月三十日，移五嶇道於莎栅，復舊路。
> 貞元七年八月，商州刺史李西華請廣商山道，又別開道，以避水潦。從商州西至藍田，東抵內鄉，七百餘里皆山阻。
> 開成元年四月，昭義節度使奏請開夷儀山路，通太原、晉州，從之。

　　總之，唐朝依據社會經濟發展的需要，開闢許多新的路線，促使城市與城市之間的往來更加頻繁，並形成了以長安爲中心的交通路網。長安至太原、洛陽、成都、杭州、蘇州等地的交通道路，史籍皆有詳細記錄。除了陸路交通，唐代的水路交通也很發達，除眾所周知在隋朝開闢的大運河，溝通長安與江南的聯繫之外，凡能行舟的河流

也大都被加以利用。《舊唐書》有文載之：

> 天下諸津，舟航所聚，旁通巴、漢，前指閩、越，七澤十
> 藪，三江五湖，控引河洛，兼包淮海〔註58〕。

這正是當時水路交通的真實寫照。唐代內河航運，除了黃河、長江、
錢塘江、大運河之外，渭水、洛水、汾水、濟水、淮水、漢水、湘江、
嘉陵江、漢江、贛江等，也都是重要的航線〔註59〕，唐代水路交通的
發達，促使經濟更趨繁榮。例如襄陽之大堤，就因地處南北交通要衝
與大江水運交匯處，富商巨賈雲集，自然帶動城市熱鬧繁華，歌舞聲
妓也隨之興盛發展。中唐詩人楊巨源在其〈大堤曲〉詩中詳述道：

> 二八嬋娟大堤女，開鑪相對依江渚。待客登樓向水看，邀
> 郎卷幔臨花語。細雨濛濛溼芰荷，巴東商侶挂帆多。自傳
> 芳酒浣紅袖，誰調妍妝迴翠蛾。珍簟華燈夕陽後，當鑪理
> 瑟矜纖手。月落星微五鼓聲，春風搖蕩窗前柳。歲歲逢迎
> 沙岸間，北人多識綠雲鬟。無端嫁與五陵少，離別煙波傷
> 玉顏。(卷二一)

多金商人來來往往，酒樓妓館四處設立，富商一擲千金，縱情聲色場
所，美麗的大堤女則當壚侍酒以待客。另外一位中唐詩人施肩吾〈襄
陽曲〉亦云：

> 大堤女兒郎莫尋，三三五五結同心。清晨對鏡理容色，意
> 欲取郎千萬金。(卷四九四)

大堤女美如花，所謂「南國多佳人，莫若大堤女。」〔註60〕施肩吾於
〈襄陽曲〉詩中以告誡的語句，勸兒郎們莫找大堤女，因為他們在大
清早就將容貌打扮的很美麗，一心一意想賺取富商巨賈的千金。

　　唐代的對外交通也很發達，最令人津津樂道者，當屬陸上絲綢之

〔註58〕見《舊唐書》卷九四〈崔融傳〉，（台北鼎文書局，民國 65 年），頁
　　　　2998。
〔註59〕同註 56，頁 107。
〔註60〕張東之〈大堤曲〉詩云：「南國多佳人，莫若大堤女。玉床翠羽帳，
　　　　寶襪蓮花距。魂處自目成，色授開心許。迢迢不可見，日暮空愁予。」
　　　　（卷九九），同註 50，頁 1067。

路，亦即橫貫東西的內陸交通大道。由於經由此路輸出的物品中，數量最多的是當時西方人所欣賞的絲綢，因而歐洲人便稱它爲絲綢之路，或稱絲道、絲路。唐朝，在政治上實行對外開放政策，加強對絲路的建設，使得這條交通大道進入鼎盛時期，據《資治通鑑》〈天寶十二載〉條謂：

> 是時中國盛強，自開遠門西盡唐境萬二千里，閭閻相望，
> 桑麻翳路，天下富庶者，無如隴右。

由此可見唐代的絲路是多麼的繁榮。此外由於航海及造船技術的提高，海上航線異常繁忙，像西亞的大食國人、南亞的婆羅門人、東北亞的日本、新羅和高麗人，都是利用海上航線與我國交往。唐朝時期，外國商人藉著便捷的交通來到中土，他們的行蹤在廣州、長安、洛陽、揚州、鳳翔、南昌等地均能見到。彼等除了從事商業活動外，也參與一些文化活動，有的甚至出巨資購買唐朝的典籍文章。往來頻繁的外國人，不僅爲唐朝社會增加豐富的物資，也爲社會注入了新的活力。文人以其敏銳的觀感，對萬國來朝的盛況進行生動的描述，在他們的筆下，使後人得以一窺其景況。如李肱〈省試霓裳羽衣曲〉詩云：

> 開元太平時，萬國賀豐歲。梨園獻舊曲，玉座流新製。鳳
> 管遮參差，霞衣競搖曳。醮罷水殿空，輦餘春草細。蓬壺
> 事已久，仙樂功無替。詎肯聽遺音，聖明知善繼。（卷五四
> 二）

詩中追憶唐玄宗開元年間，萬邦來朝的情景，處處笙歌，飲酒作樂，洋溢著熱鬧繁華的旖旎風光。再如白居易在〈江南遇天寶樂叟〉詩云：

> 白頭病叟泣且言，祿山未亂入梨園。能彈琵琶和法曲，多
> 在華清隨至尊。是時天下太平久，年年十月坐朝元。千官
> 起居環珮合，萬國會同車馬奔。金鈿照耀石甕寺，蘭麝熏
> 煮溫湯源。貴妃宛轉侍君側，體弱不勝珠翠繁。（卷四三五）

「千官起居環珮合，萬國會同車馬奔。」是大詩人對天下太平時萬國爭相來朝的追憶。安史之亂後，中外交往曾一度受挫，但隨著「元和中興」，域外國家和地區與唐的接觸又日趨頻繁。中唐詩人王建於〈元

日早朝〉詩即云：

> 大國禮樂備，萬邦朝元正。東方色未動，冠劍門已盈。帝
> 居在蓬萊，蕭蕭鐘漏清。將軍領羽林，持戟巡宮城。翠華
> 皆宿陳，雪仗羅天兵。庭燎遠煌煌，旗上日月明。聖人龍
> 火衣，寢殿開璇扃。龍樓橫紫煙，宮女天中行。六蕃倍位
> 次，衣服各異形。舉頭看玉牌，不識宮殿名。左右雉扇開，
> 蹈舞分滿庭。朝服帶金玉，珊珊相觸聲。泰階備雅樂，九
> 奏鸞鳳鳴。裴回慶雲中，笙磬寒錚錚。三公再獻壽，上帝
> 錫永貞。天明告四方，群后保太平。（卷二九七）

「大國禮樂備，萬邦朝元正。東方色未動，冠劍門已盈。」詩人將萬
邦來朝之盛況描寫得淋漓盡致，透過這些詩句，領略到由於唐代水陸
交通的暢達，中外交往的頻繁，呈顯出聽樂閱舞的盛況。

第三節　社會因素

一、宴集冶遊興盛

　　李唐白建國以來，競爲奢侈，朝野之間，或以歌舞百戲相尚，
或以賞花遊樂爲能事，雖然在太宗初登基，曾敕令禁止酣宴無度，
但遊宴之風並未稍歇。太宗以後，國勢日趨強盛，諸帝的宴集更變
本加厲，宮廷裏常舉行盛大宴饗，每於春季時，君王於內殿賜宴宰
輔及百官，備太常諸樂，設魚龍曼衍之戲，連三日，抵暮方罷〔註61〕。
在君臣同歡的場合，除備有奇特精緻的美食，且必有歌舞妓樂以助
興。尤其玄宗開元年間，天下無事，故其宴集冶遊之多，節慶排場
之大，皆冠於唐代諸帝，載於史籍者不勝枚舉。如《舊唐書‧玄宗
本紀》即載：

〔註61〕王讜：《唐語林》卷七〈補遺〉載：「舊制，三二歲，必於春時，內
　　　殿賜宴宰輔及百官，備太常諸樂，設魚龍曼衍之戲，連三日，抵暮
　　　方罷。」收錄在《景印文淵閣四庫全書》第一○三八冊，（台北臺灣
　　　商務印書館，民國72年），頁178。

（開元）十七年八月癸亥，上以降誕日，讌百僚于花萼樓
下。百僚表請以每年八月五日爲千秋節，王公已下獻鏡及
承露囊，天下諸州咸令讌樂，休暇三日。……十八年夏四
月丁卯，侍臣已下讌于春明外寧王憲之園池，上御花萼樓
邀其迴騎，便令坐飲，遞爲起舞〔註62〕。

玄宗恃其盛世，以個人喜好滿足享樂，大肆鋪張遊宴，上有所好，下
必甚焉，以至臣民附和相從，對唐代社會的聲色享樂產生極大的影響
作用。安史之亂動地而起，玄宗倉皇幸蜀，六宮離散，唐室由盛轉衰，
幸經君臣將相戮力戡亂，社稷雖一息尚存，唯根基業已動搖，昇平富
庶之景況也大不如從前。然而在動亂初定，四海仍窮困時，君王卻經
常大手筆的賞賜功臣、寵將以田園宅第或聲色女樂。如名將郭子儀就
蒙代宗賜良田美器，聲色珍玩〔註63〕。再如德宗酬庸李晟以豪宅女
樂，《舊唐書‧德宗本紀》詳載其事云：

德宗興元元年秋辛卯，御丹鳳樓，大赦天下，賜李晟永崇
里第，女樂八人。甲午，命宰臣諸將送晟入新賜第，教坊
具樂，京兆府供帳食饌，鼓吹導從，京城以爲榮觀〔註64〕。

君王以女樂贈臣，助長了宴集享樂之風，縱使國事日非，但君王之賜
宴未曾稍減。《舊唐書‧德宗本紀》又載德宗賜宴之事：

戊午，上御麟德殿，宴文武百僚。初奏破陣樂，遍奏九部
樂，及宮中歌舞妓十數人列於庭，先呈上制中各樂舞曲，
是日奏之，日晏方罷〔註65〕。

中唐時期，享樂之風日盛，戰亂雖甫平，百廢待興，但社會上奢侈享
受的風氣仍盛。居上位者自以爲中興將至，極力擺出太平盛世的景
況，權貴朝臣大張宴席，歌舞昇平，據《舊唐書‧代宗本紀》云：

〔註62〕 《舊唐書》卷八〈玄宗本紀〉，（台北鼎文書局，民國65年），頁193。
〔註63〕 《舊唐書》卷一二〇〈郭子儀傳〉云：「前後賜良田美器，名園甲館，
　　　　 聲色珍玩，堆積羨溢，不可勝紀。」同上註，頁3467。
〔註64〕 《舊唐書》卷十二〈德宗本紀〉，同註4，頁345。
〔註65〕 《舊唐書》〈德宗本紀〉下，貞元十四年2月壬子朔所云，同註4，
　　　　 頁387。

　　大曆二年三月，京兆尹宴於私第。乙亥，子儀亦置宴于其
　　第。戊寅，田神功宴于其第，時以子儀元臣，寇難漸平，
　　蹈舞王化，乃置酒連宴。酒酣皆起舞，公卿大臣列坐於席
　　者百人，子儀、朝恩、神功，一宴費至十萬貫〔註66〕。

史籍文獻中所載君臣讌享同樂之事甚夥，風行草偃的結果，直接造成
官吏遊宴的習氣。如路侍中嚴鎮守成都時，日以妓樂自隨，聽歌閱舞，
追逐聲色，《唐語林》一書中，就詳載其狎邪行徑云：

　　路侍中嚴，風貌之美，為世所聞。鎮成都日，委執政於孔
　　目吏邊咸，日以技樂自隨，宴於江津。都人士女懷擲果之
　　羨，雖衛玠、潘岳不足為比……以官妓行雲等十人侍宴，
　　移鎮渚宮日，于合江亭離筵，贈行雲等感恩多詞。有：「離
　　魂何處斷，煙雨江南岸。」至今播於倡樓也〔註67〕。

由此所述，可見官吏狎遊之風極盛，因此李肇《唐國史補》〈敘風俗
所侈〉條亦曰：「長安風俗，自貞元侈於遊宴。」〔註68〕中唐時期，
上自帝王，下至官吏，廣陳宴集，酒酣高歌，追求狎邪之遊，相沿成
習而漸成風尚。錢起於〈陪郭常侍令公東亭宴集〉一詩中，對宴樂聲
色之盛有生動的描述，詩云：

　　盛業山河列，重名劍履榮。珥貂為相子，開閣引時英。美
　　景池臺色，佳期宴賞情。詞人載筆至，仙妓出花迎。暗竹
　　朱輪轉，迴塘玉佩鳴。舞衫招戲蝶，歌扇隔啼鶯。飲德心
　　皆醉，披雲興轉清。不愁懽樂盡，積慶在和羹。（卷二三八）

至於詩人為何願意參與宴集，追究其因，則在於文會宴集能令急於成
名的寒士，有機會結交權貴，或可使聲名顯著，且由此發展出特有的
宴集文化，即推舉「擅場」。亦即在宴會上，文士各賦一詩，復自諸
詩中選出最優者，此詩作者即為該次宴集的「擅場」，《唐詩記事》曾
詳載其事：

〔註66〕《舊唐書》卷十一〈代宗本紀〉，同註4，頁286。
〔註67〕《唐語林》卷四，同註61，頁94。
〔註68〕李肇：《唐國史補》卷下，（台北世界書局，民國80年），頁60。

> 寶歷中，楊於陵僕射入覲，其子嗣復率兩榜門生迎於潼關，
> 宴新昌里第，僕射與所執坐正寢，嗣復領諸生翼兩序。元、
> 白俱在，賦詩席上，汝士詩後成，元、白覽之失色。詩曰：
> 「隔坐應須賜御屏，盡將仙翰入高冥。文章舊價留鸞掖，
> 桃李新陰在鯉庭。再歲生徒陳賀宴，一時良吏盡傳馨。當
> 時疏廣雖云盛，詎有茲筵醉釀醽。」其日大醉歸，謂子弟
> 曰：『吾今日壓倒元、白。』〔註69〕

楊汝士得意於其詩作勝過元稹、白居易，在宴集時被推為擅場。因此，
在眾多才華洋溢的文人中，想要得到有力者的青睞，除登門行卷外，
建立名聲也是不可忽視的事。而名聲建立的最好之處，即在宴集，以
致於有心求仕者，往往利用人數眾多的宴集場合，力求表現。如《唐
才子傳》所載章孝標之事：

> 孝標字道正，錢塘人。李紳鎮淮東時，春雪，孝標參座席，
> 有詩名，紳命札請賦，唯然，索筆一揮云：『六出花飛處處
> 飄，粘窗拂砌上寒條。朱門到晚難盈尺，盡是三軍喜氣消。』
> 李大稱賞，薦於主文。元和十四年禮部侍郎庾承宣下進士
> 及第，授校書郎〔註70〕。

由這則故事，可見想求仕中舉者，常利用宴會時的良機，極力展現自
己的出類拔萃。許多文人在科舉及第前，藉著宴會上的行酒賦詩以逞
其才思文藝，以博得試前的良好印象與肯定，如此，均有助於考試的
結果。中唐詩人在詩酒流連狎遊唱和的宴集中，促成了樂舞詩歌蓬勃
的創作。

二、漫游活動頻繁

唐代文人在其一生中，或多或少皆有一段漫游的經歷，國勢的強
大，交通的便捷，使得士人不甘心終老於鄉里間，而積極地走向廣闊

〔註69〕計有功：《唐詩記事》卷四六〈楊汝士〉條，收錄在《景印文淵閣四
　　　庫全書》第一四七九冊，（台北臺灣商務印書館，民國72年），頁748
〔註70〕辛文房：《唐才子傳校正》卷六，（台北文津出版社，民國77年3月），
　　　頁185。

的社會。讀萬卷書，行萬里路，喜歡漫游，是多數唐人的共同嗜好，
且通常是在其入仕前，蓋文人的入仕，不同於漢魏時期世族壟斷的局
面。唐人入仕的途徑主要為通過科舉，考取進士，徵辟或參加幕府，
這些都需要離鄉背井，出門遠遊。加上唐代科舉不像宋以後採取試卷
糊名的辦法，應試者要能入選，不光卷子須考好，還要事先為自己製
造聲譽，讓姓名傳入考官耳中才行。於是長年累月地過州歷府，結交
天下豪俊，謁請達官貴人，宿老名流給予吹噓，透過各種方式，提高
自我名聲，俾能獲得賞識，更成了必不可少的過門。這種方法固然助
長了社會上請託、虛誇風氣，而亦推動一般士子走出個人狹小的天
地，步入大千世界，四海為家地從事遨遊〔註71〕，文人出外漫游、透
過各種方式，提高自我名聲，俾能獲得賞識，以求一官半職。漫游、
從政、科舉三者彼此息息相關，誠如陳伯海所言：

> 從政作為人生的目的，科舉為通向政壇的主要門戶，漫游
> 又是應舉與從政的準備，三者聯結起來，形成一條完整的
> 生活道路，是帶有那個時代的歷史特點的。就其對詩歌的
> 影響而言，漫游為創作提供了生活的原料〔註72〕。

由此可知，漫游的功能在唐詩人身上與求仕有極密切且不可分之關聯
性，漫游可說是唐代文人求仕的一種現實方式。唐代士子，流行干謁
的風氣，考前常以詩文謁見名人，希望得到賞識，並加以頌揚，如白
居易之謁顧況，其目的即在此。況且在官場上求仕途的士子並非皆住
京城，文士來自各地，或遠自異域而來，因此，從離鄉到京城，是一
段漫長的旅程，通過漫游，文人有機會認識許多來自各處、志同道合
的朋友。唐代的詩人們在漫游中相識，交際寒暄，宴集行樂，《舊唐
書・裴度傳》便記載詩人們的歡宴情狀：

> 裴度……又於午橋創別墅，花木萬株，中起涼臺暑館，名
> 曰綠野堂。引甘水貫其中，釃引脈分，映帶左右。度視事

〔註71〕陳伯海：《唐詩學引論》，（上海東方出版中心，1988 年 10 月），頁
　　　　47 至 48。
〔註72〕同上註，頁 55。

之際，與詩人白居易、劉禹錫酬宴終日，高歌放言，以詩
酒琴書自樂，當時名士，皆從之遊〔註73〕。

詩人長年客居異鄉，或漫游各地，悲歡離合，鄉情旅思，對社會人生
的種種感受，自然而然地寄情於歌舞享樂、風花雪月上，而異域的歌
舞，也隨著詩人漫游的足跡融入作品中。如羊士諤〈山閣聞笛〉詩云：
臨風玉管吹參差，山塢春深日又遲。李白桃紅滿城郭，馬
融閒臥望京師。（卷三三二）

另如殷堯藩〈潭州席上贈舞柘枝妓〉詩云：
姑蘇太守青娥女，流落長沙舞柘枝。坐滿繡衣皆不識，可
憐紅臉淚雙垂。（卷四九二）

再如韓翃〈別李明府〉詩云：
寵光五世要青組，出入珠宮引簫鼓。醉舞雄王玳瑁床，嬌
嘶駿馬珊瑚柱。胡兒夾鼓越婢隨，行捧玉盤嘗荔枝。羅山
道士請人送，林邑使臣調象騎。愛君一身遊上國，闕下名
公如舊識。萬里初懷印綬歸，湘江過盡嶺花飛。五侯焦石
烹江筍，千戶沈香染客衣。別後想君難可見，蒼梧雲裏空
山縣。漢苑芳菲入夏闌，待君障日蒲葵扇。（卷二四三）

詩人或寫歌妓，或寫舞者；或述女子的容貌服飾，或述士人的冶游艷
遇，這類作品內容，擴大了詩歌表現的領域，而其肇端則在唐代社會
的發展和文人的漫游生活。對中唐詩人而言，除了求仕之外，尋求「心
靈慰藉」也是形成詩人漫游的主要動機。漫游對詩人而言，主要是政
治、經濟、軍事和外交的具體活動所產生的附屬物，唐代詩人就奔波
在這樣的路途上。尤其代宗大曆詩人是以漫游為常課，終其一生都在
漫游中度過，使詩人在任何一地，似乎都只是客居者〔註74〕。如敬宗
寶曆元年，白居易除蘇州刺史，藉著徵歌逐舞，以尋求心靈的慰藉，
由其〈夜遊西武丘寺八韻〉可見一斑，詩云：

〔註73〕見《舊唐書》卷一七〇〈裴度傳〉，同註4，頁4432。
〔註74〕鄔湘靈：《大曆時期別離詩歌研究》，（台北政大中文所碩士論文，民
國88年），頁130。

不厭西丘寺，閒來即一過。舟船轉雲島，樓閣出煙蘿。路
人青松影，門臨白月波。魚跳驚秉燭，猿覰怪鳴珂。搖曳
雙紅旆，娉婷十翠娥。香花助羅綺，鐘梵避笙歌。領郡時
將久，遊山數幾何。一年十二度，非少亦非多。（卷四四七）

　　總之，「求仕」和「心靈慰藉」的需求使中唐詩人對漫游採取積
極的態度，因為「需要」，激化了詩人行動的原動力，通過「漫游」，
能滿足「求仕」理想的實現，與「入仕」後調劑宦途生活的功能。因
此，中唐詩人以符合此基本心理的漫游活動為主，可以說「漫游」之
風是文人冀求或處於身份、地位的轉變和整個社會生活變革的產物，
亦反映出中唐時代的社會心理，也由於文士的漫游，在某種程度上增
加了樂舞詩的繁盛。

三、蓄妓之風盛行

　　妓，亦作伎，意指有才藝之謂。《說文解字注》：「妓，婦人小物
也。」此與後世妓女之義毫不相涉。唐崔令欽《教坊記》第二則云：
「妓女入宜春院，謂之內人。」〔註75〕此處妓女是指擅長樂舞表演之
女子，即樂妓是也。在古代妓女雖不脫賣淫木色，但就唐人而言，妓
也是指善於歌舞的女子。唐代女妓，名目很多，概分為宮妓、官妓、
家妓、民妓四類。所謂宮妓，係指宮廷所設，位於宮中，供君王娛樂
者，如教坊中女妓；官妓則設於州郡、藩鎮、衙門，於官吏宴集時，
擔任供奉之職；家妓則指高官或富豪私人所養，於接待賓客時表演助
興；而民妓則指民間私營妓館之樂妓〔註76〕。

　　唐代自高祖武德以來，在禁中置內教坊，隸屬太常，專掌教習音
樂、舞蹈、倡優表演。玄宗精通音律，善擊羯鼓，認為太常專典雅樂，
不應掌歌舞百戲，故另置左右教坊以教俗樂，選女子教習音樂及舞

〔註75〕崔令欽：《教坊記》收錄在（歷代詩史長篇二輯）第一冊，（台北鼎
　　　　文書局，民國63年2月），頁11。
〔註76〕岸邊成雄著、梁在平譯：《唐代音樂史的研究》，（台北中華書局，民
　　　　國62年10月），頁366。

蹈，這即是宮妓。然公卿、百官、文人、富戶、官吏所蓄者，則爲私妓，亦稱家妓，家妓多爲主人以金錢所購。如楊慕巢任東川刺史，其家人勸他買一個歌妓，陪在身旁，不僅能自娛，尚且能娛賓，楊慕巢以爲不妥，然白居易在〈慕巢尙書書云室人欲爲置一歌者非所安也以詩相報因而和之〉詩中卻持相反的論點：

> 東川已過二三春，南國須求一兩人。富貴大都多老大，歡娛太半爲親賓。如愁翠黛應堪重，買笑黃金莫訴貧。他日相逢一杯酒，尊前還要落梁塵。（卷四五七）

樂天勸慕巢買妓，這類女妓，平日侍奉娛樂主人，宴會時則陪宴飲酒，歌舞娛賓。唐代士大夫雖然以道統自任，但家中除婢妾外，多有歌女舞妓成群，例如太尉李逢吉有家妓四十餘人〔註77〕。中唐時期，社會風氣流於奢靡，蓄養家妓風行，不只皇親國戚，連一般文士也不遑多讓。例如尊儒排佛大名鼎鼎的韓愈也有能歌善舞的柳枝、絳桃二妓爲伴，在〈感春詩〉中愉快地說道：

> 晨遊百花林，朱朱兼白白。柳枝弱而細，懸樹垂百尺。左右同來人，金紫貴顯劇。嬌童爲我歌，哀響跨箏笛。豔姬蹋筵舞，清眸刺劍戟。心懷平生友，莫一在燕席。死者長眇芒，生者困乖隔。少年眞可喜，老大百無益。（卷三四二）

道濟天下之溺的韓愈尚且蓄妓，社會享樂的風氣是可想而知。韓愈去世後，張籍在其〈祭退之〉詩中還特別提及其風流韻事：「中秋十五夜，圓魄天差清。爲出二侍女，合彈琵琶箏。」（卷三八三）文人白居易晚年集禪、道、酒、色於一身，其家妓數量亦極多，著名的有樊素、小蠻等家妓。且樂天詩中的女子，除了親屬之外，絕大多數是寫女妓，僅姓名見於其詩中者，不下二十人。大量的詠妓詩多不勝舉，如其〈醉歌示伎人商玲瓏〉詩：

〔註77〕見孟棨：《本事詩》〈情感〉條：「太和初，有妓善歌，時稱尤物。時太尉李逢吉留守，聞之，請一見，特悅，延之，不敢辭，盛粧而往。李見之，命與眾姬相面李妓，且四十餘人。」收錄在《景印文淵閣四庫全書》第一四七八冊，頁236至237。

罷胡琴，掩秦瑟，玲瓏再拜歌初畢。誰道使君不解歌，聽
唱黃雞與白日。黃雞催曉丑時鳴，白日催年酉前沒。腰間
紅綬繫未穩，鏡裏朱顏看已失。玲瓏玲瓏奈老何，使君歌
了汝更歌。（卷四三五）

商玲瓏是杭州官妓，擅長唱歌並彈奏樂器，此詩是樂天做杭州刺史時
所作，故自稱使君。另外其〈寄李蘇州兼示楊瓊〉詩：

真娘墓頭春草碧，心奴鬢上秋霜白。為問蘇臺酒席中，使
君歌笑與誰同。就中猶有楊瓊在，堪上東山伴謝公。（卷四
四二）

楊瓊本名播，少為江陵酒妓，後為蘇州歌妓。再如其〈聽曹剛琵琶兼
示重蓮〉詩云：

撥撥弦弦意不同，胡啼番語兩玲瓏。誰能截得曹剛手，插
向重蓮衣袖中。（卷四四九）

重蓮是長安善彈琵琶的女妓，樂天聽曹剛彈琵琶，也希望重蓮能有曹
剛精湛的技藝。白居易於宴會時，與妓女同座享樂，興之所至，寫詩
贈妓，遊山玩水時，往往攜妓同行，故其詩中，留下許多女妓之名，
此類詠妓詩在白氏作品中數量頗多。白居易晚年閒居洛陽，有家妓樊
素善歌，嘴唇紅似櫻桃；小蠻善舞，腰肢軟如楊柳，樂天稱讚道：「櫻
桃樊素口，楊柳小蠻腰。」（卷四六○），無奈當時白居易已近暮年，
小蠻等妓尚年輕貌美，故其在〈贈同座〉　詩中，抒發心中之感慨，
詩云：

春黛雙蛾嫩，秋蓬兩鬢侵。謀歡身太晚，恨老意彌深。薄
解燈前舞，尤能酒後吟。花叢便不入，猶自未甘心。（卷四
四九）

樂天感傷已是垂暮之人，不知自己身故後，家妓將何去何從，然猶云
解舞能吟。此外，在宴會中暢飲美酒，賓主盡歡，因而獲得家妓者，
在唐人社會中，亦是極為普遍的事。如據孟棨《本事詩》〈情感〉條
記載，韓翃少負才名，惜家境窮困，因在宴席中與李將軍暢飲而獲一
妓柳氏，其文曰：

> 韓翃少負才名，天寶末進士，孤貞靜默，所與游者皆當時
> 名士。然而蓽門圭竇，室唯四壁，鄰有李將軍，妓柳氏。
> 李每至必邀韓同飲。韓以李豁落大丈夫，故常不逆，既久
> 愈狎柳……後李以柳賜，俄就柳居，來歲成名〔註78〕。

另外，常與白居易唱和的劉禹錫，參加李紳的宴會，李紳命妙妓唱歌，劉在席上賦詩相贈，也因而獲一美妓。《本事詩》〈情感〉條又載：

> 劉禹錫罷和州，爲主客郎中，集賢學士李司空罷鎮在京，
> 慕劉名，常邀至第中厚設飲饌，酒酣，命妙妓歌以送之。
> 劉於席上賦詩曰：「高髻雲鬟宮樣妝，春風一曲杜韋娘。司
> 空見慣渾閒事，斷盡蘇州刺史腸。」李因以妓贈之〔註79〕。

據此所述，劉禹錫藉賦詩而獲得美妓，可謂點綴了生活情趣。文人在仕途失意時，和女妓相處以尋求精神的慰藉，甚至與女妓建立了真摯的感情後，又飽嚐離別之苦。但亦有文人，一旦飛黃騰達後，將女妓無情的遺棄，尤有甚者，以良馬交換家妓〔註80〕，家妓與良馬等值，令人興嘆。原則上，家妓僅做主人的內寵，和宴席上的歌舞狎樂，甚至須侍奉枕席，這種陋習，反映出唐人庸俗的生活。中唐社會蓄妓盛，用以聽歌觀舞，文士出入宴席或歌樓妓館，享受風流生活，使樂舞詩這類作品相對地增加。

第四節　文化因素

一、文人具音樂素養

　　唐代由於水陸交通的發達，商業貿易的繁榮，隨著中外文化的交流，樂舞受到西域、中亞的影響而有空前的發展，文人士大夫中雅好

〔註78〕同上註，頁 234。
〔註79〕同註 77，頁 236。
〔註80〕白居易〈酬裴令公贈馬相戲〉詩：「安石風流無奈何，欲將赤驥換青
　　　　蛾。不辭便送東山去，臨老何人與唱歌？」（卷四五七），（台北臺灣
　　　　中華書局，1996 年 1 月），頁 5185。

樂舞者代不乏人。如代宗朝宰相杜鴻漸，音樂造詣極深，善於演奏羯鼓。永泰年間，自長安至蜀，行至嘉陵江畔，與楊炎、杜悰等人登上驛樓，遙望江月，飲酒作樂，酒酣耳熱之際，取羯鼓演奏，鼓聲竟使四山猿鳥皆驚飛嗷走〔註81〕。

在唐朝濃郁的樂舞藝術氣氛感染下，許多文士也具有極高的音樂素養，如盛唐詩人王維詩歌超凡，音樂造詣亦高，不僅會演奏琵琶，也會創作琵琶曲。某次，其友人獲得一幅畫，畫上無題識，只畫著眾多的樂師在演奏，王維看後即指出所畫乃「霓裳羽衣曲」第三疊第一拍，友人不信，當即召集眾樂工演奏此曲，待演奏到第三疊第一拍時，樂工們手腕指尖的姿態，與畫上完全一致，友人始信王維的音樂鑒賞能力〔註82〕。開元九年，王維在宴會上演奏自創的「鬱輪袍」琵琶新曲，受到公主的讚賞，經公主向主考官推荐，而得以考中第一名解元〔註83〕。中唐詩人白居易亦是音樂修養很高的文人，他形容琵琶聲：「大絃嘈嘈如急雨，小絃切切如私語。嘈嘈切切錯雜彈，大珠小珠落玉盤。」更成千古名句。樂天會彈琴，擅長的樂器有五絃、七絃、琵琶、箏，更將琴看成是老伴、益友。其〈對琴待月〉詩云：

> 竹院新晴夜，松窗未臥時。共琴為老伴，與月有秋期。玉軫
> 臨風久，金波出霧遲。幽音待清景，唯是我心知。(卷四四九)

再如其〈船夜援琴〉詩云：

> 鳥棲魚不動，月照夜江深。身外都無事，舟中只有琴。七弦
> 為益友，兩耳是知音。心靜即聲淡，其間無古今。(卷四四七)

古代的文人雅士，大多會彈琴，樂天亦不例外，其〈松下琴贈客〉、〈對琴待月〉、〈夜琴〉、〈詠懷〉、〈閑臥寄劉同州〉等詩皆表現出其對琴的感受，而他更喜歡聽琴，從別人的琴聲中，欣賞琴韻的美妙。他有一

〔註81〕見南卓：《羯鼓錄》，收錄在《景印文淵閣四庫全書》第八三九冊，(台北臺灣商務印書館，民國72年)，頁984至985。
〔註82〕見李志慧：《唐代文苑風尚》，(台北文津出版社，民國78年7月)，頁189。
〔註83〕同上註。

首〈好聽琴〉詩：

> 本性好絲桐，塵機聞即空。一聲來耳裏，萬事離心中。清暢
> 堪銷疾，恬和好養蒙。尤宜聽三樂，安慰白頭翁。(卷四四六)

聽到清暢的琴音，就能拋開塵俗的煩惱，樂天在〈五弦〉詩中形容琴
聲說道：

> 清歌且罷唱，紅袂亦停舞。趙叟抱五弦，宛轉當胸撫。大
> 聲粗若散，颯颯風和雨。小聲細欲絕，切切鬼神語。又如
> 鵲報喜，轉作猿啼苦。十指無定音，顛倒宮徵羽。坐客聞
> 此聲，形神若無主。行客聞此聲，駐足不能舉。嗟嗟俗人
> 耳，好今不好古。所以綠窗琴，日日生塵土。(卷四二五)

詩中的趙叟即趙璧，是當時的五絃高手，樂天用颯颯、切切、索索、
泠泠、淒淒等疊字來形容琴聲，又用風和雨、鬼神語、猿啼苦等來狀
琴聲的悲慘，可見其深通樂理，音樂素養頗高。他甚至有自己的樂隊，
經常笙簧齊奏，歌舞自娛，在他詩中常題到的「一部清商樂」就是指
他自己的樂隊，如「唯留一部清商樂，月下風前伴老身。」〔註84〕，
「一部清商聊送老，白鬚蕭颯管弦秋。」〔註85〕等詩句，因爲他對音
樂的了解，自然也懂得歌唱的技巧。如其〈問楊瓊〉詩：

> 古人唱歌兼唱情，今人唱歌唯唱聲。欲說向君君不會，試
> 將此語問楊瓊。(卷四四四)

白居易認爲聽歌時評量歌者的優劣，在於歌者是否能將情感融入歌曲
中，如果只能唱出聲調，卻缺乏情感，就不能稱得上是會唱歌〔註86〕。
此外，他也能欣賞舞蹈的美妙，所以他在詩中，留下了許多與音樂歌
舞有關的詩篇。再如中唐詩人羊士諤在〈夜聽琵琶三首〉詩中云：

〔註84〕白居易〈讀鄂公傳〉：「高臥深居不見人，功名斗藪似灰塵。唯留一
　　　部清商樂，月下風前伴老身。」(卷四四九)，(北京中華書局，1996
　　　年1月)，頁5058。

〔註85〕白居易〈池上閒詠〉：「青莎臺上起書樓，綠藻潭中繫釣舟。日晚愛
　　　行深竹裏，月明多下小橋頭。暫嘗新酒還成醉，亦出中門便當遊。
　　　一部清商聊送老，白鬚蕭颯管弦秋。」(卷四五四)，同上註，頁5138。

〔註86〕楊宗瑩：《白居易研究》，(台北文津出版社，民國74年3月)，頁189。

掩抑危絃咽又通，朔雲邊月想朦朧。當時誰佩將軍印，長使蛾眉怨不窮。(之一)

一曲徘徊星漢稀，夜闌幽怨重依依。忽似撳金來上馬，南枝棲鳥盡驚飛。(之二)

破撥聲繁恨已長，低鬟斂黛更摧藏。潺湲隴水聽難盡，並覺風沙繞杏梁。(之三，卷三三二)

琵琶本是胡樂，羊士諤在詩中使用「朔雲邊月想朦朧」、「忽似撳金來上馬」、「潺湲隴水聽難盡」來比喻琵琶聲，表現出琵琶聲的哀怨悲傷。實言之，如不是具有良好的音樂素養，焉能致此？因為文人喜好音樂，因此中唐詩人和音樂家時相往還，如韓愈和琴工穎師，李頎和胡笳演奏家董大，李賀和箜篌演奏家李憑，都過從甚密，他們經常邀請這些藝術家演奏，闔家欣賞評說〔註87〕，並寫詩以讚美他們精湛的技藝，如李賀〈李憑箜篌引〉詩：「吳絲蜀桐張高秋，空白凝雲頹不流。」（卷三九○）李憑是唐德宗至唐憲宗時在長安的一位宮廷樂師，以擅彈箜篌著名。除李賀外，中唐詩人顧況和楊巨源皆曾撰詩以述李憑〔註88〕。

　　韓愈的〈聽穎師彈琴〉亦是一篇有名的佳作，韓愈在聽穎師演奏後，寫出〈聽穎師彈琴〉詩以贈之，也由於此首詩的流傳，穎師和其琴藝，方能名垂千古。出於文人和樂舞藝人關係密切，以致當某些樂舞伶人遭遇不幸時，文人總是會挺身相助。文士李翱，在鎮守潭州時，某次宴會上，發現一位舞柘枝的女子，面容憂愁憔悴，當時一位知情官員殷堯藩，在宴席上當場寫了一首〈潭州席上贈舞柘枝妓〉〔註89〕七絕詩贈給此女，李翱見詩後，細問其故，原來柘枝舞妓是已逝韋應

〔註87〕同註82，頁190。

〔註88〕顧況的〈李供奉彈箜篌歌〉見於《全唐詩》卷二六五。楊巨源的〈聽李憑彈箜篌二首〉見於《全唐詩》卷三三三。

〔註89〕殷堯藩〈潭州席上贈舞柘枝妓〉：「姑蘇太守青娥女，流落長沙舞柘枝。坐滿繡衣皆不識，可憐粉臉淚雙垂。」（卷四九二），同註50，頁5577。

物之女，李翱立刻命其更衣，並於賓榻中選士嫁之〔註90〕。

中唐文人具有深厚的音樂素養，且在與樂舞藝人親切的交往中，培養出自身對音樂、舞蹈藝術的高度鑑賞能力，因而創作了大量的樂舞詩篇，生動形象地描繪出表演者的技藝、樂聲、舞姿，讓後人深切瞭解唐代樂舞的特殊風貌。

二、胡人習俗的侵入

唐朝的學術思想不是儒家獨尊的時代，不同於漢代的「罷黜百家，獨尊儒術」，或宋代的理學，唐代的思想具開放與多樣性，亦即是儒、釋、道三家鼎立。尤其在代宗大曆以後，學者戮力注疏，離傳言經，遂至原本維繫社會倫理、政治秩序之儒學勢力衰微，文化防禦力量隨之衰弱，在不易抵擋外族文化侵襲下，給予胡風興盛有利的時機〔註91〕。而胡人習俗風氣傳入中原，以西域文化最為盛行，例如宗教、工藝、樂器、歌舞等大都從西域而來。

在《舊唐書》、《新唐書》、《唐會要》等史籍中，對於與唐代來往的國家和地區，有較詳細的記載，據統計其數量不亞於七十，遍及歐、亞、非三大洲，因此，在都城長安、洛陽，東南沿海城市，以及內陸都市皆可見到外國人的身影〔註92〕。他們之中有嚮往東方文化的旅人、落難的外國王侯、身負重任的各國使節、求學的留學生、求法的僧侶、更有逐利的商人及賣藝的藝人等等〔註93〕。不同膚色、不同國

〔註90〕王讜：《唐語林》卷四：「李尚書翱，潭州席上，有舞柘枝者，顏色憔悴。殷堯藩侍御當筵而贈詩曰：『姑蘇太守青娥女，流落長沙舞柘枝。坐滿繡衣皆不識，可憐粉臉淚雙垂。』李公詰其事，乃故姑蘇臺韋中丞愛姬之女也。李公曰：『吾與韋族，其姻舊矣。』遽命更舞衣，即筵入與韓夫人相見。顧其言語清楚。宛有冠蓋風儀，遂于賓榻中選士嫁之。」收錄在《景印文淵閣四庫全書》第一〇三八冊，同註一引書，頁89。
〔註91〕廖美雲：《唐伎研究》，（台北學生書局，民國84年9月），頁98。
〔註92〕方亞光：《唐代對外開放初探》，（合肥黃山書社，1998年12月），頁19。
〔註93〕同上註。

籍、不同身份的外國人隨處可見，而胡人的風俗習慣也給唐人的生活
注入了生機，使得唐人的食、衣、住、行皆充滿著異國風情。如《舊
唐書‧輿服志》載：

> 開元來，太常樂尚胡曲，貴人御饌，盡供胡食，士女皆竟
> 衣胡服〔註94〕。

由此可見唐人生活受胡風的影響甚鉅。如以飲食方面而言，著名的是
一種波斯的胡餅，使用麥一斗，羊肉二斤，蔥一合，和以豉汁、鹽，
干之以熟再烤之〔註95〕，白居易在〈寄胡餅與楊萬州〉詩中云：

> 胡麻餅樣學京都，麵脆油香新出爐。寄與飢饞楊大使，嘗
> 看得似輔興無。（卷四四一）

從詩句中可知，這種胡餅不僅在長安流行，且流傳到其它地區。再以
衣服而言，婦女對服裝較敏感，在長安的女子流行穿胡服、戴胡帽，
化胡妝，即穿翻領的大衣、斗篷、外套，使用天藍色和深藍色的眼瞼
膏化妝，著胡帽，靚妝露面〔註96〕。唐代胡帽及胡妝的風行，主要是
隨著西域中亞樂舞的傳入而流行，誠如元稹〈法曲〉詩所言：

> 吾聞黃帝鼓清角，弭伏熊羆舞玄鶴。舜持干羽苗革心，堯
> 用咸池鳳巢閣。大夏濩武皆象功，功多已訝玄功薄。漢祖
> 過沛亦有歌，秦王破陣非無作。作之宗廟見艱難，作之軍
> 旅傳糟粕。明皇度曲多新態，宛轉侵淫易沈著。赤白桃李
> 取花名，霓裳羽衣號天落。雅弄雖云已變亂，夷音未得相
> 參錯。自從胡騎起煙塵，毛毳腥羶滿咸洛。女爲胡婦學胡
> 妝，伎進胡音務胡樂。火鳳聲沈多咽絕，春鶯囀罷長蕭索。
> 胡音胡騎與胡妝，五十年來競紛泊。（卷四一九）

「女爲胡婦學胡妝」便是胡服在唐代流行的真實描述。漢人著胡服的
風氣，在玄宗時達於鼎盛，一直延續到憲宗，〈法曲〉詩末云：「胡音

〔註94〕《舊唐書》卷四五〈輿服志〉，（台北鼎文書局，民國65年），頁1958。
〔註95〕同註92，頁36。
〔註96〕《舊唐書》卷四五〈輿服志〉載：「開元初，從駕宮騎馬者，皆著胡
帽，靚桩露面，無復障蔽。士庶之家，又相仿效，帷帽之制，絕不
行用。」同註4，頁1957。

胡騎與胡妝，五十年來競紛泊。」可見胡服在唐代受歡迎的程度。而所謂的胡服胡帽，包括的地區很廣泛，不僅是西北地區少數民族的服飾，而且還包括中亞地區昭武九姓國、天竺、波斯、大食等國的服飾〔註97〕。而胡族開放的風俗，更使唐文化呈現多樣性。此外，李唐皇室，本即雜有胡族血統〔註98〕，是以夷夏觀念較薄弱，對異族多抱持寬容態度，視夷夏如一，唐太宗曾謂：

> 自古皆貴中華，賤夷狄，朕獨愛之如一，故其種落皆依朕
> 如父母〔註99〕。

唐太宗此論，確實會令世人改變對胡人的看法，因此在君王大度量的包容下，漢族胡化是必然的趨勢。再加上自東晉以來，時局多動盪不安，胡人大舉遷徙至中原，經過長期的居住，胡人開放的風俗已深刻影響漢人。流風所及，無論貴賤，無論雅俗，男女雜處，嘻笑為樂，習以為常，宋代大儒朱熹論及此嘗謂：

> 唐源流出於夷狄，故閨門失禮之事，不以為異〔註100〕。

受到胡人開放的風俗影響，在唐人的宴會中，往往男女雜坐不分，而思想的開放，更促使文人的放浪不羈，因此，李志慧評論唐代文人說道：

> 在唐代文人身上，確實很難找到儒家所要求的「溫柔敦
> 厚」，「文質彬彬」的君子之風，很難看到宋代以後那種文
> 弱書生的氣質〔註101〕。

唐代文士的思想、行徑確實不同於傳統的儒者風範，尤其長安城中的

〔註97〕同註92，頁36。
〔註98〕有關李唐皇室之淵源，參陳寅恪〈李唐氏族之推測〉，收錄在《陳寅恪先生論文集》，(台北文理出版社，民國66年4月)，頁341至354。
〔註99〕見《資治通鑑》卷一九八〈唐紀十四〉貞觀二十一年，收錄在《傳世藏書》史庫《資治通鑑》第二冊，(海口誠成文化公司，1995年)，頁2504。
〔註100〕《朱子語類》卷一三六〈歷代類〉三，收錄在《傳世藏書》子庫諸子第五冊，(海口誠成文化公司，1995年)，頁1371。
〔註101〕同註82，頁236。

文人士大夫，經常到胡姬當壚的酒肆暢飲，飲著西域的名酒，以體會異國的風味。如李白〈少年行〉詩云：

> 五陵年少金市東，銀鞍白馬度春風。落花踏盡遊何處，笑入胡姬酒肆中。（卷一六五）

文人之所以常至胡姬酒肆，除了能喝到西域的美酒，更能欣賞風情萬種的胡姬，誠如中唐詩人楊巨源〈胡姬詞〉詩所云：

> 妍艷照江頭，春風好客留。當壚知妾慣，送酒為郎羞。香渡傳蕉扇，妝成上竹樓。數錢憐皓腕，非是不能留。（卷三三三）

胡姬貌美，打扮入時，態度親切，令許多文士趨之若鶩，其實彼等醉翁之意不在酒，故張祜〈白鼻騧〉詩寫道：

> 為底胡姬酒，長來白鼻騧。摘蓮拋水上，郎意在浮花。（卷五一一）

胡姬酒肆令文人雅士流連忘返，在其中飲酒，更是盛極一時的風尚。由於胡人的行為舉止較漢人自由開放，此風潮強烈衝擊唐代的社會。唐人受胡風薰習日久，上自公主，下至高官之女，多驕縱蠻橫，違背固有倫常禮法。《唐會要》卷六載：

> 開元中，舊例，皇姬下嫁，舅姑反拜而婦不答，至是乃刊去愆禮，率由典訓〔註102〕。

據此可見，唐代社會在胡風侵襲下，禮教不興的情形。胡風之盛行一直到安史之亂後漸趨衰落。中唐以後，唐人歧視異族文化，復古之風興起，開始要求禮教的嚴謹，然提倡禮教的結果，受約束的對象僅止於名門閨秀或良家婦女，社會上一般男女之間的交往，仍多率性而不拘禮法，才子佳人的韻事傳為美談。當春天來臨，女子可以和異性到郊外踏青，文士攜妓同遊的風氣亦十分常見。宴集狎遊，縱酒狂歡，經常涉足歌臺舞榭，文人在浪漫開放的胡風薰染下，因而盡情地創作樂舞詩。

〔註102〕王溥：《唐會要》卷六，同註49引書，頁70。

三、域外樂舞的影響

　　唐代由於經濟繁榮，交通發達，或因戰爭外交等因素，使得中原的樂舞與域外的樂舞相互融合創新，樂舞在唐朝非常興盛。實言之，域外樂舞傳入中原的起源很早，並非始自唐代。依典籍所載，在先秦時已有鞮鞻氏掌四夷之樂與其歌聲〔註103〕。漢代與國外的來往頻繁，樂舞亦隨之傳入，如橫吹樂起於張騫通西域之時。《晉書・樂志》載：

> 胡角者，本以應胡笳之聲，後漸用之橫吹，有雙角，即胡
> 樂也。張博望入西域，傳其法於西京，惟得摩訶兜勒一曲。
> 李延年因胡曲更造新聲二十八解，乘輿以爲武樂〔註104〕。

晉代以後，由於五胡亂華，外族內遷人數激增，更加速中西文化的交流，尤其在樂舞方面。在唐代，由於域外樂舞的大量傳入，爲中原傳統樂舞注入新的活力，豐富了華夏文化的內涵，唐代的十部樂中，有八部是來自邊境或國外。如西涼樂，是南北朝時興於甘肅黃河以西涼州地區的音樂，後傳入中國；天竺樂，是從古國天竺（今印度）隨佛教傳入中國的音樂；龜茲樂，是從龜茲故地（今新疆庫車一帶）傳來的音樂；安國樂，是從中亞古安國（今蘇聯布哈拉一帶）傳入的音樂；疏勒樂，是西域疏勒國（今新疆疏勒一帶）傳來的音樂；康國樂，是從中亞古康國（今蘇聯撒馬爾罕地區）傳來的音樂；高昌樂，是從古高昌國（今新疆吐魯番一帶）傳來的音樂，上述各樂部樂，均用當時古國名作樂部名，這足見其音樂保持著比較明顯的異域風格和異族情調〔註105〕。此外，新的音樂還不斷的湧入。在德宗貞元年間，南詔王爲表臣服之心，集九種歌曲，經劍南節度使韋皋改編，稱爲「南詔奉聖樂」〔註106〕，另外如驃國樂（今緬甸一帶），史載由驃國王弟悉利

〔註103〕見《十三經注疏本・周禮》〈春官〉，（台北藝文印書館，民國82年9月），頁368。

〔註104〕見《晉書》卷二三〈樂〉下，（台北鼎文書局，民國65年10月），頁715。

〔註105〕伍國棟：《中國古代音樂》，（台北臺灣商務印書館，民國84年5月），頁7至80。

〔註106〕見《新唐書》卷二二〈禮樂志〉十二：「貞元中，南詔異牟尋遣使

移於貞元十八年朝覲時貢獻，其樂曲十二與樂工三十五人〔註107〕。至
於舞蹈，也有許多舞蹈是由西域諸國傳入的，如健舞中的胡騰舞、柘
枝舞、胡旋舞均來自西域各國。白居易〈胡旋女〉詩：

> 胡旋女，胡旋女，心應弦，手應鼓。弦鼓一聲雙袖舉，迴
> 雪飄颻轉蓬舞。……胡旋女，出康居，徒勞東來萬里餘。（卷
> 四二六）

樂天於詩中即指出，跳胡旋的女子是來自康居國（今蘇聯錫爾河一
帶）。再如渾脫舞，又名蘇摩遮，此為印度語舞名〔註108〕，是中亞傳
來的一種習俗，此舞可能與印度、緬甸等國的潑水習俗有關，唐人又
稱其為潑胡寒之戲〔註109〕。蘇合香舞，是教坊中的軟舞，也是由印
度傳來的舞蹈，據載蘇合香本是一種香料名，印度阿育王生病，服了
蘇合香，立刻痊癒，阿育王大喜，就命臣子育偈作蘇合香舞，後此舞
傳入中土〔註110〕。大量異域樂舞流入中原，其中有不少優秀樂舞脫
穎而出，豐富唐樂舞的內容，甚至反客為主，躍居主流，表現出家家
學胡樂、無舞難盡歡的空前盛況。

　　樂器演奏也是如此，胡人樂器隨著異域樂舞的主流地位，也被廣
泛採用。胡部樂器佔唐樂器總和的一半以上，其中琵琶、五絃、橫笛、
羯鼓、各色篳篥等都是風行的樂器，瑟、箏、竽等傳統樂器則備受冷
落。而樂舞表演者，來自異域的為數亦不少。如善彈琵琶的曹保、曹
善才、曹剛三代，歌者米嘉榮、舞者安叱奴、觱篥手安萬善等皆是。
許多文人墨客為彼等高超的技藝所折服，以飽醮的筆墨寫出由衷的讚

詣劍南西川節度使韋皋，言欲獻夷中歌曲，且令驃國進樂。皋乃作
南詔奉聖樂。」，（台北鼎文書局，民國 68 年），頁 480。

〔註107〕王溥：《唐會要》卷三三〈驃國樂〉條：「驃國樂，貞元十八年正月，
驃國王來獻，凡有十二曲，以樂工三十五人來朝。」同註 49，頁
620。

〔註108〕歐陽予倩等：《中國舞蹈史‧二編兩種》，（台北蘭亭書店，民國 74
年 10 月），頁 160。

〔註109〕同上註。

〔註110〕同註 108。

美，大量生動精美的樂舞詩如雨後春筍般的產生。如李頎〈聽安萬善吹觱篥歌〉：

> 南山截竹爲觱篥，此樂本自龜茲出。流傳漢地曲轉奇，涼
> 州胡人爲我吹。傍鄰聞者多歎息，遠客思鄉皆淚垂。世人
> 解聽不解賞，長飆風中自來往。枯桑老柏寒颼颼，九雛鳴
> 鳳亂啾啾。龍吟虎嘯一時發，萬籟百泉相與秋。忽然更作
> 漁陽摻，黃雲蕭條白日暗。變調如聞楊柳春，上林繁花照
> 眼新。歲夜高堂列明燭，美酒一杯聲一曲。（卷一三三）

詩中不僅描繪安萬善吹觱篥的美妙樂音，且明白指出樂曲是來自龜茲，吹奏者爲胡人。由於唐人對胡人樂舞的傾心，相對地，也對表演者器重。如《北史》記載曹僧奴、曹妙達父子得到「開府封王」的待遇〔註111〕。且胡人表演者常與文士往還，故中唐詩人白居易、元稹、劉禹錫、韓愈、李賀等皆寫詩以描繪彼等精湛的技藝。

唐代與各國和地區頻繁的交往，異邦樂舞大量湧現，大唐盛世集有東夷、北狄、南蠻、西戎凡十四國樂〔註 112〕。域外樂舞影響中原舊有的樂舞，域外的表演者、樂舞、樂器、融入唐代樂舞之中，使唐代樂舞超越了前代，而達到前所未有的成就。這些美妙的舞姿、技藝高超的藝人、悅耳的樂音，在在使詩人發出眞誠的讚嘆，激起詩人創作出令人耳目一新的詩篇。中唐樂舞詩就在新奇的域外樂舞影響之下，雋永的詩作也因此應運而生。

〔註111〕 見李延壽：《北史》卷九二〈列傳〉八〇，（台北鼎文書局，民國65年 11 月），頁 3055。

〔註112〕 《新唐書》卷二二〈禮樂志〉十二載：「至唐，東夷有高麗、百濟，北狄有鮮卑、吐谷渾、部落稽，南蠻有扶南、天竺、南詔、驃國，西戎有高昌、龜茲、疏勒、康國、安國，凡十四國之樂。」同註14，頁 478 至 479。

第四章　中唐詠樂詩的主題內容

　　唐代音樂，集古今中外之精華而大放光明，在中國音樂史上，為最燦爛的時期。唐以前，雖然周朝音樂已有登峰造極之說，但周朝所保留之樂曲、樂音、樂器以及其他有關著述，大部份毀於秦火〔註1〕。自秦火後，禮樂口壞，古雅樂所存者已微，漢興，已不能回復周代舊樂。及至魏晉，經過五胡亂華，劉聰、石勒等擾亂中原，戰爭時多，平安時少，音樂更加散佚不傳，所傳者僅清商三調。中國的音樂至唐時本有中斷的危機，幸而有異族色彩的胡樂融入，便音樂得以由衰轉興，呈現一個嶄新的境界。而唐代音樂的種類，依宋朝沈括所言，大致可分為三類：

　　　唐天寶十三載，以先王之樂為雅樂，前世新聲為清樂，合
　　　胡部者為宴樂〔註2〕。

以先王之樂為雅樂，所謂雅樂，僅用作郊廟或祭祀樂章，流傳並不廣泛。唐代並非無雅樂，貞觀二年，祖孝孫曾有定雅樂之舉〔註3〕，

─────────────

〔註1〕戴粹倫等撰：《中國音樂史論集》，（台北中華文化出版事業社，民國57年7月），頁1。

〔註2〕見沈括：《夢溪筆談》卷五，（台北臺灣商務印書館，民國49年），頁30。

〔註3〕《舊唐書》卷二十八〈音樂志〉載：「貞觀二年，孝孫又奏：陳、梁舊樂，雜用吳、楚之音；周、齊舊樂，多涉胡戎之伎。於是斟酌南北，考以古音，作為大唐雅樂。」，（台北鼎文書局，民國65年），

唯雅樂脫離現實意義，不受一般人青睞，注定了衰微之命運。至唐
玄宗，分樂爲二部，即坐部伎及立部伎，堂下立奏謂之立部伎，堂
上坐奏謂之坐部伎，坐部不可教者則隸於立部，立部又不可教者乃
習雅樂〔註4〕。白居易〈立部伎〉詩自注云：「太常選坐部絕無識者，
退入雅樂部。」（卷四二六）。且元稹〈立部伎〉詩云：「太常雅樂
備宮懸，九奏未終百寮惰。慆滯難令季札辨，遲迴但恐文侯臥。工
師盡取聾昧人，豈是先王作之過。」（卷四一九），雅樂之凌替而不
受人歡迎，以至於此。唐代雅樂受到輕視，水準必然低落。

　　清樂即清商三調，亦即是前世新聲、華夏正聲〔註5〕，在龜茲琵
琶未傳入中國以前，是代表時代的音樂，唯自隋亡後，失傳甚夥。唐
人杜佑於《通典》記載清樂失傳的歷史，其文云：

　　　自長安以後，朝廷不重古曲，工伎轉缺，能合于管絃者，

　　　唯明君、楊叛、……舊樂章多或數百言，時明君尚能四十

　　　言，今所傳二十六言，就中訛失，與吳音轉遠〔註6〕。

　　至於宴樂，即燕樂、讌樂，是君王在宴會中使用的音樂。燕樂中
間，吸收外來音樂，再用當時流行於中國傳統之作曲手法，進行處理，
成爲大型樂曲。有些被配上歌詞，有些被加進中國各族自己原有之樂
器，或長期以來已在中國發展之外國樂器，有些曲調是經過再創造，
成爲反映中國邊區和內地各族人民生活之音樂作品〔註7〕。總之，燕

　　　　頁 1041。

〔註4〕見《新唐書》卷二十二〈禮樂志〉載：「太常閱坐部，不可教者隸立
　　　　部，又不可教者，乃習雅樂。」，（台北鼎文書局，民國 68 年），頁
　　　　475。

〔註5〕《隋書》卷十五〈音樂志〉載：「清樂其始即清商三調是也，並漢來
　　　　舊曲。樂器形制，并歌章古辭，與魏三祖所作者，皆被于史籍。……
　　　　及平陳後獲之。高祖聽之，善其節奏，曰：「此華夏正聲也。」，（台
　　　　北鼎文書局，民國 68 年），頁 377。

〔註6〕杜佑《通典》卷一四六〈清樂〉條，（台北大化書局，民國 67 年 4
　　　　月），頁 1216。

〔註7〕楊蔭瀏：《中國古代音樂史稿》第二冊，（台北丹青圖書公司，民國
　　　　74 年），頁 25。

樂是指合胡部之音者，乃唐代音樂之精華，唐燕樂稱九部樂或十部
樂，據《樂府詩集》卷七十九載：

> 唐武德初，因隋舊制，用九部樂。太宗增高昌樂，又造讌
> 樂，而去禮畢曲。其著令者十部：一曰讌樂、二曰清商、
> 三曰西涼、四曰天竺、五曰高麗、六曰龜茲、七曰安國、
> 八曰疏勒、九曰高昌，十曰康國，而總謂之燕樂〔註8〕。

燕樂的名稱，是始於隋。唐代初年因襲隋制奏九部樂，直至貞觀年，
加入高昌來的音樂，而成十部樂。十部樂中，有不少是從西域傳入，
可見唐代音樂，已是胡人音樂的變體。燕樂本是宮廷中宴請賓客時的
音樂，後來範圍漸廣，內容漸豐，成為宴飲、遊樂、欣賞、禮儀等場
合演奏的俗樂的總稱。實言之，「燕樂」二字，已成唐代音樂的通稱。

　　音樂主要是指樂曲與樂器而言，就唐代樂曲而言，除制定本朝雅
樂，更輸入外來音樂，倡導民間俗樂，有大唐雅樂、十部樂以及各種
樂曲等。就樂器而言，我國樂器之發明歷史甚早，相傳古琴由伏羲所
作〔註9〕。而我國樂器分類，向以該樂器材料為準，所謂金、石、絲、
竹、匏、土、革、木八音，如依樂器性能及演奏方式，按照西洋近代
樂器學分類法，可將各種樂器分為敲擊樂器、吹奏樂器、絲絃樂器三
大類〔註10〕。而《全唐詩中的樂舞資料》亦將樂器分為彈撥樂器、吹
奏樂器、敲擊樂器〔註11〕，名雖異而實同。中唐詩人的作品中，詠樂
之詩為數不少，尤其西域的樂器大量傳入，如琵琶、羯鼓等，詩人在
詩中多有述及。故本章的詠樂詩，分詠樂曲詩及詠彈撥樂器詩、詠吹

〔註 8〕 見郭茂倩：《樂府詩集》卷七十九，（北京中華書局，1996 年 7 月），
　　　　頁 1107。

〔註 9〕 蔡邕：《琴操》卷上云：「昔伏羲作琴，所以禦邪僻。」收錄在《叢
　　　　書集成新編》第五十三冊，（台北新文豐出版社，民國 74 年 1 月），
　　　　頁 717。

〔註10〕 見張玉柱：《中國音樂哲學》，（台北樂韻出版社，民國 74 年 5 月），
　　　　頁 17。

〔註11〕 中國舞蹈藝術研究會編：《全唐詩中的樂舞資料》，（北京人民音樂出
　　　　版社，1996 年 11 月），頁 9。

奏樂器詩、詠敲擊樂器詩四項類型，加以分別探究。

第一節　詠樂曲詩

　　中國音樂源遠流長，博大精深，四千六百多年前，黃帝命樂官伶倫作律呂，已有了正式音樂，到了三千年前的周朝，已完成十二律及五音、七音調式，有八音所製成之多種樂器。在樂曲方面，即使唐虞以前的樂曲，或有存疑，然堯帝時有「大章」、舜帝時有「大韶」，夏禹時有「大夏」，商湯時有「大濩」等樂曲，皆載之於典籍，且可考可信。至於周朝的制禮作樂，不僅郊廟祭祀、宮廷儀禮有不同之樂章，而古詩三百篇，皆可絃歌以爲樂，即使在民間也處處鄉歌。迨至唐朝，樂曲更爲豐富〔註12〕，唐代樂曲來源是多方面的，綜合而論，重要者約有四端。中唐詩人多有歌詠之詩作，今分述於後：

一、詠前代樂曲詩

　　魏晉以來，新曲頗眾，隋初盡歸清樂，至唐武后時，舊曲存者，如白雪、公莫舞、巴渝、白紵、子夜、團扇、懊儂、石城、莫愁、楊叛兒、烏夜啼、玉樹後庭花等，止六十三曲〔註13〕。前代樂曲，深入人心，流傳至唐代，以爲歌舞所本，如「玉樹後庭花」曲，爲南朝陳後主所作，後主常與宮中女學士及朝臣相和爲詩，采其尤艷者，以爲此曲〔註14〕。白居易有〈和春深二十首〉第一首詩云：

　　　　何處春深好，春深富貴家。馬爲中路鳥，妓作後庭花。羅綺驅論隊，金銀用斷車。眼前何所苦，唯苦日西斜。（卷四四九）

後庭花爲亡國之君陳叔寶所作之曲，唐高祖時，御史大夫江淹曰：「陳

〔註12〕同註10，《中國音樂哲學》（李永剛序），頁1。
〔註13〕見王灼：《碧雞漫志》卷一，（台北鼎文書局，民國63年2月），頁108。
〔註14〕《舊唐書》卷二十八〈音樂志〉載：「春江花月夜、玉樹後庭花、堂堂並陳後主所作。」（台北鼎文書局，民國65年），頁1041。

將亡也，有玉樹後庭花；齊將亡也，有伴侶曲。聞者悲泣。所謂亡國
之音哀以思，以是觀之，亦樂之所起。」帝曰：「夫音聲能感人，自
然之道也。將亡之政，其民必苦，然苦心所感，故聞之則悲耳。今玉
樹伴侶之曲，其聲具存，朕當爲公奏之，知公必不悲矣。」〔註15〕可
見玉樹後庭花在唐代仍在流傳。唐人詩中，言及此曲者頗眾，如李白
〈金陵歌送別范宣〉：「天子龍沈景陽井，誰歌玉樹後庭花。」（卷一
六六）、杜牧〈泊秦淮〉：「商女不知亡國恨，隔江猶唱後庭花。」（卷
五二三）、許渾〈陳宮怨〉：「草生宮闕國無主，玉樹後庭花爲誰。」
（卷五三八）、張繼〈華清宮〉：「玉樹長飄雲外曲，霓裳閑舞月中歌。」
（卷二四二），諸家詩句多爲感歎後主之生平，而詩人於詩中對此曲
之簡稱，或稱玉樹，或稱後庭花，或有連稱者，要而言之，皆指同一
樂曲名也。中唐詩人張祜有〈玉樹後庭花〉詩：

　　輕車何草草，獨唱後庭花。玉座誰爲主，徒悲張麗華。（卷
　　五一一）
劉禹錫亦有二首詩言及此曲，其〈金陵懷古〉詩云：
　　潮滿冶城渚，日斜征虜亭。蔡洲新草綠，幕府舊煙青。興廢
　　由人事，山川空地形。後庭花一曲，幽怨不堪聽。（卷三五七）
又其〈臺城〉詩云：
　　臺城六代競豪華，結綺臨春事最奢。萬戶千門成野草，只
　　緣一曲後庭花。（卷三六五）
玉樹後庭花爲前朝遺曲，經開元教坊收納後，即擴充爲大曲，其擴充
之方法，蓋即以此曲爲主，而湊集若干小曲而成者，此曲在唐代且東
傳至日本〔註16〕。再如「烏夜啼」曲，爲南朝宋臨川王劉義慶所作之
曲，崔令欽《教坊記》載：
　　彭城王義康、衡陽王義季，帝囚之潯陽。後宥之，使未達，
　　衡王家人扣二王所囚院，曰：昨夜烏夜啼，官當有赦。少

〔註15〕同上註。
〔註16〕見梅應運：《詞調與大曲》，（香港新亞研究所，民國50年10月），
　　　　頁103。

頃使至。故有此曲。亦入琴操〔註17〕。

另杜佑《通典》亦載：

> 烏夜啼，宋臨川王義慶所作也。元嘉十七年，從彭城王義
> 康於章郡，義慶時爲江州，至鎭，相見而哭。爲文帝所怪，
> 徵還。義慶大懼，伎妾聞烏夜啼聲，叩齋閣云：「明日應有
> 赦」。其年更爲袞州刺史，因作此歌〔註18〕。

由崔令欽及杜佑二人所述，可知烏夜啼爲前朝遺曲。白居易〈池鶴八
絕句〉注云：「琴曲有烏夜啼、別鶴怨；烏夜啼在角調。」可見此曲
亦作琴曲流傳。唐詩烏夜啼引辭內，每見當時奉烏之迷信，可知唐人
習俗與樂曲，皆受六朝之影響，如中唐詩人張籍作〈烏夜啼引〉詩：

> 秦烏啼啞啞，夜啼長安吏人家。吏人得罪囚在獄，傾家賣
> 產將自贖。少婦起聽夜啼烏，知是官家有赦書。下床心喜
> 不重寐，未明上堂賀舅姑。少婦語啼烏，汝啼愼勿盧。借
> 汝庭樹作高巢，年年不令傷爾雛。（卷二三一）

張籍，貞元進士，其樂府詩對當時的社會問題，作較廣泛的揭露。
對一些被壓迫下婦女的悲慘處境，也寄予同情。此首詩完全仿元嘉
舊事，並具有其獨特的詩風。此外元積有〈聽庾及之彈烏夜啼引〉
詩：

> 君彈烏夜啼，我傳樂府解古題。良人在獄妻在閨，官家欲赦
> 烏報妻。烏前再拜淚如雨，烏作哀聲妻暗語。後人寫出烏啼
> 引，吳調哀弦聲楚楚。四五年前作拾遺，諫書不密丞相知。
> 謫官詔下吏驅遣，身作囚拘妻在遠。歸來相見淚如珠，唯說
> 閒宵長拜烏。君來到舍是烏力，妝點烏盤邀女巫。今君爲我
> 千萬彈，烏啼啄啄淚瀾瀾。感君此曲有深意，昨日烏啼桐葉
> 墜。當時爲我賽烏人，死葬咸陽原上地。（卷四○四）

由「吳調哀弦聲楚楚」句，可知此曲必爲哀怨之音。微之在此詩敘其
在遷謫之中，妻曾拜烏求福，既歸，則邀女巫，裝烏盤，作賽烏之舉。

〔註17〕崔令欽：《教坊記》，（台北鼎文書局，民國63年2月），頁18。
〔註18〕見《通典》卷一四五〈雜歌曲〉條，同註6，頁1212。

此種迷信風俗，與唐時之流行此曲，顯然有關〔註19〕。

「水調」曲，亦爲前朝遺曲，此曲乃隋煬帝幸江都時所製。《樂府詩集》載：「水調河傳，隋煬帝幸江都時所製。曲成奏之，聲韻悲切，王令言聞而謂其弟子曰：『但有去聲而無回韻，帝不返矣。』」〔註20〕，傳至唐朝，玄宗帝亦好水調曲〔註21〕。唐人詩中亦有多首提及水調曲爲煬帝所製，如杜牧〈揚州〉詩：「誰家唱水調，明月滿揚州。」（卷五二二）、羅隱〈席上聽水調〉詩：「若使煬皇魂魄在，爲君應合過江來。」（卷六六五）、又吳融〈水調〉詩：「鑿河千里走黃沙，沙殿西來動日華。可道新聲是亡國，且貪惆悵後庭花。」（卷六八五），三人詩均謂水調乃隋曲，爲隋煬帝開汴河時所作。中唐詩人白居易〈楊柳枝詞八首〉第一首云：

> 六么水調家家唱，白雪梅花處處吹。古歌舊曲君休聽，聽取新翻楊柳枝。（卷四五四）

六么、水調皆爲曲名，家家都在唱此二曲，可見水調曲在中唐時受歡迎的盛況，水調雖爲隋曲，唐又加入新腔，謂之新水調〔註22〕。白居易〈看採菱〉詩：

> 菱池如鏡淨無波，白點花稀青角多。時唱一聲新水調，謾人道是採菱歌。（卷四五一）

據「時唱一聲新水調」句，可知中唐時的水調曲已不同於前代。樂天又有〈聽歌六絕句‧水調〉詩：

> 五言一遍最殷勤，調少情多似有因。不曾當時翻曲意，此聲腸斷爲何人。（卷四五八）

詩的第一句「五言一遍最殷勤」，所謂一遍、五遍，蓋即指大曲之第

〔註19〕見任二北：《教坊記箋訂》，（台北宏業書局，民國62年1月），頁180。
〔註20〕同註8，頁1114。
〔註21〕另鄭嵎〈津陽門詩〉注云：「上（玄宗）每執酒巵，必令迎娘歌水調曲遍，而太眞輒彈弦倚歌，爲上送酒。」（卷五六七），（北京中華書局，1996年1月），頁6566。
〔註22〕《樂府詩集》卷七十九〈水調二首〉注云：「唐又有新水調，亦商調曲也。」，同註8，頁1115。

一遍，第五遍也，而《樂府詩集》亦載：「水調唐曲凡十一疊，前五疊爲歌，後六疊爲入破。」〔註23〕據此，可直指水調爲大曲名而無疑矣，水調其歌第五疊五言調，聲最爲怨切〔註24〕，故白居易於詩中感傷道：「此聲腸斷爲何人」。

二、詠當代樂曲詩

唐朝音樂，是中國音樂史上的極峰，當時許多人皆通曉音律，故能自度新腔，如「何滿子」本明皇時人，因罪就刑，臨刑製一曲以贖死，後此曲乃以其名稱之〔註25〕。白居易有〈聽歌六絕句·何滿子〉詩：

> 世傳滿子是人名，臨就刑時曲始成。一曲四調歌八疊，從
> 頭便是斷腸聲。（卷四五八）

由詩的第一句可知，何滿子是人名，此人在臨刑時才將新曲完成。此樂曲四次變調八段歌詞，從曲調一開始就是令人聽了會斷腸的聲音。此外在此詩下的小序亦云：「開元中，滄州有歌者何滿子，臨刑，進此曲以贖死，上竟不免。」可證曲名乃緣人名而得。而據任二北考證，白居易詩謂此調「一曲四調歌八疊」，所謂四調（或四詞），可能即指大曲辭之四首而言〔註26〕。另元稹在某次宴會上聽見藝人唱何滿子曲，歌聲宛轉，技藝高妙，微之讚賞不已，亦寫一首長詩〈何滿子歌〉，詩云：

> 何滿能歌能宛轉，天寶年中世稱罕。嬰刑繫在囹圄間，水調
> 哀音歌憤懣。梨園弟子奏玄宗，一唱承恩羈網緩。便將何滿
> 爲曲名，御譜親題樂府纂。……古者諸侯饗外賓，鹿鳴三奏
> 陳圭瓚。何如有態一曲終，牙籌記令紅螺盌。（卷四二一）

微之在此詩中描述著，何滿善於唱歌，音調宛轉動聽，在天寶年間爲

〔註23〕同註8，頁1114。
〔註24〕同註8，頁1113。
〔註25〕同註13，頁138。
〔註26〕同註19，頁138。

當時世上所罕見，不幸犯下死罪關在獄中，唱出一首傾訴悲憤的水調
哀曲，梨園的樂工上奏玄宗，皇帝聽後非常感動，赦免其罪，如此將
新樂曲定名為「何滿子」。由此詩可證何滿乃唐玄宗時人，曲名乃依
人名而定。另張祜〈孟才人歎〉詩亦提及何滿子曲，詩云：

> 偶因歌態詠嬌嚬，傳唱宮中十二春。卻為一聲何滿子，下
> 泉須弔舊才人。（卷五一一）

又其〈宮詞〉詩云：

> 故國三千里，深宮二十年。一聲河滿子，雙淚落君前。（卷
> 五一一）

由二詩所述，可知何滿子的曲情必極淒苦。此外，「雨淋鈴」曲亦為
唐玄宗時曲，雨淋鈴，一名雨霖鈴，此曲乃唐代樂工張野狐所作，段
安節《樂府雜錄》謂：「雨淋鈴者，因唐明皇駕迴至駱谷，聞雨淋鑾
鈴，因令張野狐撰為此曲」〔註27〕此曲為悼念貴妃之作，其曲情哀怨
必無疑矣！故元稹有〈琵琶歌〉云：

> 因茲彈作雨霖鈴，風雨蕭條鬼神泣。一彈既罷又一彈，珠
> 幢夜靜風珊珊。低回慢弄關山思，坐對燕然秋月寒。月寒
> 一聲深殿磬，驟彈曲破音繁併。百萬金鈴旋玉盤，醉客滿
> 船皆暫醒。（卷四二一）

李管兒以琵琶彈奏雨霖鈴曲，其曲情愁苦，令微之彷彿處在風雨蕭條
的夜晚，鬼神都在悲泣。

另詩中「月寒一聲深殿磬，驟彈曲破音繁併」句，由曲破二字可
知雨淋鈴為大曲。

「念奴嬌」曲，亦為天寶時樂曲。念奴，本天寶間名倡，善歌，
念奴嬌乃緣念奴之名而成曲名。王仁裕《開元天寶遺事》載：「念奴
有色，善歌，宮伎中第一，帝嘗曰：『此女眼色媚人。』」又云：「念
奴每執板當席，聲出朝霞之上」。元稹有〈連昌宮詞〉詠其事：

> 初過寒食一百六，店舍無煙宮樹綠。夜半月高弦索鳴，賀

〔註27〕段安節：《樂府雜錄》，收錄在《歷代詩史長篇二輯》第一冊，（台北
鼎文書局，民國63年2月），頁59。

老琵琶定場屋。力士傳呼覓念奴，念奴潛伴諸郎宿。須臾
覓得又連催，特敕街中許然燭。春嬌滿眼睡紅綃，掠削雲
鬟旋裝束。飛上九天歌一聲，二十五郎吹管逐。（卷四一九）

微之於自注云：「念奴。天寶中名倡，善歌。每歲樓下酺宴，累日之
後。萬眾喧隘，嚴安之、韋黃裳輩闢易不能禁。眾樂為之罷奏，明皇
遣高力士大呼於樓上曰：欲遣念奴唱歌，邠二十五郎吹小管」，據此
知念奴乃玄宗時人，善於歌唱且貌美，為宮伎中第一。念奴嬌曲名依
其名而得，此曲至唐中葉漸有今體慢曲子，而近世（指宋朝）有填連
昌詞入此曲者〔註28〕，宋人蘇東坡「念奴嬌」詞，乃千古絕唱，為此
調之名作。

三、詠民間樂曲詩

　　民間創造之曲，基本上是反映社會現實之作品，其中亦有許多優
秀樂曲，作曲者多為一般市井大眾，有文人、歌妓、樂人、村夫、民
婦、女冠、道士等。某些作曲者姓氏雖已不能確知，唯樂曲內容豐富，
多彩多姿，有反映現實生活者，有歌頌愛情者，有揭露戰爭殘酷者，
曲名如麥秀兩歧、女冠子、漁歌子、桂殿秋、竹枝歌、桂華、競渡曲
等。中唐詩人劉商有〈秋夜聽嚴紳巴童唱竹枝歌〉詩：

巴人遠從荊山客，回首荊山楚雲隔。思歸夜唱竹枝歌，庭
槐葉落秋風多。曲中歷歷敘鄉土，鄉思綿綿楚詞古。身騎
吳牛不畏虎，手提簑笠欺風雨。猿啼日暮江岸邊，綠蕪連
山水連天。來時十三今十五，一成新衣已再補。鴻雁南飛
報鄰伍，在家歡樂辭家苦。天晴露白鐘漏遲，淚痕滿面看
竹枝。曲終寒竹風裊裊，西方落日東方曉。（卷三〇三）

竹枝歌，本巴渝（今四川東部）一帶民歌，音調輕快，間有哀怨之作。
劉禹錫曾根據民歌改作新詞，歌詠三峽風光和男女戀情，盛行於世。
唐代詩人寫竹枝歌的很多，或用以歌詠當地的特有風俗，或述男女相
思之情，白居易有三首詩將竹枝歌入詩，其〈聽竹枝贈李侍御〉詩：

〔註28〕同註13，頁142。

> 巴童巫女竹枝歌，懊惱何人怨咽多。暫聽遺君猶悵望，長
> 聞教我復如何。（卷四四一）

竹枝曲調悲切，而樂天時在忠州（今四川省）做官，長年聽竹枝曲調，
更增其惆悵感傷。又〈九日題塗溪〉詩：

> 蕃草席鋪楓葉岸，竹枝歌送菊花杯。明年尚作南賓守，或
> 可重陽更一來。（卷四四一）

此詩是重九在楓葉岸布荊而坐，唱竹枝飲菊花酒的情形，又〈憶夢得〉
詩：

> 齒髮各蹉跎，疏慵與病和。愛花心在否，見酒興如何。年長
> 風情少，官高俗慮多。幾時紅燭下，聞唱竹枝歌。（卷四四九）

夢得善唱竹枝，能令聽者愁絕（樂天於詩下小注語），時樂天懷念夢
得，因此寫下「幾時紅燭下，聞唱竹枝歌」之句。竹枝歌樂曲，頗受
唐人喜愛。另中唐詩人顧況、殷堯藩各有一首言及竹枝歌之詩。顧況
〈早春思歸有唱竹枝歌者坐中下淚〉詩：

> 渺渺春生楚水波，楚人齊唱竹枝歌。與君皆是思歸客，拭
> 淚看花奈老何。（卷二六七）

顧況，唐肅宗進士，曾官著作郎，其詩質樸平易，多反映現實之作，
富有民間詩歌的色彩，此詩即是其代表性的作品。又殷堯藩〈送沈亞
之尉南康〉詩：

> 行邁南康路，客心離怨多。暮煙葵葉屋，秋月竹枝歌。孤
> 鶴唳殘夢，驚猿嘯薜蘿。對江翹首望，愁淚疊如波。（卷四
> 九二）

由此詩內容觀之，亦為哀怨之作，後來竹枝曲也用作詞調名。

　　「桂華曲」，又稱桂花曲，亦是來自民間的樂曲，作曲者已不可
考。中唐詩人李德裕有〈桂花曲〉詩，詩云：

> 仙女侍，董雙成，桂殿夜涼吹玉笙。曲終卻從仙宮去，萬
> 戶千門空月明。河漢女，玉練顏，雲軿往往到人間。九霄
> 有路去無際，裊裊天風吹珮環。（補編上冊，頁四○一）

李德裕此詩頗具有仙意。另白居易有〈醉後聽唱桂華曲〉詩：

桂華詞意苦丁寧，唱到常娥醉便醒。此是人間腸斷曲，莫
教不得意人聽。（卷四五七）

樂天認爲桂華曲曲韻怨切，聽輒感人，每聽唱到常娥之詞，輒有感於
自身遭遇，而憂傷滿懷。由「此是人間斷腸曲，莫教不得意人聽。」
詩句，亦可想見曲情必悲切。樂天又作〈東華桂三首〉詩，其第三首
即是〈桂華曲〉，詩云：

遙知天上桂花孤，試問嫦娥更要無。月宮幸有閒田地，何
不中央種兩株。（卷四四七）

樂天做蘇州刺史時，有感於自身的外放，見蘇州東城有一株桂樹，生
長在城下，憐惜它生在不適當之地，故寫此詩傷悼它，言外有諷勸朝
廷應任用賢才之意。再如其好友劉禹錫，本在京爲官，因王叔文敗而
遭貶至連州、朗州，此二處接近夜郎諸夷，風俗鄙陋，當其遠竄蠻荒
之時，作品中便滲入不少「武陵夷俚」的體裁與題材。如〈競渡曲〉
詩：

沅江五月平堤流，邑人相將浮綵舟。靈均何年歌已矣，哀
謠振楫從此起。楊桴擊節雷闐闐，亂流齊進聲轟然。蛟龍
得雨鬐鬣動，蟆蜒飲河形影聯。刺史臨流褰翠幃，揭竿命
爵分雄雌。（卷三五六）

此詩以土風作題材，詩中言及競渡曲爲沅江流域的人民，在每年 5 月
時划船競賽時所奏之曲，以追悼屈原。故夢得於詩下小序亦云：「競
渡始於武陵，及今舉楫而相和之。其音咸呼云何在，斯招屈之義，事
見圖經。」劉禹錫因迭遭貶官之痛，長年羈居邊荒，淹留日久，目睹
異地風情，將化外之風融入詩中，故作品別有一番風致。再如其〈插
田歌〉詩云：

岡頭花草齊，燕子東西飛。田塍望如線，白水光參差。農
婦白紵裙，農父綠簑衣。齊唱郢中歌，嚶儜如竹枝。但聞
怨響音，不辨俚語詞。時時一大笑，此必相嘲嗤。水平苗
漠漠，煙火生墟落。黃犬往復還，赤雞鳴且啄。（卷三五四）

農人在田中插秧時所歌之曲，亦入夢得詩中，使詩中充滿了新的情

趣，詩下小序云：「連州城下，俯接村墟。偶登郡樓，適有所感，遂
書其事爲俚歌，以俟采詩者。」這類題材，皆爲唐代詩人所少見者，
此外如其五絕〈路傍曲〉亦爲歌詠民間樂曲之作品：

> 南山宿雨晴，春入鳳凰城。處處聞弦管，無非送酒聲。（卷
> 三六四）

夢得以善五言詩著稱於當時，然而其在詩史上佔有一席之位，卻不僅
是一般人所稱誦的五言詩，而是在他被貶官至南荒之時，作品中所表
現出的夷俚題材。此外如〈田順郎歌〉、〈與歌童田順郎〉等皆爲此類
性質，這些都是最值得後世重視的作品。

四、詠異域或邊地樂曲詩

　　自漢朝張騫通西域後，西域音樂漸入中國，而北方之匈奴樂及北
狄樂，也因通商與行軍之關係，傳到中原，之後，又有高麗和扶南音
樂的傳入。因此所謂異域之樂曲，是指由東、南、西、北方進入中原
的外族音樂，而影響後世較大者，僅有北方的鼓吹樂和西方的西域
樂。盛唐時，教坊曲由域外傳入者頗眾，據近人任二北考證，唐人崔
令欽所著的《教坊記》中所載的曲名，可以肯定爲外樂無疑者，計有
三十五調名，即菩薩蠻、八拍蠻、女王國、南天竺、望月婆羅門、西
河師子、西河劍器、蘇幕遮、胡渭州、楊下採桑、合羅縫、蘇合香、
胡相間、胡醉子、甘州子……春鶯囀、達摩支、五天、阿遼、拂林、
大渭州〔註29〕。如就「甘州」曲而言，甘州本邊地名（今甘肅張掖），
由甘州傳入之樂曲即名甘州曲〔註30〕。元稹〈琵琶〉詩云：

> 學語胡兒撼玉玲，甘州破裏最星星。使君自恨常多事，不
> 得工夫夜夜聽。（卷四一五）

由此詩「學語胡兒撼玉玲」句，可見甘州曲爲來自域外的胡樂，其性
質與涼州、伊州同，並爲天寶時樂曲。宋人洪邁亦云：「今世所傳大

〔註29〕同註19，頁168。
〔註30〕《新唐書》卷二十二〈禮樂志〉載：「天寶樂曲，皆以邊地名，甘州
　　　　其一也。」同註4，頁476。

曲，皆出於唐，而以州名者五，伊、涼、熙、石、渭也。」〔註31〕。
再由微之詩「甘州破裏最星星」句，甘州曲有「破」，故知其爲大曲
無疑，且其曲情表現淒曠哀怨之致。

再如「伊州」曲，亦是由邊地傳入。伊州本邊地名，隋稱伊吾郡，
隋末西域雜胡據之，貞觀四年歸化，置伊州，屬西涼州都督府直轄（即
今新疆哈密）。伊州曲據《新唐書‧禮樂志》謂爲天寶樂曲，而據《樂
府詩集》，則謂此曲爲玄宗朝西涼節度使蓋嘉運進獻〔註32〕。伊州曲
之名，見於唐詩者頗多，如中唐詩人李涉〈重登滕王閣〉詩：

> 滕王閣上唱伊州，二十年前向此遊。半是半非君莫問，好
> 山長在水長流。（卷四七七）

又施肩吾〈望騎馬郎〉詩：

> 碧蹄新壓步初成，玉色郎君弄影行。賺殺唱歌樓上女，伊
> 州誤作石州聲。（卷四九四）

另白居易有〈伊州〉詩：

> 老去將何散老愁，新教小玉唱伊州。亦應不得多年聽，未
> 教成時已白頭。（卷四四八）

王建〈宮詞一百首〉第五十六首：

> 未承恩澤一家愁，乍到宮中憶外頭。求守管弦聲款逐，側
> 商調裏唱伊州。（卷三○二）

伊州位於西陲，伊州曲源於邊地，故其曲常令人興起塞外之聯想。而
羅虬〈比紅兒詩〉：「紅兒謾唱伊州遍，認取輕敲玉韻長。」（卷六六
六），明謂伊州「遍」，更可確定伊州屬大曲。而來自異域最有名的曲
子當屬霓裳羽衣曲，其次如涼州曲、驃國樂曲、春鶯囀曲等等，當在
下章再詳論。

另須一提者，在唐朝時，由西域傳入的胡樂廣泛流行，最初這些

〔註31〕見洪邁：《容齋隨筆》卷十四，（台北大立出版社，民國70年7月），
頁185。
〔註32〕見郭茂倩：《樂府詩集》卷七十九引《樂苑》云：「伊州，商調曲，
西涼節度使〔蓋〕嘉運所進也。」同註8，頁1119。

胡樂只是有曲無辭，即只能用樂器演奏，卻不能由人來歌唱。唐代詩歌極爲盛行，於是就有樂工或歌手將詩人們所寫的絕句配上曲譜來歌唱，逐漸地由絕句發展到用律詩配樂，歌手們用名詩人的佳作配曲，而詩人們也以自己的詩能被人作爲歌詞演唱爲榮，並且經常爲配曲歌唱而專門寫詩，以作爲歌詞。著名的例子如李白寫的三首〈清平調〉，以及唐代詩人們寫的大量的甘州曲、涼州曲、伊州曲等等。因此在首都長安，酒店中常有胡姬在歌唱，甚至有來自西域的男性歌者，例如有一位來自米國（故地在今烏茲別克共和國撒馬爾罕的西南）的米嘉榮，即是有名的歌唱家。劉禹錫曾寫一首〈與歌者米嘉榮〉七絕，稱讚其高超的歌藝：

> 唱得涼州意外聲，舊人唯數米嘉榮。近來時世輕先輩，好
> 染髭鬚事後生。（卷三六五）

詩言能將涼州曲唱得意想不到精彩的，在舊人中只有米嘉榮，近來的社會風氣看輕前輩，喜好將白鬚染黑，假裝是年輕人。而不僅是來自異域的胡人善於歌唱，一般的文士朝臣、市井大眾，也有歌藝精湛者。如唐代宗大曆初年，長安有一位左金吾將軍韋清，不僅武藝超群，且是著名的歌唱家，詩人顧況，是其好友，曾寫一首〈贈韋清將軍〉七絕詩贈之：

> 身執金吾主禁兵，腰間寶劍重橫行。接輿亦是狂歌者，更
> 就將軍乞一聲。（卷二六七）

詩中提及，將軍手執金吾掌管禁兵，腰間掛著寶劍建立功業，我像楚狂人接輿喜好歌唱，請將軍您能爲我唱一曲。在唐詩中，有許多詩人在聽到優美的演唱後，爲歌者寫上讚美的詩篇。如穆宗長慶年間，當時的杭州，有一位歌者商玲瓏，曾多次爲白居易演唱歌曲，樂天在欣賞之餘，爲他寫了一首〈醉歌〉詩：

> 罷胡琴，掩秦瑟，玲瓏再拜歌初畢。誰道使君不解歌，聽
> 唱黃雞與白日。黃雞催曉丑時鳴，白日催年酉前沒。腰間
> 紅綬繫未穩，鏡裏朱顏看已失。玲瓏玲瓏奈老何，使君歌
> 了汝更歌。（卷四三五）

商玲瓏常以樂天的詩爲歌詞演唱，元稹在越州聞之，極感興趣，於是備厚禮邀其前來，商到越州後，唱遍用樂天爲辭的歌，住了月餘，欲返回杭州，元稹寫了一首〈重贈〉詩爲之送行，詩云：

> 休遣玲瓏唱我詩，我詩多是別君詞。明朝又向江頭別，月落潮平是去時。（卷四一七）

微之於詩中說到，不要再讓玲瓏唱我的詩，我的詩大多是分別之詞。此詩既是給商玲瓏送行，又兼寄樂天。而樂天在五十八歲時，在東都洛陽爲官，當時洛陽的歌者，歌唱時只講究聲音美，卻缺乏情感。樂天想起在唐敬宗年間，任蘇州刺史時，聽到歌者楊瓊的美妙歌聲，因此寫出〈問楊瓊〉的七絕詩：

> 古人唱歌兼唱情，今人唱歌唯唱聲。欲說向君君不會，試將此語問楊瓊。（卷四四四）

樂天提出他的看法，即歌唱者要將感情融入歌曲中，才能算是會唱歌，只可惜有些人唱歌只重視聲音，而未注入情感，樂天認爲「情」是古人、今人唱歌的不同之處。第二年，元稹看到此詩，於是和作一首〈和樂天示楊瓊〉的七言古詩，詩云：

> 我在江陵少年日，知有楊瓊初喚出。腰身瘦小歌圓緊，依約年應十六七。去年十月過蘇州，瓊來拜問郎不識。青衫玉貌何處去，安得紅旗遮頭白。我語楊瓊瓊莫語，汝雖笑我我笑汝。汝今無復小腰身，不似江陵時好女。楊瓊爲我歌送酒，爾憶江陵縣中否。江陵王令骨爲灰，車來嫁作尚書婦。盧戡及第嚴潤在，其餘死者十八九。我今賀爾亦自多，爾得老成余白首。（卷四二二）

微之說年少在江陵之時，就知道有剛出來當歌女的楊瓊，她那時腰身瘦小，歌聲卻圓潤，年紀大約十六七歲。微之此詩，可以說爲一位歌藝超群的歌女作了一篇小傳。實言之，在中唐詩人作品中，詠歌之詩亦不在少數。

　　音樂在唐代非常興盛，而記載唐教坊樂曲之情形及曲名者，當以唐人崔令欽《教坊記》爲最詳。而《教坊記》所著錄之樂曲名，有雜

曲二百七十八，大曲四十六，雖不能賅括教坊樂曲之全，然其必爲最流行者，則毫無疑問〔註33〕。唐代的樂曲，無論其來源爲何，若依其體製而言，大致可以分爲兩類，長的稱「大曲」，一般比較短的稱「雜曲子」〔註34〕。唐代大曲又稱燕樂大曲，是一種綜合器樂、歌唱和舞蹈的含有多段結構的大型歌舞音樂。大曲在唐代音樂中佔有特殊的地位，也標誌著我國歌舞音樂的發展進入一個更高的層次。這種藝術形式遍及唐代各種音樂中，如雅樂中的「上元舞」、立部伎中的「破陣樂」、清樂中的「玉樹後庭花」、胡樂中的「涼州」等，都是唐人喜聞樂見的大型歌舞音樂〔註35〕。在唐詩裏提到的大曲有：綠腰（六么、樂世）、涼州（梁州）、薄媚、伊州、甘州、霓裳羽衣、玉樹後庭花、雨淋鈴、柘枝、三台、渾脫、劍器、熙州、石州、水調、破陣樂、春鶯囀等〔註36〕，有關此類大曲的來源和相關詩作，如綠腰、涼州、霓裳羽衣、柘枝、春鶯囀等，在下章中將會論述。本節僅就樂曲的來源加以歸類，再擇中唐詩人的相關詩作而論述之。

第二節　詠彈撥樂器詩

　　彈撥樂器是以手指或撥子彈絃的樂器。凡張絲絃於共鳴器上，彈撥絲絃以發出聲音者皆稱之，故又稱爲絃（弦）樂器，與管樂器並稱「管絃」，也稱「絲竹」。彈撥樂器的歷史源遠流長，周代即已有琴、瑟，戰國時期已出現箏，漢代時有箜篌、阮咸，隋唐時則有琵琶、五絃。唐代燕樂所使用的絃樂器，根據楊蔭瀏的歸納，主要有琴、瑟、三絃琴、箏、筦箏、琵琶、五絃、筑、擊琴等〔註37〕。在唐詩裏提到

〔註33〕同註16，頁26。
〔註34〕同註11，頁13。
〔註35〕劉再生：《中國古代音樂史簡述》，（北京人民音樂出版社，1995年5月），頁242。
〔註36〕同註11，頁13。
〔註37〕楊蔭瀏：《中國古代音樂史稿》第二冊，（台北丹青圖書公司，民國74年5月），頁31。

的樂器有二十多種，其中的琴、瑟、笙、簫、磬、鐘、鉦、鐸、甌、方響、拍板等是中國固有的樂器。琵琶、五絃、箜篌、篳篥、笛、胡笳、角、羯鼓等是西域樂器〔註38〕。而據《全唐詩中的樂舞資料》一書，所篩選出的中唐詠彈撥樂器詩，有琴、瑟、箏、琵琶、箜篌等五種樂器，今述之於下：

一、詠琴詩

琴（見附錄二圖二），在八音中爲絲之屬，早在先秦時代已是一種很受歡迎的樂器。《詩經‧鹿鳴》：「我有嘉賓，鼓瑟鼓琴。」〔註39〕以琴瑟之音敘述君王宴飲群臣，賓主盡歡之樂。琴因爲歷史悠久，自唐宋以來逐漸被稱爲「古琴」。有關古琴的創製者，歷來有三說，一謂由伏羲氏所製，蔡邕《琴操》云：「昔伏羲氏作琴，所以禦邪僻。」〔註40〕二謂由神農氏所製，許慎《說文解字》云：「琴，禁也，神農所作。」〔註41〕三謂由舜所製，《禮記‧樂記》云：「昔者舜作五弦之琴以歌南風。」〔註42〕無論是三人中何人所創，在在顯示古琴在中國有極爲悠久的歷史。相傳古琴在周代以前本爲五絃，後由周文王、武王各加一絃，於是變爲七絃〔註43〕，故古琴又稱「七絃琴」。若論其形制，一般以桐木做琴面，以梓木做琴底，琴面有七絃，又各分爲十三徽，用以標記音位，琴身則呈狹長形。中唐詩人盧仝〈風中琴〉云：

　　五音六律十三徽，龍吟鶴響思庖羲。一彈流水一彈月，水
　　月風生松樹枝。（卷三八七）

〔註38〕中國舞蹈藝術研究會編：《全唐詩中的樂舞資料》，（北京人民音樂出版社，1996年11月），頁6。

〔註39〕見《毛詩》，收錄在《四部叢刊初編經部》，（台北臺灣商務印書館，民國56年），頁64。

〔註40〕見蔡邕《琴操》卷上，收錄在《叢書集成新編》第五十三冊，（台北新文豐出版社，民國74年1月），頁717。

〔註41〕段玉裁：《說文解字注》，（台北黎明文化事業公司，民國80年4月），頁639。

〔註42〕見《禮記集解》，（台北文史哲出版社，民國79年8月），頁995。

〔註43〕同註40。《琴操》云：「文王武王加二弦。」

盧仝於詩中描寫古琴的音律、琴制、創製者及琴音,有清新俊逸之姿。
實言之,古琴爲雅樂演奏的主要樂器,唯在唐代,由於雅樂的式微,
古琴較不被重視,在十部伎中,僅有清樂使用古琴伴奏。然其神聖崇
高的地位,在文人心中不曾稍減,而成爲文人修養的音樂。在唐詩中
出現有關琴的詩作超過六百首,其中以詠琴爲主題的詩亦超過百首。
中唐古琴詩作和詩人極多,詩旨亦豐富多樣,如劉長卿感嘆自己懷才
不遇而寫的〈幽琴〉詩:

> 月色滿軒白,琴聲宜夜闌。颼颼青絲上,靜聽松風寒。古
> 調雖自愛,今人多不彈。向君投此曲,所貴知音難。(卷一
> 四八)

劉長卿發憤苦讀以求仕,唯本性剛直,曾因得罪權貴下獄,並兩遭貶
謫,其詩多寫政治失意之感,此詩是他上禮部侍郎之作,以琴音古調
自喻,期望獲得賞掖。另其〈聽琴〉詩云:

> 泠泠七弦上,靜聽松風寒。古調雖自愛,今人多不彈。(卷
> 一四七)

在唐代琴已不爲廣大百姓所喜愛,故劉長卿於詩中感嘆今人不愛古調
而愛聽新聲,由七絃琴彈出的「風入松」曲,古曲雖高雅,可惜現在
的人大都已不彈。唐代由於胡樂盛行,一般人已對七絃琴失去興趣,
古琴古調已不爲時人所愛,故白居易也寫了一首〈廢琴〉五言詩,來
抒發感懷,詩云:

> 絲桐合爲琴,中有太古聲。古聲澹無味,不稱今人情。玉徽
> 光彩滅,朱弦塵土生。廢棄來已久,遺音尚泠泠。不辭爲君
> 彈,縱彈人不聽。何物使之然,羌笛與秦箏。(卷四二四)

樂天在此詩中指出,用桐木和絲絃製成的琴,彈出的是古代的樂音,
這種古聲淡而無味,已不符合今人的喜好,是何樂器使琴受到冷落,
原來是羌笛和秦箏。樂天不滿世人好今不好古,雅風衰微的社會風
氣,而有此作。另其〈五弦〉詩亦爲同性質之作:

> 嗟嗟俗人耳,好今不好古。所以綠窗琴,日日生塵土。(卷
> 四二五)

　　唐代自玄宗以後，經安史之亂，雅樂已日漸式微，朝廷雖力振雅
樂，然胡俗樂盛行，其勢已不可擋。十部伎中，除燕樂、清商樂爲中
國傳統音樂，餘皆爲異域音樂。俗樂地位日趨重要，雅樂徒留形式，
詩人目睹此情況，心生感慨。儘管時人愛好羯鼓、五絃琵琶等活潑的
外來樂器，然詩人卻將古琴視爲雅音、正道，以表示自身品潔的高雅，
故此類詠琴詩爲數不少。如劉禹錫〈書居池上亭獨吟〉：「法酒調神氣，
清琴入性靈。浩然機已息，几杖復何銘。」（卷三五七）、又其〈早秋
雨後寄樂天〉：「簟涼扇恩薄，室靜琴思深。」（卷三五八）、白居易〈好
聽琴〉：「本性好絲桐，塵機聞即空。」（卷四四四）等等。

　　音樂是一種聽覺藝術，古琴詩是詩人在聆聽琴音時的審美感受。
中唐詩人常以豐富的想像力和生動的比喻來描繪琴音之美。如韓愈的
〈聽穎師彈琴〉詩：

> 昵昵兒女語，恩怨相爾汝。劃然變軒昂，勇士赴敵場。浮
> 雲柳絮無根蒂，天地闊遠隨飛揚。喧啾百鳥群，忽見孤鳳
> 皇。躋攀分寸不可上，失勢一落千丈強。嗟余有兩耳，未
> 省聽絲篁。自聞穎師彈，起坐在一旁。推手遽止之，溼衣
> 淚滂滂。穎乎爾誠能，無以冰炭置我腸。（卷三四〇）

元和年間，長安來了一位善彈七絃琴的和尚，人稱穎師，在長安與文
士時相往還，希望得到文士賞識，詩人聽其琴聲，爲之寫詩，以求留
名於後世。穎師精湛的琴藝，激起了許多文人心中的感受，皆撰詩來
描繪其琴藝，而韓愈的〈聽穎師彈琴〉是其中的力作。退之在詩中讚
美穎師琴藝的高超，並連用許多意象來比喻琴音的雄壯或輕柔，悠揚
或起伏，令讀者也能感受到琴樂之美。故《唐宋詩醇》評此詩曰：「寫
琴聲之妙，實爲得髓。」〔註44〕古琴藝術由遠古傳至唐代，演奏技巧
已臻純熟，韓愈在詩中將彈琴者的指法變化與聆樂時的感受，生動的
表達出來。此篇在中唐詠琴詩中屬描樂音寫琴藝最精彩的詩作。韓愈

〔註44〕見清高宗御選：《唐宋詩醇》，（台北臺灣中華書局，民國60年1月），
　　　　頁855。

的〈聽穎師彈琴〉被後人譽爲唐代音樂詩的三絕之一〔註45〕。此外，
李賀也寫了一首〈聽穎師彈琴歌〉七言古詩：

> 別浦雲歸桂花渚，蜀國弦中雙鳳語。芙蓉葉落秋鸞離，越
> 王夜起遊天姥。暗珮清臣敲水玉，渡海蛾眉牽白鹿。誰看
> 挾劍赴長橋，誰看浸髮題春竹。竺僧前立當吾門，梵宮眞
> 相眉稜尊。古琴大軫長八尺，嶧陽老樹非桐孫。涼館聞弦
> 驚病客，藥囊暫別龍鬚席。請歌直請卿相歌，奉禮官卑復
> 何益。（卷三九四）

某日，李賀正臥病在床，穎師帶著琴至其住所，清美的琴聲令詩人精
神爲之一振，藥囊也暫從蓆上拿開，誠如詩中所言：「涼館聞弦驚病
客，藥囊暫別龍鬚席。」李賀乃披衣而起，寫下此詩。詩前兩句，寫
月夜彈琴，明月傍著天河，琴聲美妙無比。三至八句描寫穎師琴音的
淒楚、超逸、清泠、縹緲。後八句是對演奏者及琴制的描述，以及聞
琴後心中的豐富的感覺和印象。詩人藉由詩作，將穎師高明的演奏技
巧，雄偉磅礡及悠揚宛轉的琴音，具體的描繪出來。蓋琴聲泠泠，好
似德行高潔的人戴的玉珮發出的聲響；琴音渺渺，如仙女騎著白鹿，
踏海消逝在迷茫的煙霧中，所謂「暗珮清臣敲水玉，渡海蛾眉牽白鹿。」
李賀使用狀物寫景的方式，來表達無形的琴樂藝術，可謂極爲高妙。

　　中唐古琴詩中描寫的琴曲很多，如胡笳十八拍、烏夜啼、別鶴操、
湘妃怨、思歸引、楚妃怨等曲，曲情哀怨，詩人聞曲寫詩，極具哀傷
的深意。如鮑溶的〈秋夜聞鄭山人彈楚妃怨〉詩：

> 明月搖落夜，深堂清淨弦。中間楚妃奏，十指哀嬋娟。寥
> 寥夜含風，蕩蕩意如泉。寂寞物無象，依稀語空煙。旅人
> 多西望，客雁難南前。由來感神事，豈爲無情傳。容華能
> 幾時，不再來者年。此夕河漢上，雙星含淒然。（卷四八五）

詩人藉琴曲聲與個人的際遇相結合，產生了哀怨的詩情，這也是古琴
詩獨特的藝術感染力，韋應物〈昭國里第聽元老師彈琴〉：

> 竹林高宇霜露清，朱絲玉徽多故情。暗識啼鳥與別鶴，只

〔註45〕其他兩首分別是白居易的〈琵琶行〉和李賀的〈李憑箜篌引〉。

緣中有斷腸聲。（卷一九三）

詩人描述琴師演奏烏夜啼及別鶴操二首琴曲，識其曲之名，感其曲之悲。再如劉商〈胡笳十八拍〉：「如羈囚兮在縲絏，憂慮萬端無處說。」（卷三○三）、張祜〈思歸引〉：「焦桐彈罷絲自絕，漠漠暗魂愁夜月。」（卷五一○）、盧綸〈無題〉：「高歌猶愛思歸引，醉語惟誇漉酒巾。」（卷二六七）、元稹〈聽庾及之彈烏夜啼引〉：「君彈烏夜啼，我傳樂府解古題。」（卷四○四）等等，琴曲哀而傷，引起聽者悲怨深情，聞之令人動容落淚。而且詩人認為古琴是為知音而彈，如同古代伯牙、鍾子期一般，故此類詩作亦所在多有，如劉禹錫〈令狐相公見示新栽蕙蘭二草之什兼命同作〉：

> 上國庭前草，移來漢水潯。朱門雖易地，玉樹有餘陰。豔彩
> 凝還泛，清香絕復尋。光華童子佩，柔軟美人心。惜晚含遠
> 思，賞幽空獨吟。寄言知音者，一奏風中琴。（卷三六二）

七絃琴要彈奏的高妙並不容易，而會聽琴的知音，就更加難尋。伯牙善彈琴，鍾子期善聽琴音，是伯牙的知音，在中唐的古琴詩中，詩人藉詠琴以感嘆知音的難遇。除劉禹錫，另孟郊、盧仝、白居易、鮑溶、劉長卿、錢起等詩人多有此類之作。古琴或謂伏羲氏、神農氏所製，或謂帝舜所製，無論出自何人，皆為三皇五帝中人，故詩人常將古琴象徵古道，將輔政治世的理想託於古琴。如元稹〈桐花〉詩：「爾生不得所，我願裁為琴。安置君王側，調和元首音。」（卷三九六）、孟郊〈答韓愈李觀別因獻張徐州〉詩：「願為古琴瑟，永向君聽發。欲識丈夫心，會將孤劍說。」（卷三七八）等，都是詩人將政治理想寄託在琴上。

中唐詩人常藉著秋月、秋色、秋聲等蕭瑟的意象配合琴聲來抒發內心的哀愁之情。這種以蕭條秋意抒發愁苦之情的方式，除了與個人際遇有關係外，另一方面因為古琴的琴材構造是屬於厚木皮，弦長，所以震動慢，以致音量微弱。詩人內心的深厚情感配合琴樂的緩慢節奏，正可輕輕地流露出來〔註46〕。詩人無論窮愁或失意，常以詠琴詩

〔註46〕周虹怜：《唐代古琴詩研究》，（台北輔大中文所碩士論文，民國　89

來抒情言志，或抒閒適之樂，或傷知音不遇，或言思鄉之愁，或述離別之苦。猶有甚者，藉古琴以傳聖賢之音，政治的理想境界，綜觀中唐詠琴詩不僅豐富多樣，而且是極具特色。

二、詠瑟詩

瑟（見附錄二圖三），是中國古老的樂器，有二十五絃，在八音中亦爲絲之屬。瑟產生的年代與古琴相近，在《詩經》中已有瑟的記載，〈關雎〉篇云：「窈窕淑女，琴瑟友之。」古時奏樂，多半用琴與瑟相配合來演奏。瑟的形制爲前廣後狹，面圓底平，中間高，首尾俱下，以整塊桐木雕鑿而成〔註47〕。瑟依兩手撥按以發聲，其音色古樸清淡、節奏緩慢，在唐代的十部伎中，僅有清商伎有使用到瑟，可見此種樂器在唐代已不受重視。白居易在其〈五絃彈〉詩中嗐嘆「二十五絃不如五」，二十五絃即指瑟而言。在中唐時期，一般人不喜愛二十五絃的瑟，而偏好五根絃的琵琶。瑟在唐詩中出現的次數僅有琴的三分之一，而單獨詠瑟的詩則只有十五首左右。在中唐詩作中僅有錢起、李益的兩首詩作，其中最有名的首推錢起的〈省試湘靈鼓瑟〉：

> 善鼓雲和瑟，常聞帝子靈。馮夷空自舞，楚客不堪聽。苦調淒金石，清音入杳冥。蒼梧來怨慕，白芷動芳馨。流水傳瀟浦，悲風過洞庭。曲終人不見，江上數峰青。（卷二三八）

舜帝的兩位妃子娥皇和女英，傳說她們善於鼓瑟，舜南巡時死在蒼梧（今湖南寧遠），二妃傷痛，彈撥古瑟，音調異常悲淒，後投湘水自盡，成爲水神，名爲湘君和湘夫人。唐代的科舉考試中，曾以「湘靈鼓瑟」爲題，讓士子依題賦詩，錢起此詩即爲其成名作。尤其詩末兩句，備受後人推崇。唐朝文士以詩名者甚眾，往往因一篇之善，數句之工而聲名大噪，錢起也是因爲此詩的「曲終人不見，江上數峰青。」二句而得名。

年），頁 60。

〔註47〕見徐珂：《清稗類鈔》第三十六冊，（北京商務印書館，1984 年），頁 84。

瑟大多由桐木製作，形制有多種，可分爲大瑟、中瑟、小瑟、次小瑟四種〔註48〕。無論是何者，樂音皆表現出哀怨、淒清的情調，故極易勾起文士的哀思愁緒，尤其在月夜聞之，淒苦更深。李益的〈古瑟怨〉就顯現此種風格，詩云：

> 破瑟悲秋已減弦，湘靈沈怨不知年。感君拂拭遺音在，更
> 奏新聲明月天。（卷二八三）

李益是中唐著名詩人，大歷進士，初因仕途不順，棄官客游燕趙間，尤工七絕，此首七絕詩描寫瑟聲感人，由此詩可略窺瑟所傳達的哀怨聲情。

三、詠箏詩

箏（見附錄二圖四），在八音中爲絲之屬，也是中國傳統樂器。秦朝時期已有此種樂器，《史記‧李斯列傳》中記載：「彈箏搏髀，而歌呼嗚嗚，快耳目者，眞秦之聲也。」〔註49〕可知箏早在公元前二世紀左右，已在秦地流傳，因而後人以此爲據，稱箏爲「秦箏」。箏的絃有十二絃和十三絃兩種，長約六尺，上圓下平，柱高三寸，觀其象實爲具仁智之器也，《樂書‧樂圖論》云：

> 箏，秦聲也，世謂蒙恬爲之，然觀其器，上隆象天，下方
> 象地，中空象六合，絃柱象十二月，體合法度，節究哀樂，
> 實乃仁智之器也，豈蒙恬亡國之臣所能關思哉！風俗通
> 曰：箏五絃，筑身而瑟絃，并、涼州等形如瑟是也……十
> 二絃合乎十二律，而十三絃其一以象閏也〔註50〕。

由此可知，箏是由琴與筑演變而來，初爲五絃，後增爲十二及十三絃。劉禹錫〈夜聞商人船中箏〉：「大艑高帆一百尺，新聲促柱十三弦。」（卷三六五），所描述的就是十三絃的箏。箏的音色清亮柔和，旋律

〔註48〕見陳暘：《樂書》卷一一九〈樂圖論〉，收錄在《景印文淵閣四庫全書》第二一一冊，（台北臺灣商務印書館，民國72年），頁503。

〔註49〕《史記》卷87〈李斯列傳〉，（台北鼎文書局，民國68年2月），頁2543至2544。

〔註50〕《樂書》卷一四六〈樂圖論〉，同註12，頁667。

抑揚頓挫,其獨特的音色與演奏技巧相關。箏的演奏技巧是左手以顫音、按音、滑音爲主,右手以刮奏爲主。在唐代有不少女子是彈箏高手,如白居易〈箏〉詩:「雙眸剪秋水,十指剝春蔥。」(卷四五四)、張祜〈聽箏〉:「十指纖纖玉紅筍,雁行輕遏翠弦中。」(卷五一一),顧況〈鄭女彈箏歌〉:「鄭女八歲能彈箏,春風吹落天上聲。」(卷二六五)等詩,皆描寫善於彈箏者乃是女子。另如中唐詩人盧綸〈宴席賦得姚美人拍箏歌〉對唐女的演奏技藝及拍箏之神情有極詳細之描繪,詩云:

> 出簾仍有鈿箏隨,見罷翻令恨識遲。微收皓腕纏紅袖,深過朱弦低翠眉。忽然高張應繁節,玉指迴旋若飛雪。鳳簫韶管寂不喧,繡幕紗窗儼秋月。有時輕弄和郎歌,慢處聲遲情更多。已愁紅臉能伴醉,又恐朱門難再過。昭陽伴裏最聰明,出到人間縱長成。遙知禁曲難翻處,猶是君王說小名。(卷二七七)

由詩下小序「美人曾在禁中」句,可以得知善彈箏的姚美人是一位曾在宮中的女子。她在宴席演奏時,手指在箏上滑動如瑞雪紛飛,繁音促節勝過鳳簫韶管之聲,有時又輕輕的彈奏,在徐緩的樂音中蘊藏著濃郁的情感。此外,中唐詩僧皎然在其〈觀李中丞洪二美人唱歌軋箏歌〉對二位善彈箏的美人稱讚道:

> 君家雙美姬,善歌工箏人莫知。軋用蜀竹弦楚絲,清哇宛轉聲相隨。夜靜酒闌佳月前,高張水引何淵淵。美人矜名曲不誤,虆響時時如迸泉。趙琴素所嘉,齊謳世稱絕。箏歌一動凡音輟,凝弦且莫停金罍。……更看攜妓似東山。(卷八二一)

詩中描寫李中丞的家妓,善歌唱及彈箏。她們以蜀竹軋箏絃,宛轉清亮的箏音隨著嫻熟的技巧流出。當急切彈撥時又如泉水迸出,此時其他樂器也爲之停止。箏調有時哀怨掩抑,令人心生愁苦,如殷堯藩〈聞箏歌〉:

> 凄凄切切斷腸聲,指滑音柔萬種情。花影深沈遮不住,度

幃穿幕又殘更。（卷四九二）

手指滑過箏絃，樂音蘊含許多的情愁，彈出凄凄切切的箏聲，聞之令人斷腸，尤其在夜晚聽到箏音，更憑添無限的愁緒。白居易〈夜箏〉詩云：

> 紫袖紅弦明月中，自彈自感闇低容。弦凝指咽聲停處，別有深情一萬重。（卷四四二）

又其〈聽夜箏有感〉詩云：

> 江州去日聽箏夜，白髮新生不願聞。如今格是頭成雪，彈到天明亦任君。（卷四四二）

詩人夜聞幽怨的箏聲而有人生短暫之嘆。另顧況〈箏〉詩云：

> 秦聲楚調怨無窮，隴水胡笳咽復通。莫遣黃鶯花裏囀，參差撩亂妒春風。（卷二六七）

箏音憂而苦，令人心生無盡的哀怨。此外中唐詩人朱灣有〈箏柱子〉：「知音如見賞，雅調爲君傳」（卷三〇六），有知音難遇之感慨。楊巨源〈雪中聽箏〉：「玉柱泠泠對寒雪，清商怨徵聲何切。」（卷三三三），寒夜聞箏，箏聲凄清，人有愁緒。顧況〈李湖州孺人彈箏歌〉：「武帝昇天留法曲，凄情掩抑絃柱促。」（卷二六五），描述彈出的箏曲悲傷凄涼。「箏」在唐詩中出現的次數約一百七十首，以箏爲主題的詩作約三十首。而中唐詠箏詩約十五首，約佔一半的數量，其份量不可謂不重。而以箏爲主題的詩遠多於瑟，可見箏這種古老的樂器比起瑟來還是較受中唐詩人的青睞。

四、詠琵琶詩

琵琶，又稱「枇杷」，屬撥奏弦鳴樂器。琵琶本是一個外來語的譯音（註51），晉朝傅玄〈琵琶賦〉序曰：「漢遣烏孫公主嫁昆爾，念其行道思慕，使工人知音者截琴、箏、筑、箜篌之屬，作馬上之樂。……

〔註51〕常任俠：〈漢唐時期西域琵琶的輸入和發展〉中提及琵琶的三個語源，一是古梵語，二是古希臘語，三是古波斯語，見《民族音樂研究論文集》第三集，1956年。

以方語目之,故云琵琶,取易傳於外國也。」可知琵琶本是外來語,早在漢朝時已有此樂器。武帝時,爲了讓遠嫁之女能解思鄉之情,便命人製作一種能在馬背上彈奏的樂器,此樂器即爲琵琶。《舊唐書‧音樂志》亦載 :

> 琵琶,四絃,漢樂也。初,秦長城之役,有鼗而鼓之者。及漢武帝嫁宗女於烏孫,乃裁箏,筑爲馬上樂,以慰其鄉國之思。推而遠之曰琵,引而近之曰琶,言其便於事也〔註52〕。

由「推而遠之曰琵,引而近之曰琶。」可見琵琶的名稱,是基於演奏的手法而定。東漢劉熙《釋名‧釋樂器》亦曰:「推手前曰枇,引手卻曰杷,象其鼓時,因以爲名也。」琵琶在唐朝宮廷宴樂中始終都處在樂隊的核心地位。在十部伎中除康國伎未用外,其餘各部都有使用到。唐代流行的琵琶有三種:第一種是直項琵琶,又稱秦琵琶、阮咸、秦漢子(見附錄二圖五),第二種是曲項琵琶(見附錄二圖六),第三種是五弦琵琶〔註53〕(見附錄二圖七)。另外,陳萬鼐認爲唐代的琵琶有兩種,一種是燕樂用的胡琵琶(即曲頸琵琶),當時稱爲「舊胡樂器」;一種是清樂用的「秦琵琶」(即阮咸),又稱爲「新俗樂器」,就是漢代琵琶,而一般所謂琵琶是指曲項四絃琵琶的簡稱〔註54〕。曲項琵琶的外形是曲項、半梨形音箱,長約三尺五寸、四弦四柱,唐詩中所描述者多屬此類,如白居易〈琵琶行〉:「曲終收撥當心畫,四弦一聲如裂帛。」即是。「琵琶」在唐代詩歌中出現的次數約一百三十首,中唐詩人以琵琶爲素材來歌詠的作品約十六首。如劉長卿〈王昭君〉:「琵琶絃中苦調多,蕭蕭羌笛聲相和。」(卷一五一)、顧況〈劉禪奴彈琵琶歌〉:「樂府只傳橫

〔註52〕見《舊唐書》卷二十九〈音樂志〉,(台北鼎文書局,民國65年),頁1076。

〔註53〕孫麗傳:〈四弦千遍語,一曲萬重情‧讀唐詩,話琵琶〉,(北京《中國音樂》,1994年第三期),頁24。

〔註54〕見陳萬鼐:〈琵琶‧漢代弦樂器六種及「相和歌」傳衍研究(一)〉,(台北《故宮文物月刊》第十五卷第六期,民國86年9月),頁18至21。

吹好，琵琶寫出關山道。」（卷二六五）、羊士諤〈夜聽琵琶三首〉：
「破撥聲繁恨已長，低鬟斂黛更摧藏。」（卷三三二）、元稹〈琵琶〉：
「學語胡兒撼玉玲，甘州破裏最星星。」（卷四一五）、白居易〈琵
琶〉：「弦清撥剌語錚錚，背卻殘燈就月明。」（卷四四二）、張祜〈王
家琵琶〉：「只愁拍盡涼州破，畫出風雷是撥聲。」（卷五一一）等
等，詩中對琵琶樂音、演奏情態、演奏技法及聽者感受等有極爲精
彩的描繪。而將琵琶描寫得最出神入化的當推白居易〈琵琶行〉（一
作琵琶引）詩：

> ……千呼萬喚始出來，猶抱琵琶半遮面。轉軸撥弦三兩聲，
> 未成曲調先有情。弦弦掩抑聲聲思，似訴平生不得意。低
> 眉信手續續彈，說盡心中無限事。輕攏慢撚抹復挑，初爲
> 霓裳後六么。大弦嘈嘈如急雨，小弦切切如私語。嘈嘈切
> 切錯雜彈，大珠小珠落玉盤。間關鶯語花底滑，幽咽泉流
> 水下灘。水泉冷澀弦疑絕，疑絕不通聲暫歇。別有幽愁暗
> 恨生，此時無聲勝有聲。銀缾乍破水漿迸，鐵騎突出刀槍
> 鳴。曲終收撥當心畫，四弦一聲如裂帛。東船西舫悄無言，
> 唯見江心秋月白。（卷四三五）

樂天此樂府詩共八十八句，據其序中所言，是其左遷九江郡司馬之次
年秋天，即元和十一年時所作。詩中藉對琵琶的描述，將個人貶官之
心境與琵琶女的不幸身世融爲一體。陳寅恪於〈元白詩箋證稿〉論此
詩曰：

> 唐摭言壹伍雜記條云：白樂天去世，大中皇帝以詩弔之曰，
> 綴玉聯珠六十年。誰教冥路作詩仙。浮雲不繫名居易，造
> 化無爲字樂天；童子解吟長恨曲，胡兒能唱琵琶篇。文章
> 已滿行人耳，一度思卿一愴然。寅恪案：此詩是否眞爲宣
> 宗所作，姑不置論，然樂天之長恨歌琵琶引兩詩相提並論，
> 其來已久，據此可知也〔註55〕。

〔註55〕陳寅恪：《陳寅恪先生論文集》，（台北文理出版社，民國 66 年 4 月），
頁 731。

樂天〈琵琶行〉對於琵琶樂聲的描寫，有出神入化的筆力，能鮮活的凸顯琵琶的音樂形象，且以詩敘情，曲折委婉，有悠然無盡之妙。〈琵琶行〉是其流傳不朽的詩作，在詩中樂天細膩生動的描述，在力邀之下才出來的琵琶女，在演奏前先轉軸、撥弦、調音，雖未成曲調卻已融入情思，她低垂著眉眼，隨手不停地彈奏，技巧精鍊，輕輕按捺，慢慢拈弄，時而下撥，時而上挑，先彈霓裳羽衣曲，後彈綠腰曲。大弦粗重低沈如陣陣急雨，小弦輕細清幽如低聲細語，低沈輕細的樂音交錯的彈著，宛如大珠小珠滾落在玉盤上。琵琶聲有時像黃鶯從花下輕快的滑過，有時像泉流水下發出幽咽的聲音，弦聲由低沈輕細漸漸凝滯停止。忽然弦聲又起，如銀瓶迸裂，水漿四射；像鐵騎突馳，刀槍齊鳴。突然收撥在琴弦中心劃過，四根弦同時發出如撕裂布帛的聲音。樂天運用豐富的想像力形容琵琶樂音，令讀者可以想像出「珠」落在「玉盤」上，發出的音色是如何的清脆悅耳，琵琶女所彈的樂曲，想必是「此曲只應天上有，人間那得幾回聞。」

樂天另有一首〈聽琵琶妓彈略略〉也是讚賞一位善彈琵琶的女子，詩云：

> 腕軟撥頭輕，新教略略成。四弦千遍語，一曲萬重情。法向師邊得，能從意上生。莫欺江外手，別是一家聲。(卷四四七)

詩中提到剛學會彈琵琶的彈略略，她的巧手輕輕撥著弦，琵琶樂音傳出千萬種風情。她的演奏技法是承自其師，且能自創新意，所彈的曲風別具特色。唐代使用的樂器種類十分繁多，其中最重要的應屬琵琶，在演奏家中，也以琵琶高手最多，彈略略即爲善彈琵琶的樂妓。而元稹〈琵琶歌〉七言長詩就提到幾位彈琵琶的好手，詩云：

> 琵琶宮調八十一，旋宮三調彈不出。玄宗偏許賀懷智，段師此藝還相匹。自後流傳指撥衰，崑崙善才徒爾爲。澒聲少得似雷吼，纏弦不敢彈羊皮。人間奇事會相續，但有卞和無有玉。段師弟子數十人，李家管兒稱上足。……平明船載管兒行，盡日聽彈無限曲。曲名無限知者鮮，霓裳羽衣偏宛轉。涼州大遍最豪嘈，六幺散序多籠撚。我聞此曲

深賞奇，賞著奇處驚管兒。管兒爲我雙淚垂，自彈此曲長
自悲。淚垂捍撥朱弦溼，冰泉鳴咽流鶯澀。因茲彈作雨霖
鈴，風雨蕭條鬼神泣。……努力鐵山勤學取，莫遣後來無
所祖。（卷四二一）

此詩下有一序云：「寄管兒，兼誨鐵山」，可知微之寫此詩是期勉二
人，努力學好琵琶技藝，詩的前六句提到由玄宗至今，有賀懷智、
段師（段善本）、崑崙（康崑崙）、善才（曹善才）諸位琵琶大師，
如今又有李管兒及鐵山。管兒善彈「無限」曲，此曲知者極少，相
比之下，霓裳羽衣曲太柔和，涼州大遍曲太嘈雜，六么散序曲大多
攏（按捺法）和撚（撥弄法）的奏法，聽到「無限」曲令我驚奇，
管兒的技藝實在高明。他彈淒苦的雨霖鈴曲時，彷彿在風雨蕭條的
夜晚，鬼神都在哭泣。透過此詩，使後人能得知唐代著名的琵琶高
手、樂曲名稱，以及這些樂曲的特色。另起首二句提到琵琶樂曲的
全部音調有八十一種，其中「旋宮」有三個調無法彈出。所謂「旋
宮」是遠古音樂中的一類音調，微之於詩中將琵琶樂曲音調做了明
確的記載，故《韻語陽秋》讚曰：

自周陳以上，雅鄭淆雜而無別，隋文帝始分雅俗，工部雅
樂八十四調，而俗樂止於二十八，琵琶非古雅樂也，而元
微之詩乃云「琵琶宮調八十一，三調絃中彈不出」，何耶？
按賀懷智《琵琶譜》云：琵琶有八十四調，內黃鐘、太簇、
林鐘宮聲彈不出。則微之之言信矣〔註56〕。

總之，琵琶在唐代音樂演奏中，佔有特別重要的地位，歌舞大曲
中開頭的散序，也是由琵琶開場。在詩人的作品中，也常見到有關琵
琶的描述。另有一種五絃琵琶，在唐詩中也出現約二十幾首，中唐詩
作中亦有多人提及此樂器。如韋應物〈五弦行〉：「美人爲我彈五弦，
塵埃忽靜心悄然。」（卷一九五）王建〈宮詞一百首〉之三十八：「恐
見失恩人舊院，回來憶著五弦聲。」（卷三〇二）張祜〈王家五弦〉：「五

〔註56〕葛立方：《韻語陽秋》，收錄在《景印文淵閣四庫全書》第一四七九
册，（台北臺灣商務印書館，民國72年），頁179。

條弦出萬端情，撚撥間關漫態生。」（卷五一一）白居易〈五弦〉：「趙
叟抱五弦，宛轉當胸撫。」等等，皆是歌詠五絃之詩作。所謂五絃琵
琶（見附錄二圖七），又稱「搊琵琶」，蓋改木彈為手彈之故〔註57〕。
和四絃琵琶最大不同處，在於絃數多一根，且體型稍小〔註58〕。另白
樂天有一首〈五弦彈〉詩，對於五絃之特色有極為生動的描繪，詩云：

> 五弦彈，五弦彈，聽者傾耳心寥寥。趙璧知君入骨愛，五
> 弦一一為君調。第一第二弦索索，秋風拂松疏韻落。第三
> 第四弦泠泠，夜鶴憶子籠中鳴。第五弦聲最掩抑，隴水凍
> 咽流不得。五弦並奏君試聽，淒淒切切復錚錚。鐵擊珊瑚
> 一兩曲，冰瀉玉盤千萬聲。鐵聲殺，冰聲寒。殺聲入耳膚
> 血憯，寒氣中人肌骨酸。……遠方士，爾聽五弦信為美，
> 吾聞正始之音不如是。正始之音其若何，朱弦疏越清廟歌。
> 一彈一唱再三歎，曲澹節稀聲不多。融融曳曳召元氣，聽
> 之不覺心平和。人情重今多賤古，古琴有弦人不撫。更從
> 趙璧藝成來，二十五弦不如五。（卷四二六）

樂天在此詩中將五絃一一做了描述，比喻生動貼切。且將五絃演奏技
法的聲音效果描繪得維妙維肖，不愧是摹寫樂音的高手。由結尾「二
十五弦不如五」，可知傳統的古瑟已被五絃取代，五絃琵琶頗受人眾
的歡迎。可是古調不受重視，樂天亦心生感嘆，故此詩下小序有云：
「惡鄭之奪雅也」。此外，由詩中所述，趙璧是當時最善彈五絃者。
元稹亦有一首〈五弦彈〉詩，讚美趙璧的五弦技藝：

> 趙璧五弦彈徵調，徵聲巉絕何清峭。辭雄皓鶴警露啼，失
> 子哀猿繞林嘯。風入春松正凌亂，鶯含曉舌憐嬌妙。嗚嗚
> 暗溜咽冰泉，殺殺霜刀澀寒鞘。促節頻催漸繁撥，珠幢斗
> 絕金鈴掉。……臣有五賢非此弦，或在拘囚或屠釣。……
> 五賢並用調五常，五常既敘三光耀。趙璧五弦非此賢，九

〔註57〕《樂書》卷十四〈樂圖論〉載：「五弦琵琶……舊彈以木，至高祖始
有手彈之法，所謂搊琵琶是也。」，同註12，頁568。

〔註58〕《舊唐書》卷二十九〈音樂志〉記載：「五絃琵琶，稍小，蓋北國所
出。」，同註3，頁1077。

九何勞設庭燎。（卷四一九）

微之在詩中描寫趙璧所彈五絃聲音之美妙，且因其技藝高超，受到君王的重視。故於詩末，詩人發出議論，認爲君王如能任用五種賢人遠勝於這五弦琵琶，國家也才能興盛。可惜趙璧的彈五絃技巧不是屬於賢才，而對於此種無關治國的彈弦技能，君王何必太過於重視。元積借詠五絃琵琶以發議論，而樂天在〈五弦彈〉詩中亦抒己見。故陳寅恪針對此二詩評論曰：

> 微之此篇以求賢爲説，樂天之作則以惡鄭之奪雅爲旨，此
> 其大較也。微之持義固正，但稍嫌迂遠，樂天就音樂而論
> 音樂，極爲切題，故鄙見以爲白氏之作較之元氏此篇，更
> 爲優勝也。〔註59〕

陳寅恪先生指出樂天的〈五弦彈〉詩，雖然有抒發議論，唯其就音樂而論音樂，完全切題。微之借詠五弦以發論點，持論雖公正，然未免不太切題，過於高遠。故白詩較元詩更勝一籌。

五絃琵琶和四絃琵琶（曲項琵琶），都是唐代音樂中最重要的樂器，演奏時有坐姿及單膝立姿兩種。而彈奏方法也有兩種，一種是用手指來彈，一種是用木撥來彈，或攏、捻或抹、挑。琵琶樂音在刻劃內心世界，表現哀怨悲傷的情緒上有獨特的效果。唐代琵琶的演奏，約可分爲兩種類型，一類是抒情的，多爲抒發思念、傷感的情懷，如劉長卿所說的「琵琶弦中苦調多」，或張祜所謂「五條弦上萬端情」。白居易用琵琶來「說盡心中無限事」，也正因爲如此，所以中唐詠琵琶詩的這類題材頗多。另一類是側重繪景，用各種形象的聲響，描繪某一情節、場景或事件〔註60〕，其中最突出的詩篇，當推大詩人白居易的〈琵琶行〉，在此詩中，樂天將琵琶的演奏技法、樂音、琵琶女的愁緒描繪的淋漓盡致。千百年後讀之，猶能體會到琵琶抑揚頓挫的流暢旋律，琵琶女高超的演奏技藝，同時更能感受到詩人及琵琶女滿

〔註59〕同註55，頁878。
〔註60〕同註54，頁26。

腹悲怨、淪落天涯的淒楚。樂天的〈琵琶行〉，不愧爲千古第一的詠樂詩篇。

五、詠箜篌詩

　　箜篌，撥奏弦鳴樂器，是我國固有的傳統樂器，距今至少已有兩千多年的歷史。漢樂府〈孔雀東南飛〉中有「十五彈箜篌，十六誦詩書」的描述。有關其創製者，歷來有二說，一謂由商朝末年人師延所作，陳暘《樂書》云：「箜篌，師延所作，靡靡之樂，蓋空國之侯所存也。」〔註61〕；一謂由漢武帝時的樂人侯調（或云侯輝）所作，《舊唐書》載：「箜篌，漢武帝使樂人侯調所作，以祠太一。或云侯輝所作，其聲坎坎應節，謂之坎侯，聲訛爲箜篌。」〔註62〕。不過，我國先秦古籍中並未記載過箜篌，早期雅樂中也並未有此樂器，可見箜篌應是在漢武帝時才有的樂器。漢代的箜篌其形似瑟而小，七絃，用撥彈之，如同琵琶的彈法〔註63〕。箜篌一般可分爲三種，一爲臥箜篌（見附錄二圖八），橫臥著彈奏，有七弦，類似琴瑟。二爲豎箜篌（見附錄二圖九）體曲而長，有二十二弦，豎抱於懷，用兩手擘彈，俗稱「擘箜篌」，如王建〈宮詞一百首〉第三十八詩云：「十三初學擘箜篌」即是指豎箜篌而言。三爲鳳首箜篌（見附錄二圖十），有七弦，所以名曰「鳳首」，乃因絃柱的頂端有鳳首作爲裝飾。無論是那一種形制的箜篌，均是以手彈弦。在漢朝樂府歌辭中「相和歌」有「箜篌引」：描寫一位白頭狂夫，披髮，提著壺走向亂流，其妻隨後追趕，阻止不及，卒溺水而逝，妻援箜篌而鼓〈公無渡河曲〉，曲云：「公無渡河，公竟渡河，墮河而死，當奈公何！」〔註64〕，其聲悽愴，曲終亦投水

〔註61〕陳暘：《樂書》卷十二〈樂圖論〉，同註48，頁565。

〔註62〕《舊唐書》卷二十九〈音樂志〉。同註3，頁1076。

〔註63〕同上註。

〔註64〕李賀〈箜篌引〉詩下注云：「一曰〈公無渡河〉。崔豹《古今注》曰：『箜篌引者，朝鮮津卒霍里子高妻麗玉所作也。子高晨起刺船，有一白首狂夫，被髮提壺，亂流而渡，其妻隨而止之，不及，遂墮河而死。於是援箜篌而歌……聞者莫不墮淚飲泣。』」，見《樂府詩集》

自盡。中唐詩人亦有多人據此事而賦詩，如李賀的〈箜篌引〉詩：

> 公乎公乎，提壺將焉如。屈平沈湘不足慕，徐衍入海誠爲
> 愚。公乎公乎，床有菅席盤有魚。北里有賢兄，東鄰有小
> 姑。隴畝油油黍與葫，瓦甌濁醪蟻浮浮。黍可食，醪可飲。
> 公乎公乎其奈居，被髮奔流竟何如。賢兄小姑哭嗚嗚。（卷
> 三九三）

此詩完全詠白髮老翁渡河淹死的故事。另張祜〈箜篌〉：「亂流公莫度，
沉骨嫗空嘷。」（卷五一〇）、陳標〈公無渡河〉：「餘魄豈能銜木石，
獨將遺恨付箜篌。」（卷五〇八）元稹〈六年春遣懷八首〉之三：「公
無渡河音響絕，已隔前春復去秋。」（卷四〇四）等等，皆是詠同一
事之作。箜篌發出的樂音清脆，彷彿在千重關鎖的門上搖動著金鈴，
又似萬顆滾動的珍珠，傾倒在玉瓶中。張祜有〈楚州韋中丞箜篌〉詩，
摹寫箜篌的美妙樂聲，詩云：

> 千重鉤鎖撼金鈴，萬顆眞珠瀉玉瓶。恰值滿堂人欲醉，甲
> 光纏觸一時醒。（卷五一一）

詩末句的「甲」，是指彈箜篌時戴在手指上的撥子，多爲銀製，故在
彈奏時光芒閃動。另中唐詩人顧況在〈李供奉彈箜篌歌〉詩中亦形容
箜篌的清脆聲，泠泠索索的響著，猶如珍珠和碎玉從空中落下。急彈
好聽，慢彈也好聽；適宜遠聽，也適宜近聽。詩云：

> 國府樂手彈箜篌，赤黃絛索金鉻頭。早晨有敕鴛鴦殿，夜
> 靜逐歌明月樓。起坐可憐能抱撮，大指調絃中指撥。腕頭
> 花落舞製裂，手下鳥驚飛撥剌。珊瑚席，一聲一聲鳴錫錫。
> 羅綺屏，一絃一絃如撼鈴。急彈好，遲亦好。宜遠聽，宜
> 近聽。左手低，右手舉。易調移音天賜與，大絃似秋雁。
> 聯聯度隴關，小絃似春燕，喃喃向人語。手頭疾，腕頭軟，
> 來來去去如風卷。聲清泠泠鳴索索，垂珠碎玉空中落。美
> 女爭窺玳瑁簾，聖人卷上眞珠箔。大絃長，小絃短，小絃
> 緊快大絃緩。初調鏘鏘似鴛鴦水上弄新聲，入深似太清仙

卷二十六，（北京中華書局，1996年7月），頁377。

鶴遊秘館。李供奉，儀容質，身才稍稍六尺一。……除卻
天上化下來，若向人間實難得。（卷二六五）

唐德宗至憲宗年間，長安有一位宮廷樂師李供奉（即李憑），以善彈
箜篌著名，他彈的箜篌，是紅黃色的絃，兩端裝飾有金色的鎯頭，君
王早上愛聽，夜深人靜時也愛聽，李憑左手低，右手高的轉音移調，
這是上天賜予他的才能，大絃聲好似秋雁，小絃聲好似春燕，手指快
速的移動，手腕卻很柔軟，來回的撥絃如同風兒捲起，連宮女都爭著
想一窺李供奉的風采，李憑的儀容很樸實，身高約六尺一寸。顧況在
此詩中詳細地描繪李憑的技藝、情況及箜篌的樂音。另一位中唐詩人
楊巨源〈聽李憑彈箜篌二首〉也描述了李憑演奏時的精采片段，詩云：

聽奏繁弦玉殿清，風傳曲度禁林明。君王聽樂梨園煖，翻
到雲門第幾聲。（之一）

花咽嬌鶯玉漱泉，名高半在御筵前。漢王欲助人間樂，從
遣新聲墜九天。（之二，卷三三三）

在第二首詩中，詩人形容李憑彈的箜篌聲，彷彿嬌美的黃鶯在花間鳴
唱，又彷彿玉石紛紛跌落泉水中。由楊巨源、顧況及張祜的詩中，可
知箜篌聲非常清脆，悅耳動聽，而在中唐時期，李憑是彈箜篌的高手，
在讚揚李憑絕技的詩作中，又以另一位中唐詩人李賀寫的〈李憑箜篌
引〉最為高妙，詩云：

吳絲蜀桐張高秋，空白凝雲頹不流。江娥啼竹素女愁，李
憑中國彈箜篌。崑山玉碎鳳凰叫，芙蓉泣露香蘭笑。十三
門前融冷光，二十三絲動紫皇。女媧鍊石補天處，石破天
驚逗秋雨。夢入神山教神嫗，老魚跳波瘦蛟舞。吳質不眠
倚桂樹，露腳斜飛溼寒兔。（卷三九〇）

李賀在詩中描述著，用吳地產的絲絃，蜀中的桐木製作的箜篌，在 9
月暮秋時彈奏，白雲也被美妙的樂聲所吸引，在空中凝止不動。湘江
的水神舜妃，天庭裏善於鼓瑟的素女，被樂聲勾起了深深地悲愁。李
憑彈奏箜篌，它清脆的樂音像崑崙山上的玉石碎裂，又像鳳凰在鳴
叫。圓潤得好像荷花中迸出的露珠，歡快得猶如香蘭笑逐顏開。優美

的聲音傳入深潭，能令老魚躍出水面，蛟龍起舞。詩中極力摹寫李憑技藝的感天動地，竟致物候為之變易，魚龍為之起舞，李賀此詩寫得非常佳妙，妙在構思奇特，想像豐富，寫出聲音的情態，且內容幽玄神怪，無一字落人蹊徑。

　　箜篌在唐詩中出現的次數約四十首，專以箜篌為題的中唐詩作約有七首，其中對箜篌的演奏技巧及樂音的變化有精采描繪的佳作，當推顧況的〈李供奉彈箜篌歌〉與李賀的〈李憑箜篌引〉。

第三節　詠吹奏樂器詩

　　吹奏樂器的歷史也很悠久，相傳三代之前的虞舜時代已有排簫；商朝時有塤和笙；漢朝有橫吹的笛；隋朝時有篳篥。吹奏樂器大都以竹管製成，故亦稱之為管樂器。唐代燕樂所使用的管樂器，根據楊蔭瀏的歸納，主要有笛、篪、簫、篳篥、笙、貝、葉、笳、角等〔註65〕。吹奏樂器在唐詩中所詠的種類很多，如笙、笳、笛、簫、塤、角、篳篥、蘆管等樂器。而據《全唐詩中的樂舞資料》一書，所篩選出的中唐詠吹奏樂器詩，有笙、簫、篳篥、角、笛等五種樂器，今述之於下：

一、詠笙詩

　　笙（見附錄二圖十一），即八音中的匏製樂器，相傳為女媧所造〔註66〕。笙屬管樂器，大笙謂之巢，有十九管，小笙謂之和，有十三管，《說文·竹部》釋「笙」曰：「十三簧，象鳳之身也。笙，正月之音物生，故謂之笙。大者謂之巢，小者謂之和，從竹生，古者隨作笙。」是以笙亦稱「簧」。笙由笙管、簧片、斗子三部分組成。笙管為長短不一的竹管，簧片古時用竹製，後改用響，斗子是由瓠作成的底座。

〔註65〕楊蔭瀏：《中國古代音樂史稿》第二冊，（台北丹青圖書公司，民國74年5月），頁31。

〔註66〕《舊唐書》卷二十九〈音樂志〉載：「匏、瓠也。女媧氏造，列管於匏上，內簧其中。」（台北鼎文書局，民國65年），頁1074。

吹奏時，手按音孔，使簧片和管中有空氣柱產生共鳴而發聲，《詩經·小雅》〈鹿鳴〉篇云：「吹笙鼓簧」正形象地描繪出吹笙時須鼓動笙管中的簧片始能發聲的特性。笙的種類頗多，唐代十部伎中使用到的笙有大笙和小笙兩種。笙在唐詩中出現的詩作數量非常多，約五百四十一首，單獨詠笙詩約二十五首。而中唐詩人詠笙詩約六首，即郎士元〈聽鄰家吹笙〉詩：

> 鳳吹聲如隔綵霞，不知牆外是誰家。重門深鎖無尋處，疑有碧桃千樹花。（卷二四八）

張仲素〈夜聞洛濱吹笙〉詩：

> 王子千年後，笙音五夜聞。逶迤繞清洛，斷續下仙雲。泄泄飄難定，啾啾曲未分。松風助幽律，波月動輕文。鳳管聽何遠，鸞聲若在群。暗空思羽蓋，餘氣自氛氳。（卷三六七）

殷堯藩〈吹笙歌〉詩：

> 伶兒竹聲愁繞空，秦女淚溼燕支紅。玉桃花片落不住，三十六簧能喚風。（卷四九二）

張祜〈笙〉詩：

> 董雙成一妙，歷歷韻風篁。清露鶴聲遠，碧雲仙吹長。氣侵銀項溼，膏胤漆瓢香。曲罷不知處，巫山空夕陽。（卷五一〇）

劉禹錫〈秋夜安國觀聞笙〉詩：

> 織女分明銀漢秋，桂枝梧葉共颼飀。月露滿庭人寂寂，霓裳一曲在高樓。（卷三六五）

顧況〈王郎中妓席五詠·笙〉詩：

> 欲寫人間離別心，須聽鳴鳳似龍吟。江南曲盡歸何處，洞水山雲知淺深。（卷二六七）

綜觀以上諸詩，詩中描繪的是透過相關傳說事物的聯想，呈現仙境般的情調。聽笙大都是在夜晚，或在離別的宴席上，給人以淒涼的感受。其實笙的音色柔潤安詳、透明纖細，如在《詩經》中描寫的詩句，如

〈鹿鳴〉：「我有嘉賓，鼓瑟吹笙」、〈鼓鐘〉：「笙磬同音」及〈賓之初筵〉：「籥舞笙歌」等。笙是在燕饗中君臣同樂時演奏的樂器，予人以歡樂之感受。唯演變至中唐，詩中顯現的僅有悲傷的韻味，或因笙乃雅樂中演奏的樂器，而中唐時由於胡樂的興盛，雅樂已不受重視，詩人聽到笙音，而益加感傷矣！

二、詠簫詩

簫，亦為管樂器，可分為單管豎吹的「洞簫」（見附錄二圖十二）及多管橫吹的「排簫」（見附錄二圖十三）。單支直吹的洞簫古時亦稱為「豎笛」，其長度約一尺八寸，故又稱「尺八」，然而古代所謂簫者，多指「排簫」而言。它是將長短不等的竹管依序排列，且以繩編之，或以木框鑲住而製成的。排簫因管數不同，而有大中小之異，相傳舜時已有此樂器，《尚書・益稷》云：「簫韶九成，鳳凰來儀。」韶乃舜時之樂，可見在三代之前已有此樂器。而《舊唐書・音樂志》亦載：「簫，舜所造也。」可知簫在中國有極悠久的歷史。簫（指排簫）的形狀參差像鳳凰的翼，故又被稱為「鳳簫」，《說文解字注》五篇上云：「簫，參差管樂，象鳳之翼，從竹肅聲。」先秦時，簫又被稱為「參差」，屈原《九歌・湘君》：「吹參差兮誰思？」句中之「參差」即是指簫這種樂器。唐代十部伎中，除天竺伎及康國伎之外，其它各部伎均有使用簫。

簫在唐詩中出現的次數約有四百三十○首，詩中所描繪的簫多指排簫（即鳳簫）而言，出現的數量雖多，唯單詠簫的詩作卻極少，在中唐詩人中，僅有張祜的〈簫〉詩一首，詩云：

　　清籟遠愔愔，秦樓夜思深。碧空人儀去，滄海鳳難尋。杳妙
　　和雲絕，依微向水沉。還將九成意，高閣佇芳音。（卷五一○）

簫的音色婉轉柔美，情韻悠長，令人有如怨如慕，如泣如訴之感，具有質樸的原始風味。其發聲圓實，穿透力強，適於演奏深婉柔和的樂曲。張祜於此詩中，藉詠簫以發抒心中的思念與感慨，具有清新高遠的意境。

三、詠觱篥詩

觱篥（見附錄二圖十四），屬管樂器，出於胡中，其聲悲，又稱篳篥、悲篥、笳管、頭管、風管、蘆管等名稱〔註67〕。在唐代的樂器中，很少有一種樂器像篳篥有那麼多別名和異名。此樂器在漢代時傳入中土，當時稱「必栗」（或悲篥）。隋代時稱為「篳篥」，到了唐代又寫成「觱篥」。實言之，這些名字都是古龜茲語的音譯，甚至有人將它譯為「笳管」、「管子」等名稱。觱篥，經林謙三先生考證，是來自龜茲語，即「佉盧語」〔註68〕。而唐朝段安節亦指出觱篥本龜茲國樂〔註69〕，又盛唐詩人李頎所寫的七言長詩〈聽安萬善吹觱篥歌〉亦曰：「南山截竹為觱篥，此樂本是龜茲出。流傳漢地曲轉奇，涼州胡人為我吹。」（卷一三三）。唐人一般皆認為此樂器出自龜茲，在西域樂部中佔有重要的地位。十部伎中，除清樂及康國伎之外，其它的樂部均有使用到觱篥，且在演奏時常居主導及定音的地位，為眾器之首。《樂書·樂圖論》載：

> 觱篥一名悲篥，一名笳管，羌胡龜茲之樂也。以竹為管，以蘆為首，狀類胡笳而九竅，所法者角音而已。其聲悲栗，胡人吹之以驚中國馬焉。…… 因譜其音，為眾器之首，至今鼓吹教坊用之以為頭管〔註70〕。

觱篥在漢代時傳入中原，最初全部用蘆葦製作，古詩中多次提到過的「笳管」、「胡笳」、「蘆管」可能就是它的前身。後經過樂工們的改進，用竹子作管身，上開九個音孔，管的一端，插上蘆葦製成的簧片，演奏時嘴含簧片，手按音孔豎吹（見附錄二圖十五），其聲悲切感人。

〔註67〕見馬端臨：《文獻通考》卷一三八〈樂考〉十一，收錄在《傳世藏書》史庫，（海口誠成文化公司，1995 年），頁 1927。

〔註68〕見林謙三：《東亞樂器考》，（北京人民音樂出版社，1962 年），頁 382 至 391。

〔註69〕段安節：《樂府雜錄·觱篥》載：「觱篥者，本龜茲國樂也，亦曰『悲篥』，有類於笳。」（台北鼎文書局，民國 63 年 2 月），頁 55。

〔註70〕見陳暘：《樂書》卷一三○〈樂圖論·胡部〉，收錄在《景印文淵閣四庫全書》第二一一冊，（台北臺灣商務印書館，民國 72 年），頁 573。

此樂器在隋唐達於極盛，有大觱篥、小觱篥、桃皮觱篥、雙觱篥等形制。

　　在唐詩中詠觱篥（又稱蘆管）的詩出現的數量不多，約三十首，中唐詩人有劉商、劉禹錫、白居易、李賀、張祜等人的的作品，約十五首，佔一半的數量。如劉商〈胡笳十八拍・第七拍〉：「龜茲觱篥愁中聽，碎葉琵琶夜深怨。」（卷三○三）、張祜〈觱篥〉：「一管妙清商，纖紅玉指長。」（卷五一○）、白居易〈病中多雨逢寒食〉：「薄暮何人吹觱篥，新晴幾處縛鞦韆。」（卷四四七）又〈宿杜曲花下〉：「小面琵琶婢，蒼頭觱篥奴。」（卷四四八）中唐詩人中尤以李賀、白居易、劉禹錫的詩，對於觱篥演奏技法與音色皆有精彩的描繪。李賀〈申胡子觱篥歌〉：

> 顏熱感君酒，含嚼蘆中聲。花娘篸綏妥，休睡芙蓉屏。誰截太平管，列點排空星。直貫開花風，天上驅雲行。今夕歲華落，令人惜平生。心事如波濤，中坐時時驚。朔客騎白馬，劍弛懸蘭纓。俊健如生猱，肯拾蓬中螢。（卷三九一）

唐憲宗元和年間，詩人李賀在京城為官，住家對面搬來了一位姓李的北方人（朔客），其家中有個姓申的男僕，名叫申鬍子，此人善吹觱篥。一日，朔客請李賀飲酒，席間請申鬍子吹觱篥助興，朔客喝得酒酣耳熱之際，使用激將法請李賀寫一首五言詩，李賀當席就寫下了此詩。故此詩下有序云：「申胡子，朔客之蒼頭也，朔客李氏。本亦世家子，得祀江夏王廟。當年踐履失序，遂奉官北郡。自稱學長調短調，久未知名。今年四月，吾與對舍於長安崇義里，遂將衣質酒，命予合飲。氣熱杯闌，因謂吾曰，李長吉，爾徒能長調，不能作五字歌詩。直強迴筆端，與陶謝詩勢相遠幾里。吾對後請撰申胡子觱篥歌，以五字斷句。歌成，左右人合譟相唱。朔客大喜，擎觴起立。金花娘出幕，裴回拜客。吾問所宜，稱善平弄，於是以弊辭配聲，與予為籌。」李賀此序寫得極豪放勝人。在詩中李賀提到感謝您請我喝酒，席上的觱篥聲非常美妙，夜雖深，花娘還站立著傾聽，當初是誰造出這種樂器，

上面排列著星樣的孔，吹出的樂聲，激越得像東風衝開了花，高亢得像驅散了天上的雲。李賀在詩中以「直貫開花風，天上驅雲行。」形容觱篥聲，可謂極為生動。

　　除申鬍子善吹觱篥，唐代出過不少吹觱篥的能手。如唐代宗大歷年間，幽州有一位王麻奴善吹觱篥，被推為河北第一手。德宗時，有位當了將軍的尉遲青，觱篥吹得亦甚高妙，王麻奴恃其技藝過人‧非常驕傲自負。然與尉遲青一比高下之後，非常的慚愧，才知道自己過去的錯誤〔註71〕。此外，在唐敬宗寶歷年間，唐代亦出現了一位著名的吹觱篥高手，名叫薛陽陶。他本是李德裕家的樂童，年幼時吹奏技巧即已極為出色，年僅十二歲時，李德裕當時擔任浙西觀察使，在聽了他的精采演奏後，非常高興，為他寫了一首〈霜夜聽小童薛陽陶吹觱篥〉七言長詩。唯經過了漫長的一千多年，李德裕的原詩只流傳下來六句，詩云：

> 君不見秋山寂歷風颸歌，半夜青崖吐明月‧寒光乍出松筱
> 間，萬籟蕭蕭從此發。忽聞歌管吟朔風，精魂想在幽巖中。
> 　（卷四十五）

李德裕寫好此詩後，分別送給任蘇州刺史的白居易、任和州刺史的劉禹錫及任浙東觀察使的元稹。白、劉、元都是當時著名的詩人，他們在讀了此詩後，紛紛和作。惜元稹的和詩已佚，僅餘劉、白的詩。劉禹錫〈和浙西李大夫霜夜對月聽小童吹觱篥歌依本韻〉詩：

> 海門雙青暮煙歇，萬頃金波湧明月。侯家小兒能觱篥，對此
> 清光天性發。長江凝練樹無風，瀏慄一聲霄漢中。涵胡畫角
> 怨邊草，蕭瑟清蟬吟野叢。……吳門水驛按山陰，文字殷勤
> 寄意深。欲識陽陶能絕處，少年榮貴道傷心。（卷三五六）

將劉詩與李德裕的詩兩相對比，二詩的前六句，每句的末一字完全相

<hr/>

〔註71〕《樂府雜錄‧觱篥》載：「德宗朝有尉遲青，官至將軍。大歷中，幽
　　　州有王麻奴者，善此伎，河北推為第一手；恃其藝倨傲自負，戎帥
　　　外莫敢輕易請者。時有……麻奴涕泣愧謝，曰：「邊鄙微人，偶學此
　　　藝，實謂無敵；今日幸聞天樂，方悟前非。」同註5，頁55。

同，可見劉的和詩，完全依李德裕原作的韻而寫。因而，李德裕的詩雖多散佚，唯其全詩所用之韻卻可由劉禹錫的詩中看出端倪。另白居易亦有一首〈小童薛陽陶吹觱篥歌〉：

> 剪削乾蘆插寒竹，九孔漏聲五音足。近來吹者誰得名，關璀老死李哀生。哀今又老誰其嗣，薛氏樂童年十二。指點之下師授聲，含嚼之間天與氣。潤州城高霜月明，吟霜思月欲發聲。山頭江底何悄悄，猿聲不喘魚龍聽。翕然聲作疑管裂，詘然聲盡疑刀截。有時婉軟無筋骨，有時頓挫生稜節。急聲圓轉促不斷，轢轢轔轔似珠貫。緩聲展引長有條，有條直直如筆描。下聲乍墜石沈重，高聲忽舉雲飄蕭。明旦公堂陳宴席，主人命樂娛賓客。碎絲細竹徒紛紛，宮調一聲雄出群。眾音覭縷不落道，有如部伍隨將軍。嗟爾陽陶方稚齒，下手發聲已如此。若教頭白吹不休，但恐聲名壓關李。(卷四四四)

樂天於此詩下小序云「和浙西李大夫作」，李大夫即李德裕，可知這亦是一首和詩。詩中首先敘述了觱篥這種樂器的構造，即剪削乾蘆葦，插在竹管上製成觱篥，上有九孔，五音俱全。接著提到近來吹奏最有名的能手，為關璀、李哀和薛陽陶。而吹奏觱篥的姿態是蘆嘴時而要深含，時而要淺含，看似吞吐咀嚼之狀，所謂「含嚼之間天與氣」。更須值得一提者，是生動的描述了演奏時的優美樂聲。如急速的吹觱篥時，連續不斷的聲音，好似轔轔的車聲，又像成串圓潤的珍珠聲。緩慢的樂聲好像長長的枝條，筆直地延伸如同筆描。突然奏出的低沈之聲，如重石墜落，忽然響起的高亢之聲，彷彿衝入飄浮的雲中。樂天詩中描述觱篥的樂聲，極具藝術的感染力。

劉禹錫、白居易二人與李德裕的和詩，可謂詠觱篥詩的佳作，詩中對演奏技巧與音色的變化有大篇幅的描述，為後世留下了珍貴的記錄。

觱篥自西域傳入中原後，經樂師們的不斷改進，多用竹或木製成管身。可是在民間，仍然維持龜茲原來的製作方法，用蘆葦來做材料，

全部用蘆葦製作者亦稱「蘆管」。張祜有一首七絕小詩〈聽薛陽陶吹蘆管〉：「紫清人下薛陽陶，末曲新箚調更高。無奈一聲天外絕，百年已死斷腸刀。」（卷五一一）。而中唐詩人亦有多人詠蘆管之詩作，如白居易的〈聽蘆管〉：

> 幽咽新蘆管，淒涼古竹枝。似臨猿峽唱，疑在雁門吹。調
> 爲高多切，聲緣小乍遲。粗豪嫌觱篥，細妙勝參差。雲水
> 巴南客，風沙隴上兒。屈原收淚夜，蘇武斷腸時。仰秣胡
> 駒聽，驚棲越鳥知。何言胡越異，聞此一同悲。（卷四六二）

蘆管吹出的聲音較粗獷、質樸，具有特殊的抒情效果，樂天詩就顯現出此種基調，蘆管樂音予人「幽咽」、「淒涼」的感受，聞之令人「斷腸」。此外如李益〈夜上受降城聞笛〉：「不知何處吹蘆管，一夜征人盡望鄉。」（卷二八三）、劉禹錫〈和令狐相公言懷寄河中楊少尹〉：「吳宮已歇芙蓉死，邊月空悲蘆管秋。」（卷三六〇）、元稹〈遣行十首〉第九首：「猿聲蘆管調，羌笛竹雞聲。」（卷四一〇）等詩，皆具此種特色。尤其蘆管低音區較寬，發音深沈渾厚，最適於表現悲傷哀怨的情緒。另張祜有〈聽簡上人吹蘆管三首〉：

> 蜀國僧吹蘆一枝，隴西游客淚先垂。至今留得新聲在，卻
> 爲中原人不知。（之一）

> 細蘆僧管夜沈沈，越鳥巴猿寄恨吟。吹到耳邊聲盡處，一
> 條絲斷碧雲心。（之二）

> 月落江城樹繞鴉，一聲蘆管是天涯。分明西國人來說，亦
> 佛堂西是漢家。（之三，卷五一一）

詩中的簡上人是指姓簡的一位僧人，張祜於詩中描繪著蜀國姓簡的僧人在吹蘆管，哀傷的聲音令隴西的旅客聞之垂淚。在夜深人靜時，簡上人的細蘆管還不停地吹，樂音彷彿越地的鳥在哀鳴，蜀地的猿在悲啼，令人感到無窮的愁恨。由詩意亦可知蘆管聲悲切愁苦，眞摯感傷，聞之令人動容。

四、詠角詩

　　角（見附錄二圖十六），屬吹奏樂器，又名吹金。遠在黃帝時期，即已用「角」。相傳黃帝與蚩尤氏戰於涿鹿，帝命吹角以禦之〔註72〕。在漢代時角流行在北方的遊牧民族中，其形如牛角，長約二尺，最初是以獸類之角製作，削其尖端再吹之。其後慢慢演變，尚有使用竹、木、皮革、銅等材料。唐代十部伎中只有高昌伎有使用。《文獻通考·樂志》載：

　　　　銅角，高昌之樂器也。形如牛角，長二尺，西戎有吹金者，
　　　　銅角是也。陶品表有奉獻金口角之說，謂之吹金，豈以金
　　　　其口而名之邪，或云本出吳、越，非也〔註73〕。

另《舊唐書·音樂志》亦載：

　　　　西戎有吹金者，銅角是也。長二尺，形如牛角〔註74〕。

銅角，長約二尺，中國在唐朝以前，尚未使用銅角，它是盛行在印度佛教音樂初期的樂器〔註75〕。在高昌伎編成之十三種樂器中，最堪注目者即屬銅角這種特殊樂器〔註76〕。銅角聲音雄壯，頗適合做為軍中之樂，當樂隊凱旋歸來，號角聲起，必須用到銅角。《三才圖會》載：

　　　　古角以木為之，今以銅，即古角之變體也。其本細，其末
　　　　鉅，本常納於腹中，用即出之，為軍中之樂〔註77〕。

　　角身無按音孔，吹奏時，嘴對尖端吹之即可，其實，角聲不僅雄壯，有時亦顯悲淒。在唐詩中，涉及角的詩作約二百三十○首，不少作品皆是藉由角聲描繪邊塞風情，如許渾〈歸長安〉：「三年何處淚汍

〔註72〕《晉書》卷二十三〈樂〉下載：「鼓角橫吹曲：……角，說者云，蚩
　　　　尤氏帥魑魅與黃帝戰於涿鹿，帝乃始命吹角為龍鳴以禦之。」，（台
　　　　北鼎文書局，民國65年），頁715。
〔註73〕見《文獻通考》卷一三四〈樂考〉七，同註67，頁1887。
〔註74〕見《舊唐書》卷二十九〈音樂志〉二，同註3，頁1079。
〔註75〕岸邊成雄著、梁在平譯，《唐代音樂史的研究》，（台北臺灣中華書局，
　　　　民國62年10月。頁544。
〔註76〕同上註，頁543。
〔註77〕王圻：《三才圖會》〈器用〉三卷〈樂器類〉，（台北成文出版社，民
　　　　國59年），頁1140。

瀾，白帝城邊曉角殘。」（卷五三六）、顧況〈聽角思歸〉：「故園黃葉滿青苔，夢後城頭曉角哀。」（卷二六七）、武元衡〈單于曉角〉詩：「胡兒吹角漢城頭，月皎霜寒大漠秋。」（卷三一七）、賈島〈贈李金州〉：「曉角吹人夢，秋風卷雁群。」（卷五七三）等等。以角聲爲題的詩作約有十五首，而在中唐詩人有李益及張祜的詩作。李益〈聽曉角〉：

> 邊霜昨夜角關榆，吹角當城漢日孤。無限塞鴻飛不度，秋風卷入小單于。（卷二八三）

另張祜〈瓜州聞曉角〉詩：

> 寒耿稀星照碧霄，月樓吹角夜江遙。五更人起煙霜靜，一曲殘聲遍落潮。（卷五一一）

此二詩皆描繪塞外風光，藉詠角聲，表達出悲淒之情，讀之令人泫然欲泣。

五、詠笛詩

　　笛（見附錄二圖十七），是竹製的吹奏樂器，又稱羌笛、橫吹，占文寫作「邃」字。笛是一種普通的竹管樂器，其起源極爲古老，在我國新石器時代，今浙江河姆渡文化遺址中，就發現有骨笛，距今已有五千年以上〔註78〕（見附錄二圖十八）。在漢代之前，雖有豎吹的簫，卻不見有橫吹的笛，直到漢代，才有橫吹的笛。此樂器來自西域，漢武帝時丘仲曾加以改良〔註79〕，因其源出自羌中，故又稱爲羌笛。《夢溪筆談・樂律》載：

> 笛有雅笛，有羌笛，其形制所始，舊說皆不同，周禮笙師掌教薦邃，或云漢武帝時丘仲始作笛，又云起於羌人。後漢馬融所賦長笛，空洞無底，剡其上孔、五孔，一孔出其

〔註78〕見王曙編著：《唐詩故事續集》第二冊，（台南大行出版社，民國83年11月），頁323。

〔註79〕《舊唐書》卷二十九〈音樂志〉二，載：「笛，漢武帝工丘仲所造也。其元出於羌中。」同註3引書，頁1075。

背，正似今之尺八，李善爲之注云，七孔長一尺四寸，此
乃今之橫笛耳。太常鼓吹部中，謂之橫吹〔註80〕。

羌笛乃竹製，原爲四孔，後增一孔成爲五孔，長一尺四寸，故《樂書》
亦載：

馬融賦笛以謂出于羌中，舊制四孔而已。京房因加一孔，
以備五音。風俗通：漢武帝時，丘仲作尺四寸笛，後更名
羌笛焉〔註81〕。

羌笛之來源爲西域，出自羌族，唐詩中常提到羌笛，如王維〈涼州賽
神〉：「健兒擊鼓吹羌笛」（卷一二八）、儲光羲〈明妃曲〉：「羌笛兩兩
奏胡笳」（卷一三九）、沈宇〈武陽送別〉：「羌笛胡笳淚滿衣」（卷二
○二）、劉禹錫〈楊柳枝詞〉：「塞北梅花羌笛吹」（卷三六五）、白居
易〈廢琴〉：「羌笛與秦箏」（卷四二四）、鮑溶〈暮春戲贈樊宗憲〉：「羌
笛胡琴春調長」（卷四八七）等，羌笛在一般西域音樂中大都有使用。
唐代十部伎中有西涼伎、天竺伎、高昌伎、龜茲伎、疏勒伎及安國伎
等部都有使用到。笛的形制不一，有長笛、短笛、橫笛、義觜笛等，
本質上是大同小異。笛子本爲竹製，然而在唐代也有用玉石做的笛
子，稱爲玉笛。唐代詩人在詩中特別喜愛「玉笛」這名稱，如張祐〈華
清宮〉：「一聲玉笛向空盡」（卷五一一）、薛逢〈開元後樂〉：「邠王玉
笛三更咽」（卷五四八）、羊士諤〈泛舟入後溪〉：「玉笛閒吹折楊柳」
（卷三三二）、于鵠〈長安遊〉：「何處少年吹玉笛」（卷三一○）等。

在唐代，笛子是人們喜愛的樂器之一，在唐詩中出現的次數很
多，約有五百首。詩中的名稱或是羌笛、橫笛，或是長笛、玉笛，或
僅僅稱笛。中唐詩人劉禹錫，寫了一首〈武昌老人說笛歌〉七言古詩，
由詩中可以看出唐人對笛的喜好程度，詩云：

武昌老人七十餘，手把庚令相問書。自言少小學吹笛，早
事曹王曾賞激。往年鎮戍到蘄州，楚山蕭蕭笛竹秋。當時

〔註80〕沈括：《夢溪筆談》卷五〈樂律一〉，（台北臺灣商務印書館：民國49
年），頁26。
〔註81〕見陳暘：《樂書》卷一三○〈樂圖論‧胡部〉，同註48引書，頁582。

買材恣搜索，典卻身上烏貂裘。古苔蒼蒼封老節，石上孤
生飽風雪。商聲五音隨指發，水中龍應行雲絕。曾將黃鶴
樓上吹，一聲占盡秋江月。如今老去語尤遲，音韻高低耳
不知。氣力已微心尚在，時時一曲夢中吹。（卷三五六）

詩中提到武昌老人已七十多歲，手裡拿著庾縣令寄來的問候信。老人
說自己從小就學吹笛子，早年為曹王做事，曾得到曹王的欣賞。年輕
時從軍到蘄州戍守，秋天時蘄州楚山的竹子正好可製笛。當時為了買
到上好的笛材到滿山去搜尋，甚至當掉身上的黑貂皮衣換錢來付款。
終於購得了那根生在石上，飽經風雪的孤竹。它的莖節老硬長滿了蒼
苔。製成笛子優美的樂音隨著手指流出，龍在水中應和著笛聲，不再
興雲作霧。曾經帶著它到黃鶴樓上吹奏，嘹亮的笛聲在秋月照耀的大
江上回旋。如今雖已年老，然愛笛的心猶在，經常在夢中吹奏一曲。
此詩所述如同為一個喜愛笛的老者所寫的一篇自傳，武昌老人對笛的
狂熱可以說是終生不悔，尤其詩末所云：「如今老去語尤遲，音韻高
低耳不知。氣力已微心尚在，時時一曲夢中吹。」不減樂天〈琵琶行〉
中所言：「夜深忽夢少年事，夢啼妝淚紅闌干」之意。劉禹錫的七言
古詩大多可觀，此〈武昌老人說笛歌〉娓娓不休的細述老人愛笛之心，
此詩可稱得上是一篇婉轉有思致的作品。唐人不但愛笛者眾，吹奏技
巧高明者亦大有人在。如玄宗朝的李謩，即因其吹笛技巧奇絕，笛聲
美妙，而任宮中的供奉樂師，張祜就寫了一首描寫「天下第一笛手」
李謩年少故事的七絕詩，〈李謩笛〉詩云：

平時東幸洛陽城，天樂宮中夜徹明。無奈李謩偷曲譜，酒
樓吹笛是新聲。（卷五一一）

詩中描述李謩年少時吹笛技巧超絕，且偷學宮中新曲，在洛陽城的酒
樓上，吹奏著新樂曲。另元稹〈連昌宮詞〉（卷四一九）「偷得新翻數
般曲」詩句注下亦云：

明皇嘗於上陽宮夜後按新翻一曲，屬明夕正月十五日。潛
遊燈下，忽聞酒樓上有笛奏前夕新曲。大駭之，明日密遣
捕捉笛者。詰驗之，自云。其夕竊於天津橋玩月，聞宮中

度曲，遂于橋柱上插譜記之，臣即長安少年善笛者李謨也。
明皇異而遣之。

　　唐代詩人喜愛歌詠夜晚的笛聲，笛音在月夜中遠傳，曲調又多爲
悲傷的涼州曲、梅花落、折楊柳、關山月、隴頭水等曲，因此，描寫
聞笛的唐詩，大都顯現出淒涼思念的情韻。中唐詩人李益、羊士諤、
張祜等人有相關的詩作。李益〈夜上受降城聞笛〉：

　　回樂峰前沙似雪，受降城下月如霜。不知何處吹蘆管，一
　　夜征人盡望鄉。(卷二八三)

又其〈春夜聞笛〉詩：

　　寒山吹笛喚春歸，遷客相看淚滿衣。洞庭一夜無窮雁，不
　　待天明盡北飛。(卷二八三)

另羊士諤〈山閣聞笛〉詩：

　　臨風玉管吹參差，山塢春深日又遲。李白桃紅滿城郭，馬
　　融閒臥望京師。(卷三三二)

另張祜〈塞上聞笛〉詩：

　　一夜梅花笛裏飛，冷沙晴檻月光輝。北風吹盡向何處，高
　　入塞雲燕雁稀。(卷五一一)

在夜深人靜的晚上，聽到遠處傳來陣陣的笛聲，吹奏的又是哀怨的曲
調，勾起了詩人懷念故鄉的愁思。中唐詩人藉聞笛，或抒發對故鄉的
深切思念，或詠嘆邊塞荒涼的景緻，首首皆具藝術感染力，使讀者也
感受到詩人心中的愁苦。

第四節　詠敲擊樂器詩

　　在中國傳統的樂器中，敲擊樂器的歷史是極爲悠久的。在八音之
中，敲擊樂器即佔了一半，即金、石、革、木類的樂器。而唐代燕樂
所使用的敲擊樂器，根據楊蔭瀏的歸納，主要有方響、鍾、錞于、鉦、
鐸、鐃、鈴、拔、磬、拍板、節鼓、腰鼓、羯鼓、毛員鼓、都縣鼓、
答臘鼓、雞婁鼓、齊鼓、擔鼓、連鼓、桴鼓、鐃鼓、榮鞞、王鼓、銅

鼓以及鼓吹樂所用的另一些鼓等﹝註82﹞。其實，唐代敲擊樂器的種類很多，也很複雜，不僅只有西域傳入的樂器，甚至有中國原有的樂器，如鼗鼓、磬等。在唐詩中提到的敲擊樂器有二十多種，而據《全唐詩中的樂舞資料》一書，所篩選出的中唐詠敲擊樂器詩，僅有羯鼓、鼗鼓、方響、拍板、磬五種樂器，今述之於下：

一、詠羯鼓詩

　　羯鼓（見附錄二圖十九），在唐代的打擊樂器中，最著名的當屬羯鼓。羯鼓是西域系的樂器，南北朝時傳入中原，盛行於唐開元、天寶年間，十部伎中的龜茲、高昌、天竺、疏勒諸部均有採用。它的形狀呈直圓筒，像一雙漆桶，兩端蒙以革面，裝在小牙床上，用兩根鼓杖敲擊，故又稱「兩杖鼓」﹝註83﹞。中唐時，任洛陽縣令的南卓曾寫一本《羯鼓錄》的專書，書中亦記載著：

　　　　羯鼓，出外夷樂，以戎羯之鼓，故曰羯鼓，其音主太簇一
　　　　均。龜茲部、高昌部、疏勒部、天竺部皆用之……如漆桶，
　　　　下有小牙床承之，擊用兩杖，其聲焦殺鳴烈，尤宜促曲急
　　　　破，戰杖連碎之聲﹝註84﹞。

《羯鼓錄》中描述了羯鼓的形制、聲音。南卓是白居易、劉禹錫晚年在洛陽時的友人，此書除記錄羯鼓的製作及演奏技藝，並有羯鼓的軼聞趣事。洞曉音律的唐玄宗善於擊羯鼓，在眾多的樂器中，對羯鼓有特殊的偏愛，曾讚譽羯鼓是八音之領袖。《樂書》記載：

　　　　羯鼓，龜茲、高昌、疏勒、天竺部之樂也，狀如漆桶……
　　　　唐明皇素達音律，尤善於此，嘗謂羯鼓八音之領袖，自製

﹝註82﹞楊蔭瀏：《中國古代音樂史稿》第二冊，（台北丹青圖書公司，民國74年5月），頁31。

﹝註83﹞杜佑：《通典》卷一四四〈樂〉四載：「羯鼓，正如漆桶，兩頭俱擊，以出羯中，故號羯鼓，亦謂之兩杖鼓。」，（台北大化書局，民國67年4月），頁1204。

﹝註84﹞南卓：《羯鼓錄》，收錄在《景印文淵閣四庫全書》第八三九冊，（台北臺灣商務印書館，民國72年），頁981。

曲以奏之〔註85〕。

在君王的喜好及帶領之下，因此羯鼓在唐代風行一時，上自文武百官，下至樂工百姓，個中皆有善擊羯鼓的好手。玄宗帝不僅善擊羯鼓，且妙製曲律，曾創作數十首羯鼓曲。開元年間的一個初春二月，景色明麗，玄宗漫步在宮中庭院間，見到柳芽已出，杏花含苞，興緻一來，叫左右的人立即備酒，並且派高力士去取羯鼓。玄宗皇帝親自敲擊了一曲自製的樂曲「春光好」，一曲奏完，杏苞柳芽都已張開。玄宗笑指著對妃嬪們說，就這一事，也得叫我作「天公」〔註86〕。此外，玄宗又曾製羯鼓「秋風高」曲，適合在秋高氣爽時演奏〔註87〕。羯鼓的音色，極其清脆高亢，穿透力強，能破空透遠，特異眾樂〔註88〕，鼓聲能壓倒眾樂器。李商隱〈龍池〉詩云：「龍池賜酒敞雲屏，羯鼓聲高眾樂停。」（卷五四〇），而中唐詩人張祜也寫了〈邠娘羯鼓〉詩：

> 新教邠娘羯鼓成，大酺初日最先呈。冬兒指向貞貞說，一
> 曲乾鳴兩杖輕。（卷五一一）

「大酺」是指唐玄宗在興慶宮前舉行的宴會或遊藝會。邠娘剛學會敲羯鼓，在大酺時表演，使用兩根輕的鼓杖敲出的曲子，非常清脆動聽。由此詩亦可見，羯鼓是皇帝舉行盛大宴會時的重要樂器之一。另張祜〈華清宮四首〉，其中第一首詩云：

> 風樹離離月稍明，九天龍氣在華清。宮門深鎖無人覺，半
> 夜雲中羯鼓聲。（卷五一一）

另中唐詩人張繼亦寫了一首〈華清宮〉詩：

> 天寶承平奈樂何，華清宮殿鬱嵯峨。朝元閣峻臨秦嶺，羯

〔註85〕陳暘：《樂書》卷一二七〈樂圖論・胡部〉，收錄在《景印文淵閣四庫全書》第二一一冊，（台北臺灣商務印書館，民國72年），頁553。

〔註86〕《羯鼓錄》載：「上洞曉音律……尤愛羯鼓玉笛，常云：『八音之領袖，不可無也』……臨軒縱擊一曲，曲名春光好，神思自得，及顧柳杏，皆已發拆，上指而笑謂嬪御曰：『此一事，不喚我作天公可乎？』」，同註84，頁982。

〔註87〕同上註，頁982。

〔註88〕同註84。

鼓樓高俯渭河。玉樹長飄雲外曲，霓裳閒舞月中歌。只今
惟有溫泉水，嗚咽聲中感慨多。（卷二四二）

由張繼和張祜的二首「華清宮詩」，可知詩意和史事結合。玄宗帝因
為寵愛楊貴妃，沈溺於聽歌閱舞之中，又喜好擊羯鼓，致使國勢衰敗。
據云在月明風清之夜，登高樓上觀賞夜景時，擊羯鼓其聲能凌空遠
傳，聞之別有一番韻味。總之，羯鼓在唐代是頗受矚目的一項樂器，
不僅可獨奏，也能合奏。

二、詠鼗鼓詩

　　鼗鼓（見附錄二圖二十），先秦時期已有之，相傳是倕所造〔註89〕。
鼗鼓又稱鞉鼓，是中國傳統的樂器。《舊唐書・音樂志》載：

　　晉鼓六尺六寸，金奏則鼓之。傍有鼓謂之應鼓，以和大鼓。
　　小鼓有柄曰鞉，搖之以和鼓〔註90〕。

鼓在我國有悠久的歷史，所謂「鼓無當於五聲，五聲弗得不和」〔註91〕，
五聲即宮、商、角、徵、羽，鼓不在五聲之中，惟五聲無鼓則不和諧，
可見鼓在樂器演奏時的重要地位。鼓的形制種類繁多，一般而言，鼓
為膜振動樂器，由鼓皮和鼓身組成，鼓皮是指動物的皮經過處理後，
蒙於鼓框上，再以釘固定，經敲擊使之振動發聲，為鼓的發音體；鼓
身以木製成，為鼓的共鳴體。敲擊鼓面的不同處，會有不同的效果，
如敲鼓皮的中心處，則其聲顯低沈渾厚，聞之往往使人心一振。而鼗
鼓在古代多用於軍旅中〔註92〕，其作用有二，一則可鼓舞士氣，一則
可震懾敵人。安史之亂後，唐代國勢日衰，詩人多藉詠鼗鼓以抒心中

〔註89〕《呂氏春秋》卷五〈古樂〉（台北臺灣商務印書館，民國68年），頁
　　　　33。
〔註90〕《舊唐書》卷二十九〈音樂志〉，（台北鼎文書局，民國65年），頁
　　　　1078至1079。
〔註91〕《禮記・學記》，見阮刻十三經注疏本卷三十六，（台北藝文印書館，
　　　　民國54年6月），頁656。
〔註92〕《周禮・夏官・大司馬》載：「旅師執鼗。」，見阮刻十三經注疏本
　　　　卷二十九。（台北藝文印書館，民國54年6月），頁442。

之愁苦。在中唐詩人中亦有多首相關之詩作，如韋應物〈鼙鼓行〉詩：

> 淮海生雲暮慘澹，廣陵城頭鼙鼓暗。寒聲坎坎風動邊，忽
> 似孤城萬里絕。四望無人煙，又如虜騎截遼水，胡馬不食
> 仰朔天。座中亦有燕趙士，聞聲不語客心死。何況鰥孤火
> 絕無晨炊，獨婦夜泣官有期。（卷一九四）

此詩以鼙鼓命題，所詠者爲塞外軍士之淒涼心境。而韋應物的另一首
〈酬鄭戶曹驪山感懷〉詩，亦爲此類性質之作：

> 蒼山何鬱盤，飛閣凌上清。先帝昔好道，下元朝百靈。……
> 翻翻日月旗，殷殷鼙鼓聲。萬馬自騰驤，八駿按彎行。日
> 出煙嶠綠，氛氳麗層甍。……事往世如寄，感深跡所經。
> 申章報蘭藻，一望雙涕零。（卷一九〇）

另劉禹錫有〈令狐相公自天平移鎮太原以詩申賀〉詩：

> 北都留守將天兵，出入香街宿禁扃。鼙鼓夜聞驚朔雁，旌
> 旗曉動拂參星。孔璋舊檄家家有，叔度新歌處處聽。夷落
> 遙知眞漢相，爭來屈膝看儀刑。（卷三六〇）

鼙鼓與軍事的關係極爲密切，所謂「中軍以鼙令鼓」〔註93〕，故韋應
物、劉禹錫所詠者多爲此類性質之作。此外，如中唐詩人郎士元〈送
裴補闕入河南幕〉：「鄒魯詩書國，應無鼙鼓喧。」（卷二四八）、李益
〈從軍夜次六胡北飲馬磨劍石爲祝殤辭〉：「空山月暗聞鼙鼓，秦坑趙
卒四十萬。未若格鬥傷戎虜，聖君破虜爲六州。」（卷二八二）、武元
衡〈江上寄隱者〉：「蒹葭連水國，鼙鼓近梁城。」（卷三一六）、權德
輿〈送韋行軍員外赴河陽〉詩：「離堂處處羅簪組，東望河橋壯鼙鼓。」
（卷三二三）、劉禹錫〈令狐相公見示贈竹二十韻仍命繼和〉：「遂於
鼙鼓間，移植東南美。封以梁國土，澆之浚泉水。」（卷三三五）、白
居易〈縛戎人〉：「驚藏青冢寒草疏，偷渡黃河夜冰薄。忽聞漢軍鼙鼓
聲，路傍走出再拜迎。」（卷四二六）、及〈長恨歌〉：「漁陽鼙鼓動地
來，驚破霓裳羽衣曲。」（卷四三五）、張祐〈華清宮和杜舍人〉：「禍
亂根潛結，升平意遽忘。衣冠逃犬虜，鼙鼓動漁陽。」（卷五一一）、

〔註93〕同上註，頁446。

姚合〈寄汴州令狐楚相公〉:「汴水從今不復渾,秋風鼜鼓動城根。梁園臺館關東少,相府旌旗天下尊。」(卷四九七)等詩。綜觀中唐詩人中有關鼜鼓的描繪,多與軍事、戰爭或塞外軍旅生活有關,在在說明了鼜鼓是用於軍中的樂器。

三、詠方響詩

　　方響(見附錄二圖二十一),是與磬類似的敲擊樂器,為我國固有的樂器。十部伎中只有燕樂伎才使用到它。方響是由編磬衍生而出,用來代替鐘磬而發明的輕巧樂器,常用於隋唐燕樂和宮廷雅樂中〔註94〕,它源於南北朝時期的銅磬。《舊唐書·音樂志》載:

　　　梁有銅磬,蓋今方響之類。方響,以鐵為之,修八寸,廣二

　　　寸,圓上方下。架如磬而不設業,倚於架上以代鐘磬〔註95〕。

方響乃集若干發音不同的長方形鐵片而組成,以其厚薄而定音高,分兩排懸在木架上,用小鐵錘敲擊而發聲的樂器。在唐代宮廷中,常與其它樂器合奏,其音色清脆,唐末詩人牛殳寫了一首〈方響歌〉七言詩〔註96〕。詩中指出,在樂器中最值得欣賞的就是方響,尤其是在夜深人靜時,無論是緩敲或急敲,一曲還未奏完,已使人感到在坐位上彷彿灑下暴雨。鏗鏗鐺鐺的清脆聲,帶來深深的寒意,跳躍的聲音好似水中鳴叫的蛟龍,又像是高樓上金屬漏壺在滴水。一組方響有長短十六片,在敲擊時五音都能齊全,此種樂器外人無法聽到,只有在宮中舉行宴會時才會演奏。牛殳此詩對方響的音色有極逼真的描繪,對

〔註94〕《中國大百科全書·音樂舞蹈卷》載:「方響是用定音鐵板製成的擊奏樂器,據記載始見中國北周,常用於隋唐燕樂和後來的宮廷雅樂。」(北京中國大百科全書出版社,1989年4月),頁641。

〔註95〕《舊唐書》卷二十九〈音樂志〉,同註3,頁1078。

〔註96〕牛殳〈方響歌〉,詩云:「樂中何樂偏堪賞,無過夜深聽方響。緩擊急擊曲未終,暴雨飄飄生坐上。鏗鏗鐺鐺寒重重,盤渦蹙派鳴蛟龍。高樓漏滴金壺水,碎電打著山寺鐘。又似公卿入朝去,環珮鳴玉長街路。忽然碎打入破聲,石崇推倒珊瑚樹。長短參差十六片,敲擊宮商無不遍。此樂不教外人聞,尋常只向堂前宴。」(卷七七六),(北京中華書局,1996年1月),頁8794。

其形制也有具體的記述，即它的編制一共有十六枚。而中唐詩人錢起於〈夜泊鸚鵡洲〉詩云：

> 月照溪邊一罩蓬，夜聞清唱有微風。小樓深巷敲方響，水國人家在處同。（卷二三九）

錢起，天寶進士，曾官翰林學士等職，爲大歷十才子中成就較大的作家，其詩多抒寫個人感情，寫景詩頗爲精煉。此詩是其夜晚船停在鸚鵡洲，聽到有人在清唱，小巷傳來方響聲，心中有感而寫下的一首小詩。

又白居易有〈偶飲〉詩云：

> 三盞醺醺四體融，妓亭簷下夕陽中。千聲方響敲相續，一曲雲和戛未終。今日心情如往日，秋風氣味似春風。唯憎小吏樽前報，道去衙時水五筒。（卷四四七）

樂天於宴飲時聽到方響的演奏而寫下此詩，惜對此樂器的音色或形制未能多加描述。中唐詩人詠方響的詩僅此二首，唯晚唐詩人有關此類的詩作較多，如杜牧的〈方響〉、陸龜蒙的〈方響〉、雍陶的〈夜聞方響〉、方干的〈新安殷明府家樂方響〉、李沇的〈方響歌〉等等。綜觀諸詩作，皆可見方響因其音色清新、透亮，故在詩中能表現出典雅飄逸的韻味。

四、詠拍板詩

拍板（見附錄二圖二十二），屬木製樂器，是把發音響亮的小木板排在一起，在上端用皮條穿聯起來，兩手拿著拍打，以標志節拍，大拍板用九塊木板，小拍板用六塊〔註97〕。《文獻通考‧樂考》載：

> 拍版長闊如手，重大者九版，小者六版，以韋編之，胡部以爲樂節〔註98〕。

可見拍板是以木板製成，握於手中，或爲九塊，或爲六塊，演奏時作

〔註97〕中國舞蹈藝術研究會編：《全唐詩中的樂舞資料》，（北京人民音樂出版社，1996 年 11 月），頁 63。

〔註98〕馬端臨《文獻通考》卷一三八〈樂考〉十二，收錄在《傳世藏書》史庫，（海口誠成文化公司，1995 年），頁 1936。

為節拍之用，中唐詩人朱灣有〈詠柏板〉詩：

> 赴節心長在，從繩道可觀。須知片木用，莫向散材看。空
> 為歌偏苦，仍愁和即難。既能親掌握，願得接同歡。（卷三
> ○六）

詩題用「柏板」而非「拍板」，然由詩中內容以觀，如「須知片木用」、
「既能親掌握」諸句，知其是指拍板樂器無疑，或許此種樂器是用柏
木的木材製成。在全部唐人詩中，詠拍板的詩僅此一首〔註99〕，可見
此種樂器不受唐人的青睞。

五、詠磬詩

　　磬（見附錄二圖二十三），古之石樂，為中國古代的打擊樂器之
一，它開始製作於石器時代。原始社會的舞蹈，即以敲擊石器為節
拍，《尚書・虞書》記載：「予擊石拊石，百獸率舞。」擊石拊石，
應該就是先民原始的擊磬活動〔註100〕。一切藝術，大都起源於人類
的勞動，磬的起源，亦與勞動有關。上古先民，狩獵是生活中最重
要的事，也是最艱苦的事，所以在捕獲獵物，飽餐之餘，就手執獸
尾、鳥翼、骨角之屬，或狩獵時的兵器，而狂歌狂舞，在歌舞之時，
手還不停的敲打周遭的東西，偶爾敲到懸掛著的石斧、石犁，覺得
其聲格外好聽，逐漸地敲打石器，也成為歌舞時一件必需的事，此
即為磬的先聲〔註101〕。根據莊本立先生研究指出，磬有鳴球、大磬、
特磬、離磬、編磬、笙磬、頌磬、歌磬等八種〔註102〕。在唐代的十
部伎中，清樂伎與西涼伎中有使用到磬。敲磬出聲，聲音是否悅耳，
則視石的質料而定，石質愈堅勁，敲出的聲音愈好聽。《舊唐書・音

〔註99〕同註97，頁135。
〔註100〕見常任俠，〈磬〉，（台北《歷史月刊》第三十八期，1991年3月），
　　　　頁114至118。
〔註101〕見那志良：〈說磬〉，（台北《音樂與音響》第七期，1974年1月），
　　　　頁28至31。
〔註102〕見莊本立：〈周磬之研究〉，（台北《中央研究院民族學研究所專刊》
　　　　之四，民國52年），頁3至14。

樂志》載：

> 磬，叔所造也。磬，勁也，立冬之音，萬物皆堅勁。書云：
> 「泗濱浮磬」，言泗濱石可爲磬；今磬皆出華原，非泗濱也
> 〔註103〕。

泗濱，爲泗河之濱，意謂做磬的最好石材，是要取自泗水之濱，泗河
源出山東泗水縣，流經曲阜、兗州入南陽湖。所謂浮磬，指石在水旁，
水中見石，似若水中浮然，此石可以爲磬，故謂之浮磬。泗河之濱出
最好的浮石，可以製磬，想必石質非常緻密，敲打起來非常好聽，這
是由經驗得來，不是任何石材都可以做磬的〔註104〕。在中唐詩作中，
提及磬的作品非常多，如賈島〈宿姚合宅寄張司業籍〉：「松枝影搖動，
石磬響寒清。」（卷五七三）、〈哭張籍〉：「精靈歸恍惚，石磬韻曾聞。」
（卷五七三）、薛能〈彭門解嘲〉：「頻上水樓誰會我，泗濱浮磬是同
聲。」（卷五五九），而最著名的詠磬詩篇，當推元、白各寫的一首〈華
原磬〉，此類詩是屬新樂府組詩中的一篇。在二人之前，詩人李紳也
曾寫過一首〈華原磬〉詩，惜已失傳，如今僅能欣賞元、白二人的詩
作。元稹〈華原磬〉詩：

> 泗濱浮石裁爲磬，古樂疏音少人聽。工師小賤牙曠稀，不
> 辨邪聲嫌雅正。正聲不屈古調高，鍾律參差管弦病。鏗金
> 戛瑟徒相雜，投玉敲冰杳然零。華原軟石易追琢，高下隨
> 人無雅鄭。棄舊美新由樂胥，自此黃鍾不能競。玄宗愛樂
> 愛新樂，梨園弟子承恩橫。霓裳纔徹胡騎來，雲門未得蒙
> 親定。我藏古磬藏在心，有時激作南風詠。伯夔曾撫野獸
> 馴，仲尼暫叩春雷盛。何時得向筍簴懸，爲君一吼君心醒。
> 願君每聽念封疆，不遣豺狼剿人命。（卷四一九）

由詩下小序：「李傳云，天寶中，始廢泗濱磬，用華原石。」華原是
在陝西近西嶽華山附近的耀縣地區，可知玄宗時，磬已是取自華原之
石，而非泗河之濱。微之有所感，結合當時的政治情形而作此詩。詩

〔註103〕《舊唐書》卷二十九〈音樂志〉，同註3，頁1078。
〔註104〕同註100。

言用泗河之濱的浮石裁製成磬，磬這種古樂器音調清淡，如今已少有人愛聽。現在樂工的水準不高，像伯牙和師曠那樣的音樂家也已少見。既不能辨別邪聲，又嫌雅樂的正聲平淡。華原石質較軟，容易雕琢，高音低音隨人製作，已無雅鄭之分。拋棄舊的泗濱磬，改用新的華原磬，居然由樂工來決定，因此，古樂的音調已不完善。玄宗帝愛胡樂，梨園的樂工由於受重視而變得專橫，霓裳羽衣曲正奏得熱鬧，安祿山的叛軍就攻來。我在心中藏了古磬，何時能掛在架上，為君王一敲，使君王的心能清醒。但願君王每次聽到磬聲時會想到邊界，不要讓似豺狼的外族來傷害人命。微之在此詩中以深沈的語句進言，希望君王不要陶醉在胡樂之中，而忘記了邊境上有吐蕃、回紇等異族在擾民。此外白居易的〈華原磬〉，亦為同性質之作，詩云：

> 華原磬，華原磬，古人不聽今人聽。泗濱石，泗濱石，今人不擊古人擊。今人古人何不同，用之舍之由樂工。樂工雖在耳如壁，不分清濁即為聾。梨園弟子調律呂，知有新聲不如古。古稱浮磬出泗濱，立辨致死聲感人。宮懸一聽華原石，君心遂忘封疆臣。果然胡寇從燕起，武臣少肯封疆死。始知樂與時政通，豈聽鏗鏘而已矣。磬襄入海去不歸，長安市兒為樂師。華原磬與泗濱石，清濁兩聲誰得知。(卷四二六)

此詩是樂天新樂府詩五十首中的第六首。樂天於詩下副題云：「刺樂工非其人也」，由副題觀之，樂天作此詩在諷刺當時的樂工，不能分辨音樂的雅正與庸俗，無法勝任其職務。可是實際上樂天作此詩有更深的含意，故詩下小序又云：「天寶中，始廢泗濱磬，用華原石代之。詢諸磬人，則曰：故老云，泗濱磬下，調之不能和，得華原石考之乃和，由是不改。」樂天於詩中藉詠華原磬這種古樂器，排斥當時盛行的胡樂。樂天認為音樂的清濁與政治的好壞是相關的，不僅是聽磬的鏗鏘聲而已。只可惜，「華原磬」和「泗濱磬」，聲音一渾濁一清雅，然而有誰能知其中的微妙之處？

　　根據陳寅恪先生的論點，元、白二人所作〈華原磬〉詩的旨意，

俱爲崇古樂賤今樂〔註 105〕，且進一步借詩歌發抒對唐代當時腐敗政
治的不滿。蓋由微之詩末所云：「願君每聽念封疆，不遣豺狼剿人命。」
樂天詩篇中所云：「古稱浮磬出泗濱，立辯致死聲感人。」及「宮懸
一聽華原石，君心遂忘封疆臣。果然胡寇從燕起，武臣少肯封疆死。」
殆有感於當時之邊事而作。微之所感者，爲其少時旅居鳳翔時所見，
樂天所感者，則在翰林內廷時所知，故皆用《樂記》：「鐘聲鏗，鏗以
立號，號以立橫，橫以立武，君子聽鐘聲則思武臣；石聲磬，磬以立
別，別以致死，君子聽磬聲則思死封疆之臣。」之義，以發揮其胸中
之憤懣，殊有言外之意〔註 106〕。

　　石磬是一種極古老的樂器，遠在新石器時代已有之，經長期發
展，到春秋戰國時的編磬，已有九枚、十枚、二十二枚、三十二枚一
套等多種，枚數越多，音域越廣。一九七八年，在湖北隨縣發掘了一
座戰國早期大型古墓葬，出土了一百三十四件古樂器，其中有一套「編
磬」，包括三十二枚大小厚薄不同的石磬（石磬大而薄者音低，小而
厚者音高），懸掛在有上下兩根橫梁的立架上〔註107〕（見附錄二圖二
十四），可供參考。石磬由於體積龐大，製造困難，因此到了唐代已
經沒落，僅皇家或某些廟宇才備有這種樂器。再加上胡人樂器的傳
入，更使這種古老的樂器受到忽視。故元、白二人藉詠〈華原磬〉以
抒發心中的塊壘。

〔註 105〕陳寅恪：《陳寅恪先生論文集》，（台北文理出版社，民國 66 年 4 月），
　　　　　頁 842。
〔註 106〕同上註，頁 842 至 843。
〔註 107〕同註 100，頁 365。

第五章　中唐詠舞詩的主題內容

　　唐代舞蹈，是中國舞蹈史上最燦爛的時期。其舞蹈藝術乃集周秦以來舞蹈之大成，並有極大之發展。據史書所載，大唐由於國力強盛，德化四鄰，萬國來朝，和其有來往之國有拂林（大秦、羅馬）、天竺（印度）、波斯（伊朗）、眞臘（柬埔寨）、驃國（緬甸）、以及高麗、新羅、百濟、日本等國，彼此之間文化之交流極為頻繁。另西北、西南地區之高昌、疏勒、康國、石國、安國、吐蕃、吐谷渾、南詔等地之民常至中原，中原人常至西域〔註1〕。以致唐代舞蹈從各國不同之文化、藝術中擷取精華，並承襲綜合歷代傳統文化樂舞，創造出舞姿瑰麗、豐富多樣之風格。

　　唐舞繼承隋朝九部伎，貞觀十六年加入高昌伎，而成十部伎。即燕樂伎、清樂伎、西涼伎、天竺伎、高麗伎、龜茲伎、安國伎、疏勒伎、康國伎、高昌伎。十部伎是音樂、歌唱和舞蹈的綜合演出。其中除燕樂伎是唐人自造，清樂伎是漢魏南朝之舊樂外，其餘皆來自異域〔註2〕。十部伎可說是以胡俗兩樂融合之樂舞為內容，配合儀禮為形

〔註1〕 王克芬：〈唐代舞蹈〉收錄在《中國舞蹈史二編兩種》，（台北蘭亭書店，民國74年10月），頁74。

〔註2〕 見《舊唐書》卷二十九〈音樂志〉，（台北鼎文書局，民國65年），頁1069。

式之宮廷樂舞。其主要功能，或用於外交，或用於宴享，或用於慶典，具有娛樂性及禮儀性。

　　玄宗朝，將樂制分爲坐部伎與立部伎，此乃依十部伎之基礎發展而成。然而不以地名或國名作爲劃分樂部的依據，而是使用樂曲名作爲樂部名。根據演出情況，堂上坐奏稱「坐部伎」，堂下立奏稱「立部伎」。坐部伎舞蹈節目有六，即燕樂、長壽樂、天授樂、鳥歌萬歲樂、龍池樂、小破陣樂。立部伎舞蹈節目有八，即安樂、太平樂、破陣樂、慶善樂、大定樂、上元樂、聖壽樂、光聖樂〔註3〕。

　　唐朝人又將流傳在宮廷、富豪、民間的表演性舞蹈，依其風格特色分爲健舞和軟舞。健舞節奏明快，動作矯健，如柘枝舞、劍器舞、胡旋舞、胡騰舞等；軟舞節奏舒緩，優美婉柔，如春鶯囀舞、涼州舞、綠腰舞等。另唐代法曲中最輝煌的舞蹈當屬霓裳羽衣舞，楊貴妃的舞和詩人們的詠嘆，使它更加著名。而有關人民信仰的宗廟祭祀舞，民間習俗的歌舞等皆爲唐舞之內容，諸如此類的舞蹈，在唐詩中多有描述。本章即篩選出中唐詩歌裏涉及舞蹈之部份，分詠清樂伎舞詩、詠二部伎舞詩、詠軟舞健舞詩、詠霓裳羽衣舞詩、詠其它舞詩五項，依其主題內容，加以論述。

第一節　詠清樂伎舞詩

　　清樂伎，又稱清樂、清商樂，原稱清商三調（指漢代俗樂的清調、平調、瑟調三種主要調式）。爲漢魏六朝時流傳中原的民間樂舞，後被宮廷採用，施於宴饗，甚至成爲廟堂祭祀的雅樂。在唐代，屬十部伎中的第二部。

　　清商樂在曹魏時期極受皇室重視，且仿民歌體裁，編製出許多歌辭，並設置清商令、清商丞之官職加以管理。東晉以後，北朝文物南移，清商樂與南方的吳聲（江南民歌）西曲（荊楚民歌）相互融合，

〔註 3〕同上註，頁 1059 至 1061。

故其內容益加豐富〔註4〕。隋文帝統一中國後，將其視為「華夏正聲」，且將其重新整理潤色，去除哀怨的情調，置於宮廷樂舞機構「清商署」中，總謂之清樂〔註5〕。至隋煬帝，因其好艷篇，不好雅正清樂，故廢清商署〔註6〕。

　　唐朝之清商樂，因其久入宮中，絕大部分已失民間樂舞生動活潑的本質，而漸趨衰落。在武則天時代，宮廷的清商樂猶存六十三曲，有些是有辭有曲的歌曲，有些是有聲無辭的器樂曲，還有些是配合舞蹈的舞曲，仍存曲目者僅四十四〔註7〕。即白雪、平調、清調、瑟調、公莫舞、巴渝、明君、鳳將雛、明之君、鐸舞、白鳩、白紵、四時歌四首、雅歌二首、上林、鳳雛、平折、命嘯、子夜、前溪、阿子及歡聞、團扇、懊儂、長史變、督護、讀曲、烏夜啼、石城、莫愁、襄陽王樂、棲烏夜飛、估客樂、楊伴、驍壺、常林歡、三洲、採桑、春江花月夜、玉樹後庭花、堂堂、泛龍舟、明之君二首。而實際上名目可考者共四十二篇，四十七首〔註8〕。舞曲中的公莫（即巾舞）、巴渝、明君、明之君（韓舞辭）、鐸舞、白鳩（拂舞辭）、白紵．前溪、烏夜啼，尚能查考到它們的沿革或舞蹈特點。

〔註4〕《魏書》卷一○九〈樂志〉云：「初，高祖討淮、漢、世宗定壽春，收其聲伎。江左所傳中原舊曲，明君、聖主、公莫、白鳩之屬，及江南吳歌、荊楚四聲，總謂清商。至於殿庭饗宴兼奏之。」，（台北鼎文書局，民國64年），頁2843。

〔註5〕《舊唐書》卷二十九〈音樂志〉：「清樂者，南朝舊樂也。……，隋平陳，因置清商署，總謂之清樂。隋室已來，日益淪缺。猶有六十三曲，今其辭存者，……合三十七首。又七曲有聲無辭，通前為四十四曲存焉。」，同註2，頁1062至1063。

〔註6〕《隋書》卷十五，〈志〉第十，〈音樂〉下，〈清樂〉條，（台北鼎文書局，民國68年），頁377。

〔註7〕同註2。

〔註8〕楊蔭瀏於《中國音樂史綱》已指出其錯誤，文曰：「《舊唐書・音樂志》說：『今其辭存者，惟有白雪，公莫……等三十二曲，明之君、雅歌各二首，四時歌四首，合三七曲。』它將二個二首，與一個四首，算作五曲，似誤。此處所以與《舊唐書》不能相合者，原因在此。」（台北樂韻出版社，1996年2月），頁100。

其他如石城、莫愁、襄陽、估客、三洲、采桑等，就僅僅知道它們
原是舞曲，至於舞容如何，已經無從查考〔註9〕。在唐清商樂中，
猶存石城樂等七首舞曲中，與漢晉流傳下來的公莫、巴渝等舞曲合
併，共組成唐清商樂清中的舞曲。清商樂舞在唐代雖不甚受重視，
但它畢竟曾是前朝極具影響力的舞蹈。在中唐詩人的作品中，論及
的舞蹈共有五種，即公莫舞、拂舞、鞞舞、巴渝舞、白紵舞，茲分
述於後。

一、詠公莫舞詩

公莫舞（見附錄二圖二十五），起源甚早，相傳漢代已施於宴享，
表演鴻門宴的故事。其特點是舞者手執巾而舞，故亦稱「巾舞」。《舊
唐書、音樂志》記載：

> 公莫舞，晉、宋謂之巾舞。其說云：漢高祖與項籍會於鴻
> 門，項莊舞劍，將殺高祖。項伯亦舞，以袖隔之，且云：
> 公莫害沛公也。漢人德之，故舞用巾，以象項伯衣袖之遺
> 式也〔註10〕。

另《晉書·樂志》亦載：

> 公莫舞，今之巾舞也。相傳云項莊劍舞，項伯以袖隔之，
> 使不得害漢高祖，且語項莊：「公莫」！古人相呼曰公，
> 言公莫害漢王也。今之用巾蓋像項伯衣袖之遺式〔註11〕。

《史記·項羽本紀》述及項莊在舞劍時，項伯用袖子間隔之，並說到：
「公莫害沛公也。」因而《晉書》稱此舞為「公莫舞」。至晉宋時改稱
「巾舞」，因其舞巾以象項伯衣袖之遺式。其實，以巾為舞器，是我國
固有的民間舞蹈，在晉、宋之前已盛行。《樂府詩集》即收錄有「巾舞
歌詩」，其歌辭內容頗令人費解，文曰：「吾不見公莫時吾何嬰公來嬰姥
時吾哺聲何為茂時為來嬰當恩吾明月之土轉起吾何嬰土來嬰轉去吾哺

〔註 9〕 同註1，頁74。
〔註10〕 同註2，頁1063。
〔註11〕 《晉書》卷二十三〈樂志〉，（台北鼎文書局，民國65年），頁717。

聲何爲土轉南來嬰當去吾城上羊下食草吾何嬰……。」〔註12〕其中的「吾何嬰」、「何來嬰」等等，頗似現今民間山歌小調中夾雜的如「呵呀」之類的話語。歌辭俚俗，仔細深究，卻並無言及鴻門宴之事，或許在漢代前，已使用巾而舞，漢以後附會鴻門會的事，以成公莫舞。中唐詩人李賀曾撰〈公莫舞歌〉一首，詩中吟詠的，確實是鴻門宴的故事：

> 方花古礎排九楹，刺豹淋血盛銀罌。華筵鼓吹無桐竹，長刀直立割鳴箏。橫楣粗錦生紅緯，日炙錦嫣王未醉。腰下三看寶玦光，項莊掉鞘欄前起。材官小臣公莫舞，座上眞人赤龍子。芒碭雲瑞抱天迴，咸陽王氣清如水。鐵樞鐵楗重束關，大旗五丈撞雙鐶。漢王今日頒秦印，絕臏刳腸臣不論。（卷三九一）

李賀並爲此詩作序，敘述公莫舞的本事及作詩緣由，序曰：「公莫舞歌者，詠項伯翼蔽劉沛公也。會中壯士，灼灼於人。故無復書，且南北樂府。率有歌引，賀陋諸家。今重作公莫舞歌云。」李賀認爲公莫舞即是舞鴻門宴事，樂府中有歌辭，然這些歌辭皆鄙陋，所以重作，李賀於詩中描寫宴會的排場，在有九根柱子的巨大房子裏，準備歃血結盟。宴會上只有軍樂，沒有絲竹之音，時間拖得很長，范增命項莊舞劍刺劉邦，然劉邦乃眞命天子，且兵力強大，已破函谷關入咸陽，秦朝氣數已盡，將被劉邦取而代之。

　　李賀〈公莫舞歌〉這首詩是根據有關的史書記載而作，以奇壯之筆調，勾勒出鴻門宴上殺氣騰騰的情景。然詩中鮮少涉及舞蹈之服飾、動作和舞姿。公莫舞是漢魏以來著名的舞蹈，傳到唐代並不流行。清樂伎中雖有此舞名目，卻未見有關舞姿之記載。但從出土文物中能找到相關的形象資料。例如四川成都揚子山漢墓出土的一塊百戲畫象磚的右下方有一女舞者，頭梳雙髻，身穿束腰短衣及鑲邊長褲，腳踏屐，雙手執長綢而舞（見附錄二圖二十六），有學者即

〔註12〕《樂府詩集》卷十四，舞曲歌辭三，（北京中華書局，1996 年 7 月）頁 787。

指係巾舞〔註13〕，可供參考。

二、詠拂舞詩

拂舞，相傳是起源於三國時吳國地區手拿拂（類似後世的拂塵）跳的一種民間舞蹈。《樂府詩集》「晉拂舞歌詩序」云：

> 《晉書・樂志》曰：《拂舞》出自江左，舊云吳舞也。晉曲五篇：一曰《白鳩》、二曰《濟濟》、三曰《獨祿》、四曰《碣石》、五曰《淮南王》。齊多刪舊辭，而因其曲名。古今樂錄曰：梁拂舞歌並用晉辭。樂府解題曰：讀其辭，除《白鳩》一曲，餘並非吳歌，未知所起也〔註14〕。

晉朝拂舞詞有白鳩等五篇，後人認為只有白鳩一篇是三國時的吳歌，故拂舞亦稱『白鳩舞』。晉代拂舞，反映出百姓的心聲，人民痛恨孫皓的殘酷統治，希望有賢明的君主來治理國家。《樂府詩集》卷五十四〈白鳩篇〉載晉詩人楊泓「舞序」云：

> 自到江南，見《白符舞》，或言《白鳧鳩舞》，云有此來數十年矣。察其辭旨，乃是吳人患孫皓虐政，思屬晉也〔註15〕。

孫皓為孫權的孫子，是一個驕淫暴虐之人，故楊泓舞辭中所云「翩翩白鳩，載飛載鳴，懷我君德，來集君庭」正表示當時江南吳國百姓痛恨孫皓，而盼望著有德之君。南朝宋孝武帝大明時，將拂舞施於廟會，成禮儀祭祀之舞。隋朝尚有拂舞，但舞者已不執拂。唐代清商樂的拂舞資料，僅存李白和李賀二首而已，而舞姿的描寫，史書中均未記載。由李白〈白鳩辭〉詩中的「鏗鳴鐘，考朗鼓，歌白鳩，引拂舞」（卷一六二）四句得知，此舞伴奏樂器中有鐘和鼓。中唐詩人李賀也寫了一首〈拂舞歌辭〉：

> 吳娥聲絕天，空雲間裴回。門外滿車馬，亦須生綠苔。尊有烏程酒，勸君千萬壽。全勝漢武錦樓上，曉望晴寒飲花

〔註13〕同註1，頁45。
〔註14〕同註12，頁788。
〔註15〕同註12，頁789。

　　露。東方日不破，天光無老時。丹成作蛇乘白霧，千年重
　　化玉井土。從蛇作土一千載，吳堤綠草年年在。背有八卦
　　稱神仙，邪鱗頑甲滑腥涎。(卷三九三)

詩前兩句「吳娥聲絕天，空雲閒徘徊。」描寫歌者是江南吳地歌女，
音調很高，歌聲響徹天空，使行雲也被吸引而在原地徘徊，然全詩卻
未語舞。由詩後六句「丹成作蛇乘白霧，千年重化玉井土。從蛇作土
一千載，吳堤綠草年年在。背有八卦稱神仙，邪鱗頑甲滑腥涎。」亦
可看出頗富道家意味。

　　古代拂舞如何舞法，現已不可得知，但現存戲曲中，執拂而舞，
卻是常事。如傳奇「思凡」一折，劇中扮演色空女尼的尼姑，即以拂
塵為舞具，表達其自嘆苦命的心情。又如崑曲《醉打出門》中的魯智
深，也是使用手中的拂塵，模仿十八羅漢的神態，把拂塵溶入古典劇
及傳統民族舞蹈中，也可謂繼承了古代拂舞的其些成分。茲將國劇「洛
神」拂舞劇照提供參考（見附錄二圖二十七）。

三、詠鞞舞詩

　　鞞舞，是一種拿著鞞鼓跳的舞蹈。《說文解字注》：「鞞，騎鼓也。」
即所謂「旅帥執鞞」〔註16〕，是軍中將領拿在手上用以發號施令的鼓，
鞞鼓聲既可鼓舞士氣，又可震懾敵人，可知舞容必雄壯威武。一九五
三年陝西省西安市草廠坡北魏墓出土「加彩・騎馬樂人」俑，高三八
公分，即執鞞鼓俑〔註17〕（見附錄二圖二十八）。將「鞞」當作舞器
而舞，或許其最早亦來自軍旅中。至於鞞鼓的樣式，有各種不同說法，
或許為有柄的鼓（見附錄二圖二十九）。

　　鞞舞在漢代已施於燕享，舊曲有五篇，《晉書・樂志》載：
　　鞞舞，未詳所起，然漢代已施於燕享矣。傅毅、張衡所賦，
　　皆其事也。舊曲有五篇：一、關東有賢女，二、章和二年

〔註16〕見阮刻十三經注疏本卷二十九《周禮・夏官・大司馬》，(台北藝文
　　　　印書館，民國 54 年 6 月)，頁 442。
〔註17〕同註 1，頁 49。

中，三、樂久長，四、四方皇，五、殿前生桂樹，其辭並亡。曹植鞞舞詩序云：「故漢靈帝西園鼓吹有李堅者，能鞞舞，遭世荒亂，堅播越關西，隨將軍段煨。先帝聞其舊伎，下書召堅。堅年踰七十，中間廢而不爲，又古曲甚多謬誤，異代之文，未必相襲，故依前曲作新歌五篇。」及泰始中，又製其辭焉〔註18〕。

所謂「然漢已然己施於燕享矣」，漢張衡有〈七盤舞賦〉云「歷七盤而屣躡」（見附錄二圖三十）；傅毅〈舞賦〉云：「於是躡節鼓陳，舒意自廣」〔註19〕，所述皆其事也，但舊曲五篇皆亡。曹魏時，宴享仍採用鞞舞，且召回精於此舞之藝人李堅，惜李已年邁，久已不舞，且古曲錯誤甚多。曹植乃依前朝遺曲另作「聖皇篇」、「大魏篇」、「孟冬篇」、「靈芝篇」、「精微篇」新歌五篇〔註20〕。鞞舞傳至晉代，更受皇室重視，表演人數由十六人，增至六十四人〔註21〕。舞容盛大，南朝各代均有鞞舞，亦是用於廟堂朝會。唐代清商樂中有鞞舞曲「明之君」，內容仍以歌頌君德爲主〔註22〕。中唐詩人李賀有鞞舞曲〈章和二年中〉詩：

> 雲蕭索，田風拂拂。麥芒如篲黍如粟，關中父老百領襦。關東吏人乏詬租，健犢春耕土膏黑。菖蒲叢叢沿水脈，殷勤爲我下田租。百錢攜償絲桐客，遊春漫光塢花白。野林散香神降席，拜神得壽獻天子。七星貫斷姮娥死。（卷三九二）

詩中對於舞姿未有隻字片語的記載，另《全唐詩》卷二十二・舞曲歌辭部份，亦選錄李賀此詩，唯在詩題下注明「鞞舞曲」三字。實言之，這種詩的歌詞大都用於跳舞時的伴唱。詩言白雲奇麗，清風吹拂，麥穗大如掃帚，高粱茂密如穀子。關中農民人人都有上百件衣服，關東

〔註18〕同註 11，頁 710。
〔註19〕李善注：《昭明文選》卷十七，（台北河洛圖書公司，民國 64 年 5 月），頁 364。
〔註20〕同註 12，頁 771 至 776。
〔註21〕同註 2。
〔註22〕同註 2，頁 1063。

官吏也不用催租，健壯的牛耕著肥沃的田地，百姓豐衣足食，農閒時花錢請彈唱藝人演唱。在春天山花盛開時去遊春，到林中小廟去燒香謝神，感謝聖明天子，請神明保佑他長壽，一直活到北斗七星斷散嫦娥老死。如果此詩是配上舞蹈，由詩的內容來看，也是在歌頌皇帝的聖明。

四、詠巴渝舞詩

巴渝舞，是漢高祖劉邦當漢王時，為平定三秦，在征伐關中時，得到居住在閬中（今四川省巴中縣西一帶）的少數民族相助。這些人勇猛善戰，且喜唱歌跳舞，由於他們為劉邦立下汗馬功勞，受到漢王的重視，並且欣賞其歌舞，認為是武王伐紂的歌舞，而帶進宮中。《舊唐書·音樂志》載：

> 巴渝，漢高帝所作也。帝自蜀漢伐楚，以版楯蠻為前鋒，
> 其人勇而善鬥，好為歌舞，高帝觀之曰：「武王伐紂歌也。」
> 使工習之，號曰巴渝，渝，美也。亦云巴有渝水，故名之。
> 魏、晉改其名，梁復號巴渝，隋文廢之〔註23〕。

漢高祖命樂工學習這種歌舞，由於當時板楯蠻夷住在巴渝，面臨渝水，故命名其舞為「巴渝舞」。從「板楯蠻夷」料想這民族所持有的器具是「板楯」（矛弩武器），以它為舞器，舞姿必具原始武舞風貌。一九六五年四川成都百花潭曾出土一件約春秋末年戰國初年的青銅器銅壺，壺身以三條帶紋分為四層，第二層中央即巴渝舞的舞蹈形象（見附錄二圖三十一），可作為研究參考。《晉書》記載巴渝舞有四篇古老的舞曲歌辭，即「矛渝本歌曲」、「弩渝本歌曲」、「安台本歌曲」、「行辭本歌曲」〔註24〕，但辭意不易理解，或為當地民族語言的譯音。隋文帝時曾廢巴渝舞，但唐代清商樂中還列有巴渝舞的名目。中唐詩人劉禹錫及白居易在詩作中亦有提及此舞，劉禹錫（772～843）〈奉

〔註23〕同註2，頁1063。
〔註24〕同註11，頁693至694。

和淮南李相公早即事秋寄成都武相公〉詩：

> 八柱共承天，東西別隱然。遠夷爭慕化，眞相故臨邊。並
> 進夔龍位，仍齊龜鶴年。同心舟已濟，造膝璧常聯。對領
> 專征寄，遙持造物權。斗牛添氣色，井絡靜氛煙。獻可通
> 三略，分甘出萬錢。漢南趨節制，趙北賜山川。玉帳觀渝
> 舞，虹旌獵楚田。步嫌雙綬重，夢入九城偏。秋雨離情動，
> 新詩樂府傳。聆音還竊拚，不覺撫么弦。（卷三六二）

由「玉帳觀渝舞，虹旌獵楚田。」詩句，可見巴渝舞屬矯健雄壯之舞。
另白居易的〈邵中春讌因贈諸客〉詩：

> 僕本儒家子，待詔金馬門。塵忝親近地，孤負聖明恩。一
> 旦奉優詔，萬里牧遠人。可憐島夷帥，自稱爲使君。身騎
> 牂牁馬，口食塗江鱗。闇澹緋衫故，斕斑白髮新。是時歲
> 二月，玉曆布春分。頒條示皇澤，命宴及良辰。冉冉趨府
> 吏，蚩蚩聚州民。有如蟄蟲鳥，亦應天地春。薰草席鋪坐，
> 藤枝酒注樽。中庭無平地，高下隨所陳。蠻鼓聲坎坎，巴
> 女舞蹲蹲。使君居上頭，掩口語眾賓。勿笑風俗陋，勿欺
> 官府貧。蜂巢與蟻穴，隨分有君臣。（卷四三四）

由「蠻鼓聲坎坎，巴女舞蹲蹲」詩句，可知舞蹈時伴隨著鼓聲。惜劉、
白二人對於舞姿未能詳述。

五、詠白紵舞詩

　　白紵舞，是我國古代著名的舞蹈，自晉到唐，前後五、六百年，
一直在宮廷宴享中盛行不衰，是宴樂舞蹈中長期保存的節目。「紵」，
是一種麻織的布，本產於吳地，故此舞屬吳地的民間舞蹈，白紵舞因
舞者所穿的服裝而得名〔註25〕。《樂府詩集》中所收錄的白紵舞詩歌
數量頗豐，可見此舞自晉朝以來極受歡迎。由文人詩篇中，可捕捉此
舞之風貌及演出時的狀況，如晉〈白紵舞歌〉云：「質如輕雲色如雲，
愛之遺誰贈佳人。製以爲袍餘作巾，袍以光軀巾拂塵。麗服在御會佳

〔註25〕 《樂府詩集》卷五十五，「晉白紵舞歌詩」云：「白紵舞，按舞辭有
巾袍之言，紵本吳地所出，宜是吳舞也。」，同註12，頁797。

賓，醪醴盈樽美且淳。清歌徐舞降祇神，四座歡樂胡可陳！」〔註26〕
又如鮑照〈白紵歌〉云：「吳刀楚製爲佩褘，纖羅霧縠垂羽衣。含商
咀徵歌露晞，珠屧颯沓紈袖飛。淒風夏起素雲迴，車怠馬煩客忘歸，
蘭膏明燭承夜暉。」〔註27〕可知白紵舞大多於夜間表演，賓客於燈燭
間，欣賞著婆娑美妙的舞蹈。此外，白紵舞之舞姿，主要在於雙袖的
掩抑飛揚，舞袖是主要動作。其舞姿變化多樣而又富於表情，有時節
奏明快，急舞雙袖，所謂「珠履颯沓紈袖飛」；有時動作柔美、慢舞
雙袖，所謂「羅袿徐轉紅袖揚」〔註28〕。

　　除了舞袖外，舞者的眼神和舞步也極爲美妙，如王儉〈白紵辭〉：
「轉盻流精艷輝光，將流將引雙雁行。」、「趨步明玉舞瑤璫」〔註29〕
就是描寫舞者流波婉轉的眼神，和輕盈飄然的舞步。白紵舞或由一人
獨舞，或由五人群舞，舞時尚加入歌者伴唱，乃歌舞合一的舞蹈。唐
代的白紵舞，據《通典》載：

> 當江南之時，巾舞、白紵、巴渝等衣服各異。今二人平巾
> 幘，緋褶，舞四人，碧輕紗衣，裙襦、大袖，畫雲鳳之狀。
> 漆鬟髻，飾以金銅雜花，狀如雀釵。錦履，舞容嫻婉，曲
> 有姿態〔註30〕。

　　唐代清商樂舞，多數已不受垂青，只有白紵舞還經常出現於宴會
中，可見它還是較受歡迎。中唐有元稹、戴叔倫、王建、楊衡四位詩
人歌詠此舞，茲列之於下：

　　元稹〈冬白紵·四時白紵舞山〉：

> 吳宮夜長宮漏款，簾幕四垂燈焰暖。西施自舞王自管，雪
> 紵翻翻鶴翎散。促節牽繁舞腰懶，舞腰懶。王罷飲，蓋覆
> 西施鳳花錦。身作匡床臂爲枕，朝佩摐摐王晏寢。寢醒閽

〔註26〕同註12，頁798。
〔註27〕同註12，頁800。
〔註28〕見晉〈白紵舞歌詩〉，同註12，頁798。
〔註29〕同註12，頁802。
〔註30〕《通典》卷一四六〈樂〉六〈清樂〉，（台北大化書局，民國67年），
　　　　頁1216。

報門無事，子胥死後言爲諱。近王之臣諭王意，共笑越王
窮惴惴，夜夜抱冰寒不睡。（卷四一八）

戴叔倫〈白紵詞〉：

館娃宮中露華冷，月落啼鴉散金井。吳王扶頭酒初醒，秉
燭張筵樂清景。美人不眠憐夜永，起舞亭亭亂花影。新裁
白苧勝紅綃，玉佩珠纓金步搖。回鸞轉鳳意自嬌，銀箏錦
瑟聲相調。君恩如水流不斷，但願年年此同宵。東風吹花
落庭樹，春色催人等閒去。大家爲歡莫延竚，頃刻銅龍報
天曙。（卷二七三）

王建〈白紵歌〉二首：

天河漫漫北斗璨，宮中烏啼知夜半。新縫白紵舞衣成，來
遲邀得吳王迎。低鬟轉面掩雙袖，玉釵浮動秋風生。酒多
夜長夜未曉，月明燈光兩相照。後庭歌聲更窈窕。館娃宮
中春日暮，荔枝木瓜花滿樹。城頭烏棲休擊鼓，青娥彈瑟
白紵舞。夜天瞳瞳不見星，宮中火照西江明。美人醉起無
次第，墮釵遺珮滿中庭。此時但願可君意，回晝爲宵亦不
寐。年年奉君君莫棄。（卷二九八）

楊衡〈白紵辭〉：

玉纓翠珮雜輕羅，香汗微漬朱顏酡。爲君起唱白紵歌，清
聲裊雲思繁多。凝笳哀琴時相和，金壺半傾芳夜促。梁塵
霏霏暗紅燭，令君安坐聽終曲。墜葉飄花難再復。躡珠履，
步瓊筵。輕身起舞紅燭前，芳姿豔態妖且妍。迴眸轉袖暗
催弦，涼風蕭蕭漏（一作流）水急。月華泛溢紅蓮涇，牽
裙攬帶翻成泣。（卷七七○）

以上樂府詩，多爲擬古之作。如王建詩句：「新縫白紵舞衣成，來遲
邀得吳王迎。」元稹詩句：「吳宮夜長宮漏款，簾幕四垂燈焰暖。西
施自舞王自管，雪紵翻翻鶴翎散。」皆虛擬吳宮的情景。而楊衡的詩
句則對白紵舞的節奏，有細膩的描述，首先節奏徐緩所謂「迴眸轉袖
暗催弦」，漸漸舞步加快舞至激烈時，以致「涼風蕭蕭漏水急。月華
泛溢紅蓮涇，牽裙攬帶翻成泣」，舞者香汗淋淋，可見白紵舞一旦舞

步疾速時，舞者須付出很大的體力。而由王建詩：「低鬟轉面掩雙袖，玉釵浮動秋風生。」或可知白紵舞不僅有「揚袖」的舞姿，尚有「掩袖」手勢，此為舞者低鬟轉面時，雙袖微掩面部，半遮嬌羞的動作。現今白紵舞雖已失傳，但近代畫家野烽依據古詩文，及出土的陶俑、壁畫，所繪的白紵舞意想圖，頗具參考價值（見附錄二圖三十二）。

　　清樂伎舞蹈除以上所述「公莫舞」、「拂舞」、「鞞舞」、「巴渝舞」、「白紵舞」，其它的舞蹈尚有「前溪」、「明君」、「烏夜啼」等等。這些舞，大率來自民間，後被宮廷吸收，成為宴會中的歌舞。唯中唐詩人未曾歌詠此類舞蹈，故本節未予論及。清商樂舞傳至唐初，在宮中的表演，漸失民間較粗獷的風貌，演變為舞容閒婉之舞姿。如漢代的「巴渝舞」，原為勇猛矯健之舞，至唐宮廷，則為音調舒緩從容悠閒之舞。而被中唐文人歌詠的清商樂舞，共計五種，詩作僅十首，可見此類舞蹈已不受唐人重視。

第二節　詠二部伎舞詩

　　二部伎，是指「坐部伎」（見附錄二圖三十三）和「立部伎」（見附錄二圖三十四）。唐代樂舞是在十部樂的基礎上，發展出二部伎。由唐太宗至玄宗一百多年間，以中原樂舞為主，再融入外國的樂舞而形成的新型樂舞，而在玄宗朝完成。玄宗分樂為二部，堂下立奏，謂之立部伎，堂上坐奏，謂之坐部伎。坐部伎演出的規模較小，舞者最多的不過十二人，最少的祇有三人；立部伎演出規模較大，上元樂舞有一百八十人，人數較少的慶善樂，也有六十四人〔註31〕。

　　二部伎是以樂曲名做為每個樂部的名稱，不同於十部樂是以國名或地名來分部。坐部伎有六部，即（1）讌樂，包括四個舞，景雲樂，舞八人；慶善樂，舞四人；破陣樂，舞四人；承天樂，舞四人。（2）

〔註31〕見《新唐書》卷二十二〈禮樂志〉，（台北鼎文書局，民國 68 年），
　　　　頁 475。。

長壽樂，舞十二人。（3）天授樂，舞四人。（4）鳥歌萬歲樂，舞三人。（5）龍池樂，舞十二人。（6）小破陣樂，舞四人。而立部伎有八部，即（1）安樂，又名城舞，舞者八十人，原為北周的舞蹈改編的。（2）太平樂，又名五方獅子舞，有百四十人的歌隊唱合，每一獅子由十二人表演。（3）破陣樂，舞者百二十人，是一個大型的戰舞。（4）慶善樂，兒童六十四人舞。（5）大定樂，是模倣破陣樂的戰舞形式製成的，舞者百四十人，持槊而舞。（6）上元樂，舞者百八十人，穿五色的畫雲衣，象徵雲霓元氣。（7）聖壽樂，舞者百四十人，是用舞人排出十六個字的字舞。（8）光聖樂，舞者八十人，戴鳥冠穿五色畫衣〔註32〕。二部伎合計共十四部，用於宴享和特定的禮儀中，在演出前一日，太常寺將節目表呈上，經皇上選出曲目，待演出當天，先上坐部伎節目，再上立部伎及散樂、馬戲等。《舊唐書·音樂志》載：

> 先一日，……太常卿引雅樂，每色數十人，自南魚貫而進，
> 列於樓下。鼓笛雞婁，充庭考擊。太常樂立部伎、坐部伎
> 依點鼓舞，間以胡夷之伎〔註33〕。

二部伎由太常寺的樂工和藝人表演，平日要受嚴格的訓練，每年有一次考試，分上、中、下三等，十年有一次大考〔註34〕。按照表演者的水準，分為不同的等級，坐部伎最高，稍差者退入立部伎，最差者則習雅樂〔註35〕。詩人白居易所寫的〈立部伎〉詩，其副題為「刺雅樂之替也」，其下小序又云：「太常選坐部伎，無性識者退入立部伎。又選立部伎，絕無性識者退入雅樂部，則雅樂可知矣。」可見樂天頗為

〔註32〕中國舞蹈藝術研究會編：《全唐詩中的樂舞資料》，（北京人民音樂出版社，1996 年 11 月）頁 177。

〔註33〕見《舊唐書》卷二十八〈音樂志〉，（台北鼎文書局，民國 65 年），頁 1051。

〔註34〕《舊唐書》四十四〈職官志〉：「凡習樂，立師以教。每歲考其師之課業，為上中下三等，申禮部，十年大校之，量優劣而黜陟焉。」，同上註，頁 1875。

〔註35〕《新唐書》卷二十二〈禮樂志〉：「太常閱坐部，不可教者隸立部，又不可教者，乃習雅樂。」同註一，頁 475。

感嘆雅樂不受當代的重視，而日趨沒落。其〈立部伎〉詩云：

> 立部伎，鼓笛諠。舞雙劍，跳七丸。嫋巨索，掉長竿。太常
> 部伎有等級，堂上者坐堂下立。堂上坐部笙歌清，堂下立部
> 鼓笛鳴。笙歌一聲眾側耳，鼓笛萬曲無人聽。立部賤，坐部
> 貴。坐部退爲立部伎，擊鼓吹笙和雜戲。立部又退何所任，
> 始就樂懸操雅音。雅音替壞一至此，長令爾輩調宮徵。圓丘
> 后土郊祀時，言將此樂感神祇。欲望鳳來百獸舞，何異北轅
> 將適楚。工師愚賤安足云，太常三卿爾何人。(卷四二六)

由詩中「立部賤，坐部貴。坐部退爲立部伎」及「立部又退何所任，
始就樂懸操雅音」可知雅樂衰落的程度。而在中唐時，立部伎也不受
歡迎。樂天在詩中寫道，立部伎演出時已淪爲陪襯的地步，鼓笛聲喧
天，和它一起表演的有雜技的舞雙劍、跳七丸、踩繩索、攀長竿。樂
天極力摹寫百戲的盛況，亦是刺雅樂的陵替。當坐部伎在堂上奏出笙
歌時，眾人側耳傾聽，立部伎的鼓笛奏上萬曲，卻無人細聽。立部伎
低賤，坐部伎高貴，坐部伎中找藝欠佳者，降到立部伎去擊鼓吹笙，
替雜技伴奏，再不行者，降到雅樂部去敲打鐘磬。在詩的最後，白居
易希望掌管音樂的太常寺官員，不能忽視這現象。

　　其實，二部伎的沒落已是無法改變的趨勢。盛唐以後，音樂舞
蹈空前繁榮，當時上自宮廷，下至民間，人人好胡樂，雅樂被人冷
落，傳統的漢族音樂已被取代，白居易認爲這是一個嚴重的問題。
其好友元稹也對此現象憂心，也有一篇同性質的詩作，微之〈立部
伎〉詩云：

> 胡部新聲錦筵坐，中庭漢振高音播。太宗廟樂傳子孫，取
> 類群兇陣初破。戢戢攢槍霜雪耀，騰騰擊鼓雲雷磨。初疑
> 遇敵身啟行，終象由文士憲左。昔日高宗常立聽，曲終然
> 後臨玉座。如今節將一掉頭，電卷風收盡摧挫。宋晉鄭女
> 歌聲發，滿堂會客齊喧歌。珊珊佩玉動腰身，一一貫珠隨
> 咳唾。頃向圓丘見郊祀，亦曾正旦親朝賀。太常雅樂備宮
> 懸，九奏未終百寮惰。惷滯難令季札辨，遲迴但恐文侯臥。

工師盡取聾昧人，豈是先王作之過。宋沇嘗傳天寶季，法
曲胡音忽相和。明年 10 月燕寇來，九廟千門虜塵涴。我聞
此語歎復泣，古來邪正將誰奈。奸聲入耳佞入心，侏儒飽
飯夷齊餓。(卷四一九)

在此詩中，元稹首先提到在華美的舞臺上，胡樂部在演奏著新曲，高
亢的鼓聲向四處遠播，想起以前太宗皇帝製定的雅樂，是描寫初擊破
敵軍的陣戰，刺槍齊舉明亮似霜雪，鼓聲騰騰以風雷隨行。樂音開始
像遇到敵人要立即行動，樂音結束像文士要輔佐社稷。高宗皇帝常站
立著聽，樂曲結束才回到坐位上。如今景況全然不同，鄭聲一出，舞
女們戴著珊瑚美玉，扭動著腰身，滿堂的賓客就大聲和唱。而太常寺
的雅樂還未奏完，百官們已聽得不耐煩。微之的〈立部伎〉詩以秦王
破陣樂之今昔對比，寄託其心中的感慨，反對胡樂取代雅樂，甚至認
爲是胡樂與雅樂合奏而導致國家的動亂。

　　坐部伎演出時規模較小，舞者人數亦少，舞技優美典雅，使用絲
竹細樂伴奏，以精緻美觀取勝。立部伎演出時規模宏大，舞者人數眾
多，隊形富於變化，使用大鼓金鉦伴奏，以氣勢宏偉取勝。坐部伎既
以文雅清麗爲其特色，對表演者的要求自然較高，因而逐漸形成「立
部賤，坐部貴」及「雅音替壞一至此」的局面。中唐詩人白居易和元
稹，各寫了一首具現實意義的〈立部伎〉詩，詩中皆提及技藝較差，
不宜留在坐部伎中者，降到立部伎，而在立部伎還不行的，就退到雅
樂部。由此可見，中國的古典雅樂當時是極不受重視的。元稹和白居
易，對這種現象很感嘆，因此在他們所寫的〈立部伎〉詩中，給予沈
痛的批評。但詩題爲〈立部伎〉，而屬於立部伎的八部樂舞卻隻字未
提，可見是別有含意。另中唐詩人對二部伎舞（即破陣樂舞、太平樂
舞、聖壽樂舞）尚有相關的詩作，今亦一一予以論述。

一、詠破陣樂舞詩

　　在坐部伎和立部伎中，都有破陣樂舞，它們是由唐代初年赫赫有

名的「秦王破陣樂舞」而來。

　　唐高祖武德二年，秦王李世民率軍渡河，討伐擁兵割據的劉武周，幾經交鋒，在第二年大勝，當時軍中即流傳著無名氏作的秦王破陣樂的歌謠〔註36〕。李世民甚愛此曲，每逢宴會必有樂工演奏，貞觀元年正月初三李世民即位，是爲太宗，當時宴請群臣，亦由樂工演奏此曲〔註37〕。貞觀七年，太宗又自製破陣樂舞圖，命起居郎呂才依圖教樂工一百二十人表演，命魏徵、虞世南、褚亮、李百藥等人更製歌詞，並改名爲「七德舞」。演出之後，觀者見其抑揚蹈厲，莫不感動，高呼萬歲，外賓亦相率起舞〔註38〕。歌詞有七首，舞有發揚蹈厲之容，歌有激昂慷慨之音〔註39〕，爲初唐宮廷中一部大型樂舞，足以顯現唐太宗執政初期的興盛氣象。七德舞及九功舞、上元舞並稱初唐三大樂舞，每舞各具特色。七德舞象武功，九功舞象文德，上元舞象元氣，演奏時每以七德舞爲始。因唐以武功得天下，故以武舞在首，舞姿雄壯，聲勢浩大，象戰陣之形。《通典》載：

　　　　貞觀七年，製破陣樂舞圖，左圓右方，先偏後伍。魚麗鵝
　　　　鸛，箕張翼舒，交錯屈伸，首尾迴互，以象戰陣之形〔註40〕。

貞觀二十三年，太宗崩，李治即位，是爲高宗。繼位第一年，高宗認爲破陣樂舞是太宗所創，不忍再觀賞，以後不必演奏，因此，此樂舞

〔註36〕見《新唐書》卷二十一〈禮樂志〉云：「七德舞者，本名秦王破陣樂，太宗爲秦王，破劉武周，軍中相與作秦王破陣樂曲。」同註3，頁467。

〔註37〕《唐會要》卷三十三載：「貞觀元年正月三日，宴群臣，奏秦王破陣樂之曲。」（台北世界書局，民國49年11月），頁612。

〔註38〕《唐會要》卷三十三載：「七年正月七日，上製破陣樂舞圖……起居郎呂才，依圖教樂工一百二十人，被甲執戟而習之，凡爲三變，每變爲四陣，有來往疾徐擊刺之象，以應歌節，數日而就，其後令魏徵……更名七德之舞，十五日奏之於庭，觀者觀見其抑揚蹈厲，莫不扼腕踴躍，懍然震悚……於是皆稱萬歲。」同上註，頁612。

〔註39〕杜佑《通典》卷一四六〈坐立部伎〉條：「破陣樂發揚蹈厲，聲韻慷慨。」（台北大化書局，民國67年4月），頁1217。

〔註40〕同上註。

被禁二十七年。直到儀鳳三年，太常寺少卿韋萬石請求表演，高宗欣賞樂舞後，十分感動，想起往日先君創業的艱難，體會到要保住江山，就不能忘記武功〔註41〕，此舞因而恢復演出。顯慶元年，改名神功破陣樂。麟德二年，又將其作爲祭祀用之武舞，將舞者由原來一百二十人減爲六十四人。次年，修入雅樂。且把原來五十二遍之樂曲，改爲兩遍，復名爲七德舞。

　　玄宗時編成小破陣樂，另外尚有坐部伎讌樂之一的破陣樂。此二者，都是根據唐太宗的秦王破陣樂而改編。大型破陣樂隸屬立部伎，必須在殿前演出，無法經常上演，改爲坐部伎後，就可以隨時觀賞。《舊唐書・音樂志》載：

> 破陣樂，玄宗所造也，生於立部伎破陣樂。舞四人，金甲冑〔註42〕。

小型的破陣樂舞，舞者四人，身穿金甲冑，雖據太宗之破陣樂改編，唯表演人數少，形制規模較小。此外當時的宰相張說曾爲此樂舞寫作伴唱的歌詞，其〈破陣樂詞二首〉之一：

> 漢兵出頓金微，照日光明鐵衣。百里火旛焰焰，千行雲騎霏霏。麌踏遼河自竭，鼓譟燕山可飛。正屬四方朝賀，端知萬舞皇威。（卷八九）

此詩是六言詩。詩中提及漢兵鐵製的甲冑在太陽下閃閃發光，軍旗艷如火焰綿延百里，騎兵行軍如雲，馬蹄踐踏遼河水爲之枯竭。由詩內容所述的戰爭生活，皆與破陣舞之武舞相符，此舞誠爲唐代武功興國之表徵。中唐詩人皎然、王建、白居易各寫了一首破陣樂舞的詩作，皎然〈奉應顏尙書眞卿觀玄眞子置酒張樂舞破陣畫洞庭三山歌〉：

> 道流跡異人共驚，寄向畫中觀道情。如何萬象自心出，而心澹然無所營。手援毫，足蹈節。披繅灑墨稱麗絕，石文

〔註41〕《唐會要》卷三十三：「樂闋。上歔欷久之。顧謂韓王等曰：不見此樂，垂三十年……追思往日，王業艱難，朕今嗣守洪業，豈可忘武功也。」同註37，頁613。

〔註42〕《舊唐書》卷二十九〈音樂志〉，同註3，頁1062。

亂點急管催。雲態徐揮慢歌發，樂縱酒酣狂更好。攢峰若
雨縱橫掃，尺波澶漫意無涯。……（卷八二一）

此詩僅於詩題中提及破陣樂舞，然與舞蹈皆無涉。王建〈田侍郎歸鎮〉
詩云：

廣場破陣樂初休，彩纛高于百尺樓。老將氣雄爭起舞，管
弦回作大纏頭。（卷三〇一）

由詩中「老將氣雄爭起舞」句，可知此舞屬武舞。而白居易於元和年
間，看了七德舞（破陣舞）演出之後，寫了一首有名的〈七德舞〉詩，
詩云：

七德舞，七德歌。傳自武德至元和，元和小臣白居易。觀
舞聽歌知樂意，樂終稽首陳其事。太宗十八舉義兵，白旄
黃鉞定兩京。擒充戮竇四海清，二十有四功業成。二十有
九即帝位，三十有五致太平。功成理定何神速，速在推心
置人腹。亡卒遺骸散帛收，飢人賣子分金贖。魏徵夢見子
夜泣，張謹哀聞辰日哭。怨女三千放出宮，死囚四百來歸
獄。翦鬚燒藥賜功臣，李勣鳴咽思殺身。含血吮創撫戰士，
思摩奮呼乞效死，則知不獨善戰善乘時，以心感人人心歸。
爾來一百九十載，天下至今歌舞之。歌七德，舞七德。聖
人有作垂無極，豈徒耀神武，豈徒誇聖文。太宗意在陳王
業，王業艱難示子孫。（卷四二六）

這是白居易新樂府五十首中的第一首。詩中概括地敘述唐太宗的功
績，並且說明七德舞不是為了誇耀武功，而是要讓後代子孫瞭解創業
的艱難及體會民間的疾苦，以便保住李氏江山。易言之，即鋪陳太宗
創業之功績以獻諫於當日之憲宗，所謂「採詩」、「諷諫」、「為君」諸
義，實在於是〔註43〕。詩中所言：「爾來一百九十載，天下至今歌舞
之。歌七德，舞七德。聖人有作垂無極，豈徒耀神武，豈徒誇聖文」，
可知樂天此詩旨在諷諫，故其對音樂舞蹈未作具體描寫。

〔註43〕陳寅恪：《陳寅恪先生論文集・元白詩箋證稿》，（台北文理出版社，
　　　　民國66年4月），頁813。

　　破陣樂舞在唐代隨著國勢的強盛，西傳至印度，東傳至日本，唐僧玄奘在《大唐西域記》中談到，印度的戒日王都知道此舞〔註44〕。據聞日本至今仍保留此樂舞，舞者四人（見附錄二圖三十五），戴面具，穿金甲〔註45〕。同時於奈良朝傳寫的秦王破陣琵琶曲譜亦一直保存至今。常任俠認為此曲即崔令欽《教坊記》中所載破陣樂，在唐為大食調〔註46〕。惜此樂舞在中唐時期，隨著政治的崩壞，國勢的衰微，漸喪失太宗朝蹈屬勇壯的舞容，以致白居易於觀賞之後，而感慨萬端矣！

二、詠太平樂舞詩

　　唐代的太平樂舞就是「獅子舞」（見附錄二圖三十六），立部伎中居第二。舞時由人披著線綴成的毛皮扮成獅子，被人用繩子牽著，且以拂子來要弄它，表演時演奏著太平樂舞曲。《舊唐書·音樂志》載：

> 太平樂，亦謂之五方師（獅）子舞，師子鷙獸，出於西南夷天竺、師子等國。綴毛為之，人居其中，像其俛仰馴狎之容。二人持繩秉拂，為習弄之狀。五獅子各立其方色，百四十人歌太平樂，舞以足，持繩者服飾作崑崙象〔註47〕。

據此亦知，太平樂又稱為「五方獅子舞」，因為有五頭獅子，各立一方。且每頭獅子有一丈高，身上各披五種不同顏色的毛皮。要獅子的頭戴紅抹額，身穿彩畫衣，手拿紅拂子〔註48〕，合著太平樂而舞。獅子為百獸之王，即使是假獅子也很威風。再加上舞者歌者人數上百，

〔註44〕見《大唐西域記》卷五：「嘗聞摩訶至那國（中國）有秦王天子……平定海內，風教遐被……秦王破陣樂。聞其雅頌，于茲久矣。」，收錄在《四部叢刊初編史部》第六十九冊，頁50。

〔註45〕王克芬：〈唐代舞蹈〉，收錄在《中國舞蹈史·初編二種》，（台北蘭亭書店，民國74年10月），頁91。

〔註46〕常任俠：《絲綢之路與西域文化藝術》，（上海文藝出版社，1981年），頁190。

〔註47〕《舊唐書》卷二十九〈音樂志〉，同註3，頁1059。

〔註48〕段安節：《樂府雜錄》龜茲部：「戲有五方獅子，高丈餘，各衣五色。每一獅子有十二人，戴紅抹額，衣畫衣，執紅拂子，謂之『獅子郎』。舞太平樂曲。」，收錄在《歷代詩史長編二輯》，（台北鼎文書局，民國63年2月），頁45。

顯然在唐代是聲勢浩大的大型舞蹈，因此歸入立部伎中。

　　獅子原不是中國出產的動物，多產於非洲和斯里蘭卡（古稱獅子國）及西域各國（獅是波斯語的音譯）。漢武帝時，和西域的交通已很頻繁，獅子也就傳進來，耍獅子大約是開始於魏晉時期〔註49〕。獅子舞，本來是屬於雜技類，一直到唐朝，才成爲大型樂舞節目。中唐詩人白居易、元稹各有一首詩作提到獅子舞。白居易〈西涼伎〉詩云：

> 西涼伎，假面胡人假獅子。刻木爲頭絲作尾，金鍍眼睛銀帖齒。奮迅毛衣擺雙耳，如從流沙來萬里。紫髯深目兩胡兒，鼓舞跳梁前致辭。應似涼州未陷日，安西都護進來時。須臾云得新消息，安西路絕歸不得。泣向獅子涕雙垂，涼州陷沒知不知。獅子回頭向西望，哀吼一聲觀者悲。貞元邊將愛此曲，醉坐笑看看不足。娛賓犒士宴監軍，獅子胡兒長在目。有一征夫年七十，見弄涼州低面泣。泣罷斂手白將軍，主憂臣辱昔所聞。自從天寶兵戈起，犬戎日夜吞西鄙。涼州陷來四十年，河隴侵將七千里。平時安西萬里疆，今日邊防在鳳翔。緣邊空屯十萬卒，飽食溫衣閒過日。遺民腸斷在涼州，將卒相看無意收。天子每思長痛惜，將軍欲說合慚羞。奈何仍看西涼伎，取笑資歡無所愧。縱無智力未能收，忍取西涼弄爲戲。（卷四二七）

白樂天詩中開首所言：「西涼伎，假面胡人假獅子。刻木爲頭絲作尾，金鍍眼睛銀帖齒。奮迅毛衣擺雙耳」，其對獅子舞有頗爲具體細緻的描寫。而由「貞元邊將愛此曲，醉坐笑看看不足」也反映出獅子舞在當時邊界受歡迎的情形。自安史之亂後，吐蕃在河湟肆虐，迄於憲宗元和年間，長安君臣雖有收復失地之心，然邊鎮將領卻無討伐叛賊之志，此令樂天心生感傷，故此詩的副題寫道：「刺封疆之臣也」。樂天於元和四年作此詩，亦即其在翰林時，非獨習聞當日邊將驕奢養寇之情事，且亦深知憲宗儉約聚財之苦心，是以其詩中「天子每思長痛惜」之句，不僅指德宗，疑兼謂憲宗。而取以與「將軍欲說合慚羞」爲映

〔註49〕同註45，頁85。

對，尤爲旨微語悲，詞賅意切，故知樂天詩篇感憤之所在〔註50〕。另元稹〈西涼伎〉亦發抒相同的感嘆，詩云：

> 吾聞昔日西涼州，人煙撲地桑柘稠。蒲萄酒熟恣行樂，紅豔青旗朱粉樓。樓下當壚稱卓女，樓頭伴客名莫愁。鄉人不識離別苦，更卒多爲沈滯遊。哥舒開府設高宴，八珍九醞當前頭。前頭百戲競撩亂，丸劍跳躑霜雪浮。獅子搖光毛彩豎，胡騰醉舞筋骨柔。大宛來獻赤汗馬，贊普亦奉翠茸裘。一朝燕賊亂中國，河湟沒盡空遺丘。開遠門前萬里堠，今來蹙到行原州。去京五百而近何其逼，天子縣內半沒爲荒陬。西涼之道爾阻修，連城邊將但高會。每聽此曲能不羞。（卷四一九）

由詩中「獅子搖光毛彩豎」句，可知此詩也是指獅子舞。元稹年少時居西北邊鎮之鳳翔，殆親眼看見或聽見邊將只知宴會享樂，而坐視河西之淪喪，故追憶感懷，寫成此詩。西涼是與東晉對峙的北方十六國之一，位於現今甘肅西北部，先後有漢族、鮮卑、匈奴、氐等族據有此地，在各種不同種族文化的結合下，使其樂舞成爲漢族樂舞與西涼樂舞相結合的新樂舞，稱之爲西涼樂（或稱西涼伎）。唐代大曲和教坊中都有涼州曲，然曲子與十部伎中的西涼樂不同。而元、白在〈西涼伎〉詩中所描寫只是在宮廷中、軍中和民間流行的獅子舞。和涼州曲或十部伎中的西涼樂，雖都是出自西涼地區，卻是不同的樂舞節目，不能混爲一談。

　　元、白二人的〈西涼伎〉詩具有相同的歷史背景，雖然對太平樂舞沒有極詳盡的描述，卻吐露心中深沈的感懷。故陳寅恪讚此二詩皆爲元、白抒發感憤之作，不同於虛泛之酬和，在二公新樂府中俱爲上品〔註51〕。

〔註50〕同註43，頁904。
〔註51〕同註43，頁899。陳寅恪謂：「西涼伎，元、白二公之作，則皆本其親所聞見者以抒發感憤，固是有爲而作，不同於虛泛填砌之酬和也。此題在二公新樂府中所以俱爲上品者，實職是之故。」。

三、詠聖壽樂舞詩

聖壽樂舞，又稱「字舞」，立部伎中居第七，高宗武后時所創，是唐代宮廷所製作的大型樂舞。表演時，舞者百四十人，戴金銅冠，穿五色畫衣，依舞之行列擺成字。每變換一次隊形即擺出一個字，十六變而畢，爲「聖超千古，道泰百王，皇帝萬歲，寶祚彌昌」十六字〔註52〕。此種舞屬字舞，爲儀式較強之舞蹈，主要觀賞的是其排場之奢華與舞法隊形之變化，爲唐代宮舞的典型。開元十一年，玄宗還加了一項花樣，即舞者迴身換衣的效果，《教坊記》載：

> 開元十一年，初製聖壽樂。令諸女衣五方色衣以歌舞之。……聖壽樂舞衣，襟皆各繡一大窠，皆隨其衣本色製純縵衫，下纜及帶，若短汗衫者以籠之，所以藏繡窠也。舞人初出樂次，皆是縵衣，舞至第二疊，相聚場中，即於眾中從領上抽去籠衫，各內懷中。觀者忽見眾女咸文繡炳煥，莫不驚異〔註53〕。

每件舞衣繡上一大窠花，外罩短衫一件，舞者舞至第二段，則聚集於場中，巧妙地迴身脫去短衫，驀然顯出繡衣，觀者出其不意，驚嘆不已。如此，於宴饗時，頗能營造出歡悅之氣氛。唐人平洌〈開元字舞賦〉對於宮妓在表演此舞時的精妙舞姿與恢宏之排場氣勢有頗爲周詳之敘述，其文云：

> 八佾之羽儀繁會，七盤之綺袖繽紛。雷轉風旋，應鼉鼓以赴節；鸞迴鶴舉，循鳥跡以成文。其漸也，左之右之，以引以翼。整神容而裔裔，被威儀而抑抑。煙霏桃李，對玉顏而共春；日照晴霓，間羅衣而一色〔註54〕。

平洌所述之聖壽樂舞或許有誇張之成份，然其將「作字如畫」、「迴身換衣」二者精彩之構思，並形象地描繪出來，可以想見此舞之編排頗

〔註52〕同註33。

〔註53〕見崔令欽：《教坊記》，收錄在（歷代詩史長編二輯）第一冊，（台北鼎文書局，民國63年2月），頁12。

〔註54〕見《全唐文》卷四○六，收錄在《傳世藏書》總集第九冊，（海口誠成文化公司，1995年），頁2879。

費匠心，亦可窺見此舞之恭整優美，然亦不可否認其中有不少雕琢痕跡〔註55〕。用人擺字之舞蹈形式，自聖壽樂後，逐漸廣泛地流傳，其組成方式亦多樣化。約而言之有四：以舞者亞身於地以布成字，此其一；以隊形排列成字，此其二；以衣服變個顏色，交組成字，此其三；以人扛著字牌出現于舞隊之中，此其四〔註56〕。中唐詩人王建於詩中亦述及字舞，其〈宮詞〉詩云：

> 羅衫葉葉繡重重，金鳳銀鵝各一叢。每遍舞時分兩向，太
> 平萬歲字當中。（卷三〇二）

此詩是王建〈宮詞〉一百首中的第十七首，前二句寫舞女穿著繡羅舞衣，一隊是金黃色，一隊是銀白色。末二句謂每當舞者分成兩列時，中間就組成了「太平萬歲」的字。

字舞在唐代廣泛流行，所排之字，皆為歌頌帝業之辭，它都是受聖壽樂舞的影響所編排而成的。自唐以降，歷代均有字舞流傳。字舞乃以工整之舞蹈形式，排出美麗之畫面，有的更運用各種道具精心排列，成為富有民族風格的一種舞蹈。

第三節　詠軟舞健舞詩

唐代的小型娛樂性舞蹈有軟舞和健舞。就舞之性質及形態而言，大體凡動作較舒徐安詳溫婉，表情較細膩者，謂之軟舞；動作較爽朗快捷剛健者，謂之健舞，軟舞以婉約柔美見長，健舞以雄健奔放為主〔註57〕。《教坊記》云：

> 垂手羅・回波樂・蘭陵王・春鶯囀・半社渠・借席・烏夜
> 啼之屬、謂之軟舞。阿遼・柘枝・黃獐・拂林・大渭州・
> 達摩之屬、謂之健舞。〔註58〕。

〔註55〕同註45，頁94。
〔註56〕同註32，頁192。
〔註57〕歐陽予倩編：《中國舞蹈史・二編兩種・唐代舞蹈》，（台北蘭亭書店，民國74年10月），頁94。
〔註58〕崔令欽：《教坊記》，收錄在《歷代詩史長編二輯》第一冊，（台北鼎

唐人雅樂中，有文舞、武舞之分。燕樂中各舞之性質，亦可作文、武二種之分，然唐代並無這種名詞。至玄宗朝，教坊始有軟舞及健舞，它是經常在一般宴會或其它場合表演的小型舞蹈，不同於排場很大的舞蹈。軟舞與健舞之名，除首見於《教坊記》，另段安節《樂府雜錄》述之亦甚詳，文曰：

> 舞者，樂之容也，有大垂手、小垂手、或如驚鴻，或如飛燕。婆娑，舞態也。蔓延，舞綴也。古之能者，不可勝記。即有健舞、軟舞、字舞、花舞、馬舞。健舞曲有稜大、阿連、柘枝、劍器、胡旋、胡騰。軟舞曲有涼州、綠腰、蘇合香、屈拓、團圓旋、甘州等〔註59〕。

唐人所謂軟舞、健舞者，玄宗時代即列有多種，其後續有增加，茲就唐人崔令欽《教坊記》及唐人段安節《樂府雜錄》所載軟舞健舞名，再篩選出中唐詩人中有關軟舞健舞的詩作，一一述之於下：

一、詠軟舞詩

（一）詠春鶯囀舞詩

春鶯囀舞，乃唐教坊中有名之軟舞，舞曲乃高宗命樂工白明達所作，後配上舞蹈。《教坊記》云：

> 高宗曉聲律，晨坐聞鶯聲，命樂人白明達寫之，遂有此曲。〔註60〕

白明達是隋朝太樂署的樂工，龜茲人，得寵於隋煬帝〔註61〕，直到唐代，還是做內廷供奉，所作曲子頗受歡迎。唐高宗亦通曉音律，某日早

文書局，民國 63 年 2 月），頁 12。

〔註59〕段安節：《樂府雜錄》〈舞工〉條，收錄在《歷代詩史長編二輯》第一冊，（台北鼎文書局，民國 63 年 2 月），頁 48。

〔註60〕同註 58，頁 18。

〔註61〕《隋書》卷十五〈音樂志〉載：「龜茲者，起自呂光滅龜茲，因得其聲……煬帝不解音律，略不關懷。後大製艷篇，辭極淫綺……令樂工白明達造新聲……帝悅之無已。」，（台北鼎文書局，民國 68 年），頁 378 至 379。

晨，聽見鶯聲和著微風，形成優美的旋律，就命白明達寫成曲子，取名春鶯囀，此首曲子必含有龜茲樂的成份，屬於胡樂。元稹〈法曲〉詩云：

> 吾聞黃帝鼓清角……自從胡騎起煙塵，毛毳腥羶滿咸洛。女
> 爲胡婦學胡妝，伎進胡音務胡樂。火鳳聲沈多咽絕，春鶯囀
> 罷長蕭索。胡音胡騎與胡妝，五十年來競紛泊。（卷四一九）

微之感嘆的認爲樂工喜學胡人歌唱，奏胡人的音樂，火鳳曲結束時多麼地幽咽，聽完春鶯囀之後，備覺蕭條冷落。春鶯囀曲配上舞蹈後變成軟舞。中唐詩人張祜有〈春鶯囀〉詩：

> 興慶池南柳未開，太眞先把一枝梅。內人已唱春鶯囀，花
> 下傞傞軟舞來。（卷五一一）

張祜此詩描述的是在興慶池南的柳樹尙未發綠，楊貴妃先折一枝梅花，教坊中的樂妓已唱起春鶯囀曲，在花下跳起似醉的軟舞，由詩的內容可知作者在追詠天寶間事，且由「花下傞傞軟舞來」句，亦可見此舞屬軟舞。

朝鮮之《進饌儀軌》書中亦言及此舞是高宗命白明達所制之舞曲，舞時，舞妓一人，頭戴花冠，著花衫，束紅繡帶，足著飛頭履，設單席，立於席上，進退旋轉不離席上而舞，此書並記歌詞，曰：「娉婷月下步，羅袖舞風輕。最愛花前態，君王任多情。」〔註62〕日本亦有春鶯囀大曲，又稱和風長壽樂、天長寶壽樂，舞者四人或六人，舞時由男性戴鳥冠而舞，唯此舞傳至日本已改變，失卻昔日之風貌〔註63〕。盛行於唐代之春鶯囀舞，至宋代已看不到此舞之記載。

（二）詠涼州舞詩

涼州，又稱梁州（即今甘肅武威一帶）。唐代大曲及軟舞類中都有涼州名目，這些都是具有涼州地方色彩的樂舞，涼州曲是開元年間西涼都督郭知運進貢給朝廷的曲子。〈涼州歌第一〉詩序云：

> 涼州，宮調曲。開元中，西涼府都督郭知運進。本在正宮

〔註62〕同註57，頁131。
〔註63〕同上註。

調中，有大遍、小遍。至貞元初，康崑崙翻入琵琶玉宸宮
調，初進曲在玉宸殿，故有此名。合諸樂，即黃鍾宮調也。
段和尚善琵琶，自制西涼州，後傳康崑崙，即道調涼州，
亦謂之新涼州。（卷二七）

西涼歌舞很早就傳入中原，皆統稱之爲西涼樂，郭知運進涼州曲時，是
否還有舞蹈，在現存文獻中罕有記述。中唐詩人張籍〈舊宮人〉詩云：

歌舞梁州女，歸時白髮生。全家沒蕃地，無處問鄉程。宮
錦不傳樣，御香空記名。一身難自說，愁逐路人行。（卷三
八四）

張籍，德宗貞元十五年進士第，曾從學於韓愈，且得其稱揚，世稱韓
門弟子。由此詩可見，還是有涼州舞者到長安，因邊疆離亂，而難以
回鄉。

　　中唐詩人張祜〈悖拏兒舞〉詩，描述一位宮中藝人，聽涼州曲後
即興跳舞的情況，詩云：

春風南內百花時，道唱梁州急遍吹。揭手便拈金碗舞，上
皇驚笑悖拏兒。（卷五一一）

張祜的宮詞很著名，他對宮中的生活也較熟悉。詩題中的悖拏兒是一
位歌舞藝人的名字，此詩描寫玄宗朝宮中的事，在春風吹拂百花盛開
時，涼州樂曲一遍一遍地吹著。悖拏兒隨手拿起金碗跳著舞，皇帝吃
驚地欣賞她的舞姿。舞涼州時是否要拿碗，今無法確知，唯此詩中描
寫舞者聽到急遍時，順手拿碗起舞，倒像是一場即興表演，否則不會
有「上皇驚笑悖拏兒」句。

　　唐人詩篇中，描寫涼州曲的詩爲數不少，如王昌齡〈殿前曲〉、
李益〈夜上西城聽梁州曲〉等，可知此曲頗受世人喜愛，惜有關涼州
舞蹈的詩則略遜一籌。

（三）詠綠腰舞詩

　　綠腰舞是中唐時新創製的軟舞。綠腰曲，爲大曲名，又稱「錄
要」、「六么」、「樂世」。唐貞元年間，樂工獻給德宗一首曲子，皇帝

命樂工將曲中最精彩的部分摘錄下來，故稱「錄要」，後來又因音訛而稱爲「綠腰」、「六么」，並且依曲子編成舞蹈，白居易〈樂世〉詩序詳載其事：

> 一曰綠腰，即錄要也。貞元中樂工進曲，德宗令錄出要者，因以爲名。後語訛爲綠腰。軟舞曲也，康崑崙嘗於琵琶彈一曲，即新翻羽調綠腰。又有急樂世。（卷二七）

綠腰曲，深受唐人喜愛，白居易〈楊柳枝〉詩有「六么水調家家唱」句（卷四五四），說明此曲當時流傳很廣。而其舞姿也必定輕盈柔美，故段安節《樂府雜錄》將其歸入「軟舞」類。白居易有〈樂世〉七絕詩：

> 管急弦繁拍漸稠，綠腰宛轉曲終頭。誠知樂世聲聲樂，老病人聽未免愁。（卷四五八）

此詩描述管絃樂器的旋律愈來愈急，節拍愈來愈快，綠腰樂舞自始至終都婉轉。我知道樂世這段曲子聲聲都是歡樂，可是如今我已年老多病，聽了未免憂愁。由詩的內容來看，主要還是描寫樂曲。而欲一究綠腰舞姿，五代畫家顧閎中所繪「韓熙載夜宴圖」可供參考（見附錄二圖三十七）。其中有一部分是王屋山舞綠腰的場面，王屋山穿著袖管狹長的舞衣，背對著觀眾，從右肩上側過半個臉來，她微微抬起的右足正要踏下去，雙手正要從後面向下分開，把她窄窄的長袖飄舞起來（見附錄二圖三十八）。雖然五代時畫家所繪的這幅舞綠腰的場面不一定就是唐代綠腰舞的原貌，但從這幅畫上，我們可以看出六么舞的一個片斷的形態〔註64〕。

二、詠健舞詩

（一）詠柘枝舞詩

柘枝舞（見附錄二圖三十九），唐代著名的健舞之一。有關此舞

〔註64〕中國舞蹈藝術研究會編：《全唐詩中的樂舞資料》，（北京人民音樂出版社，1996年11月），頁164至165。

的起源眾說紛紜，如郭茂倩謂此舞或出於南蠻諸國〔註65〕。而近人
向達考證此舞，認為此舞與胡騰舞是同出石國，並認為石國，在《魏
書》作「者舌」、《大唐西域記》作〔赭時〕、《經行記》作「赭支」。
《新唐書・西域傳》云：「石，或曰柘支，或曰柘折，或曰赭時，漢
大宛北鄙也。」石國又名柘枝，也稱柘羯，凡所謂者舌、赭時、赭
支皆波斯語之譯音，明代稱達失干，清代稱塔什罕（今蘇聯塔什干
一帶）〔註66〕，柘枝舞即指由此處傳入中國的舞蹈。此舞既剛健明
快，又婀娜柔美，舞姿變化豐富。《樂府詩集》載：

> 《樂苑》曰：羽調有柘枝曲，商調有屈柘枝。此舞因曲為
> 名，用二女童，帽施金鈴，抃轉有聲。其來也，於二蓮花
> 中藏花坼而後見，對舞相占，實舞中雅妙者也〔註67〕。

柘枝舞節奏明快，初傳入中土，便令人感到耳目一新。最初僅由
石國姑娘表演，接著中原女子也逐漸學會，處處按習，風靡一時。在
宮廷教坊中、士大夫家或軍營裏之樂伎，皆能舞柘枝。甚至出現專業
舞柘枝藝人，稱為「柘枝妓」。終唐之世，此舞風行不絕。在白居易的
五律〈柘枝詞〉詩中，描寫一位將軍又打馬球又看柘枝舞的游樂情景：

> 柳閤長廊合，花深小院開。蒼頭鋪錦褥，皓腕捧銀杯。繡帽
> 珠稠綴，香衫袖窄裁。將軍拄毬杖，看按柘枝來。（卷四四八）

詩中寫著，僕人鋪好了跳柘枝舞用的錦褥，舞柘枝的女子頭戴綴滿珍
珠的繡帽，穿著窄袖的香衫，將軍拄著馬球杖過來，欣賞柘枝舞的表
演。

唐代許多詩人都有詠舞之作，而在眾多詠舞詩中，又以詠柘枝舞
入詩者為最多。中唐詩人白居易、劉禹錫、張祜、章孝標等人在宴會

〔註65〕郭茂倩：《樂府詩集》卷五十六〈柘枝詞小引〉：「一說曰，柘枝本柘
　　　　枝舞也⋯⋯然則似是戎夷之舞。按今舞人衣冠類蠻服，疑出南蠻諸
　　　　國也。」（北京中華書局，1996 年 7 月），頁 818。
〔註66〕向達：《唐代長安與西域文明》附錄一，〈柘枝舞小考〉，（台北明文
　　　　書局，民國 71 年 10 月），頁 101。
〔註67〕同註65。

上都曾寫過觀舞柘枝之詩，透過詩作可了解此舞之服飾及舞時之容態。如白居易〈柘枝妓〉詩云：

> 平鋪一合錦筵開，連擊三聲畫鼓催。紅蠟燭移桃葉起，紫
> 羅衫動柘枝來。帶垂鈿胯花腰重，帽轉金鈴雪面迴。看即
> 曲終留不住，雲飄雨送向陽臺。（卷四四六）

詩言平鋪好地氈，華美的舞台拉開，鼓聲敲三下，催促伴宴的柘枝舞來到，舞柘枝的女子穿著紫色綢衫上場，腰垂飄曳的長花帶，在不停的旋轉中，帽上的金鈴叮噹作響，樂曲終了不能留住這美妙的舞姿。由「帽轉金鈴雪面迴」詩句，可知旋轉是柘枝舞中的一種重要動作。劉禹錫亦有一首〈和樂天柘枝〉唱和之作，詩云：

> 柘枝本出楚王家，玉面添嬌舞態奢。鬆鬢改梳鸞鳳髻，新
> 衫別識鬥雞紗。鼓催殘拍腰身軟，汗透羅衣雨點花。畫筵
> 曲罷辭歸去，便隨王母上煙霞。（卷三六〇）

此詩描寫舞者容貌嬌美，舞姿可愛，梳著鸞鳳雙髻，柔軟的腰身，隨著鼓聲在擺動，快速舞步使汗水像雨水般濕透了綢衣。詩中摹寫出舞者的髮式，快速舞步，以及作為節拍的鼓聲。另劉禹錫有〈觀柘枝舞〉詩二首：

> 胡服何蔵蓯，僊僊登綺墀。神飆獵紅蕖，龍燭映金枝。垂
> 帶覆纖腰，安鈿當嫵眉。翹袖中繁鼓，傾眸溯華榱。燕秦
> 有舊曲，淮南多冶詞。欲見傾城處，君看赴節時。（第一首）

> 山雞臨清鏡，石燕赴遙津。何如上客會，長袖入華裀。體
> 輕似無骨，觀者皆聳神。曲盡回身處，層波猶注人。（第二
> 首，卷三五四）

這兩首詩描寫舞者輕盈的登上臺階，身穿鮮艷的胡服，頭上插滿首飾，腰繫長帶，在鼓聲的伴奏下，於蓮花形的道具中翩翩起舞。舞者體態輕盈，腰身柔軟，觀者都為之動情，下場時猶美目流盼，情意深長。

中唐詩人張祜，多次在達官顯貴的宴會中，欣賞過柘枝舞，且常即席賦詩，有關的詩作有五首，其〈觀楊瑗柘枝〉詩云：

> 促疊蠻鼉引柘枝，卷簷虛帽帶交垂。紫羅衫宛蹲身處，紅

　　錦靴柔踏節時。微動翠蛾拋舊態，緩遮檀口唱新詞。看看
　　舞罷輕雲起，卻赴襄王夢裏期。(卷五一一)

在此詩中，描寫柘枝舞者在急促的鼉鼓聲中跳著舞，她戴著捲檐胡
帽，身穿紫色綢衫，腳穿紅錦靴，踏著節拍，眉眼流動，臉上變換豐
富的表情，一面跳舞一面唱歌。另其〈觀杭州柘枝〉詩：

　　舞停歌罷鼓連摧，軟骨仙蛾暫起來。紅罨畫衫纏腕出，碧
　　排方胯背腰來。旁收拍拍金鈴擺，卻踏聲聲錦袎摧。看著
　　遍頭香袖褶，粉屏香帕又重隈。(卷五一一)

此詩與上一首是同性質之作。而在其〈周員外席上觀柘枝〉詩亦描述
了雙柘枝的服飾和舞姿，詩云：

　　畫鼓拖環錦臂攘，小娥雙換舞衣裳。金絲蘑霧紅衫薄，銀
　　蔓垂花紫帶長。鸞影乍迴頭並舉，鳳聲初歌翅齊張。一時
　　欻腕招殘拍，斜斂輕身拜玉郎。(卷五一一)

此詩又名〈周員外出雙舞柘枝妓〉，再次強調柘枝舞是酒宴中的助興節
目。舞者捲起錦衣袖，敲起彩畫鼓，而且是一對姑娘雙雙起舞。她們
像一對飛鸞同時抬頭，隨著最後的節拍手腕迅速舞動。柘枝舞本是獨
舞，由此詩可見後來也有兩人表演的「雙柘枝」。而一位王將軍家中的
柘枝妓去逝，張祜也寫了一首感傷的詩，其〈感王將軍柘枝妓歿〉云：

　　寂寞春風舊柘枝，舞人休唱曲休吹。鴛鴦鈿帶拋何處，孔
　　雀羅衫付阿誰。畫鼓不聞招節拍，錦靴空想挫腰肢。今來
　　座上偏惆悵，曾是堂前教徹時。(卷五一一)

此詩的意思是作者回憶起已逝的柘枝妓，她以前在跳舞時繫的鴛鴦花
紋腰帶不知已扔到何處，繡著孔雀的絲衣也不知給了誰。如今無法再
聽到有節拍的鼓聲，只能空想著她柔軟的腰身和踏舞步的雙足。中唐
詩人殷堯藩〈潭州席上贈舞柘枝妓〉敘述一位流落到長沙舞柘枝的女
子，詩云：

　　姑蘇太守青娥女，流落長沙舞柘枝。坐滿繡衣皆不識，可
　　憐紅臉淚雙垂。(卷四九二)

殷堯藩於憲宗時登進士第，與白居易、雍陶、許渾相唱和。此詩只是

作者提及舞者悲慘的境遇，打聽之下原來是姑蘇太守韋應物的女兒，如今淪落爲柘枝妓，宴席上的官員都不認識她，可憐她美麗的臉上流下了淚水，全詩未涉及舞姿或舞服，唯殷堯藩賦詩贈舞妓，李翱得知，即日擇士嫁之，一時傳爲美談〔註68〕。

據以上諸詩可知，柘枝舞之舞姿豐富，變化多端，舞者以腰身纖細柔軟見長，因依鼓聲而舞，故節奏感強烈，如中唐詩人楊巨源〈寄申州盧拱使君〉詩：「小船隔水催桃葉，大鼓當風舞柘枝」（卷三三三）。再如《教坊記箋訂》云：「凡棚車上擊鼓，非柘枝、則阿遼破也。」〔註69〕，又據張祐〈感王將軍柘枝妓歿〉及〈觀楊瑗柘枝〉詩，知柘枝舞時兼有歌曲。動作方面，如手臂的振臂、振袖、舉袂、翹袖等，腳步有進退、踏節、騰躍等。再加以閃、拜、跪、側身、迴旋等姿態，令人目不暇給，且舞者頭戴紅色高帽，帽下綴以金鈴，金鈴轉動有聲，與舞步相應。

中唐詩人詠柘枝舞的詩共有十六首，近年有人集中幾位詩人的作品，推想出唐代柘枝舞的表演情形是：鼓聲蓬蓬地響，漫步走出了一位美麗的姑娘。她站在華美的地毯上面，向觀眾優雅地行了個禮，舞蹈開始，前一段節奏比較緩慢，逐漸轉爲急促，走、蹲、跪、下腰，姿態的變化十分豐富，旋轉起來金鈴響動，越顯得舞者體態輕盈。她時而飄然把雙袖舉起，時而頓著雙腳踏著急促的拍子，裙裾也隨著飛舞；輕快的腳步和靈活的眼神，表達出愉快的情緒，吸引著觀眾的注意。在蓬蓬的鼓聲裡，姑娘又深深地行禮，結束了她的舞蹈〔註70〕。

柘枝舞普通有一人單舞及兩人對舞兩種，眾多的詩人學士爲文描寫柘枝舞，致使此舞之舞姿、舞容得以再現於今日。傳至宋代，卻變爲軟舞，又稱蓮花舞，陳暘《樂書》述此舞云：「用二童舞，衣帽施

〔註68〕 見王讜：《唐語林》卷四，收錄在《景印文淵閣四庫全書》第一○三八冊，（台北臺灣商務印書館，民國72年），頁89。
〔註69〕 任半塘：《教坊記箋訂》，（台北宏業書局，民國62年1月），頁34。
〔註70〕 同註57，頁117。

金鈴，抪轉有聲，始為二蓮華，童藏其中華坼而後見，對舞相占，實舞中之雅妙者也。」〔註71〕可見宋柘枝已不同於唐柘枝。相傳宋宰相寇準深好此舞，人稱其「柘枝癲」〔註72〕。歷經改朝換代，柘枝舞已不復昔日健舞之風貌，唯仍是具有特色之舞蹈。

（二）詠劍器舞詩

劍器舞，是唐代最著名的健舞，有關此舞的舞法及所執舞器，亦有數說，有人認為是舞單劍（見附錄二圖四十），有人認為是舞雙劍（見附錄二圖四十一）。有人認為是雄裝空手而舞，有人認為是彩綢球及武器加火炬等，至今尚無一定論〔註73〕。至於詩文中提及最有名的舞者，當推教坊舞伎公孫大娘。後人對於公孫大娘舞姿的瞭解，則是由於杜甫的名作〈公孫大娘舞劍器行〉及其序而來，其序文曰：

> 大曆二年十月十九日，夔府別駕元持宅，見臨潁李十二娘舞劍器，壯其蔚跂。問其所師，曰余公孫大娘弟子也。開元三載，余尚童稚，記於郾城觀公孫氏舞劍器渾脫，瀏灕頓挫，獨出冠時。自高頭宜春梨園二伎坊內人泊外供奉，曉是舞者。聖文神武皇帝初，公孫一人而已。玉貌錦衣，況余白首，今茲弟子，亦匪盛顏。既辨其由來，知波瀾莫二。撫事慷慨，聊為劍器行。

開元三年，杜甫親眼看見公孫大娘舞劍器。過了五十年，即大曆二年，在夔府別駕元持家，又觀賞到公孫大娘的徒弟李十二娘表演此舞。杜甫撫事傷懷，寫下〈公孫大娘舞劍器行〉：

> 昔有佳人公孫氏，一舞劍氣動四方。觀者如山色沮喪，天地為之久低昂。㸌如羿射九日落，矯如群帝驂龍翔。來如雷霆收震怒，罷如江海凝清光。……絳脣急管曲復終，樂極

〔註71〕陳暘：《樂書》卷一百八十四〈樂圖論〉，收錄在《景印文淵閣四庫全書》第二一一冊，（台北臺灣商務印書館，民國72年），頁829。
〔註72〕沈括《夢溪筆談》卷五載：「寇萊公好柘枝舞，會客必舞柘枝，每舞必盡日，時謂之柘枝顛。」，（台北臺灣商務印書館，民國49年），頁30。
〔註73〕同註64，頁140。

哀來月東出。老夫不知其所往，足繭荒山轉愁疾 (卷二二七)
詩的前半部極力描寫公孫大娘的舞姿，其奔放的氣勢，雄健的舞技，
以及鼓聲如雷鳴，劍光似閃電的震撼效果，都生動具體的表現出來。
詩的後半部杜甫則感嘆世事變幻莫測，時局動盪不安，到處都是戰亂，
梨園弟子煙消雲散，不知將何去何從。杜甫相隔五十年所看的兩次劍
器舞，都是單人舞。而中唐詩人姚合亦寫了三首〈劍器詞〉，詩云：

聖朝能用將，破敵速如神。掉劍龍纏臂，開旗火滿身。積
屍川沒岸，流血野無塵。今日當場舞，應知是戰人。(之一)

畫渡黃河水，將軍險用師。雪光偏著甲，風力不禁旗。陣
變龍蛇活，軍雄鼓角知。今朝重起舞，記得戰酣時。(之二)

破虜行千里，三軍意氣麤。展旗遮日黑，驅馬飲河枯。鄰
境求兵略，皇恩索陣圖。元和太平樂，自古恐應無。(之三，
卷五○二)

詩的內容所描述的皆與作戰有關。如第一首詩的大意是：聖明的朝廷
能任用英勇的將領，快速如神的擊破敵人。戰士揮舞著寶劍猶如纏臂
之龍，高舉鮮紅軍旗猶如烈火滿身，敵人的屍體堆滿岸邊，鮮血浸濕
了土地，看不見塵埃。今天當場跳劍器舞的，應該知道他們都是作戰
的士兵。而第二首和第三首也是表現將士對敵作戰的情形，故舞姿必
雄健奔放，氣勢磅礡，動人心魄，致屬於健舞類。且由這三首詩的意
味觀察，似乎此舞在向隊舞發展〔註74〕。

（三）詠胡旋舞詩

胡旋舞，原爲康國（今蘇聯烏茲別克撒馬爾罕一帶）的舞蹈，唐
代曾在康國設置康居都督府，其朝貢時，將胡旋舞、胡旋女子獻入上
國〔註75〕。白居易〈胡旋女〉詩亦云：「胡旋女，出康居，徒勞東來

〔註74〕同註57，頁109。
〔註75〕《新唐書》卷二二一〈西域下〉云：「康者，⋯⋯高宗永徽時，以其
地爲康居都督府，即授其王拂呼縵爲都督。⋯⋯康者，人嗜酒，好
歌舞于道⋯⋯開元初，貢鎖子鎧、水精杯⋯⋯胡旋女子。」（台北鼎

萬里餘」(卷四二六)。此外，唐玄宗開元天寶年間，當時中亞細亞的米國、史國等，也曾向唐朝宮廷進獻跳胡旋舞的胡人姑娘〔註76〕。可見胡旋舞是由康國等地傳入的舞蹈，舞時左旋右轉，迅急如風，故名「胡旋」，為唐代著名的健舞。

　　跳胡旋舞的舞者多為女子，然而，偶爾也有男子舞的；有獨舞，也有兩人或三人同舞。《樂府雜錄》健舞曲有胡旋〔註77〕，或是因其左旋右轉的舞姿而稱健舞。在中唐詩人元稹和白居易的新樂府詩中，各有一首〈胡旋女〉，記載著玄宗朝胡旋舞流行的情況、舞蹈姿態，以及詩人的感嘆。元稹〈胡旋女〉詩云：

> 天寶欲末胡欲亂，胡人獻女能胡旋。旋得明王不覺迷，妖胡奄到長生殿。胡旋之義世莫知，胡旋之容我能傳。蓬斷霜根羊角疾，竿戴朱盤火輪炫。驪珠迸珥逐飛星，虹暈輕巾掣流電。潛鯨暗噏笪波海，回風亂舞當空霰。萬過其誰辨終始，四座安能分背面。才人觀者相為言，承奉君恩在圍變。是非好惡隨君口，南北東西逐君眄。柔軟依身著佩帶，裴回繞指同環釧。佞臣聞此心計回，熒惑君心君眼眩。君言似曲屈為鉤，君言好直舒為箭。巧隨清影觸處行，妙學春鶯百般囀。傾天側地用君力，仰塞周遮恐君見。翠華南幸萬里橋，玄宗始悟坤維轉。寄言旋目與旋心，有國有家當共譴。(卷四一九)

詩言玄宗末年胡人安祿山將要叛亂，西域胡人貢獻給朝廷善跳胡旋舞的姑娘，胡旋女旋得英明的皇帝不知不覺被迷惑，使奸詐的胡人安祿山乘機混進長生殿。胡旋的含義世人不知道，然胡旋的舞姿我卻可以描述一番。轉過萬圈誰能看得清開始與結束，四座觀眾哪能分得清胡旋女的前身與後背。白居易亦有同題的〈胡旋女〉詩：

> 胡旋女，胡旋女，心應弦，手應鼓。弦鼓一聲雙袖舉，迴

─────────

文書局，民國68年)，頁6243至6244。

〔註76〕同上註云：「米，或曰彌末……開元時獻璧、舞筵、師子、胡旋女。……史，或曰佉沙……開元十五年，君忽必多獻舞、文豹。」

〔註77〕同註59。

雪飄颻轉蓬舞。左旋右轉不知疲，千匝萬周無已時。人間物
類無可比，奔車輪緩旋風遲。曲終再拜謝天子，天子為之微
啓齒。胡旋女，出康居，徒勞東來萬里餘。中原自有胡旋者，
鬥妙爭能爾不如。天寶季年時欲變，臣妾人人學圜轉。中有
太真外祿山，二人最道能胡旋。梨花園中冊作妃，金雞障下
養為兒。祿山胡旋迷君眼，兵過黃河疑未反。貴妃胡旋惑君
心，死棄馬嵬念更深。從茲地軸天維轉，五十年來制不禁。
胡旋女，莫空舞，數唱此歌悟明主。(卷四二六)

此詩是白居易所作新樂府五十首的第八首，詩中對胡旋舞有較具體的
描寫。詩言胡旋女雙袖齊舉，跟著鼓聲起舞，左旋右轉，不知疲倦，
千圈萬周轉個不停，轉的飛快，觀眾分不出她的背和臉，人間已沒有
任何事物能和她的舞姿相比。詩的後半部白居易提出一貫反對胡人樂
舞在中原流行的觀點。

　　胡旋舞自西域傳到中原後，朝野風行，在宮廷中，不僅楊貴妃擅
舞胡旋，即如重達三百多斤的安祿山也能疾如風似的跳胡旋舞〔註78〕。
據白居易「天寶季年時欲變，臣妾人人學圜轉」及「五十年來制不禁」
詩句，可見天寶末年，長安人人學旋轉，五十餘年，盛行不衰，但有識
之士，頗為憂心，而作詩諷喻。誠如元稹詩云：「天寶欲末胡欲亂，胡
人獻女能胡旋。旋得明王不覺迷，妖胡奄到長生殿」及白居易詩云：「祿
山胡旋迷君眼，兵過黃河疑未反。貴妃胡旋惑君心，死棄馬嵬念更深。
從茲地軸天維轉，五十年來制不禁。胡旋女，莫空舞，數唱此歌悟明主。」
在在可見詩人欲借賦詩以發抒心中的感慨。

　　元、白二詩，固然是諷刺時事，非僅為記述胡旋舞而作，但詩中
亦不乏舞容之描述。蓋據詩中所言，舞者身披紗巾，身上帶著許多佩
飾，舞時紗巾和佩帶皆飄揚起來。敦煌第二二○窟，「西方淨土變」

〔註78〕見《舊唐書》卷二○○上〈安祿山傳〉云：「(祿山)晚年益肥壯，腹
　　　垂過膝，重三百三十斤，每行以肩膊左右抬挽其身，方能移步。至
　　　玄宗前，作胡旋舞，疾如風焉。」，(台北鼎文書局，民國 65 年)，
　　　頁 5368。

壁畫中，有一雙人舞，舞者手環上飾鈴，雙手握長巾，石榴裙輕紗透體，各在一小圓毯上起舞，所跳者即是胡旋之舞姿〔註79〕（見附錄二圖四十二），可供參考。此外，現在新疆一帶的民間舞蹈，仍保留著急速旋轉的特點，伴奏也以鼓爲主。舞者穿著薄紗衣，戴著戒指、耳環、手鐲，從舞姿、舞服、音樂諸方面來看，亦可以推想唐代胡旋舞的風貌〔註80〕。

（四）詠胡騰舞詩

胡騰舞（見附錄二圖四十三），原爲西域石國（古代西域國名，故址在今烏茲別克共和國塔什千一帶）的民間舞蹈。於唐代傳到中國後，在宮廷及民間非常流行，爲唐代著名的健舞之一，此舞以跳躍見長，故名「胡騰」。

唐代宗朝，由於邊防空虛，吐蕃乘機入侵，將隴右等地區的土地佔領，絲綢之路中斷，許多少數民族藝人逃至內地，以表演樂舞爲生。中唐詩人李端，在某次觀賞過從涼州來的胡人跳的胡騰舞之後，想到廣大的土地淪入異族之手，心生感慨，因而寫了一首七言古詩〈胡騰兒〉：

> 胡騰身是涼州兒，肌膚如玉鼻如錐。桐布輕衫前後卷，葡
> 萄長帶一邊垂。帳前跪作本音語，拾襟攬袖爲君舞。安西
> 舊牧收淚看，洛下詞人抄曲與。揚眉動目踏花氈，紅汗交
> 流珠帽偏。醉卻東傾又西倒，雙靴柔弱滿燈前。環行急蹴
> 皆應節，反手叉腰如卻月。絲桐忽奏一曲終，鳴鳴畫角城
> 頭發。胡騰兒，胡騰兒，故鄉路斷知不知。（卷二八四）

李端是大曆十才子之一，詩中的胡騰兒，即跳胡騰舞的藝人。此詩描述胡騰舞者是涼州人，皮膚白如玉，鼻子高如錐，桐布輕衫前後捲起，葡萄花紋的長帶垂在一邊，舞前先半跪在帳前用胡語說些話，再揮動衣袖，開始起舞。他揚眉動目，柔軟的雙靴交替的踏在花氈上，舞姿

〔註79〕劉慧芬，《唐代宮廷舞蹈之研究》，（台北文大藝術所碩士論文，民國75年），頁117。
〔註80〕同註57，頁113。

似醉東倒西歪，繞著圓場不停地來回騰踏。反手叉腰，急促地抬腳，無不應合著節拍。樂器奏完，曲終結束，只聽見城頭響起嗚嗚的畫角聲。李端記述胡騰舞表演藝人的來歷、舞服及舞姿。詩的最後，並感嘆舞胡騰的胡兒，你知不知道，你再也不能回故鄉了。

唐德宗貞元十二年至十七年間（西元 796 至 801 年），另一位中唐詩人劉言史在中丞王武家中晚宴上，欣賞到胡騰舞，也寫了一首〈王中丞宅夜觀舞胡騰〉七言古詩：

> 石國胡兒人見少，蹲舞尊前急如鳥。織成蕃帽虛頂尖，細禮胡衫雙袖小。手中拋下蒲萄盞，西顧忽思鄉路遠。跳身轉轂寶帶鳴，弄腳繽紛錦靴軟。四座無言皆瞪目，橫笛琵琶遍頭促。亂騰新毯雪朱毛，傍拂輕花下紅燭。酒闌舞罷絲管絕，木槿花西見殘月。（卷四六八）

劉言史，少尚氣節，不舉進士，與孟郊友善，詩風接近李賀。在此詩中他描述道：石國的胡兒人們很少見到，在宴席前蹲著跳舞急速如飛鳥，他頭戴尖尖的胡帽，身穿細棉布做成的窄袖衣，拋下手中的葡萄酒杯，向西回望，想起回鄉的路途遙遠，縱身起舞，束腰的寶帶叮噹作響，腳穿柔軟的錦靴，隨著急促的節拍，跳著快速的舞步，觀眾看的目瞪口呆，四座悄然無聲，只聽見橫笛和琵琶的急促聲。

民國四十一年（西元 1952 年），西安東郊唐蘇思勗墓，墓室東壁上有一幅樂舞圖（見附錄二圖四十四）。圖中舞蹈者，是一個深目高鼻滿臉胡鬚的胡人，頭包白巾，身著長袖衫，腰繫黑帶，穿黃靴，立於黃綠相間的毯上起舞，形象生動。兩旁有九名樂工，兩名歌者伴奏伴唱，有人認為很可能就是唐代的胡騰舞。這幅畫和前述李、劉兩首詩的內容正相符合〔註81〕，給了我們很具體形象的材料。而民國六十年（西元 1971 年），河南安陽洪河屯發掘一座北齊范梓墓，該墓葬中有四件飾以樂舞圖像的黃釉瓷扁壺（見附錄二圖四十五），圖上有五人，中間一人，腳踩蓮花座，反首回顧，作舞狀。旁四人或吹彈樂器，

〔註81〕同註57，頁 115。

或作拍手狀。五人皆身穿窄袖廣衫，腰間繫帶，著半筒高靴，頭帶胡帽，容貌均深目高鼻。這組樂舞的內容題材，無論從舞者的舞姿、服飾，還是從樂人所演奏的樂器來看，都和唐代記載的胡騰舞極爲相近〔註82〕，亦可作爲參考。

　　總之，軟舞是舒徐溫婉之舞，健舞是雄壯激昂之舞，或吸收外來而改作，或是自己創作〔註83〕，盛行於宮廷，流行於民間，成爲大眾共賞之藝術。追究其風行之由，蓋因其規模小且使用樂器簡單之故。誠然，唐代軟舞詩及健舞詩不止上述七種，今僅就《教坊記》和《樂府雜錄》所載舞名，再配合中唐詩人的相關詩作，而加以探究。

第四節　詠霓裳羽衣舞詩

　　霓裳羽衣舞（見附錄二圖四十六）是唐代最有名的舞蹈。白居易讚它是「千歌百舞不可數，就中最愛霓裳舞。」宮廷讌飲，每以此舞娛嘉賓。詩人的詠嘆，楊貴妃的舞、以及與唐明皇的浪漫愛情，使得它更加著名。此外，它也與唐代的由盛轉衰有極密切的關聯，文人藉其寄無限的感懷，與含意深遠的時代心聲，所謂「漁陽鼙鼓動地來，驚破霓裳羽衣曲。」霓裳羽衣舞實爲唐帝國時宮廷中的舞藝巨構。

　　關於此舞的來源，自來有著不同的說法。有的說開元年間，是一個道士帶著唐玄宗於中秋夜遊月宮，見仙女舞於廣庭，聽到仙樂，明皇默記於心，編成霓裳羽衣曲〔註84〕。有的說葉法善引玄宗入月

〔註82〕見韓順發：〈北齊黃釉瓷扁壺樂舞圖的初步分析〉，（北京《文物》，1980年第七期），頁39。

〔註83〕同註57，頁22。

〔註84〕王灼《碧雞漫志》載：「開元六年，上皇與申天師中秋夜同游月中，見一大宮府，牓曰：『廣寒清虛之府』，兵衛守門不得入。天師引上皇躍超煙霧中，下視玉城，仙人、道士，乘雲駕鶴，往來其間；素娥十餘人，舞笑於廣庭大樹下，樂音嘈雜清麗。上皇歸，編律成音，製霓裳羽衣曲。」收錄在《歷代詩史長編二輯》第一冊，（台北鼎文

宮，仙女數百人，皆素練霓裳，在翩翩起舞，玄宗默記一半，後西涼
總督楊敬述進婆羅門曲，與玄宗所聞仙樂聲調相符，於是將月宮聽到
的做爲「散序」，楊敬述所進的曲子改編做爲後段，乃成「霓裳羽衣
曲」〔註85〕。關於遊月宮之事，許多書中都有記載，而引明皇同遊的
道士亦有申天師、羅公遠、葉法善等名稱〔註86〕，雖事涉荒誕，然亦
增添浪漫仙情，唯皆不脫神秘意味或神話色彩。而中唐詩人劉禹錫則
直指霓裳羽衣曲是唐玄宗所創，蓋開元年間，當時國泰民安，萬事皆
足，玄宗一心只想與楊貴妃享樂，內心又覺得時光過得太快，而盼望
求仙能長生。夢得於是在路過三鄉驛（今河南宜陽）女几山時，心有
所感，寫〈三鄉驛樓伏睹玄宗望女几山詩小臣斐然有感〉詩：

> 開元天子萬事足，唯惜當時光景促。三鄉陌上望仙山，歸
> 作霓裳羽衣曲。仙心從此在瑤池，三清八景相追隨。天上
> 忽乘白雲去，世間空有秋風詞。（卷三五六）

唐玄宗精於曲律，霓裳羽衣曲的創作，或有可能由他所創，唯言及
月宮聞樂事，則不免穿鑿附會。有人認爲此曲並非玄宗創作，而是
自西域傳入，是外來的婆羅門曲的另一名稱。宋人王灼《碧雞漫志》
載：

> 天寶十三載七月，改諸樂名，中使輔璆琳宣進旨，令於太
> 常侍刊石。內黃鐘商婆羅門曲改爲霓裳羽衣曲〔註87〕。

另《唐會要》亦載：

> 天寶十三載七月十日，太常署供奉曲名，及改諸樂名。……

書局，民國 63 年 2 月），頁 125。

〔註85〕 鄭嵎〈津陽門〉詩注云：「葉法善引上入月宮，時秋巳深，上苦淒冷，
不能久留，歸，於半尚聞仙樂。及上歸，且記憶其半，遂於笛中寫
之，會西涼都督楊敬述進婆羅門曲，與其聲調相符，遂以月中所聞
爲之散序，用敬述所進曲作其腔，而名霓裳羽衣法曲。」（卷五六七），
（北京中華書局，1996 年 1 月），頁 6566。

〔註86〕 《碧雞漫志》引《逸史》、《鹿革事類》、《開天傳信記》、《幽怪錄》、
《太平廣記》等書皆載明皇遊月宮的神話故事，同註 1，頁 124 至
127。

〔註87〕 同註84，頁 125。

婆羅門改爲霓裳羽衣〔註88〕。

而近人楊蔭瀏認爲此曲應是一半創作，一半爲婆羅門曲改編，他於《中國古代音樂史稿》中提出折中的見解，文曰：

> 在天寶十三載（754）宮廷命令將《婆羅門曲》改名爲《霓裳羽衣曲》的時候，《霓裳羽衣曲》的本身，其實流行已久。早在天寶四年（745），在冊立楊太眞爲貴妃的一天上，宮廷中就已演出過《霓裳羽衣曲》了，作者認爲《霓裳羽衣曲》和《婆羅門曲》，既有關係，又有區別。可能在引用《婆羅門曲》爲其部分素材的《霓裳羽衣曲》長期進行演出的時候，《婆羅門曲》仍以其原來的形式獨立存在；直到天寶十三載才把它改名爲《霓裳羽衣曲》的，《婆羅門曲》能與《霓裳羽衣曲》同時並存；這可以說明《婆羅門曲》並不等於《霓裳羽衣曲》。《婆羅門曲》可以改名爲《霓裳羽衣曲》；則可以說明，它至少與《霓裳羽衣曲》某些部分有著相同之處〔註89〕。

楊蔭瀏的說法頗具說服力，其實，王灼在《碧雞漫志》卷三開首亦直言：「霓裳羽衣曲，說者多異，予斷之曰：西涼創作，明皇潤色，又爲易美名。其它飾以神怪者，皆不足信也。」〔註90〕盛唐藝術兼收並蓄，以傳統爲基礎，進而吸收外來文化，再孕育出自己獨特的風貌，霓裳羽衣曲正是代表唐代文化之典範。此曲是唐代著名的大曲，又是法曲。白居易〈法曲〉詩云：

> 法曲法曲歌大定，積德重熙有餘慶，永徽之人舞而詠。法曲法曲舞霓裳，政和世理音洋洋，開元之人樂且康。法曲法曲歌堂堂，堂堂之慶垂無疆。（卷四二六）

所謂大曲，是融合器樂、聲樂、舞蹈的一種大型歌舞表演藝術，它分

〔註88〕王溥：《唐會要》卷三十三，（台北世界書局，民國 49 年），頁 615 至 617。

〔註89〕楊蔭瀏：《中國古代音樂史稿》第二冊，（台北丹青圖書公司，民國 74 年 5 月），頁 34 至 35。

〔註90〕同註84，頁 124。

成散序、中序、破三大部份，每一部份又包括若干樂段〔註91〕。大曲之爲梨園法部所演奏者，稱之爲法曲。法曲起源於隋，其音清而近雅，唐代謂之法部〔註92〕。由白居易「法曲法曲舞霓裳」詩句，以及其另一首〈臥聽法曲霓裳〉〔註93〕詩題，可見霓裳羽衣曲是大曲中的法曲。

霓裳羽衣樂舞編出後，最精通的必屬玄宗及其寵妃楊玉環，爲能經常觀賞，玄宗親自教皇家梨園弟子練習，在中唐詩人王建所寫的〈霓裳詞十首〉中，詳細地記述此舞於朝廷後宮中的教習和演出情形，詩云：

弟子部中留一色，聽風聽水作霓裳。散聲未足重來授，直到床前見上皇。（之一）

中管五弦初半曲，遙教合上隔簾聽。一聲聲向天頭落，效得仙人夜唱經。（之二）

自直梨園得出稀，更番上曲不教歸。一時跪拜霓裳徹，立地階前賜紫衣。（之三）

旋翻新譜聲初足，除卻梨園未教人。宣與書家分手寫，中官走馬賜功臣。（之四）

伴教霓裳有貴妃，從初直到曲成時。日長耳裏聞聲熟，拍數分毫錯總知。（之五）

弦索摐摐隔彩雲，五更初發一山聞。武皇自送西王母，新換霓裳月色裙。（之六）

敕賜宮人澡浴回，遙看美女院門開。一山星月霓裳動，好字先從殿裏來。（之七）

傳呼法部按霓裳，新得承恩別作行。應是貴妃樓上看，內

〔註91〕見梅應運：《詞調與大曲》，（香港新亞研究所，民國50年10月），頁65至66。
〔註92〕《新唐書》卷二十二〈禮樂志〉十二載：「初，隋有法曲，其音清而近雅。……玄宗既知音律，又酷愛法曲，選坐部伎子弟三百教於梨園，……梨園法部，更置小部音聲三十餘人。」，（台北鼎文書局，民國65年），頁476。
〔註93〕見《全唐詩》卷四四九，同註2，頁5069。

人昇下綵羅箱。（之八）

朝元閣上山風起，夜聽霓裳玉露寒。宮女月中更替立，黃
金梯滑並行難。（之九）

知向華清年月滿，山頭山底種長生。去時留下霓裳曲，總
是離宮別館聲。（之十，卷三○一）

由王建的第一首詩可知，在梨園中選出樂工，學習玄宗皇帝聽風聲和
水聲所作的霓裳羽衣曲（此說與遊月宮神話無關，而類似劉禹錫的說
法），由於散聲（絃樂器不按絃時撥彈所發出的最低聲）學得不好必
須重學，還到玄宗坐席前請教。第四首詩提及皇帝所編之樂曲，除教
梨園弟子外，並派專人抄寫，由中官騎馬分送給各功臣。第五首詩記
述楊貴妃陪明皇教習梨園弟子的情形，從開始到樂曲練成，長時間的
演練，曲子已耳熟能詳，節拍有分毫差錯也能分辨。第七首詩描寫傍
晚宮人在浴後要跳霓裳，舞將開始時，只聽見殿裏觀看的人叫好聲。
第八首詩描寫宮中傳呼法部奏此曲，內人（教坊內最擅長樂舞表演的
女子）〔註94〕抬出裝著彩色絲綢的箱子，而楊貴妃在樓上觀賞樂舞的
演出。第九首詩描述，已是露寒的半夜，然宮中的霓裳羽衣曲還在奏
著。透過王建的詩，可以想見霓裳羽衣樂舞在玄宗朝受歡迎的盛況。

　　盛行於天寶年間的霓裳羽衣舞，到了中唐，在江南一帶，已有逐
漸不為外界所知的情勢。敬宗寶曆元年，白居易被任命為蘇州刺史，
當時元稹為浙東觀察使，二人任所距離不遠，時常詩歌酬唱。某次，
樂天問微之，在其所管轄的範圍內，樂舞藝人眾多，是否有人會跳霓
裳羽衣舞。元微之以詩回答：「七縣十萬戶，無人知有霓裳舞。」（卷
四四四），樂天聽後頗為感嘆，想起在憲宗時，曾在西京長安欣賞過
全部霓裳羽衣舞的往事，因此，寫了一首〈霓裳羽衣舞歌〉的長詩寄

〔註94〕崔令欽：《教坊記》云：「妓女入宜春院，謂之內人，亦曰前頭人，
　　　　常在上前頭也……開元十一年，初製聖壽樂，令諸女衣五方色衣以
　　　　歌舞之，宜春院女，教一日便堪上場。」收錄在《歷代詩史長編二
　　　　輯》第一冊，（台北鼎文書局，民國63年2月），頁11至12。

微之。詩的前半段詳述此舞的舞服、音樂和舞姿，成爲後世研究霓裳
羽衣舞最詳盡的資料。詩云：

> 我昔元和侍憲皇，曾陪内宴宴昭陽。千歌百舞不可數，就
> 中最愛霓裳舞。舞時寒食春風天，玉鉤欄下香案前。案前
> 舞者顏如玉，不著人家俗衣服。虹裳霞帔步搖冠，鈿瓔纍
> 纍佩珊珊。婷婷似不任羅綺，顧聽樂懸行復止。磬簫箏笛
> 遞相攙，擊擨彈吹聲邐迤。散序六奏未動衣，陽臺宿雲慵
> 不飛。中序擘騞初入拍，秋竹竿裂春冰拆。飄然轉旋迴雪
> 輕，嫣然縱送游龍驚。小垂手後柳無力，斜曳裾時雲欲生。
> 煙蛾斂略不勝態，風袖低昂如有情。上元點鬟招萼綠，王
> 母揮袂別飛瓊。繁音急節十二遍，跳珠撼玉何鏗錚。翔鸞
> 舞了卻收翅，唳鶴曲終長引聲。當時乍見驚心目，凝視諦
> 聽殊未足。一落人間八九年，耳冷不曾聞此曲。溢城但聽
> 山魈語，巴峽唯聞杜鵑哭。移嶺錢唐第二年，始有心情問
> 絲竹。玲瓏箜篌謝好箏，陳寵觱栗沈平笙。清弦脆管纖纖
> 手，教得霓裳一曲成。盧白亭前湖水畔，前後祗應三度按。
> 便除庶子拋卻來，聞道如今各星散。今年五月至蘇州，朝
> 鍾暮角催白頭。貪看案牘常侵夜，不聽笙歌直到秋。秋來
> 無事多閒悶，忽憶霓裳無處問。聞君部内多樂徒，問有霓
> 裳舞者無。答云七縣十萬户，無人知有霓裳舞。唯寄長歌
> 與我來，題作霓裳羽衣譜。四幅花牋碧間紅，霓裳實錄在
> 其中。千姿萬狀分明見，恰與昭陽舞者同。……由來能事
> 皆有主，楊氏創聲君造譜。……李娟張態君莫嫌，亦擬隨
> 宜且教取。（卷四四四）

白居易在元和年間在朝中曾任左拾遺等官職，參加過昭陽殿裏的宴
會，宴會上有數不盡的歌舞，但最愛的就是霓裳羽衣舞。樂天在詩中
描述當時在觀賞此舞時，舞者貌美如玉，身穿人間沒有的舞服，披著
紅霞帔，頭戴步搖冠，身上掛著累累的瓔珞和玉佩，聽著樂聲行行又
止止。此時尚未起舞，僅爲樂器演奏，擊磬彈箏吹簫笛，使用的是傳
統樂器，眾樂器的聲音次第響起。白居易自注云：「凡法曲之初，眾樂

不齊，惟金、石、絲、竹，次序發聲。霓裳序初，亦復如此。」

「中序擘騞初入拍，秋竹竿裂春冰拆。」大曲至中序始有拍，也稱拍序，像秋竹乍裂，春冰初解。中序開始，催起了舞步，舞女飄然回旋輕盈似飛雪，垂下軟手柔弱似柳絲，斜曳裙裾，像初生的雲霞。此處可想見其舞姿融入了西域樂舞的回旋，亦承襲南朝舞蹈中的垂手。

「煙蛾斂略不勝態，風袖低昂如有情。上元點鬟招萼綠，王母揮袂別飛瓊。繁音急節十二遍，跳珠撼玉何鏗錚。翔鸞舞了卻收翅，唳鶴曲終長引聲。」由緩舞進入急節，迎風的舞袖傳送無限情意，舞姿像是上元夫人招來萼綠華，王母娘娘揮袂告別許飛瓊。此處樂天引用幾個仙女的傳說，更加渲染出仙音法曲的風格，

曲子奏到十二疊，突然音樂碎密，節奏急促，在大曲中是屬「破」的部分。舞者依著快速的拍子而舞，舞姿急切熱烈，令舞者身上的珠玉珮飾，在舞蹈進行中產生擊撞，而發出鏗錚清脆亮的聲音。最後，舞曲將終，由急促轉為緩慢，霓裳之末，長引一聲，舞者像飛翔的鸞鳥舞能收翅，像鶴唳似的長鳴一聲全曲終了。樂天自注云：「霓裳破凡十二遍而終。」

由「我昔元和侍憲皇，曾陪內宴宴昭陽。千歌百舞不可數，就中最愛霓裳舞。……繁音急節十二遍，跳珠撼玉何鏗錚。翔鸞舞了卻收翅，唳鶴曲終長引聲。」可以得知，自唐玄宗創作霓裳羽衣舞之後，經過七八十年，歷安史之亂，至憲宗時宮中仍演出此舞。此舞樂曲共十二疊，前六疊有樂無舞，故舞者靜止不動，到第七疊中序時，出現清脆的「秋竹竿裂春冰坼」節奏，舞女們始翩翩起舞，舞至十二疊時，樂器長吹一聲，舞即收住。然而，很多人根據白居易的〈長恨歌〉：「緩歌慢舞凝絲竹，盡日君王看不足，漁陽鼙鼓動地來，驚破霓裳羽衣曲」（卷四三五）和〈早發赴洞庭舟中作〉：「出郭已行十五里，唯消一曲慢霓裳」（卷四四七），而斷定此舞是緩歌慢舞。但仔細分析一下〈霓裳羽衣舞歌〉，詩中所描繪的景象，卻不盡然，拍子分明有快有慢，

有緩有急〔註95〕。緩慢處如「柳無力」、「雲欲生」，急促處則是「跳珠撼玉」、「繁音急節」〔註96〕。有關霓裳羽衣舞的詳細描述全部集中在此段，因此，此段也經常在研究唐代樂舞時被人引用。

白居易在觀賞此舞時，目不轉睛，驚異非常，故在〈霓裳羽衣舞歌〉詩的後半段云：「我愛霓裳君合知，發於歌詠形於詩。君不見我歌云，驚破霓裳羽衣曲。又不見我詩云，曲愛霓裳未拍時。由來能事皆有主，楊氏創聲君造譜。……若求國色始翻傳，但恐人間廢此舞。妍媸優劣寧相遠，大都只在人抬舉。李娟張態君莫嫌，亦擬隨宜且教取。」白居易寫此詩時，感慨在江南七縣十萬戶居民中，已無人知道有霓裳舞，因此，寫出此詩，記錄全套霓裳羽衣的音樂和舞容，舞蹈的千姿萬態在詩中亦可一窺堂奧。而在詩中，樂天也記載了一個重要情況，即其好友元稹不僅精通樂舞，且用長詩的形式編寫了全套的樂舞譜，惜今已失傳。

除白居易此首長詩，在中唐詩人的詩歌中，霓裳羽衣樂舞亦時常受到歌詠。如鮑溶〈霓裳羽衣歌〉：

> 玉煙生窗午輕凝，晨華左耀鮮相凌。人言天孫機上親手跡，有時怨別無所惜。遂令武帝厭雲韶，金針天絲綴飄飄。……神仙如月只可望，瑤華池頭幾惆悵。喬山一閉曲未終，鼎湖秋驚白頭浪。（卷四八五）

再如張祜〈華清宮四首〉之四：

> 天闕沈沈夜未央，碧雲仙曲舞霓裳。一聲玉笛向空盡，月滿驪山宮漏長。（卷五一一）

在唐代以及以後的歷史中，最著名舞蹈當屬霓裳羽衣舞，它既不是健舞，也不是軟舞，而是獨立的大曲，也是法曲，後來配舞而成。在唐代詩人生動的描述下，此舞閃耀著燦爛的光輝。而中唐詩人王建、劉禹錫、白居易、元稹、鮑溶、張祜、張繼、元結、顧況、錢起、權德

〔註95〕歐陽予倩編：《中國舞蹈史・二編兩種》，（台北蘭亭書店，民國 74 年 10 月），頁 150。

〔註96〕同註 84，頁 126。

興等人，歌詠此樂舞的詩作不下三十首。如張繼〈華清宮〉：「玉樹長飄雲外曲，霓裳閒舞月中歌。」（卷二四二）、顧況〈聽劉安唱歌〉：「即今法曲無人唱，已逐霓裳飛上天。」（卷二六七）、權德輿〈臥病喜惠上人李鍊師茅處士見訪因以贈〉：「霓裳何飄飄，浩志凌紫氛。」（卷三二〇）、劉禹錫〈遊桃源一百韻〉：「霓裳何飄飆，童顏潔白晳。」（卷三五五）、白居易〈江南遇天寶樂叟〉：「冬雪飄飆錦袍暖，春風蕩漾霓裳翻。」（卷四三五）等等，皆使此樂舞的原貌，在今日得以窺其究竟。尤其白居易的〈霓裳羽衣舞歌〉爲後世提供全面且寶貴的資料，更屬難能可貴。故葛立方《韻語陽秋》讚曰：

> 霓裳羽衣舞始於開元，盛於天寶，今寂不傳矣。白樂天作歌答元微之云：「蘇州七縣十萬戶，無人知有霓裳舞。唯寄長歌與我來，題作霓裳羽衣譜。」想其千姿萬狀，綴兆音聲，具載於長歌，按歌而譜可傳也，今元集不載此，惜哉。賴有白詩可見一二爾〔註97〕。

霓裳羽衣舞自楊貴妃馬嵬兵亂喪亡後，在宮中的表演，亦漸式微。一九八〇年，甘肅省歌舞團演出以盛唐歷史爲背景的大型舞劇「絲路花雨」。在這個舞劇中，有一組十六人的女子集體舞「霓裳羽衣舞」（見附錄二圖四十七），舞劇的作者們，不僅分析研究敦煌壁畫中的唐代的舞姿，且以白居易的〈霓裳羽衣舞歌〉詩篇爲嚮導，設計了一段組舞，使一千多年前優美的宮廷舞蹈能部份展現在我們眼前〔註98〕。

第五節　詠其它舞詩

唐代舞蹈，除以上四節所述的主要類型，尚有少數無法歸屬於其中任何一項者。如來自緬甸的驃國樂舞，在祭典中的廟舞，以及具有

〔註97〕葛立方：《韻語陽秋》，收錄在《景印文淵閣四庫全書》第一四七九冊，（台北臺灣商務印書館，民國 72 年），頁 174。

〔註98〕見王曙編著：《唐詩故事續集》第二冊，（台北大行出版社，民國 83 年 11 月），頁 494 至 492。

宗教氣息的巫舞。故本節針對此類較特殊的樂舞詩，而加以探究。

一、詠驃國樂舞詩

　　驃國，古代緬甸驃人所建立的國家，在今伊洛瓦底江流域。唐德宗貞元十八年，驃國王遣使悉利移來朝貢，並獻其國音樂十二曲與樂工三十五人〔註99〕。《唐會要》載之頗詳，文曰：

> 驃國樂，貞元十八年正月，驃國王來獻，凡有十二曲，以樂工三十五人來朝，樂曲皆演釋氏經論之詞，驃國在雲南西，與天竺國相近，故樂多演氏之詞，每為曲皆齊聲唱，各以兩手十指，齊開齊斂，為赴節之狀，一低一昂，未嘗不相對，有類中國柘枝舞〔註100〕。

實言之，唐初宮廷宴享的九部樂、十部樂，或玄宗朝的二部伎，其中有二分之一以上是來自域外國家或地區。但這些域外音樂，並不是唐朝才開始流入，而是在這之前早已流入中國，只不過到唐朝表現得更完整、更集中。如果要從流入的時間來看，那麼驃國樂才是從唐朝開始傳入的，因此，它給唐人的印象更為新奇〔註101〕。

　　與驃國樂相配合的驃國舞，也是另具一格，其舞姿優美，動作剛柔並蓄，輕快舒暢，手臂、腿部、身段、眼睛、頸部配合得非常緊密，特別是與音樂的配合很講究板眼〔註102〕。而中唐的詩人，如胡直鈞、白居易、元稹觀看過驃國樂舞，便運用手中之筆，對此舞作了真切的描述。胡直鈞〈太常觀閱驃國新樂〉：

> 異音來驃國，初被奉常人。縱可宮商辨，殊驚節奏新。轉

〔註99〕見《舊唐書》卷二十九〈音樂志〉載：「驃國樂，貞元中，其王來獻本國樂，凡一十二曲，以樂工三十五人來朝。樂曲皆演釋氏經論之辭。」（台北鼎文書局，民國 65 年），頁 1070。

〔註100〕見王溥：《唐會要》卷三十三〈南蠻諸國樂條〉，（台北世界書局，民國 49 年），頁 620。

〔註101〕見方亞光：《唐代對外開放初探》，（合肥黃山書社，1998 年 12 月），頁 131。

〔註102〕陳炎：〈中國同緬甸歷史上的文化交流〉，（《文獻》，1986 年第三期及 1987 年第一期）。

規迴繡面，曲折度文身。舒散隨鸞吹，喧呼雜鳥春。襟衽
懷舊識，絲竹變恆陳。何事留中夏，長令表化淳。（卷四六
四）

胡直鈞，生卒年籍貫皆不詳，德宗貞元十九年登進士第，《全唐詩》
僅存此一首詩。詩中亦言及驃國樂來自異域，舞蹈時配合著音樂的節
拍，也有歌唱，舞者身上和臉上皆有裝飾的花紋，即詩中所說的「繡
面」及「文身」。另白居易〈驃國樂〉詩云：

> 驃國樂，驃國樂，出自大海西南角。雍羌之子舒難陀，來
> 獻南音奉正朔。德宗立仗御紫庭，黈纊不塞爲爾聽。玉螺
> 一吹椎髻聳，銅鼓一擊文身踊。珠纓炫轉星宿搖，花鬘斗
> 藪龍蛇動。曲終王子啓聖人，臣父願爲唐外臣。左右歡呼
> 何翕習，至尊德廣之所及。須臾百辟詣閤門，俯伏拜表賀
> 至尊。伏見驃人獻新樂，請書國史傳子孫。時有擊壤老農
> 父，暗測君心閒獨語。聞君政化甚聖明，欲感人心致太平。
> 感人在近不在遠，太平由實非由聲。觀身理國國可濟，君
> 如心兮民如體。體生疾苦心憯悽，民得和平君愷悌。貞元
> 之民若未安，驃樂雖聞君不歡。貞元之民苟無病，驃樂不
> 來君亦聖。驃樂驃樂徒喧喧，不如聞此芻蕘言。（卷四二六）

此詩是白居易新樂府五十首中第十九首。樂天於詩的開首即提及驃國樂
是來自西南方，使者爲雍羌之子，德宗皇帝在朝堂聽樂，玉螺聲吹，銅
鼓聲響，表演者登場。舞者梳椎形髮髻，插著花或戴著首飾，皮膚上有
花紋，旋轉時珍珠纓絡閃閃放光，像天上的星星搖蕩，樂曲結束時，王
子啓奏，言其父願歸附唐朝。唯詩的後半，樂天又加以諷喻時局，正如
詩題下的小序所言：「欲王化之先邇後遠也」詩中特別刻劃了左右百官
歌功頌德，並以老農夫的話做對比，顯現出樂天深沈的感嘆，對於驃國
樂舞的舞容，只在詩的前半部描述。另元稹有同題的〈驃國樂〉詩：

> 驃之樂器頭象駝，音聲不合十二和。促舞跳趫筋節硬，繁
> 辭變亂名字訛。千彈萬唱皆咽咽，左旋右轉空傞傞。俯地
> 呼天終不會，曲成調變當如何。德宗深意在柔遠，笙鏞不
> 御停嬌娥。史館書爲朝貢傳，太常編入鞮鞻科。古時陶堯

作天子，遜遁親聽康衢歌。又遣道人持木鐸，遍采謳謠天
下過。萬人有意皆洞達，四岳不敢施煩苛。盡令區中擊壤
塊，燕及海外覃恩波。秦霸周衰古官廢，下埋上塞王道頗。
共矜異俗同聲教，不念齊民方薦瘥。傳稱魚鱉亦咸若，茍
能效此誠足多。借如牛馬未蒙澤，豈在抱寶滋竈鼃。教化
從來有源委，必將泳海先泳河。是非倒置自古有，驃兮驃
兮誰爾訶。（卷四一九）

由微之此詩的前六句，可知此舞亦以騰跳旋轉爲主，但音樂更繁雜。
近代有人認爲，驃國樂舞具有獨特的舞姿，如同現在的緬甸舞，典雅
柔麗，有剛有柔，有緩慢有輕快，每個停頓，每個亮相都富有雕塑性，
手指、手腕、肘、肩、腳腕、膝蓋、腰、頸的動作都非常準確、靈活、
勻稱〔註 103〕。而微之詩的後半亦在發抒作者對國事的憂心，誠如陳
寅恪指出，元、白二人的〈驃國樂〉詩，在譏刺唐德宗在經朱泚亂後，
只求苟安，專以粉飾太平爲務，藩鎮大臣亦迎合意旨，故雖南康之勳
業隆重，仍不能不隨附時俗〔註 104〕。

　　元人馬端臨亦提及驃國因爲與天竺相近，故其樂多爲佛曲，每
個曲子都有歌詞，邊唱邊舞，其舞姿如五指並攏，手背弓起，各以
兩手十指，齊開齊斂，爲赴節之狀，一低一昂，未嘗不相對，有類
中國的柘枝舞〔註 105〕。而由元、白及胡直鈞的三首詩作中，也可以
一窺此樂舞在中唐時期演出的情況。欣賞這些詩句，令人彷彿身臨
其境，能聽到動聽的音樂，能看到優美的舞姿。驃國樂舞，是典型
的域外樂舞，雖然未被列入二部伎或其它樂部中，但是它卻在唐代

〔註 103〕歐陽予倩等：《中國舞蹈史・二編兩種》，（台北蘭亭書店，民國 74
　　　　年 10 月），頁 159。
〔註 104〕陳寅恪：《陳寅恪先生論文集》，（台北文理出版社，民國 66 年 4 月），
　　　　頁 887。
〔註 105〕馬端臨：《文獻通考》卷一四八〈樂考〉二一：「驃國……其國與天
　　　　竺相近，故樂多演釋氏經論之詞……未嘗不相對，有類中國柘枝舞
　　　　焉。」，收錄在《傳世藏書》史庫，（海口誠成文化公司，1995 年），
　　　　頁 2033。另《唐會要》卷三十三〈南蠻諸國〉條亦載之，同註 2。

得到傳播，使唐代樂舞增添迷人的色彩。而早在一千多年前的唐朝，已能欣賞到古代緬甸的樂舞，更可見我國與緬甸的文化交流，有著極為悠久的歷史。

二、詠廟舞詩

廟舞，是指用於郊廟的樂舞，或宴享時含有典禮意義的雅樂舞，有文舞及武舞之分。文舞代表文化，舞者手執羽龠（羽是野雞的羽毛，龠是一種橫吹的樂器）而舞（見附錄二圖四十八）；武舞代表武功，舞者手執干戚（干是盾，戚是斧）而舞〔註106〕（見附錄二圖四十九）。周朝製定了「六舞」，即雲門、咸池、大韶、大夏、大濩、大武，前三者是文舞，後三者是武舞。自周以後，歷代皆沿襲舊制，但歷經離亂，有的失傳，有的名存而實亡〔註107〕，而且每換一個皇帝，就重新制禮作樂，以做為歌頌當時君王的功德之用。例如唐高宗朝，祭祀用的文舞用「功成慶善樂」，武舞用「神功破陣樂」，都是屬於大型的隊舞，人數有六十四人〔註108〕。中唐詩人令狐峘有〈釋奠日國學觀禮聞雅頌〉的詩作：

> 蕭蕭先師廟，依依冑子群。滿庭陳舊禮，開戶弁清芬。萬舞當華燭，簫韶入翠雲。頌歌清曉聽，雅吹度風聞。澹泊調元氣，中和美聖君。唯餘東魯客，蹈舞向南熏。（卷二五三）

令狐峘，玄宗天寶十五年登進士第，避亂隱終南山，代宗朝任右拾遺兼史館修撰，《全唐詩》存其詩二首，此為其中之一，此詩僅為適應禮儀的需要而作。另滕珦亦作〈釋奠日國學觀禮聞雅頌〉同題同性質的詩：

〔註106〕 見劉芹：《中國古代舞蹈》，（台北臺灣商務印書館，民國 84 年 8 月），頁 25。

〔註107〕 中國舞蹈藝術研究會編：《全唐詩中的樂舞資料》，（北京人民音樂出版社，1996 年 11 月），頁 207。

〔註108〕 見《唐會要》卷三十二〈雅樂〉上，同註 37，頁 613。

太學時觀禮，東方曉色分。威儀何棣棣，環珮又紛紛。古樂從空盡，清歌幾處聞。六和成遠吹，九奏動行雲。聖上尊儒學，春秋奠茂勳。幸因陪齒列，聊以頌斯文。（卷二五三）

滕珦，生卒年不詳，憲宗元和七年任太學博士，《全唐詩》僅存此一首詩，此詩亦爲配合郊廟祭祀樂舞時的應制之作。唐代沿隋舊制，雅樂或俗樂皆由太常寺掌管。玄宗朝，設立教坊，專掌俗樂，太常寺則專管禮儀祭祀和國家大典的雅樂。此類表演者，大都由技巧欠佳的人來擔任，一般有才能者則去坐部伎或立部伎中演出。誠如白居易〈立部伎〉詩中所言：「太常立部有等級，堂上者坐，堂下立……立部賤，坐部貴，坐部退爲立部伎，擊鼓吹笙和雜戲，立部又退何所任，始就樂懸操雅音。」（卷四二六）實言之，令狐峘和滕珦的這兩首詩，皆爲歌功頌德之作，缺少豐富的內容。

三、詠巫舞詩

巫舞（見附錄二圖五十），是具有宗教性的祭祀樂舞。原始先民對自然界的現象有許多事無法理解，而認爲冥冥之中有神在主宰一切，因此，每當遇到天災或困難時，爲了祈神賜福，消災去禍，就要尋求神的庇護，於是就舉行一種祭祀性的儀式，在祭典中從事祭祀占卜者稱爲「巫」。傳說巫能通神娛神，巫能以歌舞娛神，也能裝神弄鬼，而巫在祭祀時的歌舞即稱之爲「巫舞」。

「巫」是屬宗教範疇，「舞」是屬藝術領域，二者本是風馬牛不相及，可是，由於巫術中的超自然成分，寄託著先民們的理想和願望，而原始舞蹈又被當作是一種最功利的動作行爲，所以，在文明不發達的原始時代，巫術禮儀和舞蹈相結合是可以理解的〔註109〕。巫舞是起源很早的一種樂舞，從甲骨文開始到《詩經》、《楚辭》中都有巫舞的記載〔註110〕。戰國時楚國民間盛行巫風，祭祀時，必定有巫舞以娛神。

〔註109〕殷亞昭：《中國古舞與民舞研究》，（台北貫雅文化事業公司，民國80年5月），頁10。
〔註110〕同上註。

屈原的〈九歌〉，即是根據湘水一帶民間祀神的樂舞歌詞而編寫的作品，從中可以看到東周楚國民間巫歌巫舞的大概情況〔註111〕。到漢代許慎《說文解字》中亦云：「巫，祝也。女能事無形以舞降神者也。像人兩袖舞形，與工同意。」舞巫同義，舞巫結合，在原始時代，舞與巫緊密地聯繫在一起，幾乎所有的原始氏族樂舞都帶有巫術意味。求戰爭勝利即作「有苗氏樂舞」、祈求身體健康即作「陰康氏樂舞」、祈求農業豐收即作「葛天氏樂舞」等〔註112〕。可以說，從原始時代起，巫舞就有其獨特的價值和作用。

　　漢代以後，巫風依然盛行，尤其兩晉、南北朝時局紛亂，社會動蕩不安，人民生活困苦，君王卻奢侈享樂，當時，佛教思想深入民心，因此，君王常將樂舞與宗教活動結合。社會上充斥著迷信的風氣，有些佛教寺院，甚至常設女樂，歌聲繞樑，舞袖徐轉，絲管嘹亮，諧妙入神〔註113〕。到了唐代，巫舞中巫的神秘氣氛較淡，而舞蹈的成份相對的加重。中唐詩人有許多關於女巫舞蹈的描寫，如李賀〈神弦曲〉：

> 西山日沒東山昏，旋風吹馬馬踏雲。畫弦素管聲淺繁，花裙綷縩步秋塵。桂葉刷風桂墜子，青狸哭血寒狐死。古壁彩虯金帖尾，雨工騎入秋潭水。百年老鴞成木魅，笑聲碧火巢中起。（卷二一）

古樂府中有神弦歌，是民間祭祀用的樂曲，此詩中描述女巫身穿漂亮的衣裙，頭上戴著花，隨著樂聲舞蹈，舞時衣服沙沙作響，以弦歌樂舞來娛神。另劉禹錫有〈陽山廟觀賽神〉詩：

〔註111〕　同註103，頁171。
〔註112〕　見《呂氏春秋・仲夏記・古樂》載：「昔葛天氏之樂，三人摻牛尾投足以歌八闋……昔陶唐氏之始，陰多滯伏而湛積，水道壅塞，不行其原，民氣鬱閼而滯著，筋骨瑟縮不達，故作爲舞以宣導之。」收錄在《四部叢刊初編子部》，（台北臺灣商務印書館，民國68年），頁32。
〔註113〕　見《洛陽伽藍記》卷一〈景樂寺〉條，收錄在《四部叢刊續編》第十六冊，（台北臺灣商務印書館，民國70年），頁7823。

漢家都尉舊征蠻，血食如今配此山。曲蓋幽深蒼檜下，洞
簫愁絕翠屏間。荊巫脈脈傳神語，野老娑娑起醉顏。日落
風生廟門外，幾人連蹋竹歌還。（卷三五九）

由「荊巫脈脈傳神語，野老娑娑起醉顏」詩句，亦可知是指巫舞。唯
其舞姿則未詳述，又劉禹錫有一首〈梁國祠〉七絕詩：

梁國三郎威德尊，女巫簫鼓走鄉村。萬家長見空山上，雨
氣蒼茫生廟門。（卷三六五）

由「女巫簫鼓走鄉村」句，可見亦為宗教性質的詩。巫舞是為祀神，
亦為娛人，迎接神靈下降，要有樂舞，而祭禮結束前，把神送走，也
要歌舞一番。皇甫冉〈雜言迎神詞‧迎神〉詩：

啓庭戶，列芳鮮。目眇眇，心綿綿。因風託雨降瓊筵，紛
下拜。屢加籩，人心望歲祈豐年。（卷二四九）

又其〈雜言迎神詞‧送神〉詩：

露霑衣，月隱壁。氣淒淒，人寂寂。風迴雨度虛瑤席，來
無聲。去無跡，神心降和福遠客。（卷二四九）

皇甫冉，玄宗天寶十五年登進士第，代宗大曆年間與劉長卿、嚴維等
相唱和，其五七律風格清迥，為時所重。在此詩下的小序中說道：「吳
楚之俗，與巴渝同風，日見歌舞祀者，問其故，答曰：及夏不雨，慮
將無年。復云：家有行人不歸，憑是景福。夫此二者，皆我所懷，寄
地種苗，將成枯草。弟為臺官，羈旅京師，秉筆為迎神送神詞，以應
其聲，亦寄所懷也。」可見皇甫冉作詩是心有所寄，是為求神明的庇
佑。正如《禮記‧郊特性》所載〈伊耆氏，蜡辭〉云：「祭坊與水庸，
事也。曰：土反其宅，水歸其壑，昆蟲毋作，草木歸其澤。」〔註114〕
可以看出人民利用祭祀祈求的心理。由「日見歌舞祀者」句，知在祭
祀時的迎神、送神皆有樂舞以娛神。而由「吳楚之俗，與巴渝同風」
可證巫風在南方非常流行。另如李嘉祐〈夜聞江南人家賽神因題即事〉
詩提及南方的楚國具有古風，詩云：

〔註114〕《禮記‧郊特性》，見阮刻十三經注疏本卷二十六，（台北藝文印書
館，民國54年6月），頁501。

> 南方淫祀古風俗，楚嫗解唱迎神曲。鎗鎗銅鼓蘆葉深，寂
> 寂瓊筵江水綠。……逐客臨江空自悲，月明流水無已時。
> 聽此迎神送神曲，攜觴欲弔屈原祠。（卷二○六）

李嘉祐，生卒年不詳，玄宗天寶七年登進士第，代宗寶應元年罷任，
漫游吳越，有詩名，與錢起、郎士元、劉長卿並稱「錢郎劉李」。由
此詩「南方淫祀古風俗，楚嫗解唱迎神曲」前二句，知巫舞盛於南方。
而錢起的〈省試湘靈鼓瑟〉詩亦云：

> 善鼓雲和瑟，常聞帝子靈。馮夷空自舞，楚客不堪聽。苦調
> 淒金石，清音入杳冥。蒼梧來怨慕，白芷動芳馨。流水傳瀟
> 浦，悲風過洞庭。曲終人不見，江上數峰青。（卷二三八）

由「楚客不堪聽」也得到明證。而韋應物〈黿頭山神女歌〉云：「舟
客經過奠椒醑，巫女南音歌激楚」（卷一九五），皆可知戰國時南方楚
國巫風之盛。此外，以「巫舞求雨」的風俗在唐代依然存在。中唐詩
人李約〈觀祈雨〉詩云：

> 桑條無葉土生煙，簫管迎龍水廟前。朱門幾處看歌舞，猶
> 恐春陰咽管絃。（卷三○九）

李約，生卒年不詳，唐宗室宰相李勉之子，工詩文，善音樂，好黃老。
在此詩中，李約就描寫了天乾地旱，桑樹不長葉子，土地熱得冒煙，
人們以歌舞求雨的情況。而唐代巫舞常使用琵琶伴奏，王建〈賽神曲〉
詩云：

> 男抱琵琶女作舞，主人再拜聽神語。新婦上酒勿辭勤，使
> 爾舅姑無所苦。椒漿湛湛桂座新，一雙長箭繫紅巾。但願
> 牛羊滿家宅，十月報賽南山神。青天無風水復碧，龍馬上
> 鞍牛服軛。紛紛醉舞踏衣裳，把酒路旁勸行客。（卷二九八）

王建，出身寒微，平生奔走南北，故作詩多取材於田家、織女、水夫
等，以揭露現實，且用語淺白，描寫細緻，由此詩可見其詩風。而由
「男抱琵琶女作舞」句，知巫舞時演奏的樂器有琵琶。

　　在唐代，巫風始終在民間流行，因此，中唐詩人詠巫舞的詩作
為數亦不少。由詩的內容得知，巫舞是祭祀時用以娛神之舞，舞時

常用琵琶伴奏，此舞盛行於南方。然其舞容諸詩皆未言及。唯八〇
年代初，在內蒙古中部的陰山山脈地帶發掘的原始石器時代的岩畫
中，人們發現了許多與巫術禮儀有關的舞蹈形象。一位身上畫有紋
飾、頭上有辮飾，曲腿傾腰的舞者（或是巫者），似乎正在作模仿羊
形的舞蹈（見附錄二圖五十一）。兩個雙手高舉齊頭，神情虔誠，頂
禮膜拜的祈禱著，面對著肥大的羊作敬神之舞。還有一個頭戴太陽
冠帽、身裹獸皮，雙手合十，徐徐緩緩地對著二個神像正在悠揚曼
舞（見附錄二圖五十二）。這些都是原始時代的巫術舞蹈，舞姿動態
的蘊義無比深刻〔註115〕，亦可做爲巫舞詩的補充。

〔註115〕同註109，頁12。

第六章　中唐樂舞詩的表現技巧

　　在文學的領域中，作品的內容和形式彼此是關係密切、相輔相成的。劉勰《文心雕龍‧情采》云：

> 聖賢書辭，總稱文章非采而何！夫水性虛而淪漪結，木體實而花萼振，文附質也。虎豹無文，則鞹同犬羊；犀兕有皮，而色質丹漆，質待文也。若乃綜述性靈，敷寫器象，鏤心鳥跡之中，織辭魚網之上，其爲彪炳，縟采名矣〔註1〕。

文采須依附在本質上，本質離不開文采。可見文章的內容固然重要，而形式的表現技巧，也是決定作品優劣不可輕忽的因素，所謂「意翻空而易奇，言徵實而難巧。」〔註2〕故本論文第四章及第五章偏重中唐樂舞詩的內容，本章探討中唐樂舞詩的表現技巧，如此則內外兼顧。樂舞詩是以詠樂及詠舞爲主的詩，音樂和舞蹈是時間藝術，也是空間藝術。音樂主要通過樂音作用於人的聽覺，它的旋律和節奏經過聽覺被感知，激起相應的情緒，並產生聯想，在想像中展現有關的現實圖景。舞蹈則通過人體特定的動作、手勢、姿態作用於人的視覺，激起某種情緒，進而展開聯想，達到對舞蹈形象的瞭解〔註3〕。中唐

〔註1〕劉勰：《文心雕龍》，（台北天龍出版社，民國72年1月），頁442。
〔註2〕《文心雕龍‧神思篇》，同上註引書，頁383。
〔註3〕徐昌州、李嘉訓編：《古典樂舞詩賞析‧序》，（合肥黃山書社，1988年），頁6。

樂舞詩中許多作品，皆能鮮明生動的反映出樂與舞的獨特性，追究其因，蓋表現技巧掌握得宜。後人閱讀這類樂舞詩，能如聞其音、如觀其舞，故本章針對此點，論之於後。

第一節　句式語法探述

中國詩體由三百篇變爲楚辭，由楚辭變爲漢樂府，由漢樂府變爲魏晉古體詩，發展至唐，有古體、近體、長短篇、五七言律絕句等體製，諸體兼備。唐代堪稱集大成的時代，中唐樂舞詩數量甚多，茲就其句式、語法兩項分別探析。

一、句　式

中唐樂舞詩各體兼採，其中雜言體亦有三十多首，因此句式有一言、三言、四言、五言、七言等，茲分別說明於下：

（一）一言句：純粹三言體詩在中唐樂舞詩中未見，然在雜言體詩中卻有一首，是與二、三、四、五、六、七言融合的詩，代表詩爲劉禹錫〈同留守王僕射各賦春中一物從一韻至七〉：

> 鶯，能語，多情。春將半，天欲明。始逢南陌，復集東城。
> 林疏時見影，花密但聞聲。營中緣催短笛，樓上來定哀箏。
> 千門萬戶垂楊裏，百轉如簧煙景晴。（卷三五六）

（二）三言句：純粹三言體詩在中唐樂舞詩中未見，然在雜言體詩中卻所在多有，此類句型多與五、七言混合使用。三言與五、七言詩配合的形式，較常見的是首句爲三言句：

> 立部伎，鼓笛諠。舞雙劍，跳七丸。嫋巨索，掉長竿。太
> 常部伎有等級，堂上者坐堂下立。（白居易〈立部伎〉卷四二六）
> 躡珠履，步瓊筵。輕身起舞紅燭前，芳姿豔態妖且妍。迴
> 眸轉袖暗催弦，涼風蕭蕭漏水急。月華泛溢紅蓮涇，牽裙
> 攬帶翻成泣。（楊衡〈白紵辭〉卷七七〇）

此類型詩尚有白居易〈胡旋女〉〈華原磬〉〈驃國樂〉〈西涼伎〉〈醉歌〉皇甫冉〈雜言迎神詞二首〉、張籍〈築城詞〉、李德裕〈桂花曲〉、李

賀〈章和二年中〉、沈亞之〈夢別秦穆公〉、盧仝〈樓上女兒曲〉等。

　　三言句與五、七言詩配合的另一種形式，是將三言句置於詩中，如元稹〈冬白紵〉：

> 吳宮夜長宮漏款，簾幕四垂燈焰煖。西施自舞王自管，雪
> 紵翻翻鶴翎散。促節牽繁舞腰懶，舞腰懶。王罷飲，蓋覆
> 西施鳳花錦。……（卷四一八）

此類詩尚有元稹〈琵琶歌〉、顧況〈李供奉彈箜篌歌〉、皎然〈奉應顏
尚書真卿觀玄真子置酒張樂舞破陣畫洞庭三山歌〉、李賀〈上雲樂〉、
李涉〈贈蘇小〉等。

　　（三）四言句：中唐樂舞詩中僅有一首為純粹的四言詩，即顧況
〈琴歌〉：

> 琴調秋些，胡風遠雪。峽泉聲咽，佳人愁些。（卷二六四）

另有四言句與七言句配合的形式，僅韋應物〈鼉頭山神女歌〉一首。
四言與五、七言相融的詩，為李賀〈箜篌引〉一首。

　　（四）五言句：採用五絕形式寫成的樂舞詩，數量約十三首，例
如劉禹錫〈路傍曲〉：

> 南山宿雨晴，春入鳳凰城。處處聞弦管，無非送酒聲。（卷
> 三六四）

此類型的詩尚有李端〈聽箏〉、韋應物〈聽江笛送陸侍御〉〈詠聲〉、
盧綸〈長門怨〉、李益〈聽赤白桃李花〉、立丹〈和韋使君聽江笛送陳
侍御〉、劉禹錫〈和遊房公舊竹亭聞琴絕句〉、李德裕〈房公舊竹亭聞
琴緬慕風流神期如在因重題此作〉、顧非熊〈子夜夏秋二曲〉、殷堯藩
〈席上聽琴〉、張祜〈宮詞二首〉〈玉樹後庭花〉等。

　　純粹以五言句式構成的五律詩或五古詩為數不少（見附錄一），
茲僅舉一首張祜〈箜篌〉五律詩：

> 星漢夜牢牢，深簾調更高。亂流公莫度，沉骨媼空嗥。向
> 月輕輪甲，迎風重紉條。不堪聞別引，滄海恨波濤。（卷五
> 一○）

其它亦有五言與七言混合的詩，唯數量較少，如劉長卿〈王昭君歌〉：

自矜嬌艷色，不顧丹青人。那知粉繪能相負，卻使容華翻
誤身。上馬辭君嫁驕虜，玉顏對人啼不語。北風雁急浮雲
秋，萬里獨見黃河流。纖腰不復漢宮寵，雙蛾長向胡天愁。
琵琶弦中苦調多，蕭蕭羌笛聲相和。誰憐一曲傳樂府，能
使千秋傷綺羅。（卷一五一）

此類詩尚有戎昱〈聽杜山人彈胡笳〉、皎然〈戛銅椀爲龍吟歌〉、韋應
物〈五弦行〉、韓愈〈聽穎師彈琴〉、元稹〈聽庾及之彈烏夜啼引〉〈小
胡笳引〉、李賀〈拂舞歌辭〉等。

（五）七言句：純粹的七言句式構成的中唐樂舞詩數量最多，無
論是七絕、七律或七古（見附錄一）。茲僅舉白居易〈何滿子〉爲例：

世傳滿子是人名，臨就刑時曲始成。一曲四調歌八疊，從
頭便是斷腸聲。（卷四五八）

七言與三言或五言混合的詩前已說明，此處不再贅述。另有七言與九
言相融的詩，即鮑溶〈霓裳羽衣歌〉及李賀〈苦篁調嘯引〉二首。七
言與十言相配的詩，僅李益〈漢宮少年行〉一首。

綜觀中唐樂舞詩所採用的詩歌形式，在數量上是以五、七言爲主，
但三、四、五、七言混合使用的詩爲數亦不少。由此可知處於律體極
盛的中唐時代，詩句雖以五、七言爲骨幹，但亦吸取樂府詩自由活潑
的風格，而採用三、五、七言較富於變化的句式。這種雜言句式的運
用，無非爲了節奏和旋律的多樣變化，以造成音樂上錯落的情韻之美
〔註4〕。在元稹、白居易新樂府詩中的樂舞詩，便是其中的代表作品。

二、語　法

中唐樂舞詩中常使用類疊的語法，使用這種方法，可增強敘述的
條理性、生動性，增強旋律美、節奏感〔註5〕。凡是在語文中，有意
反覆使用相同語詞或分句之一種修辭方法，稱爲類疊，又名反覆，亦

〔註 4〕張夢機主編：《公無渡河‧樂府詩賞析》，（台北成陽出版公司，2000
年11月），頁18。
〔註 5〕同註3，頁77。

稱爲複疊、重複〔註6〕。類疊分爲類字、類句、疊字、疊句等四種。
類字是字詞隔離的類疊；類句是語句隔離的類疊；疊字是字詞連接的
類疊；疊句是語句連接的類疊〔註7〕。中唐樂舞詩運用類疊者，爲數
甚多，如：

> **七德**舞，**七德**歌。（白居易〈七德舞〉，卷四二六）
>
> **驃樂驃樂**徒喧喧，不如聞此芻蕘言。（白居易〈驃國樂〉，卷四二六）
>
> 三**賢**事漢滅暴彊，四**賢**鎮岳寧邊徼。（元稹〈五弦彈〉，卷四一九）
>
> 急**彈好**，遲亦**好**。**宜**遠**聽**，**宜**近**聽**。（顧況〈李供奉彈箜篌歌〉，卷二六五）
>
> 大**絃**長，小**絃**短，小**絃**緊快大**絃**緩。（顧況〈李供奉彈箜篌歌〉，卷二六五）
>
> 我今賀**爾**亦自多，**爾**得老成余白首。（元稹〈和樂天示楊瓊〉，卷四二二）
>
> **胡旋**之義世莫知，**胡旋**之容我能傳。（元稹〈胡旋女〉，卷四一九）
>
> 趙璧五弦彈**徵**調，**徵**聲巉絕何清峭。（元稹〈五弦彈〉，卷四一九）

以上爲類字之例。

> **法曲法曲**歌大定，稱德重熙有餘慶，永徽之人舞而詠。**法曲法曲**舞霓裳，政和世理音洋洋，開元之樂且康。（白居易〈法曲〉，卷四二六）
>
> **貞元之民**若未安，驃樂雖聞君不歡。**貞元之民**苟無病，驃樂不來君亦聖。（白居易〈驃國樂〉，卷四二六）
>
> **一賢得進**勝累百，**兩賢得進**同周召。（元稹〈五弦彈〉，卷四一九）

以上爲類句之例。

> 廢棄來已久，遺音尚**泠泠**。（白居易〈廢琴〉，卷四二四）
>
> 推手遽止之，濕衣淚**滂滂**。（韓愈〈聽穎師彈琴〉，卷三四○）
>
> **泠泠**七絃上，靜聽松風寒。（劉長卿〈聽彈琴〉，卷一四七）
>
> 五弦並奏君試聽，**淒淒切切**復**錚錚**。（元稹〈五弦彈〉，卷四一九）

〔註6〕同註3，頁77。
〔註7〕同註3，頁41。

第一第二弦**索索**，秋風拂松疏韻落。第三第四弦**泠泠**，夜
鶴憶子籠中鳴。(白居易〈五弦彈〉，卷四二六)

座中有一遠方士，**唧唧咨咨**聲不已。(元稹〈五弦彈〉，卷四一九)

小小月輪中，斜抽半袖紅。(張祜〈五弦〉，卷五一〇)

隴畝**油油**黍與葫，瓦甌濁醪蟻**浮浮**。(李賀〈箜篌引〉，卷三九三)

來來去去如風卷。聲清**泠泠**鳴**索索**，垂珠碎玉空中落。(顧
況〈李供奉彈箜篌歌〉，卷二六五)

撥撥弦弦意不同，胡啼番語兩玲瓏。(白居易〈聽曹剛琵琶兼
示重蓮〉，卷四四九)

迢迢擊磬遠玲玲，**一一**貫珠勻**款款**。(元稹〈何滿子歌〉，卷四
二一)

大弦**嘈嘈**如急雨，小弦**切切**如私語。**嘈嘈切切**錯雜彈，大
珠小珠落玉盤(白居易〈琵琶行〉，卷四三五)

戢戢攢槍霜雪耀，**騰騰**擊鼓雲雷磨。(元稹〈立部伎〉，卷四一九)

五弦並奏君試聽，**淒淒切切**復**錚錚**。(白居易〈五弦彈〉，卷四
二六)

以上為疊字之例。

胡旋女，胡旋女，心應弦，手應鼓。(白居易〈胡旋女〉，卷四
二六)

驃國樂，驃國樂，出自大海西南角。(白居易〈驃國樂〉，卷四
二六)

五弦彈，五弦彈，聽者傾耳心寥寥。(白居易〈五弦彈〉，卷四
二六)

泗濱石，泗濱石，今人不擊古人擊。(白居易〈華原磬〉，卷四
二六)

華原磬，華原磬，古人不聽今人聽。(白居易〈華原磬〉，卷四
二六)

以上為疊句之例。

　　類疊即利用語言的音響特性，以凸顯意象，既可使文辭華美，且
可達到詠歎的效果。中唐樂舞詩中使用類疊之法非常精妙，其例不勝
枚舉，反覆吟詠，令人有餘韻無窮之感。

　　中唐樂舞詩的語法，另一個特色是擅於運用頂眞格。凡是在語文中，後面的開頭，前面的結尾，重複同樣的字詞或語句，前後緊接，上傳下接的一種修辭技巧，叫做頂針，又叫頂眞〔註8〕。在形式上，是以同一語詞貫串上下句，能使文章有連貫性，在意趣上又能使語言和諧，達到詠歎的效果。中唐樂舞詩中其例甚多：

　　　緩聲展引長**有條**，**有條**直直如筆描。（白居易〈小童薛陽陶吹觱篥歌〉，卷四四四）

　　　立部又退何所任，始就樂懸操**雅音**。**雅音**替壞一至此，長令爾輩調宮徵。（白居易〈立部伎〉，卷四二六）

　　　用之捨之由**樂工**，**樂工**雖在耳如壁。（白居易〈華原磬〉，卷四二六）

　　　曲終再拜謝**天子**，**天子**爲之微啓齒。（白居易〈胡旋女〉，卷四二六）

　　　忽聞海上有仙**山**，**山**在虛無縹緲間。（白居易〈長恨歌〉，卷四三五）

　　　水泉冷澀絃**凝絕**，**凝絕**不通聲暫歇。（白居易〈琵琶行〉，卷四三五）

　　　人情重今多賤**古**，**古**琴有弦人不撫。（白居易〈五弦彈〉，卷四二六）

　　　天寶欲末胡欲亂，胡人獻女能胡**旋**。**旋**得明王不覺迷，妖胡奄到長生殿。（元稹〈胡旋女〉，卷四一九）

　　　哀弦已罷春恨**長**，**恨長**何恨懷**我鄉**。**我鄉**安在長城窟，聞君虜奏心飄忽。（元稹〈小胡笳引〉，卷四二一）

使用頂眞格的語法，能將詩的上下句緊密的銜接，讀之會產生一種詠嘆不盡的韻味。頂眞格中尚有一種變例，那就是每兩句當中有一字或數字以上相同，雖然該字位置並不固定，但其連串功效仍屬相同〔註9〕。中唐樂舞詩中即有一首頂眞格運用最多的詩例，即元稹

〔註8〕蔡宗陽：《修辭學探微》，（台北文史哲出版社，民國90年4月），頁66。

〔註9〕張修蓉：《中唐樂府詩研究》，（政大中文所碩士論文，民國70年），

的〈琵琶歌〉，詩云：

> 琵琶**宮**調八十一，旋宮三調彈不出。玄宗偏許賀懷智，段師此藝還相匹。
>
> 自後流傳指撥衰，崑崙善才徒爾爲。凡聲少得似雷吼，纏弦不敢彈羊皮。
>
> 人間奇事會相續，但有卞和無有玉。段師弟子數十人，李家**管兒**稱上足。
>
> **管兒**不作供奉兒，拋在東都雙鬢絲。逢人便請送杯盞，著盡工夫人不知。
>
> 李家兄弟皆愛**酒**，我是**酒**徒爲密友。著作曾邀連夜宿，中碾春溪華新綠。
>
> 平明船載**管兒**行，盡日聽彈**無限**曲。**曲名無限**知者鮮，霓裳羽衣偏宛轉。
>
> 涼州大遍最豪嘈，**六么**散序多籠撚。我聞此曲深**賞奇**，**賞著奇**處驚**管兒**。
>
> **管兒**爲我雙淚垂，自彈此曲長自悲。淚垂捍撥朱弦溼，冰泉嗚咽流鶯澀。
>
> 因茲彈作雨霖鈴，風雨蕭條鬼神泣。**一彈**既罷又**一彈**，珠幢夜靜風珊珊。
>
> 低回慢弄關山思，坐對燕然秋**月寒**。**月寒**一聲深殿磬，驟彈曲破音繁併。
>
> 百萬金鈴旋玉盤，醉客滿船皆暫醒。自茲聽後六七年，**管兒**在洛我朝天。
>
> 游想慈恩杏園裏，夢寐仁風花樹前。去年御史留東臺，公私蹙促顏不開。
>
> 今春制獄正撩亂，晝夜推囚心似灰。暫輟歸時尋**著作**，**著作**南園花垞萼。
>
> 臙脂耀眼桃正紅，雪片滿溪梅已落。是夕青春值三五，花枝向月雲含吐。
>
> 著作施樽命**管兒**，**管兒**久別今方睹。**管兒**還爲彈六么，六

　　么依舊聲迢迢。

　　猿鳴雪岫來三峽，鶴唳晴空聞九霄。逡巡彈得**六么**徹，霜
刀破竹無殘節。

　　幽關鴉軋胡雁悲，斷弦春騕層冰裂。我爲含悽歎奇絕，許
作長歌始終說。

　　藝奇思寡塵事多，許來寒暑又經過。如今左降在閒處，始
爲**管兒**歌此歌。

　　歌此歌，寄**管兒**，**管兒管兒憂爾衰**。**爾衰**之後繼者誰，繼
之無乃在**鐵山**。

　　鐵山已近曹穆間，性靈甚好功猶淺，急處未得臻幽閒。努
力**鐵山**勤學取，

　　莫遣後來無所祖。（卷四二一）

全詩共八十二句，有標準的頂眞格，有變例的頂眞格。且詩中「管兒」
出現十三次，好似出現一個大連環，「六么」出現四次，「鐵山」出現
三次，運用此種語法，使得吟誦時具有一種琅琅上口的音樂性。

　　元、白二人的樂舞詩中，常在詩句的起首使用兩個三言句，或是
在詩裏的七言句之前，連續使用兩個三言句，如此更加強了音韻連綿
的效果。試舉此類語法於下：

　　歌此歌，寄管兒，管兒管兒憂爾衰。（元稹〈琵琶歌〉，卷四二一）

　　大絃長，小絃短，小絃緊快大絃緩。（顧況〈李供奉彈箜篌歌〉，
　　卷二六五）

　　左手低，右手舉。易調移音天賜與，（顧況〈李供奉彈箜篌歌〉，
　　卷二六五）

　　李供奉，儀容質，身才稍稍六尺一。（顧況〈李供奉彈箜篌歌〉，
　　卷二六五）

　　手頭疾，腕頭軟，來來去去如風卷。（顧況〈李供奉彈箜篌歌〉，
　　卷二六五）

　　指剝蔥，腕削玉，饒鹽饒醬五味足。（顧況〈李供奉彈箜篌歌〉，
　　卷二六五）

　　鐵聲殺，冰聲寒。殺聲入耳膚血憯，（白居易〈五弦彈〉，卷四

二六）

華原磬，華原磬，古人不聽今人聽。（白居易〈華原磬〉，卷四
二六）

泗濱石，泗濱石，今人不擊古人擊。（白居易〈華原磬〉，卷四
二六）

胡旋女，胡旋女，心應弦，手應鼓。（白居易〈胡旋女〉，卷四
二六）

驃國樂，驃國樂，出自大海西南角。（白居易〈驃國樂〉，卷四
二六）

五弦彈，五弦彈，聽者傾耳心寥寥。（白居易〈五弦彈〉，卷四
二六）

頂眞這種語法，是詩歌語言音響的一種運用。細觀中唐樂舞詩中使用
頂眞法的詩歌，以詠樂詩爲主，其原因亦是善用此特質，使詩歌產生
連綿不絕的音律美。

中唐樂舞詩人運用活潑的句式，大量的類字、類句及疊字、疊句、
頂眞法的形式表現，使詩歌和諧生動，產生具有音韻變化的藝術效果。

第二節　修辭技巧舉隅

音樂和舞蹈都屬動態藝術，二者都有極強的抒情性，情感蘊含在
音樂的聲音及舞蹈的動作之時，觀者或聽者有時似乎是只能意會不能
言傳。但是中唐樂舞詩往往可以清楚的反映出它的節奏感、造型美。
仔細探究，即在於樂舞詩在修辭技巧上使用了許多方法，綜而觀之，
主要的有下列數端：

一、譬　喻

譬喻就是比喻，《文心雕龍・比興篇》云：

夫比之爲義，取類不常：或喻於聲，或方於貌，或擬於心，
或譬於事。〔註10〕

────────────

〔註10〕劉勰：《文心雕龍・明詩》，（台北天龍出版社，民國72年1月），頁

劉勰認爲所謂「比」，取材的範圍沒有一定，有時拿音響、外貌譬喻，有時用心理現象、具體事物比方。譬喻是一種「借彼喻此」的修辭法，凡二件或二件以上的事物中有類似之點，說話作文時運用「那」有類似點的事物來比方說明「這」件事物的，就叫「譬喻」〔註11〕。譬喻能化未知爲已知，轉抽象爲具體，使文章更生動、更感人〔註12〕。中唐詩人運用具體形象來譬喻，形容抽象的樂音，令後人讚賞不已的作品，首推白居易的〈琵琶行〉：

> 輕攏慢撚抹復挑，初爲霓裳後六么。大弦嘈嘈如急雨，小弦切切如私語；嘈嘈切切錯雜彈，大珠小珠落玉盤。間關鶯語花底滑，幽咽泉流水下灘。水泉冷澀絃凝絕，凝絕不通聲漸歇。別有幽愁暗恨生，此時無聲勝有聲。銀瓶乍破水漿迸，鐵騎突出刀槍鳴，曲終收撥當心畫，四弦一聲如裂帛。（卷四三五）

聲音本就沒有形狀可言，在古代也無法將原音重現，然樂天描寫琵琶聲時使用一連串的明喻、略喻、借喻說明其聽樂時的感受。如「大弦嘈嘈如急雨」、「小弦切切如私語」等譬喻，將視覺形象與聽覺形象同時表現出來，令人耳不暇接，尤其「嘈嘈切切錯雜彈，大珠小珠落玉盤。」樂天使用人們熟悉的自然音響做比喻，大珠小珠一齊落入玉盤之中，來比喻嘈切錯雜的琵琶聲，既可表現出琵琶聲的高低起伏，又可表現出音色的清脆悅耳。琵琶的旋律繼續變化時，「間關」之聲，輕快流利，好像鶯語花底滑；「幽咽」之聲，悲抑哽塞，又好像泉流水下灘，由冷澀到凝絕，是一個聲漸歇的過程。突然琵琶聲又起，其聲如「銀瓶乍破水漿迸」，如「鐵騎突出刀槍鳴」，曲子結束收撥一畫，四弦發出一聲「如裂帛」的聲音。樂天如此的使用譬喻手法，再現樂音形象，令讀者產生鮮明生動的印象，彷彿身臨其境，親耳聞之。韓

489。
〔註11〕黃慶萱：《修辭學》，（台北三民書局，民國81年9月），頁227。
〔註12〕蔡宗陽：《修辭學探微》，（台北文史哲出版社，民國90年4月），頁80。

愈的〈聽穎師彈琴〉也是善用譬喻手法：

> 昵昵兒女語，恩怨相爾汝。劃然變軒昂，勇士赴敵場。浮雲柳絮無根蒂，天地闊遠隨飛揚。喧啾百鳥群，忽見孤鳳皇。躋攀分寸不可上，失勢一落千丈強。（卷三四〇）

昌黎此詩前十句，正面摹寫聲音，緊扣題目中的「聽」字，單刀直入，將讀者引進美妙的境界裏。琴音輕柔響起，彷彿小兒女在耳畔竊竊私語，那是一種不拘形式的傾心相訴。忽然琴聲變得激越，就像勇猛的將士衝入敵陣。接著琴聲又由剛轉柔，呈起伏回蕩之姿，有如柳絮浮雲飄浮不定，若有若無，難以捉摸。驀地，琴聲轉為繁音促節，如百鳥齊鳴，啁啾不已。繼而琴聲又由高轉下，彷彿在眾鳥之中，一隻孤傲的鳳凰引吭長鳴，一心想高飛，卻不幸跌落。昌黎連用十句譬喻摹寫琴聲的高低起伏，變化倏忽，生動的比喻形象，使穎師高超的琴技如可見可聞。李賀的〈李憑箜篌引〉也是使用譬喻摹寫樂聲的至文，詩云：

> 吳絲蜀桐張高秋，空白凝雲頹不流。江娥啼竹素女愁，李憑中國彈箜篌。崑山玉碎鳳皇叫，芙蓉泣露香蘭笑。十三門前融冷光，二十三絲動紫皇。（卷三九〇）

詩的第五、六句，刻意渲染樂聲的優美動聽，箜篌聲有時如眾弦齊鳴，彷彿崑山玉碎，令人不遑分辨；有時又一弦獨響，宛如鳳凰鳴叫。樂音時而悲抑，有如「芙蓉泣露」；時而歡快，有如「香蘭笑」，李憑彈奏出美妙的箜篌聲，不僅可以耳聞，似乎也可以目睹。李賀以譬喻的方式，將不可描摹的聽覺形象，訴之於視覺形象，使樂聲具體鮮明，生動傳神，藝術的感染力極強。

　　白居易的〈琵琶行〉摹寫琵琶聲，韓愈的〈聽穎師彈琴〉摹寫琴聲，李賀的〈李憑箜篌引〉摹寫箜篌聲，此三首詩皆描述樂聲之妙。且有一個共同的特點，亦即單一的譬喻已不足以形容樂音，而是運用二個以上的譬喻。此修辭法稱為博喻，詩人運用博喻的方式，再加上豐富的想像力，以具體的自然景物來說明抽象的樂音，喚起讀者的聯想。三首詩摹寫聲音皆精細入微，形象鮮明，實乃摹寫聲音之至文。

　　張祜〈聽簡上人吹蘆管〉：「細蘆僧管夜沈沈，越鳥巴猿寄恨吟。」（卷五一一）以越地的鳥哀鳴，蜀地的猿悲啼，來譬喻在夜深人靜時，簡上人的蘆管發出悲咽的樂聲。李賀〈申胡子觱篥歌〉：「直貫開花風，天上驅雲行。」（卷三九一）以激越得像衝開了催花的東風，高亢得驅散了天上的行雲，來描摹申胡子吹出的觱篥聲。李德裕〈霜夜聽小童薛陽陶吹觱篥〉：「忽聞歌管吟朔風，精魂想在幽巖中」（卷四七五）詩人以寒風中的呼嘯聲，像精魂在幽深的岩石中徘徊，來比喻薛陽陶吹出觱篥的樂聲。劉禹錫〈武昌老人說笛歌〉：「商聲五音隨指發，水中龍應行雲絕。」（卷三五六）詩人以龍在水中不再興雲作霧來譬喻笛聲之妙。白居易〈小童薛陽陶吹觱篥歌〉：「有時婉軟無筋骨，有時頓挫生稜節。急聲圓轉促不斷，轢轢轔轔似珠貫。緩聲展引長有條，有條直直如筆描。下聲乍墜石沈重，高聲忽舉雲飄蕭。」（卷四四四）樂天形容薛陽陶吹出的觱篥聲，有時委婉柔和像沒有筋骨，有時抑揚頓挫像生出稜節。急吹時像轢轢轔轔的車聲、成串的珍珠聲；緩吹時像用筆描畫出的垂長直枝條。低沈聲有如巨石下墜，高亢聲有如飄浮的白雲。樂天連用八句博喻來描述樂音，觱篥聲之妙可謂盡於此詩。總之，尚有為數眾多的詠樂詩，使用譬喻的方法，將音樂的高低起伏、輕重緩急，描摹的淋漓盡致。

　　詠舞詩為表現舞蹈動態，時常且大量使用的方法也是譬喻。如此，不僅能使描寫的動態更生動，且可引起讀者的生活體驗和豐富的想像力。試看以下諸詩：

　　　弦鼓一聲雙袖舉，迴雪飄飄轉蓬舞。（白居易〈胡旋女〉，卷四二六）

　　　腰裊柳牽絲，炫轉風回雪。（元稹〈曹十九舞綠鈿〉，卷四二二）

　　　掉劍龍纏臂，開旗火滿身。（姚合〈劍器詞〉，卷五○二）

　　　移步錦靴空緯約，迎風繡帽動飄颻。（章孝標〈柘枝〉，卷五○六）

由以上諸詩所描繪的低垂的柳絲、飄轉的雪花，迎風的繡帽等形象中，令人能想像柘枝舞、胡旋舞、劍器舞各具特色的動態。譬喻的目

的，本在以易知說明難知，以具體說明抽象，因此，良好的譬喻必須
利用讀者的認識的舊經驗、舊事物，引起對新事物的瞭解〔註13〕。中
唐樂舞詩中常使用雲、風、雪、煙等自然現象和柳、燕、鶯、蝶、龍、
蓮等動植物形象，以喚起讀者的聯想與認知。試舉諸詩以觀：

> 此衣春日賜何人，秦女腰肢輕若燕。（鮑溶〈霓裳羽衣歌〉，卷
> 四八五）
>
> 小垂手後柳無力，斜曳裾時雲欲生。（白居易〈霓裳羽衣歌〉，
> 卷四四四）
>
> 香風間旋眾彩隨，聯聯珍珠貫長絲。（鮑溶〈霓裳羽衣歌〉，卷
> 四八五）
>
> 西施自舞王自管，雪紵翻翻鶴翎散。（元稹〈冬白紵〉，卷四一八）
>
> 舒散隨鸞吹，喧呼雜鳥春。（胡直鈞〈太常觀閱驃國新樂〉，卷四
> 六四）
>
> 翔鸞舞了卻收翅，唳鶴曲終長引聲。（白居易〈霓裳羽衣歌〉，
> 卷四四四）
>
> 散序六奏未動衣，陽臺宿雲慵不飛。（白居易〈霓裳羽衣歌〉，
> 卷四四四）
>
> 看即曲終留不住，雲飄雨送向陽臺。（白居易〈柘枝妓〉，卷四
> 四六）
>
> 鸞影乍回頭並舉，鳳聲初歇翅齊張。（張祜〈周員外出雙舞柘
> 枝妓〉，卷五一一）
>
> 落花遶樹疑無影，回雪從風暗有情。（顧況〈王郎中妓席五詠〉，
> 卷二六七）

綜觀這些譬喻，可以發現它們大都帶有輕盈柔美的特色。且詩中的比
喻，往往不是單一的出現，而是兩個或兩個以上組合在一起，如顧況
〈王郎中妓席五詠〉：「落花遶樹疑無影，回雪從風暗有情。」即是，
以此方式描寫舞蹈，更能凸顯鮮明的舞姿，詩歌的形象也更爲豐富多
彩，如白居易的〈霓裳羽衣歌〉：「飄然轉旋迴雪輕，嫣然縱送遊龍驚。

〔註13〕同註11，頁227。

小垂手後柳無力，斜曳裾時雲欲生。」（卷四四四）四句詩一連了四個比喻，即用「迴雪」比喻旋轉的輕盈，用「游龍」比喻馳逐的柔美，用「柳絲」比喻小垂手後的裊娜，用「彩雲」比喻提起裙裾的飄逸，使人目不暇接。樂天此詩採用博喻的手法，將五花八門的形象串連起來，如此的方式，比單一的譬喻更富有表現力。試看元稹〈胡旋女〉也是連用了六個譬喻，詩云：

> 胡旋之義世莫知，胡旋之容我能傳。蓬斷霜根羊角疾，竿戴朱盤火輪炫。驪珠迸珥逐飛星，虹暈輕巾掣流電。潛鯨暗噏笪波海，回風亂舞當空霰。（卷四一九）

詩言胡旋舞的舞姿我能描述，它好似刮斷了經霜蓬草的迅急羊角風，好似竹竿頂上旋轉的紅色盤子，如火輪一樣炫目。胡旋女急轉時，耳飾上的珍珠如流星飛舞，彩色如虹的舞衣絲巾，如閃電在空中劃過。不停的轉圈，像巨鯨潛水吸氣激起的漩渦，又似回轉風捲起霰珠當空舞。微之用此博喻法，摹寫出胡旋舞急速多變、旋轉如風的舞姿。另白居易〈胡旋女〉亦用博喻描寫旋轉，但語句未連貫，語句是「迴雪飄颻轉蓬舞」及「奔車輪緩旋風遲」，也同樣顯現出胡旋舞的特色。

　　中唐樂舞詩人以其豐富的想像力，藉著譬喻的修辭手法，來描摹樂器之聲音，舞蹈之動作，喚起讀者的聯想，構成栩栩如生的形象，不僅具體且富於美感。

二、映　襯

　　在語文中，把兩種不同的，特別是相反的觀念或事實，對列起來，兩相比較，從而使語氣增強，使意義明顯的修辭方法，叫作「映襯」。映襯格之所以成立，有其主觀與客觀的因素。映襯的客觀因素在於我們人性內在的矛盾和宇宙內在的矛盾〔註14〕。而主觀上，人類的感覺作用又足以辨認這些矛盾。那麼，作為反映人類對宇宙人生之感覺的

〔註14〕同註 11，頁 287。

文學作品，把這些矛盾排列在一起，使其映襯成趣，實在是很自然的事〔註15〕。在中唐某些樂舞詩中，就使用這種映襯修辭法，表現出音樂或舞蹈由急至緩或由緩至急，由靜至動或由動至靜的狀態。也因爲有這樣的描寫，才更充分地顯示出音樂的抑揚頓挫之美，舞蹈的搖曳多姿之美。如劉禹錫〈和樂天柘枝〉：

> 鼓催殘拍腰身軟，汗透羅衣雨點花。畫筵曲罷辭歸去，便隨王母上煙霞。（卷三六〇）

舞者隨著鼓聲的節拍快速的舞，在一陣鼓密舞狂之後，是一個悠然輕舉的緩慢舞姿，樂曲結束她告別離去，像仙女一般隨著王母娘娘飛上煙霞深處。舞蹈在這種節奏由急轉慢的變化中，強烈的動靜相生之中達到了頓挫之美。另李端的〈胡騰兒〉也是很明顯的使用此手法，茲錄六句詩以觀：

> 揚眉動目踏花氈，紅汗交流珠帽偏。醉卻東傾又西倒，雙靴柔弱滿燈前。環行急蹴皆應節，反手叉腰如卻月。（卷二八四）

詩言舞者腳踏花氈，揚眉動目，胭脂染紅的汗水下滴，鑲珠的帽子歪戴。舞姿似醉，東倒又西歪。在燈前見他輕柔的雙靴，隨著節拍轉圈跺腳，不停地來回騰踏。李端在連用五句描寫舞者變化急遽的動作之後，忽然寫出「反手叉腰如卻月」句，亦即舞者反手叉腰如弦月，身體向後仰倒立在氈上的靜止姿勢，這樣的一個姿勢，使得動靜映襯，具有很強的視覺效果。

霓裳羽衣舞歌〉也使用了映襯法，如詩云：「散序六奏未動衣，陽臺宿雲慵不飛。中序擘騞初入拍，秋竹竿裂春冰拆。飄然轉旋迴雪輕，嫣然縱送游龍驚。」開始的散序六遍奏過，舞者像靜止的雲，第七遍中序奏出清脆的舞拍，舞女們飄然回旋像飛雪般輕盈的開始舞著。接著樂天又述及：「繁音急節十二遍，跳珠撼玉何鏗錚。翔鸞舞了卻收翅，唳鶴曲終長引聲。」曲子奏到十二疊，樂聲像跳躍的珍珠，

〔註15〕同註11，頁288。

敲響的美玉，舞姿快速，樂曲驟然結束，舞女們像飛翔的鷥鳥收翅靜止。樂天在此詩中，使用了十句，寫出了節奏由慢到快，動作由緩慢到急速的變化。而樂天的〈琵琶行〉表現映襯手法尤其高妙：

> 別有幽愁暗恨生，此時無聲勝有聲。銀缾乍破水漿迸，鐵
> 騎突出刀槍鳴。（卷四三五）

琵琶聲停止，樂天用「別有幽愁暗恨生，此時無聲勝有聲。」的佳句描繪出餘意無窮的藝術境界。彈奏至此，本以爲已經結束，誰知那「幽愁暗恨」在「聲暫歇」的過程中積聚了無窮的力量，無法壓抑，終於如「銀缾乍破」水漿奔迸，如「鐵騎突出」刀槍齊鳴。由樂音的無聲到突然的有聲，產生強烈的藝術效果，展現出驚心動魄的音樂震撼力。此外，白居易〈小童薛陽陶吹觱篥歌〉：「有時婉軟無筋骨，有時頓挫生稜節。」樂音時而委婉柔和似沒有筋骨，時而節奏分明似生出稜節。詩以「婉軟」及「頓挫」相反之意，來描摹觱篥聲。

　　中唐樂舞詩在表現樂舞藝術時，留意於使用動靜相生、緩慢相異的映襯法，生動且完美地再現唐代樂舞的巨大魅力。

三、用　典

　　在語文中，除應注意文采，有時也要引用古代的人事和成辭，做以類相從的比較，用典亦即劉勰所謂的「事類」，《文心雕龍・事類篇》云：

> 事類者，蓋文章之外，據事以類義，援古以證今者也。〔註16〕

用典也就是以古事古語來證實今事今言。用典如使用得當，不僅能增加作品的可信度和可讀性，更可使文章達到精鍊典雅的效果。詩歌由於受到字數的限制，有時很難將複雜的事表達明白，然而引用典故往往可表心中之意，並進一步將作品的內容深化。中唐樂舞詩中常引用之典爲西王母、許飛瓊、萼華瓊等仙女的名字；伯牙、鍾子期知音的故事；舜帝妃湘君的故事；陶淵明撫無弦琴的事；司馬相如琴挑卓文

〔註16〕同註10，頁507。

君等典故。

　　王母，古仙人名，又稱金母、西華金母、瑤池金母、王母娘娘，相傳姓楊或謂姓侯，名回，一名婉衿，居崑崙山，《史記・大宛傳》載：「安息長老傳聞，條枝有弱水、西王母、而未嘗見。」〔註 17〕。西王母爲古代神話中的女仙，道經中的西王母，則是傳達天帝旨意，統率女仙的尊稱。許飛瓊，亦古仙人名，西王母之侍女《本事詩》載：「詩人許渾嘗夢登崑崙山，有宮室，凌雲人云：此崑崙也。既入，見數人方飲酒，招之，至暮而罷，賦詩云：曉入瑤臺露氣清，座中唯有許飛瓊。塵心未斷俗緣在，十里下山空月明。他日復夢至其處，飛瓊曰：子何故顯余姓名於人間。即改爲天風吹下步虛聲，曰：善。」中唐樂舞詩中爲描摹舞姿的飄曳柔美常用此類仙人的典故，如白居易〈霓裳羽衣歌〉：「上元點鬟招萼綠，王母揮袂別飛瓊。」（卷四四四）樂天於詩下自注云：「許飛瓊、萼綠華，皆女仙也。」萼綠華亦古仙女名。樂天以上元夫招來萼綠華，王母娘娘揮動衣袂告別許飛瓊，來形容翩翩起舞的舞袖。此外，如顧況〈梁廣畫花歌〉：「王母欲過劉徹家，飛瓊夜入雲軿車。」（卷二六五）、王建〈宮詞十首〉之六：「武皇自送西王母，新換霓裳月色裙。」（卷三〇一）、劉禹錫〈和樂天柘枝〉：「畫筵曲罷辭歸去，便隨王母上煙霞。」（卷三六〇）等等，皆是使用傳說中仙女之典，來形容舞容之美妙。

　　伯牙、鍾子期是春秋時人，鍾子期通曉音律，善聽琴音，伯牙鼓琴，意在高山流水，子期聽而善解其意。《呂氏春秋》載：

　　　伯牙鼓琴，鍾子期聽之。方鼓琴，而志在太山，鍾子期曰：
　　　「善哉乎鼓琴，巍巍乎若太山。」少選之間，而志在流水，
　　　鍾子期又曰：「善哉乎鼓琴，湯湯乎若流水。」〔註 18〕

伯牙視鍾子期爲知音，後子期去世，伯牙斷絃不再彈琴，蓋傷知音之

〔註17〕見《史記》卷一二三〈大宛傳〉，（台北鼎文書局，民國 68 年），頁
　　　　3163 至 3164。

〔註18〕呂不韋編：《呂氏春秋・本味篇》，收錄在《四部叢刊初編子部》，（台
　　　　北臺灣商務印書館，民國 56 年），頁 80。

難遇。《呂氏春秋》又云：

> 鍾子期死，伯牙破琴絕弦，終身不復鼓琴，以爲世無足復
> 爲鼓琴者。〔註19〕

彈琴者期望得到聽琴者的欣賞與共鳴，聽琴者則須具有音樂素養方能判別琴音之高下。中唐樂舞詩中引用了伯牙、鍾子期之典，如錢起〈美楊侍御清文見示〉：「伯牙道喪來，弦絕無人續。誰知絕唱後，更有難和曲。」（卷二三六）、李端〈長安書事寄盧綸〉：「向秀初聞笛，鍾期久罷琴。」（卷二八六）、武元衡〈春暮郊居寄朱舍人〉：「回首知音青瑣闥，何時一爲薦相如。」（卷三一七）白居易〈郡中夜聽李山人彈三樂〉：「卻怪鍾期耳，唯聽水與山。」（卷四四七）等詩，或歎古琴知音日稀，或歎自身知音難覓。

漢賦大家司馬相如彈「鳳求凰」曲琴挑卓文君，文君因而夜奔相如，二人的浪漫故事，傳爲千古佳話〔註20〕，也常出現在文學作品裏。中唐樂舞詩常引用此典，如李賀〈詠懷二首〉：「長卿懷茂陵，綠草垂石井。彈琴看文君，春風吹鬢影。」（卷三九〇）、白居易〈和殷協律琴思〉：「秋水蓮冠春草裙，依稀風調似文君。煩君玉指分明語，知是琴心佯不聞。」（卷四四二）、白居易〈盧侍御小妓乞詩座上留贈〉：「鬱金香汗裛歌巾，山石榴花染舞裙。好似文君還對酒，勝於神女不歸雲。」（卷四三八）等，詩人引相如與文君之典，委婉地表達出心中的深情眞意。

其它如李賀〈公莫舞歌〉：「橫楣粗錦生紅緯，日炙錦嫣王未醉。腰下三看寶玦光，項莊掉䂂欄前起。」（卷三九一）詩中使用范增三舉玉玦示意格殺沛公之典故；包何〈送王汶宰江陰〉：「止酒非關病，援琴不在聲。」（卷二〇八）陶淵明的高風亮節向受文人推崇，詩中引用田園詩人的典故。李益〈聞亡友王七嘉禾寺得琴〉：「撫琴猶可絕，

〔註19〕同上註。
〔註20〕班固：《漢書》卷五十七〈司馬相如傳〉：「臨邛多富人，卓王孫僮客八百人……文君夜亡奔相如。」，（台北鼎文書局，民國68年11月），頁2530。

況此故無弦。」（卷二八二）詩人使用陶淵明無弦琴的典故〔註21〕，以抒對友人去逝的哀傷。楊巨源〈聽李憑彈箜篌二首〉：「君王聽樂梨園暖，翻到雲門第幾聲。」（卷三三三）雲門為周代樂舞之一，相傳為黃帝時的樂曲〔註22〕，詩中引用以指樂曲的美稱。李賀〈李憑箜篌引〉：「吳絲蜀桐張高秋，空白凝雲頹于流。」（卷三九○）引用《列子》中薛譚向秦青學歌唱的典故〔註23〕。又云：「江娥啼竹素女愁，李憑中國彈箜篌。」素女是指天庭裏善於鼓瑟之女〔註24〕，詩中引用此典，以形容李憑箜篌聲勾起聽者深沈的悲愁。李賀詩又云：「夢入坤山教神嫗，老魚跳波瘦蛟舞。」（卷三九○）詩中暗用瓠巴鼓琴而鳥舞魚躍的典故〔註25〕。

綜上所舉諸詩，可見中唐樂舞詩引用的典故，有引自史事，有引自人名，有引自古樂曲等。也因此增加了詩的精煉性、形象性及生動性，使詩歌表達出更深切的詩意。

四、夸　飾

凡是在語文中，為表達強烈情感或給聽眾、讀者留下鮮明深刻印

〔註21〕《晉書》卷九十四〈陶潛傳〉云：「性不解音，而蓄素琴一張，絃徽不具，每朋酒之會，則撫而知之，曰：『但識琴中趣，何勞弦上聲！』」（台北鼎文書局，民國65年10月），頁2463。

〔註22〕見十三經注疏本《周禮·春官·大司樂》：「以樂舞教國子，舞雲門、大卷、大咸、大韶、大夏、大濩、大武。」鄭玄注：「此周所存六代之樂。黃帝曰：雲門大卷。」，（台北藝文印書館，民國54年6月），頁337至338。

〔註23〕《列子·湯問篇》載：「薛譚學謳於秦青，未窮青之技，自謂盡之，遂辭歸。秦青弗止。餞於郊衢，撫節悲歌，聲振林木，響遏行雲。薛譚乃謝求反，終身不敢言歸。」（貴州人民出版社，1993年10月），頁148。

〔註24〕據《史記》卷二十八載：「太帝使素女鼓五十弦瑟，悲，帝禁不止，故破其瑟為二十五弦。」，黃帝叫素女鼓五十絃的瑟，音調悲淒，黃帝禁止也不行，於是將素女的瑟破成二十五絃，此即「素女愁」所用之典，（台北鼎文書局，民國68年），頁1396。

〔註25〕見《列子·湯問篇》，同註23，頁146。

象，故意擴大或縮小事物形象、數量、特徵、作用之一種修辭方法，
稱爲夸飾，又名誇張、揚厲〔註26〕。《文心雕龍・夸飾篇》云：

> 夫形而上者謂之道，形而下者謂之器。神道難摹，精言不
> 能追其極；形器易寫，壯辭可得喻其眞；才非短長，理自
> 難易耳。故自天地以降，豫入聲貌；文辭所被，夸飾恒存。
> 〔註27〕

劉勰認爲自有天地以來，就有聲音和形貌，因此，文辭所寫的事物，
就一定有誇張和修飾。夸飾的作用，在突出所描繪的事物，加深讀者
之印象，引起讀者之聯想、深思、共鳴、增強文章的感染力〔註28〕。
中唐樂舞詩人爲了將音樂、舞蹈之美描繪的獨特、淋漓盡致，常使用
夸飾的手法。試看元稹〈胡旋女〉：

> 蓬斷霜根羊角疾，竿戴朱盤火輪炫。驪珠迸珥逐飛星，虹
> 暈輕巾掣流電。潛鯨暗噏笪波海，回風亂舞當空霰。萬過
> 其誰辨終始，四座安能分背面。（卷四一九）

微之在連用六句譬喻摹寫胡旋女的舞姿之後，緊接著寫道：「萬過其
誰辨終始，四座安能分背面。」詩言轉過萬圈，誰能看得清開始與結
束，四方的觀眾如何能分得清胡旋女的前身與背面。此二句詩就是使
用夸飾的修辭法，來形胡旋女旋轉的次數之多、速度之快。

白居易同題詩作〈胡旋女〉詩云：

> 左旋右轉不知疲，千匝萬周無已時。人間物類無可比，奔
> 車輪緩旋風遲。（卷四二六）

胡旋女舞蹈時左旋轉右旋轉都不知道疲倦，千圈萬轉的轉個不停，在
人世間已沒有事物能與她的舞姿相比，即使是飛奔的車輪都嫌它轉得
太慢，急速的風也嫌它吹得太緩。樂天以此四句形容胡旋舞，也是使
用誇張的手法，表現出舞者極多的旋轉動作。

夸飾的手法，有時可用於表演者，有時可用於觀賞者。樂天〈霓

〔註26〕同註 12，頁 82。
〔註27〕同註 10，頁 497。
〔註28〕同註 12，頁 83。

裳羽衣歌〉其中有四句詩說道：

> 翔鸞舞了卻收翅，唳鶴曲終長引聲。當時乍見驚心目，凝
> 視諦聽殊未足。（卷四四四）

詩言舞者像飛翔的鸞鳥舞罷收翅，曲子結束像鶴似地長鳴一聲，當時
突然欣賞到霓裳羽衣樂舞的表演，令我異常吃驚，目不轉睛的看，傾
耳仔細的聽，仍然覺得不夠。樂天此處也是以誇飾的筆法，形容舞姿
的出色，舞曲結束的高妙。劉禹錫〈觀柘枝舞〉：

> 體輕似無骨，觀者皆聳神。（卷三五四）

詩人描寫舞柘枝舞的舞妓，體態輕盈，舞姿柔美，身體彷彿無骨似的，
令觀眾都凝神以觀。劉言史〈王中丞宅夜觀舞胡騰〉：

> 跳身轉轂寶帶鳴，弄腳繽紛錦靴軟。四座無言皆瞪目，橫
> 笛琵琶遍頭促。（卷四六八）

詩人觀胡騰舞，舞者腳穿柔軟的錦靴而舞，四座的觀眾皆瞪目注視，
悄然無聲，以「四座無言皆瞪目」誇張地摹寫此舞快速的舞步。李賀
〈申鬍子觱篥歌〉：

> 誰截太平管，列點排空星。直貫開花風，天上驅雲行。（卷
> 三九一）

申鬍子吹出的觱篥聲，好似風筆直得衝開了花，好似驅散了天上的白
雲。後兩句雖然是用譬喻的手法，但也是誇張的摹寫樂音的高亢響
亮。另李賀〈李憑箜篌引〉：

> 女媧煉石補天處，石破天驚逗秋雨。（卷三九〇）

詩言在女媧煉石補天之處又被震破，使秋雨傾盆而下，詩人以此二句
誇張地形容李憑所彈出的箜篌樂音的熱烈與強勁。張祜〈舞〉詩：

> 荊臺呈妙舞，雲雨半羅衣。裊裊腰疑折，褰褰袖欲飛。（卷
> 五一〇）

詩人誇張地描寫舞妓的腰肢纖細柔軟彷彿要折斷，舞姿翩翩，衣袖揚
起好像要飛翔。

　　詩歌的本質是審美的，而樂舞詩更是詩人審美體會之作，中唐詩
人具有豐富細膩的審美心理，對樂舞有敏銳的觀察力，將聽歌觀舞的

感受轉化成詩的美學形象，且能將音樂、舞蹈的抽象性準確地表現出來。最主要的原因就是使用多種修辭格手法，除大量使用譬喻外，還有映襯、用典及夸飾。透過這些方式，生動的塑造出音樂、舞蹈的藝術形象。

第七章　中唐樂舞詩的價值

　　唐代樂舞在高度發展的過程中，促成各種形式樂舞的興盛，也激起詩人們的熱情。融詩、樂、舞於一體的樂舞詩，到中唐更呈現空前繁榮的景象，詩人運用豐富的想像力，以詩歌來描繪樂舞藝術。它擴大了唐詩的題材，更開闊了唐詩的新境界，成為唐文化史上多彩絢麗的一頁。中唐樂舞詩以其獨特的價值，形成唐詩中別具風姿的瑰寶，本章著重探討此類詩的價值，如史料價值、人文價值、美學價值。

第一節　史料價值

　　我國的樂舞有極為悠久的發展歷史，且有高度的成就，研究樂舞演變之跡，對於樂舞未來的發展，具有非常重要的意義。在《樂論》、《樂記》或各代史書中的《音樂志》、《禮樂志》中，都有保存重要的史料。此外亦有專門記載樂舞的書籍，如唐人南卓《羯鼓錄》、崔令欽《教坊記》、段安節《樂府雜錄》等書，亦記載著唐代樂舞風貌。但中唐樂舞詩廣泛地涉及樂舞作品和表演者，其豐富性與具體性可以補充史料的不足，讓後人對某音樂、某舞蹈、某事件或某表演者有更全面的瞭解。音樂和舞蹈具有很強的空間性及時間性，流傳實屬不易。在古代，為了使樂舞藝術能保存而不失傳，只有採用文字記錄。但由於古代音樂記譜的方法很繁雜，懂得音律的人相對來說較少，因

此古樂譜很少能流傳下來。至於舞蹈，到今天雖然有巫舞的基本的禹步法（註1），敦煌藏經洞中也有出自中、晚唐的舞譜殘卷，但總的說來，同舞蹈的繁榮相比，我國古代的舞譜是不夠發達的（註2）。而中唐樂舞詩是詩人記載親耳所聞、親眼所見的樂舞表演和傳播情形，材料的可信度和眞實性很高。詩人對樂舞細膩生動的描繪，更有助於樂舞藝術之研究，故就史料價值而言，其重要性有以下兩項：

一、保存豐富珍貴的樂舞資料

　　唐代樂舞在流傳過程中會產生變化，但往往可由宋代樂書中窺其眞貌。然有些樂舞到晚唐即已失傳，後人能對其瞭解，全依賴樂舞詩，此類詩就其史料價值來說，就彌足珍貴。如玄宗朝的霓裳羽衣樂舞，它是唐代最著名的歌舞大曲之一，是詩人們最喜愛的一部樂舞，白居易曾云：「我昔元和侍憲皇，曾陪內宴宴昭陽。千歌百舞不可數，就中最愛霓裳舞。」（〈霓裳羽衣歌〉卷四四四）樂天最愛霓裳羽衣樂舞，且曾親見此樂舞演出的情形，此點尤受後人重視。此樂舞在盛唐時期曾風靡一時，曾幾何時，到中唐時，元稹做浙東觀察使，其所轄七縣十萬戶，無人知有霓裳舞（白居易〈霓裳羽衣舞歌〉和元微之）。宋人王灼《碧雞漫志》載：「文宗時詔太常卿馮定，采開元雅樂，制雲韶雅樂及霓裳羽衣曲，是時四方大都邑及士大夫家，已多按習，而文宗乃令馮定制舞曲者，疑曲存而舞節非舊，故就加整頓焉。」（註3）可見此樂舞至宋代已非其舊。唐代詩人吟詠霓裳羽舞曲的詩，約在四

〔註 1〕 葛洪：《抱朴子》內篇卷十一〈仙藥〉記載巫舞的基本步法，亦即禹步法：「前舉左，右過左，左就右。次舉右，左過右，右就左。次舉右，右過左，左就右。如此三步，當滿二丈一尺，後有九跡。」收錄在《四部叢刊初編子部》第一二四冊，（台北臺灣商務印書館，民國 70 年），頁 64。

〔註 2〕 張明非：〈論唐代樂舞詩的價值〉，收錄在《唐音論藪》，（南寧廣西師範大學出版社，1994 年 10 月），頁 137。

〔註 3〕 王灼：《碧雞漫志》，收錄在《歷代詩史長編二輯》第一冊，（台北鼎文書局，民國 63 年 2 月），頁 127。

十首以上，而有關此樂舞的資料，記錄得較多的，還是白居易的詩。詩中對此樂舞風貌，提供了較全面而具體的描述，可做為研究的重要材料。由詩中所述，可以得到以下的概念：其一，此曲的結構是由散序六遍，中序十八遍，曲破十二遍組成，前六遍有曲無舞，謂之散序，詩云：「散序六奏未動衣，陽台宿雲慵不飛。」之後有曲有舞，謂之拍序，詩云：「中序擘騞初入拍，秋竹竿裂春冰拆。」曲終節奏急促，舞者依急速的拍子而舞，詩云：「繁音急節十二遍，跳珠撼玉何鏗錚。」其二，此舞之服飾極華麗，舞女所著的舞裝是虹裳霞帔、步搖之冠，冠上綴有翠鈿瓔，舞時搖曳生姿，詩云：「虹裳霞帔步搖冠，鈿瓔纍纍佩珊珊。」其三，此舞以舞姿美妙，曼轉低徊為特徵，詩云：「飄然轉旋迴雪輕」、「小垂手後柳無力，斜曳裾時雲欲生。」其四，此舞舞曲將終，必長引一聲，以為結束，術語謂之「破」，詩云：「翔鸞舞了卻收翅，唳鶴曲終長引聲。」白居易極愛此樂舞，故在詩的後半段云：「我愛霓裳君合知，發於歌詠形於詩。……但恐人間廢此舞。」將此舞詳細的記錄，也由此可證樂天此詩，對霓裳樂舞描述的精確性，是無庸置疑的。此詩已成為後人研究此樂舞的重要依據。

柘枝，為唐代的健舞之一，此舞在唐代流傳廣泛，上自宮廷，下及里巷，皆愛看柘枝舞，唯在相關的史書或樂書中所載甚微，如崔令欽《教坊記》僅在健舞一類中約略提到〔註4〕。段安節《樂府雜錄》除載健舞柘枝，另有屬於軟舞的屈柘，所載亦極簡略〔註5〕。二書均未詳其制。後人對柘枝舞的瞭解，可以說全來自樂舞詩。中唐詩人詠柘枝舞的詩共有十六首，即劉禹錫三首，楊巨源一首，白居易五首，殷堯藩一首，章孝標一首，張祜五首。透過詩人生動的形象描述，有助於對柘枝舞的研究。由諸詩中所載，可以一窺柘枝舞的幾個基本特

〔註 4〕崔令欽：《教坊記》，收錄在《歷代詩史長編二輯》第一冊，（台北鼎文書局，民國 63 年 2 月），頁 12。

〔註 5〕見段安節：《樂府雜錄》〈舞工〉，收錄在（歷代詩史長編二輯）第一冊，（台北鼎文書局，民國 63 年 2 月），頁 48。

徵：其一，此舞和鼓的關係密切，舞者進場、出場，均以鼓聲導之，白居易〈柘枝妓〉：「平鋪一合錦筵開，連擊三聲畫鼓催」（卷四四六）可知舞者將出場時，須先擊鼓三聲。再據張祜〈周員外席上觀柘枝〉：「一時欵腕招殘拍，斜斂輕身拜玉郎」（卷五一一）即指舞蹈結束後，舞者復於鼓聲中行禮。其二，舞者多著胡服，舞者身著紅紫羅衫，繫窄袖，腰繫銀帶，足蹬紅錦彎靴，隨著鼓拍，輕快舞著，如張祜〈觀楊瑗柘枝〉：「畫鼓拖環錦臂攘，小娥雙換舞衣裳。」（卷五一一）、劉禹錫〈觀柘枝舞〉：「胡服何葳蕤，僊僊登綺墀。」（卷三五四）。其三，舞時配有歌曲，張祜〈觀楊瑗柘枝〉：「緩遮檀口唱新詞」（卷五一一）及其〈感王將軍柘枝妓歿〉：「寂寞春風舊柘枝，舞人休唱曲休吹。」（卷五一一）。其四，柘枝舞者注重眼神之傳達，如劉禹錫〈觀柘枝舞二首〉詩云：「曲盡迴身去，曾波猶注人。」（卷三五四），舞者目光神情時時吸引著觀眾，眼波流轉，令人難忘。中唐樂舞詩中記述此舞的詩作極豐，對舞者、舞姿，舞服、舞容，均留下鮮明的描繪，這些皆有助於對柘枝樂舞的研究。

六么，又稱綠腰，為唐代大曲名之一，亦為唐代著名之樂曲。今此曲已不可得見，然依諸詩文之記載，略可窺其曲節之梗概：其一，綠腰有散序，其散序乃「輕攏慢撚」，白居易〈琵琶行〉：「輕攏慢撚抹復挑，初為霓裳後六么」（卷四三五）、元稹〈琵琶歌〉云：「綠腰散序多攏撚」（卷四二一），散序，即曲家所謂散板，今俗所謂搖板。其二，此樂舞可歌唱，白居易〈楊柳枝〉：「六么水調家家唱」（卷四五四），散序起首，漸漸入拍，入拍後有疊唱，疊唱中，有一疊叫「花十八」。宋王灼《碧雞漫志》云：「此曲內一疊名『花十八』，前後十八拍，又四花拍，共二十二拍。樂家者流所謂『花拍』，蓋非其正也。曲節抑揚可喜，舞亦隨之而舞築球，六么至花十八，益奇。」可見所有精彩的樂段，都在花十八裡出現〔註6〕。其三，後段用快板。白樂

〔註 6〕同註3，頁133。

天〈樂世〉詩云：「管急弦繁拍漸稠，綠腰宛轉曲終頭」（卷四五八），又其〈琵琶行〉形容霓裳與六么之曲情云：「銀缾乍破水漿迸，鐵騎突出刀槍鳴。曲終收撥當心畫，四弦一聲如裂帛。」（卷四三五）。元微之〈琵琶歌〉云：「㴞巡彈得六么徹，霜刀破竹無殘節。」（卷四二一）皆指後段而言。綠腰樂曲，常以琵琶伴奏。對於此曲的認識，也是透過中唐樂舞詩而知其梗概。

　　琴，是中國傳統的樂器，中唐詠琴詩的作品極多，而在詩中描寫的琴曲，為數亦不少，如湘妃怨、思歸引、烏夜啼、別鶴操、楚妃怨、胡笳十八拍等，其中胡笳十八拍即為深受唐人喜愛的琴曲。而《琴史》記載薛易簡自敘其學琴「彈胡笳兩本」〔註7〕，而此兩本究竟何所指，由中唐古琴詩中可以得到資料。劉商有〈胡笳十八拍〉十八首詩作（卷三○三），可知此曲有十八個段落。而元稹有一首七言古詩〈小胡笳引〉：「朱弦宛轉盤鳳足，驟擊數聲風雨迴。哀笳慢指董家本，姜生得之妙思忖。」（卷四二一），從劉商、元稹二人的古琴詩，了解胡笳琴曲分十八段者為胡笳十八拍，或稱大胡笳，還有另一曲為小胡笳，在唐代已有此二琴曲。唐代流行的琴曲多為古曲，胡震亨《唐音癸籤》載：「琴曲在古有五曲、九引、十二操、二十一雜歌，作者相繼，名曰浸繁，唐自高宗制曲以來，文士所作操引，多擬古曲為名。」〔註8〕這類後世已失傳而史書又記載不詳備的琴曲，中唐樂舞詩卻可提供某些珍貴的資料。

　　劍器舞，是唐代著名的健舞之一，提到此舞，就會想到公孫大娘，後人能瞭解公孫大娘的舞技，也是由於杜甫的〈觀公孫大娘弟子舞劍器行〉〔註9〕一詩。此舞具雄健之美，舞姿有跳躍，有迴旋，有變化，

〔註7〕見朱長文：《琴史》卷四，收錄在《景印文淵閣四庫全書》第八三九冊，子部、藝術類，（台北臺灣商務印書館，民國72年），頁839至851。

〔註8〕胡震亨：《唐音癸籤》卷十四，（台北木鐸出版社，民國71年7月），頁149。

〔註9〕見《全唐詩》第七冊（卷二二七），（北京中華書局，1996年1月），

進退迅速，節奏鮮明。或突然而來，或戛然而止，動如崩雷閃電，驚人心魄，止如江海波平，清光凝練﹝註10﹞。公孫大娘的表演技藝博得杜甫的讚譽，連大書法家張旭都從其演出中得到如何運筆的啟示，故杜甫於此詩下序云：「往者吳人張旭，善草書帖，數常於鄴縣見公孫大娘舞西河劍器，自此草書長進，豪蕩感激，即公孫可知矣。」劍器舞是武舞，由女子雄裝舞劍的獨舞，由杜甫的詩中可見一斑。而劍器舞尚有另一種表演方法，即軍伎，隊舞，持武器，旗幟，火炬，象戰陣殺敵，鼓角與吼聲相應﹝註11﹞。此說可由中唐詩人姚合〈劍器詞三首〉第三首詩得到佐證，詩云：「破虜行千里，三軍意氣麤。展旗遮日黑，驅馬飲河枯。鄰境求兵略，皇恩索陣圖。元和太平樂，自古恐應無。」（卷五〇二）太平樂是唐代大型的隊舞，可見劍器舞至中唐或已屬隊舞的演出形式。杜甫於〈公孫大娘舞劍器行·並序〉中，記錄其於開元三年（西元 713 年）迄於大曆二年（西元 767 年），先後相隔五十二年觀賞的兩次劍器舞，均為單人舞。但至憲宗元和年間（西元 806 至 820 年），經過三、四十年，劍器舞已逐漸產生變化。此舞雖早已失傳，然據姚合〈劍器詞〉三首詩的內容，亦可推測出劍器舞另一種舞容的概況。

　　胡騰舞，是西北少數民族的舞蹈，在唐代也是風行一時。唐代有關此舞的記載，大都語焉不詳的說是石國（今蘇聯塔什干一帶）胡兒、涼州（今甘肅一帶）胡兒所跳的一種舞蹈﹝註12﹞，其它皆付之闕如。唐人崔令欽及段安節僅言此舞屬健舞﹝註13﹞，並未述其舞容。然由中唐詩人劉言史〈王中丞宅夜觀舞胡騰〉（卷四六八）及李端〈胡騰兒〉（卷二八四）二首詩，可得此舞的梗概：其一，胡騰舞出於西域石國，

　　　　頁 2357。

﹝註10﹞ 歐陽予倩編：《中國舞蹈史·二編兩種》〈唐代舞蹈〉，（台北蘭亭書店，民國 74 年 10 月），頁 111。

﹝註11﹞ 見任二北：《教坊記箋訂》，（台北宏業書局，民國 62 年 1 月），頁 105。

﹝註12﹞ 同註 10，頁 114。

﹝註13﹞ 同註 4，頁 12；註 5，頁 48。

表演者多為「肌膚如玉鼻如錐」的胡人。其二，舞蹈多為跳躍動作，因此舞者多為男子，所謂「胡騰身是涼州兒」。起舞前，半跪著講胡語，所謂「帳前跪作本音語」，這如同宋代大曲的致語。其三，舞人頭戴鑲珠胡帽，身著窄袖胡衫，舞時將舞衣前後上捲，束以上繪有葡萄紋的長帶，騰跳時發出清脆響聲，所謂「織成蕃帽虛頂尖」、「葡萄長帶一邊垂」。其四，舞者表情豐富，揚眉動目，腳蹬錦繡軟靴在花毯上，如酒醉般東傾西斜〔註14〕。反手叉腰，走著圓場，配合著樂器的節奏，不停地來回騰踏，所謂「弄腳繽紛錦靴軟」、「揚眉動目踏花氈」。其五，伴奏的樂器以橫笛和琵琶為主，所謂「橫笛琵琶遍頭促」。唐代詠胡騰舞的詩雖僅此二首，唯由詩中所述，可補史料之不足。

　　此外，如在唐代風行一時而史料不詳的胡旋舞，也是借助元、白二人的〈胡旋女〉詩生動的形象描寫，後世才得以瞭解其舞容及舞姿。其它如藉由元稹的〈何滿子歌〉詩，得以知道何滿子不僅是樂曲，甚至是歌曲、舞曲，且其舞姿是「翠蛾轉盼搖雀釵，碧袖歌垂翻鶴卵。」（卷四二一），舞者回首眼光環視四周，頭上插著雀釵搖曳，長長的綠色袖袍飛舞，對此舞的舞容描寫，在諸書及詩中也僅見於此〔註15〕。由以上所述，可知中唐樂舞詩保存了許多珍貴的樂舞資料，值得後人重視，其重要性實不容小覷。

二、記載樂舞表演者精湛技藝

　　在古代，樂舞藝人的社會地位低落，屬奴婢階級，或來自於賤民，或由罪犯家屬充當之〔註16〕。不僅沒有獨立的自主權，且隨時會被當成物品以物易物。縱使具有優秀的才藝，但在眾多的史書中，卻沒有

〔註14〕《全唐詩》卷四一九，元稹〈西涼伎〉詩中也有「胡騰醉舞筋骨柔」句，亦可證胡騰舞具有東傾西倒的醉步。同註9，頁4616。

〔註15〕同註2，頁140。

〔註16〕《通典》卷一四六〈樂〉六載：「漢魏以來，皆以國之賤隸為之，唯雅舞尚選用良家子。國家每歲閱農戶，容儀端正者歸太樂。」，（台北大化書局，民國67年4月），頁1217。

詳盡的描述彼等精湛的技藝。幸賴豐富的樂舞詩，從中可以看到傑出的樂舞表演者。中唐樂舞詩中保存了許多這類的資料，今一一述之於下：

李憑（箜篌演奏家），李憑是唐德宗至憲宗時的宮廷樂師，以彈箜篌著名，人稱李供奉。然而，要是沒有樂舞詩，其名及其藝，早就從歷史上消失。《舊唐書》、《新唐書》中都沒有他的名字，一些類書，如《白孔六帖》、《新編古今事文類聚》、《淵鑒類涵》等也只是引用了李賀、顧況詠李憑詩。也就是說，這些類書都是以唐詠樂詩作爲李憑甚至作爲唐箜篌音樂的史料〔註17〕。中唐詠箜篌的詩有七首，而詠李憑的詩就有四首。即顧況的〈李供奉彈箜篌〉：「一絃一絃如撼鈴」、「易調移音天賜與」（卷二六五）、楊巨源〈聽李憑彈箜篌二首〉：「聽奏繁弦玉殿清，風傳曲度禁林明。」（卷三三三）、李賀〈李憑箜篌引〉：「昆山玉碎鳳凰叫，芙蓉泣露香蘭笑。」（卷三九〇）等詩句。這三位詩人細緻又精鍊的評述，使後人彷彿看到一場精彩的箜篌演奏。李憑也因爲中唐樂舞詩作品，而流名於後世。

邠娘（羯鼓演奏家），羯鼓是唐代有名的打擊樂器，玄宗是個中高手，因爲君王的喜好，羯鼓在唐代極受歡迎，《樂府雜錄》載：「明皇好此伎。有汝陽王花奴，尤善擊鼓。」〔註18〕除明皇及花奴，張祜也記載了另一位羯鼓好手，其〈邠娘羯鼓〉詩云：「新教邠娘羯鼓成，大酺初日最先呈。」（卷五一一），邠娘在大酺日表演羯鼓，擊出的鼓聲，非常悅耳。

米嘉榮（歌唱家），中唐時擅唱舊曲的老歌者。劉禹錫〈與歌者米嘉榮〉：「唱得涼州意外聲，舊人唯數米嘉榮。」（卷三六五），夢得感嘆在當時能將涼州曲唱得意想不到的精彩，在舊人中唯有米嘉榮，可見其歌藝備受詩人的肯定。在唐代西域，有一個米國（故地在今烏

〔註17〕周暢：〈唐詠樂詩的史料價值與美學價值〉（上），（上海《音樂藝術》第一期，1995 年），頁 22。
〔註18〕同註 5，頁 57。

茲別克共和國撒馬爾罕的西南），這個國家到長安定居的人，就以米為姓。由唐憲宗元和至唐懿宗咸通年間，前後五六十年，有出身米國的米氏一家，都是著名的音樂家，米嘉榮即為來自米國的歌唱家。劉禹錫的〈與歌者米嘉榮〉詩，即讚揚其高超的歌藝。

楊瓊（歌唱家），楊瓊是中唐人，年歲與元、白相當。白居易在年老時曾寫了一首〈寄李蘇州兼示楊瓊〉詩（卷四四四），元稹亦寫〈和樂天示楊瓊〉詩（卷四二二），並在詩下示小注云：「楊瓊本名播，少為江陵酒妓，去年姑蘇過瓊敘舊，及今見樂天此篇，因走筆追書此曲。」楊瓊是一位陪客人飲酒的歌女，年少在江陵時，元稹當時因得罪權貴，被貶為江陵士曹參軍，在江陵曾聽過她的演唱。至唐文宗大和二年，元稹任浙東觀察使兼越州刺史，因事經蘇州，又遇到楊瓊，她已年華老去，又為元稹唱歌，兩人談起往日的種種，心生無限感慨。後人很幸運地透過元、白二人的詩得知楊瓊的身世。而在唐代某一時期，或某些歌唱家，唱歌時僅注重唱聲的技巧，唯白居易提出歌者要能唱歌兼唱情的觀念，因此樂天認為楊瓊即是一位聲情兼茂的歌唱家，其〈問楊瓊〉詩云：「古人唱歌兼唱情，今人唱歌唯唱聲。欲說向君君不會，試將此語問楊瓊。」（卷四四四）楊瓊在歌唱時灌注了感情，可以說是中唐時期傑出的演唱家。

劉安（歌唱家），中唐時期法曲的演唱家。所謂法曲，原指在隋唐時代在道觀中所奏的樂曲，後變為朝廷音樂機構中的佳曲，尤其在初盛唐時期，頗為盛行。惜安史之亂後，能演唱開元天寶年間法曲的人已不多見〔註19〕，然劉安即為其中的佼佼者。顧況有〈聽劉安唱歌〉詩：「子夜新聲何處傳，悲翁更憶太平年。即今法曲無人唱，已逐霓裳飛上天。」（卷二六七）。劉安擅唱法曲，引起詩人的關注，也得到詩人的讚揚。

何滿子（作曲兼歌唱家），是開元、天寶年間人。白居易有〈何

〔註19〕同註17，頁16。

滿子〉詩：「世傳滿子是人名，臨就刑時曲始成。一曲四調歌八疊，從頭便是斷腸聲。」（卷四五八），自注云：「開元中，滄州有歌者何滿子，臨刑進此曲以贖死，上竟不免。」另元稹〈何滿子歌〉云：「何滿能歌聲宛轉，天寶年中世稱罕。嬰刑繫在囹圄間，水調哀音歌憤懣。」（卷四二一）由元、白二人詩，可知何滿子本是人名，臨刑所作之曲，後人依人名而命曲名。他的歌聲婉轉動聽，世人稱爲罕聞，可以說他是玄宗朝傑出的作曲者兼歌者。

念奴（歌唱家），念奴爲唐玄宗天寶間名倡，善於歌唱，詞牌中有念奴嬌之名稱，即緣念奴之名而成曲名。有關她的事，首見於元稹的〈連昌宮詞〉：「力士傳呼覓念奴，念奴潛伴諸郎宿。須臾覓得又連催，特敕街中許燃燭。春嬌滿眼淚紅綃，掠削雲鬟旋裝束。飛上九天歌一聲，二十五郎吹管逐。」（卷四一九），微之自注云：「念奴，天寶中名倡，善歌，每歲樓下酺宴，累日之後，萬眾喧隘。嚴安之、韋黃裳輩闢易不能禁。眾樂爲之罷奏。明皇遣高力士大呼於樓上曰。欲遣念奴唱歌，邠二十五郎吹小管。看人能聽否。未嘗不悄然奉詔。其爲當時所重也如此。」可見念奴的歌聲優美動聽，深受唐玄宗的喜愛。

杜陵（古琴演奏家），杜陵是開元、天寶年間傑出琴師董庭蘭的弟子，琴藝備受其師的肯定。中唐詩人戎昱曾爲文讚美其琴藝，〈聽杜山人彈胡笳〉詩云：「綠琴胡笳誰妙彈，山人杜陵名庭蘭。杜君少與山人友，山人沒來今已久。當時海內求知音，囑付胡笳入君手。杜陵攻琴四十年，琴聲在音不在弦。座中爲我奏此曲，滿堂蕭颼如窮邊。……杜陵先生證此道，沈家祝家皆絕倒。如今世上雅風衰，若箇深知此生好。世上愛箏不愛琴，則明此調難知音。今朝促軫爲君奏，不向俗流傳此心。」（卷二七〇）稱讚杜陵精湛的琴藝，表現出的樂音更是豐富多樣，在詩末戎昱稱許杜陵的演奏技巧，令當時享有盛名的沈家聲、祝家聲都爲之絕倒。實言之，如果沒有戎昱的詩，後人根本無從知道杜陵的古琴藝術是何等的高妙。

穎師（古琴演奏家），唐憲宗時期一位擅長彈七弦琴的和尚。在元

和六年春，李賀被任命爲奉禮郎，這是當王公大臣祭祀，在旁邊招呼排位次，擺祭品，司儀等的小官，職位較低。韓愈於元和六年秋，自河南內調爲職方員外郎，與李賀二人都在長安，當時穎師也來到長安，他那精湛的琴藝，受到李賀和韓愈的激賞，分別寫下〈聽穎師彈琴歌〉：「別浦雲歸桂花渚，蜀國弦中雙鳳語。」（卷三九四）及〈聽穎師彈琴〉：「自聞穎師彈，起坐在一旁。」（卷三四〇）二篇名作，此二人的樂舞詩對穎師高妙的琴藝有最傳神的記錄，它提供了後人認識古琴表演者的重要資料，也由於這兩首詩，穎師的琴藝，方能名垂後世。

　　曹剛（琵琶演奏家），中唐時期出色的琵琶能手。晚唐段安節曾謂：「曹剛善運撥，若風雨而不事扣弦，興奴長于攏撚，下撥稍軟。時人謂曹剛有右手，興奴有左手。」[註20]曹剛善彈琵琶，白居易〈聽曹剛琵琶兼示重蓮〉詩云：「撥撥弦弦意不同，胡啼番語兩玲瓏。誰能截得曹剛手，插向重蓮衣袖中。」（卷四四九）曹剛彈奏時，每一根絃都奏出不同的意境，有時像胡人悲啼，有時像西域番語。曹剛演奏的樂音，表現出令人悠然神往的境界，其演奏技巧之高，足可作爲典範。另劉禹錫有一首詠〈曹剛〉詩：「大絃嘈囋小絃清，噴雪含風意思生。一聽曹剛彈薄媚，人生不合出京城。」（卷三六五），劉、白二位詩人用富於音樂特色的語言，精切地描繪出曹剛的演奏技藝，使後人能得知其精絕的琵琶技藝。

　　段善本（琵琶演奏家），是唐貞元年間的一位和尚。在唐代，琵琶是極受人喜愛的樂器，對於琵琶的絃，唐代音樂家也有很多改進，如採用粗絃、皮絃等。據記載，古琵琶用昆雞筋作絃，昆雞是一種黃白色似鶴的鳥，古人以其筋做成琵琶絃，而段善本卻使用羊皮作絃，彈奏時琵琶聲響如雷，元稹〈琵琶歌〉云：「段師此藝還相匹。自後流傳指撥衰，崑崙善才徒爾爲。澒聲少得似雷吼，纏絃不敢彈羊皮。」（卷四二一）段善本以羊皮做絃，彈起來卻聲如雷，其演奏技藝之高

超自不在話下，不僅如此，他還培養出數十位傑出的弟子，李管兒即為其高足，故元詩又云：「段師弟子數十人，李家管兒稱上足。」由此可見段善本是一位琵琶演奏家及教育家。除李管兒，元詩中還提及鐵山、賀懷智、康崑崙、曹善才等諸位琵琶大師。可以說，元稹的〈琵琶歌〉是一篇記載琵琶演奏家的重要文獻。

薛陽陶（吹觱篥高手），唐敬宗年間，李德裕家中一位年僅十二歲的吹觱篥樂童。白居易〈小童薛陽陶吹觱篥歌〉提到薛陽陶在名師指點之下，很懂得含哨與運氣的方法，能吹出悅耳的聲音，其樂音是：「翕然聲作疑管裂，詘然聲盡疑刀截。有時婉軟無筋骨，有時頓挫生稜節。急聲圓轉促不斷，轢轢轔轔似珠貫。緩聲展引長有條，有條直直如筆描。下聲乍墜石沈重，高聲忽舉雲飄蕭。」（卷四四四），樂天以極生動的比喻，描繪薛陽陶吹奏出的美妙樂音，使後人得知這位吹觱篥的演奏者，是一位音樂奇童。

趙璧（五弦演奏家），是一位偉大的藝術家，他的演奏技巧出神入化，《唐國史補》卷下云：「趙璧彈五絃，人問其術。答曰：『吾之于五絃也，始則心驅之，中則神遇之，終則天隨之。吾方浩然，眼如耳，目如鼻，不知五絃之為璧，璧之為五絃也。』」〔註21〕由此可見趙璧的樂器演奏已是心手融為一體。但是其演奏技巧的高妙倒底是如何，由樂舞詩中即可獲得比較具體的感受，白居易〈五弦〉：「趙叟抱五弦，宛轉當胸撫。」（卷四二五）及〈五弦彈〉：「趙璧知君為骨愛，五弦一一為君調。」（卷四二六）、元稹〈五弦彈〉：「趙璧五弦彈調，聲巉絕何清峭。」（卷四一九），元、白的三首詩都是描述趙璧演奏技藝的高超，所彈五弦樂音的美妙，透過元、白的樂舞詩，後人才能獲得對趙璧較為真實的體認。

中唐優秀樂舞表演者，不僅只是以上所列的十三人，本節僅舉重要者以見中唐樂舞詩在此方面的重要性。中唐樂舞詩所記載的樂舞藝

〔註21〕李肇：《唐國史補》，（台北世界書局，民國80年6月），頁58～59。

術頗受後人重視，大陸學者徐昌州、李嘉訓合編《古典樂舞詩賞析》於序文即明白指出，這類詩歌是研究古典樂舞的珍貴史料，其豐富性與具體性勝過一般的史書，其文曰：

> 我國的音樂、舞蹈不僅有著悠久的發展歷史，而且曾經取得了可以同世界上任何民族相媲美的高度成就。研究音樂、舞蹈發展的歷史，總結其中的規律，對于我國音樂、舞蹈藝術的未來發展，無疑具有十分重要的意義。我們前人曾為我們留下不少有關音樂和舞蹈的歷史記載，如各代史書中的《藝文志》，也曾為我們留下一些理論專著和散見的論述，如《樂記》、《論語》等。這是研究我國音樂、舞蹈藝術發展的重要史料。但是古典樂舞詩廣泛地涉及到大量音樂、舞蹈作品和音樂、舞蹈藝術家，其豐富性與具體性遠遠超過上述史料〔註22〕。

實言之，在唐代，從事樂舞表演的藝人，大都屬於低下的階層，雖然在演出時備受歡迎，可是在平日，彼等的社會地位很低，姓名也就較少見於官方史書，有時只散見於私人的記載和詩文之中，某些傑出的藝人，由於受到詩人們的歌詠，方能流名於後世。

第二節　人文價值

唐代樂舞絢爛奪目，聽歌觀舞是唐代上自天子，下至庶民，在生活上的享受。樂舞是一種藝術活動，同時也是生活的藝術反映。中唐樂舞詩內容新穎奇特，貼近生活，鑽研其中，可以認識到中唐的社會風尚、胡樂胡舞的盛行、朝政的盛衰以及士子的音樂觀。

一、社會的風尚

唐代樂舞興盛，形成社會風氣的奢靡，尤其在經歷安史之亂後，社會經歷了一場大的變動，朝野上下普通滋長享樂的情緒，車馬遊宴，

〔註22〕徐昌州、李嘉訓合編：《古典樂舞詩賞析》，（合肥黃山書社，1988年6月），頁5。

歌舞享樂成爲當時人們及時行樂的具體實現。酒筵歌舞遍佈各處，呈現空前的繁盛景況，所謂「處處聞管絃，無非送酒聲。」〔註23〕從都市到城鄉，到處都是酣歌醉舞的景象。中唐樂舞詩在描繪樂舞之時，也顯現出眞實的社會景象。試看王建〈田侍中宴席〉詩：

> 香薰羅幕暖成煙，火照中庭燭滿筵。整頓舞衣呈玉腕，動搖歌扇露金鈿。青蛾側座調雙管，彩鳳斜飛入五弦。雖是沂公門下客，爭將肉眼看雲天。（卷三○○）

唐代文武百官在宴會遊樂時，按例必有歌舞助興，以帶起筵席熱鬧的氣氛，由王建詩可見歌舞是宴席不可或缺的節目。另李賀〈將進酒〉詩云：

> 琉璃鍾，琥珀濃。小槽酒滴眞珠紅，烹龍炮鳳玉脂泣。羅屛繡幕圍香風，吹龍笛。擊鼉鼓，皓齒歌。細腰舞，況是青春日將暮。桃花亂落如紅雨，勸君終日酩酊醉。酒不到劉伶墳上土。（卷三九三）

佳人醇酒，歌舞盡夜，喝到大醉方休，由此可見社會靡爛的風氣。且唐代盛行夜間舉行宴會，貴族官吏們邀請親戚朋友在夜間聚飲，點上明亮的蠟燭，照耀得如同白晝，歌伎舞女於席間表演樂舞以娛賓客〔註24〕。中唐詩人也寫了很多在夜晚宴集，觀妓歌舞的詩。如施肩吾〈夜宴曲〉：

> 蘭缸如晝曉不眠，玉堂夜起沈香煙。青娥一行十二仙，欲笑不笑桃花然。碧窗弄嬌梳洗晚，戶外不知銀漢轉。被郎嗔罰琉璃盞，酒入四肢紅玉軟。（卷四九四）

暢飲美酒，樂妓陪侍，歌舞通宵達旦。再如元稹〈晚宴湘亭〉：「舞旋紅裙急，歌垂碧袖長。」（卷四○九）、白居易〈夜宴醉後留獻裴侍中〉：「翩翩舞袖雙飛蝶，宛轉歌聲一索珠。」（卷四五五）及〈夜宴惜別〉：

〔註23〕劉禹錫〈路傍曲〉（卷三六四），（北京中華書局，1996 年 1 月），頁 4105。

〔註24〕中國舞蹈藝術研究會編：《全唐詩中的樂舞資料》（北京人民音樂出版社，1996 年 11 月），頁 233。

「箏怨朱弦從此斷，燭啼紅淚爲誰流。夜長似歲歡宜盡，醉未如泥飲莫休。」（卷四五一）都描述了夜宴歌舞的情景。且在酒宴中，貫串舞蹈本是自兩漢以來已有的習俗，且有以歌舞送酒的規矩，唐人繼承此傳統，稱之爲「打令」，唐代具有酒令功能的送酒歌舞，首先是在妓筵中產生出來的，如王績〈辛司法宅觀妓〉：「長裙隨鳳管，促柱送鸞杯。」（卷三七）在初盛唐時的酒筵中已有一曲送一杯的習俗，中唐以後，妓筵上一曲送一杯，或命樂妓歌以送酒的記載，更是不勝枚舉。凡勸人酒，須以歌送；凡罰人酒，亦有歌送。所以，在妓席酒筵中就充滿詩酒歌樂融合一起的歡樂氣氛〔註25〕。而樂妓在酒筵中的舞蹈，也大致是以先用令舞、後用答舞的方式進行，如白居易〈醉歌〉詩云：

> 罷胡琴，掩秦瑟，玲瓏再拜歌初畢。誰道使君不解歌，聽唱黃雞與白日。黃雞催曉丑時鳴。白日催年酉前沒。腰間紅綬繫未穩鏡裏朱顏看已失。玲瓏玲瓏奈老何，使君歌了汝更歌。（卷四三五）

再如〈和夢遊春詩一百韻〉詩：

> 親賓盛輝赫，妓樂紛暐煜。宿醉纔解醒，朝歡俄枕麴。飲過君子爭，令甚將軍酷。酩酊歌鷓鴣，顛狂舞鴝鵒。……（卷四三七）

由樂天二詩所述，可見歌舞送酒須遵循相互唱和的形式，如「使君歌了汝更歌」。而曲調有令格的要求，如歌「鷓鴣」之曲，舞「鴝鵒」之態。樂舞在唐代除娛樂之外，也具有展現才藝的功能。唐代樂妓不僅貌美，且能歌善舞，與文士時相往還，故詩人所作觀妓的詩數量亦不少，如韓翃〈寄贈虢州張參軍〉：「觀妓將軍第，題詩關尹樓。」（卷二四五）、司空曙〈觀妓〉：「翠蛾紅臉不勝情，管絕弦餘發一聲。」（卷二九三）、白居易〈清明日觀妓舞聽客詩〉：「看舞顏如玉，聽詩韻似金。」（卷四四三）等。樂天甚至畜有著名的家妓，即樊素、小蠻。又其〈和新樓北園偶集從孫公度周巡官韓秀才盧秀才范處士小飲

〔註25〕廖美雲：《唐伎研究》，（台北學生書局，民國 84 年 9 月），頁 227。

鄭侍御判官周劉二從事皆先歸〉：「歌聲凝貫珠，舞袖飄亂麻。相公謂四座，今日非自誇。有奴善吹笙，有婢彈琵琶。」（卷四四五）詩人提及在宴會中，主人對家妓色藝的自誇，也由此可推知，當時社會上似有一種以樂妓來炫耀的心理。

　　另外，中唐樂舞詩也描寫祭祀的活動，試看劉禹錫〈陽山廟觀賽神〉中所述：「荊巫脈脈傳神語，野老娑娑起醉顏。日落風生廟門外，幾人連蹋竹歌還。」（卷三五九）、及〈梁國祠〉詩：「梁國三郎威德尊，女巫簫鼓走鄉村。」（卷三六五），描繪在祭祀時有女巫的舞蹈，此巫舞不僅是為娛神，亦為娛人。且民間的這類活動盛行於南方，由「荊巫」二字可知。其實，凡言及楚地，典籍所載不外是楚人迷信巫鬼的描述。楚人祀神的主要目是為了生存利益與保障，人們祀神以求得禍災不至，求用不匱的好處〔註26〕，故李嘉祐〈夜聞江南人家賽神因題即事〉云：「南方淫祀古風俗，楚嫗解唱迎神曲。」（卷二〇六）另皇甫冉〈迎神〉詩云：「因風託雨降瓊筵，紛下拜。屢加籩，人心望歲祈豐年。」（卷二四九）且於詩下序曰：「吳楚之俗，與巴渝同風，日見歌舞祀者，問其故，答曰：及夏不雨，慮將無年。復云：家有行人不歸，憑是景福。夫此二者，皆我所懷，寄地種苗，將成枯草」、其〈送神〉詩云：「風迴雨度虛瑤席，來無聲。去無跡，神心降和福遠客。」（卷二四九）由詩中內容，可知迎接神明下降，須有樂舞，祭典結束，送走神明，亦須有樂舞。且此祭禮是一種祈雨活動。在唐代，楚地人依舊保持著崇信鬼神，以巫舞娛神的風習，由中唐樂舞詩可以了解極富宗教色彩的儀式。

　　在節日的慶祝活動和歡樂情景，某些樂舞詩中也有生動的描寫。例如在正月十五元宵節的晚上，京城賞燈人潮洶湧，萬人空巷，白居易〈長安正月十五日〉：

　　　諠諠車騎帝王州，羇病無心逐勝遊。明月春風三五夜，萬
　　　人行樂一人愁。（卷四三六）

――――――――――
〔註26〕邱宜文：《巫風與九歌》，（台北文津出版社，1996 年 8 月），頁 22。

張祜〈正月十五夜燈〉：

> 千門開鎖萬燈明，正月中旬動帝京。三百內人連袖舞，一
> 時天上著詞聲。（卷五一一）

內人是教坊女樂中容貌與舞藝最優者，於宴饗表演時，肩負重要之任務，最得君王的賞識，又稱宜春院人、前頭人﹝註27﹞。張祜詩中渲染出在正月十五的晚上，宮中三百位內人，翩翩起舞，其舞蹈場面是極為壯觀。另劉禹錫〈踏歌行〉云：

> 春江月出大堤平，堤上女郎連袂行。唱盡新詞看不見，紅
> 霞影樹鷓鴣鳴。（卷二八）

由詩中所述可見唐代社會的開放，婦女在月下聯臂踏歌的風俗。此外，由於大量的胡人居住中原，開設酒肆謀生，為招攬生意，常以能歌善舞的胡姬佐酒，這在中唐許多詩人的筆下亦有反映，如楊巨源〈胡姬詞〉：「妍艷照江頭，春風好客留。當壚知妾慣，送酒為郎羞。」（卷三三三）可見酒店胡姬以歌舞侍酒，使外族的歌舞風行，也擴大了外來樂舞在民間的影響力，更表現出社會開放的風尚。

　　中唐樂舞詩敘述的內容包羅萬象，從中可看到市井民間的生活細節，這些內容，遠非史書所能提供。可以說，樂舞詩提供後人認識中唐社會形形色色的生活百態。

二、胡樂胡舞的盛行

　　自魏晉南北朝迄唐，到中原的異族不斷增加，單就首都洛陽而言，就有二萬餘人﹝註28﹞。而在現今甘肅的武威、酒泉、敦煌或南方的廣州等城市，也有為數可觀的胡人。漢戴胡帽，胡戴漢帽，胡漢雜居日久，使得胡人風氣在中土流傳，而唐人不僅尚武精神崇尚胡人，音樂舞蹈也多沾染胡風，由中唐樂舞詩可一窺其盛況。

　　唐代樂舞除了繼承前代的傳統外，又吸收各國或少數民族的樂

﹝註27﹞崔令欽：《教坊記》，（台北鼎文書局，民國 63 年 2 月），頁 11。
﹝註28﹞見楊衒之：《洛陽伽藍記》卷四，（台北華正書局，民國 69 年 4 月），頁 235。

舞，再加以改造創新，故具有迷人的色彩。從音樂方面而言，音樂發展到唐代，呈現出前所未見的的繁榮景況，追究其因，即是胡樂的輸入。唐代音樂受胡化的影響極深，唐初武德年間，沿襲隋朝的九部樂，貞觀年間，改爲十部樂。十部樂中，除燕樂、清商樂爲華夏遺音，其餘西涼、天竺、高麗、龜茲、安國、疏勒、康國、高昌八部皆來自域外。而其中影響唐樂最鉅者，首推龜茲樂。《唐聲詩》引日本林謙三〈隋唐燕樂調研究〉一文謂：

> 唐代胡樂雖不限於龜茲樂一種，而其他胡樂之在中國者，大抵爲龜茲樂所掩，龜茲樂予中國音樂之感化最深。中國人對於音調之傳統觀念，向以宮聲爲調首者，竟因此而有所變更，於是音界大展云云。龜茲樂之主要樂器爲琵琶，唐人之精此伎與賞此伎者均特盛，唐詩中詠琵琶者亦特多。僅從敦煌石窟「伎樂天」之大量壁畫中，已可驗得當時琵琶地位如何重要，在唐人音樂生活中實多不離琵琶。因此相當部分之聲詩必託於胡樂，託於龜茲樂，託於琵琶〔註29〕。

胡樂被廣泛採用，除琵琶外，橫笛、篳篥、箜篌、胡鼓、羯鼓等均是唐代風行的胡人樂器，相對地，中國固有的傳統樂器受到冷落。而胡樂對唐樂的影響，在開元以前，中外之聲猶相抗衡。開元後，胡部新樂益張，華夏舊聲已紲〔註30〕，胡樂達於極盛。因此，中唐詩人王建在〈涼州行〉詩中說道：「城頭山雞鳴角角，洛陽家家學胡樂。」（卷二九八）描述胡樂之盛。又元稹〈法曲〉詩云：「伎進胡音務胡樂」（卷四一九），可見胡樂在中唐盛行的情形。音樂雖然胡化，但傳統之樂並未消失，如唐代典重的破陣樂、霓裳羽衣曲等，皆屬法曲，皆以清樂爲本〔註31〕。再如太平樂、上元樂等樂，爲唐朝君王所作，然亦雜以龜茲之樂〔註32〕。白居易針對音樂胡化此點於《法曲》詩云：

〔註29〕任半塘：《唐聲詩》上編，（上海古籍出版社，1982 年 12 月），頁 32。
〔註30〕同上註，頁 27。
〔註31〕同註 29，頁 28。
〔註32〕破陣樂爲唐太宗所造，上元樂爲唐高宗所造，見《舊唐書》卷二十

> 法曲法曲合夷歌，夷聲邪亂華聲和。以亂干和天寶末，明
> 年胡塵犯宮闕，乃知法曲本華風。苟能審音與政通，一從
> 胡曲相參錯。不辨興衰與哀樂，願求牙曠正華音，不令夷
> 夏相交侵。（卷四二六）

由詩人發出的喟歎，也可以看出胡樂的風行對唐樂的影響。也因為音
樂的胡化、融合，影響唐詩的創作規律及藝術形象。中唐時期，元稹、
白居易等人所創作的新樂府，多屬此類之作。

　　從舞蹈方面而言，唐代舞蹈發達，舉凡朝會、祀神、遊樂、宴飲，
莫不有舞；無論宮廷、民間、歌樓、酒肆，莫不有舞；上自帝王百官，
下至庶民販夫，莫不能舞。而以樂舞為業者為數甚多，《新唐書‧禮
樂志》載：

> 唐之盛時，凡樂人、音聲人、太常雜戶子弟隸太常及鼓吹
> 署，皆番上，總號音聲人，至數萬人〔註33〕。

此數目僅為宮廷中的人數，宮廷之外，如文武百官、文人雅士、富
商巨賈，亦多蓄有舞妓。據史書所載，大唐由於國力強盛，德化四
鄰，萬國來朝，和其有來往之國有拂林（大秦、羅馬）、天竺（印度）、
波斯（伊朗）、真臘（柬埔寨）、驃國（緬甸）、以及高麗、新羅、百
濟、日本等國，彼此之間經濟文化交流極為頻繁。另西北、西南地
區之高昌、疏勒、康國、石國、安國、吐蕃、吐谷渾、南詔等地之
民常至中原，在胡樂演奏時，所表演的舞蹈也與中原之舞大不相同。
任半塘認為：

> 胡樂舞容，健捷騰踔，所謂「驚鴻飛燕」、「風鶱鳥旋」之
> 勢，其舞名如〈胡旋〉、〈胡騰〉、〈團亂旋〉等，也足表態，
> 又非中國雅舞用干戚、羽籥、集體動作者比〔註34〕。

舞者除穿著胡服表演，其舞容也具有胡韻及胡風，和音樂的情況類

　　九〈音樂志〉，（台北鼎文書局，民國 65 年），頁 1059。
〔註33〕《新唐書》卷二十二〈禮樂志〉，（台北，鼎文書局，民國 68 年），
　　　　頁 477。
〔註34〕同註 29。

似，胡舞來到中土，在某種程度上，被中國原有的舞蹈給同化。如柘枝舞，原來是只有一個人跳的，後來發展成雙人舞，名雙柘枝，後又變爲二女童藏蓮花中，蓮花一開，從裡頭出來起舞的形式。它最初是少數民族的舞蹈，後來漢族人學會，也有專業舞人，可見此舞不斷漢化〔註35〕，不斷的融合、創新。而任半塘又謂：

> 從白居易、劉禹錫、章孝標、張祐、路德延諸人之所詠中可
> 見。帽卷簷，上戴金鈴，雜綴珠綱；衫爲紫羅製，其袖擅卷，
> 式與常異；雙帶交垂，綴細甚重；紅錦靴；—實乃胡裝。未
> 上場前，及中間告段落後；均擊鼓以催。既舞，且歌；將
> 終，必作飄然遐舉之態。〔註36〕

由此可見因爲胡舞的影響，令唐舞在表演形式、藝術技巧、風格特徵各方面都起了變化。中唐詩人能精細地描摹舞容舞態，準確地再現各類舞蹈的風格特徵，其中最有特色，最引人注目的是對異域傳來的如胡旋、胡騰、柘枝等樂舞的描寫〔註37〕。而最特殊者，爲唐德宗貞元年間，驃國（緬甸）樂團來到長安，爲唐人演奏了一場別開生面的音樂會，使唐人大開眼界。其舞者之舞蹈姿態非常優美，各以兩手十指，齊開齊斂，爲赴節之狀，一低一昂，未嘗不相對〔註38〕。白居易〈驃國樂〉詩云：

> 驃國樂，驃國樂，出自大海西南角。雍羌之子舒難陀，來
> 獻南音奉正朔。德宗立仗御紫庭，黈纊不塞爲爾聽。玉螺
> 一吹椎髻聳，銅鼓一擊文身踊。珠纓炫轉星宿搖，花鬘斗
> 藪龍蛇動。（卷四二六）

驃國樂舞是典型的域外舞蹈，在唐代長安演出，其樂器、樂曲、舞容

〔註35〕歐陽予倩等：《中國舞蹈史・二編兩種》，（台北蘭亭書店，民國 74年 10 月），頁 11。

〔註36〕同註 29，〈上編〉，頁 313。

〔註37〕張明非：〈論唐代樂舞詩的價值〉，收錄在《唐音論藪》，（南寧廣西師範大學出版社，1993 年 8 月），頁 140。

〔註38〕見《唐會要》卷三十三〈南蠻諸國〉條，（台北世界書局，民國 49年），頁 620。

對唐代舞蹈產生促進的作用，讀著白居易的詩句，彷彿能看到那優美的舞姿。

　　總之，在唐代文化娛樂生活中，胡人音樂舞蹈隨處可見，如十部樂中的音樂，或來自俄國（安國樂），或來自韓國（高麗樂），或來自新疆（高昌樂），皆爲胡人之樂。而來自中亞的胡旋舞、胡騰舞、柘枝舞，舞姿媚人。來自印度的獅子舞，舞技高妙，皆爲胡人之舞。胡樂胡舞在宮廷及民間廣爲流行，使唐代樂舞呈現出異域風情，爲樂舞注入了新的生機。從中唐樂舞詩可以體認到胡樂胡舞風行的盛況。

三、朝政的衰敗

　　白居易〈華原磬〉云：「果然胡寇從燕起，武臣少肯封疆死。始知樂與時政通，豈聽鏗鏘而已矣。」（卷四二六）。自先秦以來，傳統的儒家即強調「樂與政通」的思想，也就是音樂能反映政治，所謂「治世之音安以樂，其政和；亂世之音怨以怒，其政乖；亡國之音哀以思，其民困。」〔註39〕音樂能感化人心，藉音樂審知政治之優劣。唐代自安史之亂後，朝政不振，國勢日衰，內有藩鎮割據、宦官專權，外有異族時犯邊界。詩人憂心國事，關心民生，藉詠樂舞以諷刺政治，勸諫君主，透過這類樂舞詩，也認識到中唐朝政的衰亂。

　　安史之亂雖經郭子儀平定，然而唐朝國勢已由盛轉衰，在經歷這場大的動盪，總結歷史教訓之時，文人很自然的進行反思，且進一步將釀成禍亂之因與胡人聯繫在一起，所謂「胡音胡騎與胡妝，五十年來竟紛泊。」（元稹〈法曲〉卷四一九），微之藉詠樂曲以諷喻現實。又白居易〈法曲〉更明白的指出：

> 中宗肅宗復鴻業，唐祚中興萬萬葉。法曲法曲合夷歌，夷聲
> 邪亂華聲和。以亂干和天寶末，明年胡塵犯宮闕。乃知法曲
> 本華風。苟能審音與政通，一從胡曲相參錯。不辨興衰與哀

〔註39〕見《禮記·樂記》收錄在《十三經注疏·禮記》（台北大化出版社，民國 66 年），頁 3309。

樂，願求牙曠正華音，不令夷夏相交侵。(卷四二六)

樂天認爲唐中宗和肅宗都是中唐之主，演奏的法曲能傳之久遠，一旦法曲融合了胡人的音樂，胡音邪亂干擾平和，第二年胡人就侵犯宮殿，發動了安史之亂。故知法曲本是我中華的正統，如果能懂得它的音調，則可以預測政治得失與國家的興衰。可一旦被胡曲摻雜，就無法辨別興衰和哀樂。另元稹的〈法曲〉詩亦云：「雅弄雖云已變亂，夷音未得相參錯。自從胡騎起煙塵，毛毳腥羶滿咸洛。女爲胡婦學胡妝，伎進胡音務胡樂。」(卷四一九)玄宗朝，雖然有人將雅樂與平常的小曲弄混，但胡人的音樂尚未摻雜其中。自從安祿山作亂，多毛皮的胡服及腥羶的胡食在京城極盛，婦女學胡妝穿胡服，樂人學胡人歌唱奏胡樂。由元、白的兩首〈法曲〉詩可知，詩人是將唐朝國勢的興衰，與胡人樂舞揉雜聯繫在一起。

胡旋舞是來自西域康國的舞蹈，舞姿輕盈又旋轉如風，詩人詠此舞抨擊玄宗的荒淫誤國，並藉以勸諫中唐的君王。元稹於〈胡旋女〉首四句云：「天寶欲末胡欲亂，胡人獻女能胡旋。旋得明王不覺迷，妖胡奄到長生殿。」(卷四一九)詩人透過胡人樂舞興盛的某些現象，表達對國事的看法。白居易〈胡旋女〉詩云：「祿山胡旋迷君眼，兵過黃河疑未反。貴妃胡旋惑君心，死棄馬嵬念更深。從茲地軸天維轉，五十年來制不禁。胡旋女，莫空舞，數唱此歌悟明主。」(卷四二六)由詩下小注「戒近習也」，可知白居易寫詩之旨是希望君王（憲宗）能有所警惕。因爲天寶末年的禍亂，皆肇因於唐玄宗沈溺聲色，特別是醉心於胡旋舞所致。

胡騰舞也是來自西域的胡舞，李端有〈胡騰兒〉詩：「胡騰兒，胡騰兒，故鄉路斷知不知。」(卷二八四)、劉言史〈王中丞宅夜觀舞胡騰〉：「手中拋下葡萄盞，西顧忽思鄉路遠。」(卷四六八)胡兒思鄉之事，李、劉二詩中皆言及，李端詩云：「故鄉路斷知不知」；劉言史詩云：「西顧忽思鄉路遠」。唐朝經安史之亂後，國勢衰敗，吐蕃趁機侵略，在三十年之內，隴右六州，皆淪爲異族之手，失地多未能收

復，邊地動蕩不安。故詩人於詩中藉胡兒思鄉，暗喻諷刺之旨，此爲二首「詠胡騰舞詩」所共具的歷史背景。

　　中唐詩人具有音樂能反映政治的看法，詩人藉詠樂舞以抒發國勢衰微，國土淪喪的悲憤。從這一層意義來看，中唐樂舞詩可以說是表現時代的一面鏡子，具有時代的精神。

四、士子的音樂觀

　　「崇雅抑俗」是儒家傳統的音樂觀。我國早在西周初年，便在整理前代遺留樂舞基礎上建立起明確的雅樂體系。雅樂是朝廷在郊廟祭祀、集會典禮時演奏之樂，是中國傳統音樂的象徵。《禮記·樂記》云：「昔者舜作五弦之琴以歌南風，夔始制樂以賞諸侯。故天子之爲樂也，以賞諸侯之有德者也。」〔註40〕又云：「是故先王之制禮樂也，非以極口腹耳目之欲也，將以教民平好惡而反人道之正也。」〔註41〕雅樂是古聖先賢所制，雅樂中的舞蹈則包括文舞與武舞，分別象徵帝王的文治和武功。孔子極力提倡禮樂的價值，《論語·子罕》：「吾自衛反魯，然後樂正，雅頌各得其所。」〔註42〕《論語·述而》：「子在齊聞韶，三月不知肉味，曰：不圖爲樂之至於斯也。」〔註43〕孔子的樂正、雅樂的儒家音樂思想，自周朝以來，後人深受此禮樂觀的影響。唯至漢代，雅樂衰微，已流於形式，《漢書·禮樂志》載：「漢興，樂家有制氏，以雅樂聲律世世在大樂官，但能紀其鏗鏘鼓舞，而不能言其義。」〔註44〕可見雅樂在漢代已不受重視。唐朝音樂制度承襲前代，由太常寺專掌供郊祀廟祭之雅樂〔註45〕。唐初力圖振興雅樂，如唐太

〔註40〕見《禮記集解》，（台北文史哲出版社，民國 79 年 8 月），頁 995。
〔註41〕同上註，頁 982 至 983。
〔註42〕見《十三經注疏本·論語》，（台北藝文印書館，民國 82 年 9 月），頁 79 至 80。
〔註43〕同上註，頁 61。
〔註44〕見班固：《漢書》，（台北鼎文書局，民國 68 年 11 月），頁 1071。
〔註45〕岸邊成雄著、梁在平譯：《唐代音樂史的研究》，（台北臺灣中華書局，民國 62 年 10 月），頁 333。

宗用祖孝孫之議，斟酌南北，考以古音，作大唐雅樂〔註46〕，且創作
秦王破陣樂舞，喜雅頌而棄鄭衛之音，其〈帝京篇十首〉之四云：

> 鳴笳臨樂館，眺聽歡芳節。急管韻朱絃，清歌凝白雪。彩
> 鳳肅來儀，玄鶴紛成列。去茲鄭衛聲，雅音方可悅。（卷一）

可知在初唐時雅樂曾受到重視。至玄宗朝也以俗樂相似的散樂非正
聲，而另置教坊以處之，由太常寺專掌雅樂。《教坊記》載：

> 玄宗之在藩邸，有散樂一部，戡定妖氛，頗藉其力，及膺
> 大位，且羈縻之。常於九曲閱太常樂。……翌日，詔曰：
> 太常禮司，不宜典俳優雜伎。乃置教坊。〔註47〕

太常寺乃掌雅樂之所，專司禮樂，而胡俗樂、散樂、雜技等，其本質
上與雅樂不同，理應脫離太常寺而成獨立機構，教坊乃應運而生，成
爲宮廷俗樂之重心。儘管君王如此的重視雅樂，然而由於西域樂舞的
大量湧入，雅樂的衰落已是不容迴避的事實。此趨勢到了中唐更加明
顯，一般人已不愛雅樂而愛新聲，所謂「古調雖自愛，今人多不彈。」
〔註48〕中唐詩人藉詠樂舞提出雅俗之辨的音樂觀，如司空曙〈同張參
軍喜李尚書寄新琴〉詩末四句云：「正聲消鄭衛，古狀掩笙簧。遠識
賢人意，清風願激揚。」（卷二九三）詩人認爲古琴的雅正之音可消
弭社會上的俗樂新聲。張籍〈奉和舍人叔直省時思琴〉末四句云：「時
屬雅音際，迥凝虛抱中。達人掌樞近，常與隱默同。」（卷三八三）
古琴是雅樂演奏的正統樂器，詩人藉琴以明雅志。戎昱〈聽杜山人彈
胡笳〉詩末六句云：「如今世上雅風衰，若箇深知此生好。世上愛箏
不愛琴，則明此調難知音。今朝促軫爲君奏，不向俗流傳此心。」（卷
二七○）詩人批評雅風衰微的世風，且表明不與世俗同流的心意。

〔註46〕《舊唐書》卷二十八〈音樂志〉載：「貞觀二年，孝孫又奏：陳、梁
舊樂，雜用吳、楚之音，周、齊舊樂，多涉胡戎之伎。於是斟酌南
北，考以古音，作爲大唐雅樂。」同註10，頁1041。

〔註47〕崔令欽：《教坊記》，收錄在《歷代詩史長編二輯》，（台北鼎文書局，
民國63年2月）。頁20至21。

〔註48〕見中唐詩人劉長卿〈聽彈琴〉詩：「泠泠七絲上，靜聽松風寒。古調
雖自愛，今人多不彈。」（卷一四七），同註1，頁1481）。

　　中唐詩人多藉詠琴以表達其自身的音樂觀，其中又以白居易最具代表性，例如其〈廢琴〉詩云：

> 絲桐合爲琴，中有太古聲。古聲澹無味，不稱今人情。玉徽
> 光彩滅，朱弦塵土生。廢棄來已久，遺音尚泠泠。不辭爲君
> 彈，縱彈人不聽。何物使之然，羌笛與秦箏。（卷四二四）

古琴曲清淡無味，已不合世俗之情，再加上胡人樂器羌笛和秦箏的風行，使得古琴遭到廢棄冷落的下場。此外，白居易對古調特別欣賞，其〈聽彈古淥水〉詩云：「聞君古淥水，使我心和平。」（卷四二八）又其〈清夜琴興〉詩云：「心積和平氣，木應正始音。……正聲感元化，天地清沈沈。」（卷四二八）樂天認爲傳統的樂音能怡情養性，使人心平和，甚至嫌當時某些雅樂不夠「古」〔註49〕，〈五弦彈〉詩云：「爾聽五弦信爲美，吾聞正始之音不如是。正始之音其若何，朱弦疏越清廟歌。一彈一唱再三歎，曲澹節稀聲不多。」（卷四二六）古調應清新高遠，曲淡節稀，古樂的特色是「曲澹節稀聲不多」，是入耳淡而無味。由這種好古的觀點出發，因此樂天也批評某些習雅樂者，只知當時風行的俗樂，而不瞭解古人的雅樂，其〈華原磬〉詩云：「樂工雖在耳如壁，不分清濁即爲聾。梨園子弟調律呂，知有新聲不知古」（卷四二六）梨園係玄宗教習及上演其酷愛法曲之所。法曲係襲承漢朝以來俗樂（清樂）之遺風，參酌胡樂而融合之一種唐朝新樂，玄宗帝極爲喜愛，命名法曲。梨園子弟受君主重視，學習新聲，而屬太常寺習雅樂的樂工，音樂素養太差，已分不清古調之清濁，故樂天於詩下小序云：「刺樂工非其人也」。而樂天此論點在其好友元稹的同題詩作中，有更強烈的說法，元詩云：「工師小賤牙曠稀，不辨邪聲嫌雅正。正聲不屈古調高，鍾律參差管弦病。鏗金戛瑟徒相雜，投玉敲冰杳然零」（卷四一九），微之藉詠磬這種古樂器，而提出雅樂已衰頹，並諷刺當時的樂工音樂水準低落，不知雅樂的內容深意。

〔註49〕見楊蔭瀏：《中國古代音樂史稿》第二冊，（台北丹青圖書公司，民國74年5月），頁85。

　　唐代宮廷宴享和慶典時有十部樂，即燕樂、清樂、西涼、天竺、高麗、龜茲、安國、疏勒、高昌、康國，其中第一、二部屬清樂範圍，第三部以清樂爲主，並雜有邊聲，其餘七部皆屬胡部範圍，觀十部伎之內容，可知唐代俗樂之盛。至玄宗朝，分十部樂爲二部，曰坐部伎，曰立部伎。堂上坐奏謂之坐部伎，堂下立奏謂之立部伎，坐部不可教者則隸於立部伎，立部不可教者乃習雅樂〔註50〕。雅樂衰微，受到輕視，雅樂的地位較二部伎更低一等，故元、白各寫了一首〈立部伎〉詩，以抒感懷。試看白居易的〈立部伎〉詩云：「立部賤，坐部貴。坐部退爲立部伎，擊鼓吹笙和雜戲。立部又退何所任，始就樂懸操雅音。雅音替壞一至此，長令爾輩調宮徵。」（卷四二六）元、白二詩的小序皆曰：「刺雅樂之替也。太常選坐部伎無性識者，退入立部伎；又選立伎絕無性識者，退入雅樂部，則雅樂之聲可知矣。」雅樂脫離現實，內容僵化，被新聲俗樂所取代，俗樂聲勢遠遠凌駕在雅樂之上，成爲音樂的主流，引起詩人的悲嘆。

　　中唐詩人還是具有傳統儒家的音樂觀，也就是重雅抑俗的觀念，孔子曾謂：「惡鄭聲之亂雅樂也。」〔註 51〕儒家的禮樂思想是維護雅樂，反對鄭聲。雅樂能予人精神上之啓發滋潤，有改善民心，移風易俗的功效，所謂「聽其雅頌之聲而志意得廣焉；執其干戚，習其俯仰屈伸，而容貌得莊焉；行其綴兆，要其節奏，而行列得正焉，進退得齊焉。」〔註52〕因此，中唐詩人在胡樂盛行的時代，雖然亦不能免俗的喜愛俗樂，但內心深處又感嘆雅樂的衰落。雅樂的式微引起中唐詩人極度的關注，詩人藉詠樂舞提出崇雅抑俗的音樂觀。

第三節　美學價値

　　中唐詩人將唐代閃耀的音樂舞蹈藝術，生動的以詩歌呈現，後人

〔註50〕見《新唐書》卷二十二〈禮樂志〉，同註33，頁475。
〔註51〕同註42，（台北藝文印書館，民國82年9月），頁157。
〔註52〕見《荀子集解・樂論》，（台北藝文印書館，民國62年9月），頁628。

透過豐富的樂舞詩作，可以體認到詩人表現出的美學價值。如表現出音樂的形態美、舞蹈的動態美，或是表現出樂舞的意境美。而形態動態美與意境美，彼此之間又是互相關聯、相輔相成的。

一、表現樂舞的形態動態美

形態、動態，是樂舞審美的重要內涵。傑出的樂舞詩能將音樂的形態美，舞蹈的動態美，生動完美的顯現。

中唐樂舞詩中有許多詩作表達出樂舞的形態特徵，如白居易〈霓裳羽衣歌〉（卷四四四）明白指出此歌舞大曲的曲式是由散序、中序、入破組成。而此三者的音樂形態特徵分別是：散序為：「磬簫箏笛遞相攙，擊擫彈吹聲邐迤。散序六奏未動衣，陽臺宿雲慵不飛。」樂天自注云：「凡法曲之初，眾樂不齊，唯金石絲竹次第發聲。霓裳序初，亦復如此。」及「散序六遍無拍，故不舞也。」中序為「中序擘騞初入拍，秋竹竿裂春冰拆。」自注云：「中序始有拍，亦名拍序。」入破為「繁音急節十二遍，跳珠撼玉何鏗錚。」白注云：「霓裳破凡十二遍而終。」詩又云：「翔鸞舞了卻收翅，唳鶴曲終長引聲。」自注云：「凡曲將畢，皆聲拍促速，唯霓裳之末，長引一聲也。」樂天以精煉的詩歌語言，詳細的說明一部作品幾個部份的音樂形態，仔細檢視，在唐代以前未曾有過類似的詩作。

元稹〈法曲〉詩云：「明皇度曲多新態，宛轉侵淫易沈著。」（卷四一九），詩言唐玄宗自創樂曲多新態，音調宛轉迷人，代替了深沈與莊嚴。微之指出明皇所作樂曲的形態和風格特徵是宛轉、侵淫（漸次發展）、沈著（著實而不輕浮），這是我國最早的關於個人音樂創作的形態、風格的評述〔註53〕。

中唐詩人在描述演奏技巧、樂器音色時能將音樂形態的變化細膩地摹寫。例如能將琵琶樂音的形態美，精彩的描寫出來，首推白居易

〔註53〕周暢：〈唐詠樂詩的史料價值與美學價值〉（下），（上海《音樂藝術》第二期，1995年），頁2。

〈琵琶行〉：「大珠小珠落玉盤」的詩句。以大珠小珠顆粒性樂音來形容琵琶聲，實在是精緻、最恰當的描寫。千百年來，已成爲琵琶純美音韻的象徵，令人每讀到此句，耳畔自然響起琵琶清脆的樂音。樂天於詩中敘述琵琶女的演奏，由「輕攏慢撚抹復挑」至「四弦一聲如裂帛」描摹琵琶的樂音有起有伏、有強有弱、有急有緩、有行有止，將琵琶女心中的情思與樂音形態變化描寫得非常高妙。再如箏音的形態美，白居易的〈箏〉詩就描述的很生動：

> 雲髻飄蕭綠，花顏旖旎紅。雙眸剪秋水，十指剝春蔥。楚
> 豔爲門閥，秦聲是女工。甲明銀玓瓅，柱觸玉玲瓏。猿苦
> 啼嫌月，鶯嬌語屏風。移愁來手底，送恨入弦中。趙瑟清
> 相似，胡琴鬧不同。慢彈迴斷雁，急奏轉飛蓬。霜珮鏘還
> 委，冰泉咽復通。珠聯千拍碎，刀截一聲終。倚麗精神定，
> 矜能意態融。歇時情不斷，休去思無窮。燈下青春夜，尊
> 前白首翁。且聽應得在，老耳未多聾。（卷四五四）

詩中的「急奏轉飛蓬。」、「珠聯千拍碎」、「刀截一聲終」三句使用的非常出色，蓋箏以箏柱調音，低音弦較長，依音階安排從低音到高音弦依次離柱越來越短，演奏時弦的振幅不是很大，并依音高逐漸變小，急奏時常可得到「飛蓬」飄旋的效果。又箏樂常於曲末加「花」（手指變化豐富）演奏，甚至有頗爲發達的花點，以清脆的一聲終曲，故對於箏樂來說「珠聯千拍碎，刀截一聲終」確是很典型的〔註54〕。有關箜篌樂音的形態美，顧況的〈李供奉彈箜篌歌〉就是一篇佳作：

> 一絃一絃如撼鈴。急彈好，遲亦好。宜遠聽，宜近聽。左
> 手低，右手舉。易調移音天賜與，大絃似秋雁。聯聯度隴
> 關，小絃似春燕，喃喃向人語。手頭疾，腕頭軟，來來去
> 去如風卷。聲清泠泠鳴索索，垂珠碎玉空中落。（卷二六五）

詩中將箜篌樂音的急緩、高低、大小、長短等描寫得極精緻美妙。此外如觱篥的樂音，白居易〈小童薛陽陶吹觱篥歌〉中有十句生動的摹寫，詩云：

〔註54〕同上註。

翕然聲作疑管裂，戢然聲盡疑刀截。有時婉軟無筋骨，有
時頓挫生棱節。急聲圓轉促不斷，轢轢轔轔似珠貫。緩聲
展引長有條，有條直直如筆描。下聲乍墜石沈重，高聲忽
舉雲飄蕭。（卷四四四）

詩中寫觱篥初發聲時的「翕然」（突如其來），聲起疑管裂，終止時的
戢然（突然停止），聲盡疑刀截。有時是柔和聲，有時是抑揚頓挫，
急聲時轢轢轔轔似珠貫；緩聲時直直如筆描；下聲時由高忽低，乍墜
石沈重；高聲時由低忽高，如雲飄蕭。音樂是抽象的，入耳即逝，很
難用文字表達的眞切，而樂天具深厚的音樂素養，敏銳的感覺，使用
各種譬喻法，將音樂的形態美顯現在紙上而留傳千古，誠令人佩服。
劉禹錫〈和浙西李大夫霜夜對月聽小童吹觱篥歌依本韻〉詩中有二
句：「沖融頓挫心使指，雄吼如風轉如水。」（卷三五六）詩人形容薛
陽陶演奏時指法靈活，曲情有時是平和恬適、婉轉如水，有時是抑揚
頓挫、雄吼如風，形態各盡其妙。

　　樂器演奏有快慢的變化，盧綸〈宴席賦得姚美人拍箏歌〉就將演
奏過程中樂音形態的變化描寫得很生動，詩云：「忽然高張應繁節，玉
指迴旋若飛雪。」（卷二七七）繁節是形容旋律快，因此玉指會迴旋「若
飛雪」。詩又云：「有時輕弄和郎歌，慢處聲遲情更多。」輕弄是形容
旋律慢，表現應更細膩，更有情感，因此慢處會「情更多」。顧況〈李
供奉彈箜篌歌〉：「急彈好，遲亦好」（卷二六五）亦是指演奏的緩急之
妙，無論是快是慢，詩人都能將音樂形態美的變化呈現出來。

　　舞蹈是以人體的姿態、動作、表情爲主的藝術，中唐詩人能生動
的表現舞蹈的動態美，如李端的〈胡騰兒〉即是一首優秀的詠舞詩：

揚眉動目踏花氈，紅汗交流珠帽偏。醉卻東傾又西倒，雙靴
柔弱滿燈前。環行急蹴皆應節，反手叉腰如卻月。（卷二八四）

舞者以揚眉動目的靈活表情，不停地來回騰踏，使得「紅汗交流」，
甚至鑲珠的帽子都戴歪了。舞者又模擬「東傾又西倒」的醉態舞姿，
隨著節拍轉圈踩腳，最後是腰折如弓的姿勢。李端的這首詩，將胡騰

舞的動態美，描繪得栩栩如生。舞蹈是動的藝術，中唐詩人描寫舞蹈時多著墨於動態美，詠舞詩中其例不勝枚舉，如元稹〈胡旋女〉：

> 蓬斷霜根羊角疾，竿戴朱盤火輪炫。驪珠迸珥逐飛星，虹暈
> 輕巾掣流電。潛鯨暗噏笪波海，回風亂舞當空霰。(卷四一九)

微之連用了六個譬喻，將胡旋女舞時旋轉如風的動態舞姿，形象地再現。柘枝舞是唐代的健舞，舞姿富於變化，張祜的〈觀楊瑗柘枝〉就很傳神的表達出此舞的動態美，詩云：

> 促疊蠻鼉引柘枝，卷簷虛帽帶交垂。紫羅衫宛蹲身處，紅
> 錦靴柔踏節時。微動翠蛾拋舊態，緩遮檀口唱新詞。看看
> 舞罷輕雲起，卻赴襄王夢裏期。(卷五一一)

在舞者急促的鼉皮鼓聲中，跳起柘枝舞，柔軟的紅錦靴子踏著節拍，臉上變換著豐富的表情，半遮紅唇唱著新詞。另劉禹錫〈和樂天柘枝〉也生動描寫柘枝舞的動態美，詩云：

> 鼓催殘拍腰身軟，汗透羅衣雨點花。(卷三六〇)

舞柘枝的舞者，她柔軟的腰身，隨著鼓聲的節奏在擺動，她快速的舞步，使汗水像雨點一般溼透了羅衣，詩人僅以此二句，就表達出舞蹈急促的動作。

實言之，在中唐樂舞詩裏，詩人常著墨描寫舞者「袖」與「腰」的動作，細究其因，蓋飄逸的舞袖和柔軟的舞腰，更適宜表現出舞蹈的流動之美，如白居易〈夜宴醉後留獻裴侍中〉：「翩翻舞袖雙飛蝶，宛轉歌聲一索珠。」(卷四五五) 及〈府中夜賞〉：「舞袖飄颻櫂容與，忽疑身是夢中遊。」(卷四五一)、戴叔倫〈獨不見〉：「身輕逐舞袖，香暖傳歌扇。」、元稹〈冬白紵〉：「促節牽繁舞腰懶。舞腰懶，王罷飲，蓋覆西施鳳花錦。」(卷四一八)、張祜〈舞〉：「褭褭腰疑折，褰褰袖欲飛。」(卷五一〇)、白居易〈江樓宴別〉：「尊酒未空歡未盡，舞腰歌袖莫辭勞。」(卷四三九) 詩人用翩翻、飄颻、飛、折、懶等字來描寫舞袖及舞腰，構成優美的藝術造型，生動的描摹出舞蹈的動態美。

二、表現樂舞的意境美

　　意境是指作者的主觀情意與客觀物境互相交融而形成的藝術境界，是中國古典美學的重要範疇。理想中有現實，現實中有理想，造境和寫境都是主客觀交融的結果〔註55〕。王國維《人間詞話》云：

　　　　有造境，有寫境，此理想與寫實二派之所由分，然二者頗難分別，因大詩人所造之境必合乎自然，所寫之境亦必鄰於理想故也〔註56〕。

詩人對於景物，在目視耳聞的範圍內，思緒滿懷，抒情寫景，達到意與境的交融境界，《文心雕龍・物色篇》云：

　　　　是以詩人感物，聯類不窮。流連萬象之際，沈吟視聽之區。
　　　　寫氣圖貌，既隨物以宛轉；屬采附聲，亦與心而徘徊〔註57〕。

詩人情隨境生，藉著對物境的描寫表達出自己的情意。詩人有時甚至帶著強烈的主觀感情接觸外界的物境，把自己的感情注入其中，又藉著對物境的描寫將它抒發出來，客觀物境遂亦帶上了詩人主觀的情意，達到移情入境的意境〔註58〕。樂舞詩不僅能顯現樂舞的形態美、動態美，更能表現樂舞的意境。在中唐樂舞詩裏，有大量的景物描寫，詩人並非只是描述樂舞表演時的時間或場景，而是刻畫出樂舞的意境，試看元稹〈晚宴湘亭〉：

　　　　晚日宴清湘，晴空走豔陽。花低愁露醉，絮起覺春狂。舞旋紅裙急，歌垂碧袖長。甘心出童羖，須一盡時荒。（卷四〇九）

李益〈夜宴觀石將軍舞〉：

　　　　微月東南上戍樓，琵琶起舞錦纏頭。更聞橫笛關山遠，白草胡沙西塞秋。（卷二八三）

楊衡〈白紵辭二首〉第二首詩云：

〔註55〕袁行霈：《中國詩歌藝術研究》，（北京大學出版社，1996 年 6 月），頁 23 至 26。
〔註56〕王國維：《人間詞話》，（台北臺灣中華書局，民國 59 年 5 月），頁 2。
〔註57〕劉勰：《文心雕龍》，（台北天龍出版社，民國 72 年 1 月），頁 623。
〔註58〕同註 55，頁 28。

躡珠履，步瓊筵。輕身起舞紅燭前，芳姿豔態妖且妍。迴
眸轉袖暗催弦，涼風蕭蕭漏水急。月華泛溢紅蓮涇，牽裙
攬帶翻成泣。（卷七七〇）

以上三首樂舞詩，分別描寫湘亭的宴集，白草胡沙的塞外秋色以及涼
風蕭蕭的夜晚，不同的景物描寫，情與境交融，表現出舞蹈的歡欣、
豪放或悲涼的意境。而在景物描寫中，詩人最喜摹寫月夜時的聽樂觀
舞，蓋月較其它景物更易觸發詩人的情感，如李益〈古瑟怨〉：

破瑟悲秋已減弦，湘靈沈怨不知年。感君拂拭遺音在，更
奏新聲明月天。（卷二八三）

白居易〈琵琶行〉：

曲終收撥當心畫，四弦一聲如裂帛。東船西舫悄無言，唯
見江心秋月白。（卷四三五）

以上二詩表現出月下聞樂時的淒涼意境，此外劉言史及張祜皆有詩
作，描寫在月夜觀霓裳舞的情景。劉言史〈樂府雜詞三首〉第二首云：

蟬鬢紅冠粉黛輕，雲和新教羽衣成。月光如雪金階上，迸
卻頻梨義甲聲。（卷四六八）

另張祜〈華清宮四首〉第二首云：

天闕沈沈夜未央，碧雲仙曲舞霓裳。一聲玉笛向空盡，月
滿驪山宮漏長。（卷五一一）

在中國傳統的觀念裏，月較其它景物更易勾起詩人的情懷，也更富有
詩意。劉言史及張祜二詩雖然是寫霓裳舞，唯詩人皆未細摹舞姿，僅
表現出「月光如雪」、「月滿驪山」的月夜景色。然而由月聯想起神話
中的仙女及仙境，進而賦予霓裳羽衣舞神祕美麗的意境。

錢起的〈省試湘靈鼓瑟〉是其成名之作：「善鼓雲和瑟，常聞帝
子靈。馮夷空自舞，楚客不堪聽。苦調淒金石，清音入杳冥。蒼梧來
怨慕，白芷動芳馨。流水傳瀟浦，悲風過洞庭。曲終人不見，江上數
峰青。」（卷二三八）詩雖是以舜帝妃湘水神演奏瑟為題，但所表現
的人間之樂，是淒涼幽深的意境，尤其「曲終人不見，江上數峰青。」
更是詠樂名句。

　　元稹的〈琵琶歌〉（卷四二一）描寫當時的琵琶高手李管兒，微之被他的琵琶技藝折服，特地為他寫下此詩。詩中有三處談到李管兒演奏中的意境，一處是「因茲彈作雨霖鈴，風雨蕭條鬼神泣。」雨霖鈴為樂曲名，玄宗帝幸蜀，於棧道中聞鈴聲，因思念貴妃，故採其聲而作雨霖鈴曲〔註59〕，管兒演奏時表現出一種風雨淒淒鬼神泣的意境。一處是「低回慢弄關山思，坐對燕然秋月寒。」管兒彈奏幽緩的低音，體會出面對燕然山而感到秋月寒的意境。再一處是「管兒還為彈六么，六么依舊聲迢迢。」六么為唐代著名的大曲名，此曲有散序，其散序乃「輕攏慢撚」，中有合韻，合韻宜多唱，後段用快板，曲調甚高，微之描述管兒彈六么曲時樂音高清渺遠，體現出「猿鳴雪岫來三峽，鶴唳晴空聞九霄。」清淒孤寂的意境〔註60〕。

　　詠樂詩中描寫意境美的詩以詠琴詩的數量較多，詩人藉彈琴、琴曲、聽琴等琴樂活動來抒發內心的愁緒、悲苦，或抒離別之苦、身世之悲、思鄉之愁、悼念之哀等〔註61〕。中唐詩人對琴樂的意境美，有深刻的體會，試觀以下三首詩，白居易〈寄崔少監〉：

　　　微微西風生，稍稍東方明。入秋神骨爽，琴曉絲桐清。彈
　　　為古宮調，玉水寒泠泠。自覺弦指下，不是尋常聲。須臾
　　　群動息，掩琴坐空庭。直至日出後，猶得心和平。惜哉意
　　　未已，不使崔君聽。（卷四四四）

詩中展現出怡然自得、閒適風雅的意境。盧綸〈河口逢江州朱道士因聽琴〉：

　　　盧山道士夜攜琴，映月相逢辨語音。引坐霜中彈一弄，滿
　　　船商客有歸心。（卷二七六）

詩人聞琴興感，詩中表達出淒婉哀傷的意境。戎昱〈聽杜山人彈胡

〔註59〕王灼：《碧雞漫志》：「帝幸蜀，初入斜谷，霖雨彌旬，棧道中聞鈴聲，帝方悼念貴妃，採其聲為雨淋鈴曲以寄恨。」收錄在《歷代詩史長編二輯》第一冊，（台北鼎文書局，民國63年2月），頁142。
〔註60〕同註53，頁5。
〔註61〕周虹怜：《唐代古琴詩研究》，（台北輔大中文所碩士論文，民國89年），頁104。

笳〉：

> 第一第二拍，淚盡蛾眉沒蕃客。更聞出塞入塞聲，穹廬氈
> 帳難爲情。胡天雨雪四時下五月不曾芳草生。須臾促軫變
> 宮徵，一聲悲兮一聲喜。南看漢月雙眼明，卻願胡兒寸心
> 死。（卷二七○）

戎昱聽杜山人（杜陵）彈胡笳，樂音表現出邊塞蒼茫荒涼之意。白居
易、盧綸、戎昱的三首詩，表現的意境各具特色。這些意境，是詩人
聞琴的感受，又融入自然的景物，爲音樂、心靈、自然的融合體，也
因此表現出豐富的意境美。

《文心雕龍・物色篇》云：「春秋代序，陰陽慘舒，物色之動，
心亦搖焉。」〔註62〕大自然的景色變動，能深深地感動人心。同理，
唐代豐富的音樂和舞蹈藝術，也深切地觸動了詩人的情感，而將樂舞
作了維妙維肖的刻劃。所以詩歌雖然不像文章能直截了當的仔細敘
述，但是透過生動的中唐樂舞詩，將樂舞形容盡緻而且情韻有餘，更
能令人體會出音樂與舞蹈之美。

〔註62〕同註57，頁623。

第八章　結　論

　　唐代是中國音樂舞蹈發展的極盛時代,其樂舞除繼承並發揚前代的文化傳統,也通過與異國或少數民族頻繁的交往,吸收新的樂曲和舞蹈並加以融合,創造出豐富多彩的表演藝術〔註1〕。這些優美的樂舞,在唐詩裏有許多生動的形象記載。唐詩和唐樂、唐舞交相輝映,寫下唐文化絢麗多姿的一章。

　　研讀我國古典詩歌,始知以音樂和舞蹈作爲描寫內容的樂舞詩,可謂源遠流長。我國最早的詩歌總集《詩經》中即有詠樂舞之篇章,如〈東門之枌〉、〈宛丘〉、〈簡兮〉等就是其中的代表作品。《楚辭》中的〈九歌〉,漢代古詩十九首中之〈西北有高樓〉亦爲著名之佳作。自魏晉以降,隨著音樂與舞蹈的繁榮發展,樂舞詩的創作也蔚然成風,尤其是南北朝時,著名的詩人如沈約、庾信、鮑照、王儉等,都創作了大量的樂舞詩。及至唐代,樂舞詩有極大的改變,不僅內容廣泛,且篇幅增長。

〔註 1〕 陰法魯〈唐代樂舞簡介〉云:「唐代人民不但繼承並發揚南朝和北朝的文化傳統,而且不斷地吸收其他各民族的文化,以豐富自己的社會內容。在國內各地區搜集樂舞的範圍更爲擴大,對外國樂舞藝術的交流也更爲廣泛。」收錄在中國舞蹈藝術研究會舞蹈史研究組編《全唐詩中的樂舞資料》,(北京人民音樂出版社,1996 年 11 月),頁 7。

　　論及唐代樂舞詩的流變過程，可分爲初、盛、中、晚四期。初唐的樂舞詩數量較少，大致承襲南朝，具有綺麗雕飾的詩風，代表作家有沈佺期、宋之問、李嶠等。盛唐時期由於社會安定，人民富裕，交通便利，音樂舞蹈蓬勃興盛，樂舞詩在內容及風格上較初唐豐富多樣。岑參〈田使君美人如蓮花舞北鋌歌〉、杜甫〈觀公孫大娘弟子舞劍器行〉、李頎〈聽董大彈胡笳弄兼寄語房給事〉及李白〈春夜洛城聞笛〉等等，皆爲高妙之作，且各有所長。中唐樂舞詩承盛唐餘緒，並另闢蹊徑，不僅取材較廣，且更能反映當時的政治制度、社會現況與文人的音樂觀，其中有名的佳作爲數可觀，如白居易〈琵琶行〉〈胡旋女〉〈法曲〉〈霓裳羽衣歌〉〈華原磬〉〈五弦彈〉、元稹〈琵琶歌〉〈和樂天示楊瓊〉〈五弦彈〉、李賀〈聽穎師彈琴歌〉〈李憑箜篌引〉、韓愈〈聽穎師彈琴〉、劉禹錫〈和樂天柘枝〉〈武昌老人說笛歌〉、張祜〈觀楊瑗柘枝〉等，皆爲其中的精品。晚唐時期，由於國勢衰敗，文人但求苟全性命，只知沈溺於歌舞中，樂舞詩也由盛轉衰，又恢復六朝艷麗的風格，然諸作中尚有可觀者，如薛能〈柘枝詞〉、李群玉〈長沙九日登東樓觀舞〉、羅隱〈薛陽陶篳篥歌〉等，唯整體而言，無論質與量，與中唐詩作相比，是相差甚遠。

　　中唐樂舞詩佳作如林，自有其時代背景。在政治方面，安史之亂後，唐室動盪不安，內有藩鎮割據，宦官弄權，外有吐蕃、回鶻等異族入侵，至憲宗朝稍得安定。公卿世家受到戰亂的重創，勢力萎縮，士子經由進士科考而活躍政壇，而進士宴集必有歌舞助興。在經濟方面，由於交通便利，中外貿易頻繁，城市熱鬧，物產豐富，以致舞榭歌臺，隨處可見，這些場所多爲文人流連之地。在社會方面，文人漫游活動頻繁，奢侈享樂風盛，由宮廷至民間，朝廷有教坊女妓，私人畜家妓，歌舞宴集狎遊活動非常普遍。在文化方面，由於胡人習俗的侵入，胡樂胡舞的傳入，來自異域邊地的樂舞，皆令人耳目一新，眼界大開。且詩人多具深厚的音樂素養，對樂舞有高度鑑賞力，故能生動地描摹樂舞的形象，優秀的樂舞詩篇也因此應運而生。

　　中唐樂舞詩的內容豐富，題材廣泛。就音樂部份而言，可分為詠樂曲詩及詠樂器詩。樂曲的來源有前代樂曲、當代樂曲、民間樂曲、異域樂曲等四類，分別受到詩人的歌詠，如元稹〈聽庾及之彈烏夜啼引〉、張祜〈玉樹後庭花〉為詠前代樂曲詩；白居易〈何滿子〉、元稹〈連昌宮詞〉為詠當代樂曲詩；劉商〈春夜聽嚴紳巴童唱竹枝歌〉、劉禹錫〈競渡曲〉為詠民間樂曲詩；白居易〈伊州〉、王建〈宮詞一百首〉第五十六首為詠異域樂曲詩。此外中唐詩人還有詠歌者之詩作，如劉禹錫〈與歌者米嘉榮〉、白居易〈醉歌〉、〈問楊瓊〉等，在在顯示唐代音樂的興盛。就樂器詩而言，樂器可分彈撥樂器、吹奏樂器、敲擊樂器三類。在唐詩中提到的樂器，或為中國固有的樂器，或為西域傳入的樂器，皆受到詩人的吟詠，如韋應物〈昭國里第聽元老師彈琴〉是詠琴詩；錢起〈省試湘靈鼓瑟〉是詠瑟詩；盧綸〈宴席賦得姚美人拍箏歌〉是詠箏詩；白居易〈琵琶行〉是詠琵琶詩；李賀〈李憑箜篌引〉是詠箜篌詩；郎士元〈聽鄰家吹笙〉是詠笙詩；張祜〈簫〉是詠簫詩；李賀〈申胡子觱篥歌〉是詠觱篥詩；李益〈聽曉角〉是詠角詩；劉禹錫〈武昌老人吹笛歌〉是詠笛詩；張祜〈邠娘羯鼓〉是詠羯鼓詩；韋應物〈鼃鼓行〉是詠鼃鼓詩；錢起〈夜泊鸚鵡洲〉是詠方響詩；朱灣〈詠柏板〉是詠拍板詩；白居易〈華原磬〉是詠磬詩。這些詠樂之詩，或摹聲寫形，或抒情言志，顯現出唐代音樂的多采多姿。

　　就中唐樂舞詩的詠舞部份而言，唐舞可分為清樂伎舞、二部伎舞、軟舞健舞、霓裳羽衣舞、驃國樂舞等舞蹈。詠清樂伎舞詩多為擬古之作，如戴叔倫〈白紵詞〉、李賀〈公莫舞歌〉；元稹〈西涼伎〉、白居易〈立部伎〉是詠二部伎詩；張籍〈舊宮人〉是詠軟舞詩、殷堯藩〈潭州席上贈舞柘枝妓〉是詠健舞詩；王建〈霓裳詞十首〉、白居易〈霓裳羽衣舞歌〉是詠霓裳羽衣舞詩；胡直鈞〈太常觀閱驃國新樂〉是詠驃國樂舞詩；令狐峘〈釋奠日國學觀禮聞雅頌〉是詠廟舞詩，李嘉祐〈夜聞江南人家賽神因題即事〉是詠巫舞詩。這些詠舞之詩，或述舞姿之剛健，或歎舞容之柔美，表現出舞蹈的藝術魅力。

　　中唐樂舞詩的表現形式是以五、七言詩體為主，且古體詩數量頗多。探究其因，蓋古體詩的用韻非常自由，可押平韻，或押仄韻，可一韻到底，亦可中間轉韻。且詩體多採三、五、七言富於變化的句式，如此句式，更便於摹樂音寫舞姿。樂舞詩中也妥貼的使用類疊句，語句自然流暢，使詩歌具有輕快的節奏，宛轉圓潤的韻致。而大量運用頂真格的語法，使詩句具有連貫性，更令全詩產生一種綿綿不絕的功效。綜合此類表現形式，以元、白二人的新樂府詩最具代表性，如〈胡旋女〉〈立部伎〉〈華原磬〉〈五弦彈〉〈法曲〉〈驃國樂〉〈七德舞〉等詩作。

　　中唐樂舞詩使用的修辭法很多，如用現代修辭學來探究，大致以譬喻、映襯、用典、夸飾為主。就譬喻而言，取譬多方，意蘊豐富，其例不勝枚舉。諸詩中尤以白居易〈琵琶行〉、韓愈〈聽穎師彈琴〉、李賀〈李憑箜篌引〉最具代表性；就映襯而言，描寫出樂舞動靜相生，緩急相對的狀態，充分地顯示音樂的抑揚頓挫之美，舞蹈的搖曳多姿之美，如劉禹錫〈和樂天柘枝〉、李端的〈胡騰兒〉；就用典而言，以李賀最精擅，如其〈李憑箜篌引〉〈聽穎師彈琴歌〉；此外，詩人為了將樂舞之美描繪得獨特且淋漓盡致，常使用夸飾的手法，如元稹〈胡旋女〉、劉言史〈王中丞宅夜觀舞胡騰〉等。凡此種種，參差互用，令人驚心動魄，俯首改容。

　　中唐樂舞詩最獨特之處在於其所保存的史料價值，詩人以其眼見耳聞之樂舞，訴諸於詩歌，其可信度很高，對樂舞藝術的研究助益極大。如玄宗朝最有名的霓裳羽衣舞，它是融歌、樂、舞的大曲，在宋代時此樂舞已非其舊〔註2〕，後人能得知此樂舞的全貌皆賴白居易的〈霓裳羽衣歌〉；而在唐代風行的柘枝健舞，在相關的樂書或史書中

〔註2〕王灼《碧雞漫志》載：「文宗時詔太常卿馮定，採開元雅樂，制雲韶雅樂及霓裳羽衣曲，是時四方大都邑及士大夫家，已多按習，而文宗乃令馮定製舞曲者，疑曲存而舞節非舊，故就加整頓焉。」收錄在《歷代詩史長編二輯》第一冊，（台北鼎文書局，民國63年2月），頁127。

所載簡略，後人對此舞的認識，也是透過劉禹錫、白居易、張祐、殷
堯藩、章孝標等詠柘枝舞的詩作。此外，有某些是從西域傳入的舞蹈，
如風靡一時的胡騰舞、胡旋舞，在正史中沒有詳細的記載，由中唐樂
舞詩中可得到許多寶貴的資料，如李端〈胡騰兒〉、元稹及白居易〈胡
旋女〉等詩。古代科技不如現代精進，缺乏錄音錄影等設備，因此優
秀表演者的技藝，由於時空所限，而湮沒闕如，幸賴樂舞詩的流傳，
而能略知某些精湛的表演者，如善彈箜篌的李憑、善彈古琴的穎師、
善彈琵琶的曹剛、善吹觱篥的薛陽陶、善歌唱的米嘉榮等。實言之，
中唐樂舞詩可補正史之不足處。

　　中唐樂舞詩反映出當時的社會現象，歌舞享樂、酣歌醉舞等景象
隨處可見。在友朋宴飲時，是無歌不成宴，無舞難盡歡。在民間的祭
祀活動，樂舞詩也有詳細的描述。而由於胡樂胡舞的風行，胡姬酒店
的林立，更可見唐代開放的風尚。此外中唐詩人藉詠樂舞暗喻諷刺之
意，以表達對國勢衰敗的悲憤，及崇雅抑俗的音樂觀，可以說頗具時
代意義。中唐樂舞詩還表現了唐人的審美情趣，如從「歌頭舞遍回回
別，鬢樣眉心日日新。」〔註3〕可以看出中唐文人追求新穎奇特的藝
術情趣，無論是優雅柔美的軟舞、快捷雄壯的健舞，無論是傳統的古
琴、異域的琵琶，詩人都抱著強烈的興趣和讚賞的心情，作生動的描
繪。從詩中可體會音樂的形態美，舞蹈的動態美，及樂舞的意境美。

　　總結以上論述，中唐樂舞詩是詩歌藝術與樂舞藝術的完美融合，
充份顯示唐代詩、樂、舞的繁盛。無論是發揚古代優秀的文化遺產，
或是創造閃耀輝煌的文學藝術，中唐樂舞詩都作了多方面的反映，同
時還蘊藏著豐富的價值與內涵，值得後人重視。

〔註3〕王建〈閒說〉：「桃花百葉不成春，鶴壽千年也未神。秦隴州緣鸚鵡
　　　貴，王侯家爲牡丹貧。歌頭舞遍回回別，鬢樣眉心日日新。鼓動六
　　　街騎馬出，相逢總是學狂人。」（卷三〇〇），（北京中華書局，1996
　　　年1月），頁3415。

附錄一　中唐樂舞詩一覽表

凡　例

一、本表以北京中華書局於一九九〇年所出版之二十五冊《全唐詩》
　　爲據。並以北京中華書局於一九九二年所出版之三冊《全唐詩補
　　編》爲輔。

二、中唐詩人之選取，依明、高棅《唐詩品彙》爲主。

三、表中略按人物時代之先後，依次編排，登錄的方式，分詩人、詩
　　題、出處、冊／頁、字／句五類之順序羅列，以便參考。

四、出處部分註明之卷次指《全唐詩》，註明補編者指《全唐詩補
　　編》。

五、詩題中標※指樂舞詩中之舞蹈詩，而有關音樂詩或舞蹈詩之分
　　類，依一九九六年北京人民音樂出版社歐陽予倩編著之《全唐詩
　　中的樂舞資料》爲據。

詩 人	詩　　　　題	出　處	冊／頁	字／句
劉長卿	〈聽笛歌〉	卷一五一	五／一五七五	七／一六
	〈王昭君歌〉	卷一五一	五／一五七九	雜言／一四
李嘉祐	※〈夜聞江南人家賽神因題即事〉	卷二○六	六／二一四四	七／一六
李　端	※〈胡騰兒〉	卷二八四	九／三二三八	雜言／一八
	〈送從兄赴洪州別駕兄善琴〉	卷二八五	九／三二五四	五／八
	〈聽箏〉	卷二八六	九／三二八○	五／四
司空曙	〈同張參軍喜李尚書聽琴〉	卷二九三	九／三三二七	五／一二
錢　起	※〈省試湘靈鼓瑟〉	卷二三八	八／二六五一	五／一二
	※〈陪郭常侍令公東亭宴集〉	卷二三八	八／二六六四	五／一六
	〈夜泊鸚鵡洲〉	卷二三九	八／二六八八	七／四
郎士元	〈聽鄰家吹笙〉	卷二四八	八／二七八六	七／四
	〈聞吹楊業者二首〉	卷二四八	八／二七九二	七／四
皇甫冉	※〈雜言迎神詞二首〉	卷二四九	八／二七九八	雜言／八
	〈屏風上各賦一物得攜琴客〉	卷二四九	八／二七九九	五／六
	〈怨回紇歌二首〉	卷二五○	八／二八三五	五／八
令狐峘	〈釋奠日國學觀禮聞雅頌〉	卷二五三	八／二八五七	五／一二
滕　珦	〈釋奠日國學觀禮聞雅頌〉	卷二五三	八／二八五七	五／一二
顧　況	〈琴歌〉	卷二六四	八／二九二七	四／四
	〈謝王郎中見贈琴鶴〉	卷二六四	八／二九三五	五／一六
	〈丘小府小鼓歌〉	卷二六五	八／二九四六	七／四
	〈宜城放琴客歌〉	卷二六五	八／二九四六	七／二○
	〈李供奉彈箜篌歌〉	卷二六五	八／二九四七	雜言／七二
	〈劉禪奴彈琵琶歌〉	卷二六五	八／二九四七	七／一二
	〈李湖州孺人彈歌〉	卷二六五	八／二九四八	七／一二
	〈鄭女彈箏歌〉	卷二六五	八／二九四八	七／環
	〈彈琴谷〉	卷二六七	八／二九六○	五／四
	〈聽劉安唱歌〉	卷二六七	八／二九六四	七／四
	※〈宮詞〉	卷二六七	八／二九六六	七／四
	〈王郎中妓席五詠〉〈箜篌、※舞、歌、箏、笙〉	卷二六七	八／二九六八	七／四
皎　然	〈寺院聽胡笳送李殷〉	卷八一九	二三／九二三八	七／四
	〈讀張曲江集〉	卷八二○	二九／九二四二	五／三○
	〈妙喜寺逵公院賦得夜磬送呂評事〉	卷八二○	二三／九二四四	五／一○
	※〈奉應顏尚書眞觀玄眞子置酒張樂舞畫洞庭三山歌〉	卷八二一	二三／九二五五	雜言／二五
	※〈戛銅椀爲龍吟歌〉	卷八二一	二三／九二五九	雜言／二六
	〈觀李中丞洪二美人唱歌軋箏歌〉	卷八二一	二三／九二六二	雜言／三三
戎　昱	〈苦哉行五首〉之一	卷二七○	八／三○○六	五／一二
	〈聞笛〉	卷二七○	八／三○○八	五／八
	〈聽杜山人彈胡笳〉	卷二七○	八／三○一一	雜言／三二
	〈開元觀陪杜大夫中元日觀樂〉	卷二七○	八／三○二四	七／八
	〈詩〉	補　　編	上／三七二	七／四

竇　常	〈還京樂歌詞〉	卷二七一	八／三〇三四	七／四
竇　庠	〈留守府酬皇甫曙侍御彈琴之什〉	卷二七一	八／三〇四三	五／二〇
	〈四皓驛聽琴送王師簡歸湖南使幕〉	卷二七一	八／三〇四五	五／八
戴叔倫	※〈獨不見〉	卷二七三	九／三〇六六	五／一〇
	〈邊城曲〉	卷二七三	九／三〇七〇	七／一二
	※〈白苧詞〉	卷二七三	九／三〇七一	七／一六
	〈曉聞長樂鐘聲〉	卷二七三	九／三〇九六	五／一二
	〈聽霜鐘〉	卷二七三	九／三〇九六	五／一二
	〈聽歌回馬上贈崔法曹〉	卷二七四	九／三一〇八	七／四
	〈聽韓使君美人歌〉	卷二七四	九／三一一〇	七／四
韋應物	〈雜體五首〉	卷一八六	六／一八九六	五／一二
	〈司空主簿琴席〉	卷一八六	六／一九〇一	五／八
	〈聽江笛送陸侍御〉	卷一八九	六／一九三九	五／四
	〈詠聲〉	卷一九三	六／一九八六	五／四
	〈昭國里第聽元老師彈琴〉	卷一九三	六／一九九〇	七／四
	〈野次聽元昌奏橫吹〉	卷一九三	六／一九九〇	七／四
	〈貴遊行〉	卷一九四	六／一九九九	五／二〇
	〈鼕鼓行〉	卷一九四	六／二〇〇〇	七／一一
	〈五弦行〉	卷一九五	六／二〇〇五	雜言／一七
	※〈龜頭山神女歌〉	卷一九五	六／二〇〇七	雜言／三四
	〈樂燕行〉	卷一九五	六／二〇〇八	五／一六
	〈三臺二首〉	卷一九五	六／二〇〇九	六／四
盧　綸	〈河口逢江州朱道士因聽琴〉	卷二七六	九／三一三〇	七／四
	〈長門怨〉	卷二七七	九／三一四七	五／四
	〈慈恩寺名磬歌〉	卷二七七	九／三一四九	七／一二
	〈宴席賦得姚美人拍箏歌〉	卷二七七	九／三一四九	七／一六
	〈臘日觀咸寧王部曲婆勒擒豹歌〉	卷二七七	九／三一五〇	七／二六
	※〈和張僕射塞下曲〉之四	卷二七八	九／三一五三	五／四
	※〈古艷詩〉	卷二七八	九／三一五四	七／四
王　表	〈成德樂〉	卷二八一	九／三一九九	七／四
李　益	〈登夏州城觀送行人賦得六州胡兒歌〉	卷二八二	九／三二一一	七／二〇
	〈漢宮少年行〉	卷二八二	九／三二一三	雜言／三〇
	〈夜上受降城聞笛〉	卷二八三	九／三二一八	五／八
	〈聽唱赤白桃李花〉	卷二八三	九／三二二二	五／四
	〈夜守西城聽梁州曲二首〉	卷二八三	九／三二二五	七／四
	〈聽曉角〉	卷二八三	九／三二二六	七／四
	〈古瑟怨〉	卷二八三	九／三二二七	七／四
	※〈夜宴觀石將軍舞〉	卷二八三	九／三二二七	七／四
	〈春夜聞笛〉	卷二八三	九／三二二七	七／四
	〈夜上受降城聞笛〉	卷二八三	九／三二二九	七／四

韓 翃	※〈別李明府〉	卷二四三	八／二七三一	七／一八
	〈宴吳王宅〉	卷二四四	八／二七四三	五／八
	※贈王隨	卷二四五	八／二七五一	七／八
楊巨源	※〈楊花落〉	卷三三三	一○／三七一七	七／一四
	〈長城聞笛〉	卷三三三	一○／三七一九	五／八
	〈雪中聽箏〉	卷三三三	一○／三七三六	七／四
	〈僧院聽琴〉	卷三三三	一○／三七三六	七／四
	〈聽李憑彈箜篌二首〉	卷三三三	一○／三七三八	七／四
	〈寄申州盧拱使君〉	卷三三三	一○／三七四○	七／八
孟 郊	※〈弦歌行〉	卷三七二	一一／四一八二	七／六
	〈教坊歌兒〉	卷三七四	一一／四二○○	五／一○
	〈夜集汝州郡齋聽陸僧辯彈琴〉	卷三七六	一一／四二一五	五／八
	〈聽琴〉	卷三八○	一二／四二六一	五／一八
陸 贄	〈曉過南宮聞太常清樂〉	卷二八八	九／三二八七	五／一二
張 濛	〈曉過南宮聞太常清樂〉	卷二八八	九／三二八八	五／一二
武元衡	〈汴河聞笛〉	卷三一七	一○／三五七六	七／四
	〈聽歌〉	卷三一七	一○／三五七八	七／四
	〈贈歌人〉	卷三一七	一○／三五七九	七／四
王 建	〈涼洲行〉	卷二九八	九／三三七四	七／一六
	※〈賽神曲〉	卷二九八	九／三三七七	七／一二
	※〈白紵歌二首〉	卷二九八	九／三三七八	九／九（一一）
	〈尋橦歌〉	卷二九八	九／三三八七	七／二四
	※〈開說〉	卷三○○	九／三四一五	七／八
	※〈田侍中宴席〉	卷三○○	九／三四一五	七／八
	※〈霓裳詞十首〉	卷三○○	九／三四二五	七／四
	〈聽琴〉	卷三○○	九／三四二六	七／四
	※〈田侍郎歸鎮〉之六、之七	卷三○○	九／三四三六	七／四
	〈宮詞一百首〉	卷三○二	一○／三四三九	七／四
	〈夢花梨好歌〉	補 編	中／一○三○	七／一六
劉 商	〈秋夜聽嚴紳巴童唱竹枝歌〉	卷三○三	一○／三四四八	七／一八
	〈胡笳十八拍〉第十八拍	卷三○三	一○／三四五○	七／八
丘 丹	〈和韋使君聽江笛送陳侍御〉	卷三○七	一○／三四八○	五／四
羊士諤	〈山閣聞笛〉	卷三三二	一○／三六九六	七／四
	※〈上元日紫極宮門觀州民然燈張樂〉	卷三三二	一○／三七○二	五／八
	※〈暇加適值澄霽江亭遊宴〉	卷三三二	一○／三七○四	五／八
	〈夜聽琪琶三首〉	卷三三二	一○／三七○九	七／四
朱 灣	〈詠柏板〉	卷三○六	一○／三四七八	五／八
	〈箏柱子〉	卷三○六	一○／三四七八	五／八

李　約	※〈觀祈雨〉	卷三〇九	一〇／三四九六	七／四
張　籍	〈築城詞〉	卷三八二	一二／四二八〇	雜言／一〇
	※〈蕪客詞〉	卷三八二	一二／四二八二	七／一〇
	〈白頭吟〉	卷三八二	一二／四二八六	雜言／一六
	※〈楚宮行〉	卷三八二	一二／四二八八	七／一八
	※〈烏夜啼引〉	卷三八二	一二／四二八九	雜言／一二
	〈廢瑟詞〉	卷三八二	一二／四二九三	七／八
	〈奉和舍人叔直省時思琴〉	卷三八三	一二／四二九七	五／一二
	※〈送吳鍊師歸王屋〉	卷三八五	一二／四三四二	七／八
	〈宮詞〉	卷三八六	一二／四三五七	七／四
韓　愈	〈石鼓歌〉	卷三四〇	一〇／三八一〇	七／六六
	〈聽穎師彈琴〉	卷三四〇	一〇／三八一三	雜言／一八
	〈辭唱歌〉	卷三四五	一〇／三八七一	五／二二
張仲素	〈夜聞洛濱吹笙〉	卷三六七	一一／四一三五	五／一二
	※〈上元日聽太清宮步虛〉	卷三六七	一一／四一三五	五／一二
王　涯	※〈九月九日勤政樓下觀百僚獻壽〉	卷三四六	一一／三八七四	五／一二
	※〈宮詞三十首〉之五	卷三四六	一一／三八七七	七／四
范傳正	〈范成君擊洞陰磬〉	卷三四七	一一／三八八五	五／一二
劉禹錫	〈插田歌〉	卷三五四	一一／三九六二	五／三一
	※〈觀柘枝舞二首〉	卷三五四	一一／三九七二	五／一二
	〈調瑟詞〉	卷三五四	一一／三九七四	五／一二
	〈夜宴河中李相公中堂命箏歌送酒〉	卷三五四	一一／三九八三	五／八
	〈三鄉驛樓伏覩玄宗望女几山詩小臣斐然有感〉	卷三五六	一一／三九九九	七／八
	〈武昌老人說笛歌〉	卷三五六	一一／三九九九	七／一八
	〈競渡曲〉	卷三五六	一一／四〇〇二	七／二〇
	〈和浙西李大夫霜夜對月聽小童吹觱篥歌依本韻〉	卷二九六	一一／四〇〇八	七／二四
	〈同留守王僕射各賦春中一物從一韻至七〉	卷三五六	一一／四〇〇八	雜言／一二
	〈竇夔州見寄寒食日憶故姬小紅吹笙因和之〉	卷三五九	一一／四〇五六	七／八
	※〈陽山廟觀賽神〉	卷三五九	一一／四〇五七	七／八
	〈和樂天南園試小樂〉	卷三六〇	一一／四〇六三	七／八
	※〈和樂天柘枝〉	卷三六〇	一一／四〇六七	七／八
	※〈馬大夫見示浙西王侍御贈答詩因命同作〉	卷三六一	一一／四〇七六	七／八
	※〈酬樂天醉後狂吟十韻〉	卷三六二	一一／四〇九三	七／八
	※〈奉和淮南李相公早秋即事寄成都武相公〉	卷三六二	一一／四〇九四	五／二〇
	〈路傍曲〉	卷三六四	一一／四一〇五	五／四
	〈和遊房公舊竹亭聞琴絕句〉	卷三六四	一一／四一〇八	五／四
	〈聽琴〉	卷三六五	一一／四一一〇	七／四
	〈楊柳枝詞九首〉之九	卷三六五	一一／四一一三	七／四

	〈與歌者米嘉榮〉	卷三六五	一一／四一一六	七／四
	〈聽舊宮中樂人穆氏唱歌〉	卷三六五	一一／四一一七	七／四
	〈與歌者何戡〉	卷三六五	一一／四一一八	七／四
	〈與歌童田順郎〉	卷三六五	一一／四一一九	七／四
	※〈代靖安佳人怨二首〉	卷三六五	一一／四一二〇	七／四
	〈和令狐相公聞思帝鄉有感〉	卷三六五	一一／四一二三	七／四
	※〈秋夜安國觀聞笙〉	卷三六五	一一／四一二六	七／四
	〈曹剛〉	卷三六五	一一／四一二七	七／四
	〈田順郎歌〉	卷三六五	一一／四一二八	七／四
	〈夜聞商人船中箏〉	卷三六五	一一／四一二八	七／四
	〈聞道士彈思歸引〉	卷三六五	一一／四一二八	七／四
	※〈梁國祠〉	卷三六五	一一／四一二九	七／四
	〈聽軋箏〉	補　編	中／一〇七二	七／四
雍裕之	〈聽彈沈湘〉	卷四七一	一四／五三五一	七／四
白居易	〈廢琴〉	卷四二四	一三／四六五六	五／一二
	〈鄧魴張徹落第〉	卷四二四	一三／四六六六	五／一四
	〈五弦〉	卷四二五	一三／四六七六	五／二〇
	〈歌舞〉	卷四二五	一三／四六七六	五／二〇
	※〈七德舞〉	卷四二六	一三／四六八九	雜／三五
	※〈法曲〉	卷四二六	一三／四六九〇	七／二〇
	※〈立部伎〉	卷四二六	一三／四六九一	言／二六
	〈華原磬〉	卷四二六	一三／四六九一	雜言／二四
	※〈胡旋女〉	卷四二六	一三／四六九二	雜言／三二
	※〈五弦彈〉	卷四二六	一三／四六九七	雜言／四〇
	※〈驃國樂〉	卷四二六	一三／四六九八	雜言／三五
	※〈西涼伎〉	卷四二七	一三／四七〇一	雜言／四〇
	〈聽彈古淥水〉	卷四二七	一三／四七一五	五／六
	〈松聲〉	卷四二七	一三／四七一六	五／一六
	〈清夜琴興〉	卷四二七	一三／四七二〇	五／一二
	〈夜琴〉	卷四三〇	一三／四七五二	五／八
	〈清調吟〉	卷四三〇	一三／四七五八	五／一二
	〈琴〉	卷四三一	一三／四七六五	五／四
	〈夜聞歌者〉	卷四三三	一三／四七九一	五／一六
	※〈郡中春讌因贈諸客〉	卷四三四	一三／四八〇三	五／二二
	※〈江南遇天寶樂叟〉	卷四三五	一三／四八一一	七／三二
	※〈長恨歌〉	卷四三五	一三／四八一六	七／一二〇
	※〈琵琶引〉	卷四三五	一三／四八二一	七／八八
	※〈醉歌〉	卷四三五	一三／四八二三	雜言／一一
	※〈和夢遊春詩一百韻〉	卷四三七	一三／四八五六	五／二〇〇
	※〈題周皓大夫新亭子二十二韻〉	卷四三八	一三／四八六四	五／四四
	〈聽崔七妓人箏〉	卷四三八	一三／四八七六	七／四
	〈聽李士良琵琶〉	卷四三九	一三／四八九五	七／四
	〈春聽琵琶兼簡長孫司戶〉	卷四四〇	一三／四九〇九	七／八

※〈留北客〉	卷四四	一二／四九一九	五／八
※〈房家夜宴喜雪戲贈主人〉	卷四四一	一三／四九二五	七／八
〈夜箏〉	卷四四二	一三／四九三七	七／四
〈梨園弟子〉	卷四四二	一三／四九四六	七／四
〈琵琶〉	卷四四二	一三／四九四七	七／四
〈和殷協律琴思〉	卷四四二	一三／四九四八	七／四
〈聽彈湘妃怨〉	卷四四二	一三／四九四八	七／四
※〈清明日觀妓舞聽客詩〉	卷四四三	一三／四九五八	五／八
※〈湖上招客送春汎舟〉	卷四四三	一三／四九六六	七／八
〈九日宴集醉題郡樓兼呈周殷二判官〉	卷四四四	一三／四九六八	七／四八
※〈霓裳羽衣歌〉	卷四四四	一三／四九七〇	七／八八
〈小童薛陽陶吹觱栗歌〉	卷四四四	一三／四九七一	七／三三
〈問楊瓊〉	卷四四四	一三／四九七六	七／四
〈寄崔少監〉	卷四四四	一三／四九七八	五／一四
※〈六年春贈分司東都諸公〉	卷四四四	一三／四九八〇	五／三二
※〈和微之詩二十三首〉之九	卷四四五	一三／四九八二	五／四〇
〈醉戲諸妓〉	卷四四六	一三／五〇〇五	七／四
〈聞歌妓唱嚴郎中詩因以絕句寄之〉	卷四四六	一三／五〇〇六	七／四
※〈柘枝妓〉	卷四四六	一三／五〇〇六	七／八
※〈重題別東樓〉	卷四四六	一三／五〇〇八	七／一二
※〈看常州柘枝贈賈使君〉	卷四四六	一三／五〇〇八	七／四
〈好聽琴〉	卷四四六	一三／五〇一〇	五／八
〈雲和〉	卷四四六	一三／五〇一五	七／四
〈船夜援琴〉	卷四四七	一三／五〇一八	五／八
〈邵中夜聽李山人彈三樂〉	卷四四七	一三／五〇二二	五／八
〈喚笙歌〉	卷四四七	一三／五〇二三	九／八
※〈早發赴洞庭舟中作〉	卷四四七	一三／五〇二四	七／八
※〈重題小舫贈周從事兼戲微之〉	卷四四七	一三／五〇二九	七／八
〈聽琪琶妓彈略略〉	卷四四七	一三／五〇三五	五／八
〈琴茶〉	卷四四八	一三／五〇三八	七／四
〈松下琴贈客〉	卷四四八	一三／五〇四〇	九／八
※〈柘枝詞〉	卷四四八	一三／五〇五三	五／八
〈對琴待月〉	卷四四九	一四／五〇九六	九／八
〈聽曹剛琵琶兼示重蓮〉	卷四四九	一四／五〇六〇	七／四
〈南園試小樂〉	卷四四九	一四／五〇六一	七／八
〈琴酒〉	卷四四九	一四／五〇六八	七／四
〈聽幽蘭〉	卷四四九	一四／五〇六八	七／四
※〈臥聽法曲霓裳〉	卷四四九	一四／五〇六九	七／八
〈題周家歌者〉	卷四四九	一四／五〇七〇	五／四
〈聞樂感鄰〉	卷四四九	一四／五〇七二	七／八
※〈答蘇庶子月夜聞家僮奏樂見贈〉	卷四五〇	一四／五〇七七	七／四
※〈嵩陽觀夜奏霓裳〉	卷四五〇	一四／五〇八五	七／八
〈夜調琴憶崔少卿〉	卷四五一	一四／五〇九一	七／四

※〈王子晉廟〉	卷四五一	一四／五〇九一	七／四
〈看採菱〉	卷四五一	一四／五〇九五	七／四
※〈夜宴惜別〉	卷四五一	一四／五〇九八	七／八
〈箏〉	卷四五四	一四／五一三四	五／二八
〈問支琴石〉	卷四五四	一四／五一三五	七／六
〈聞歌者唱微之詩〉	卷四五四	一四／五一三九	七／四
〈秋夜聽高調涼州〉	卷四五四	一四／五一四二	七／四
〈楊柳枝詞八首〉之一	卷四五四	一四／五一四八	七／四
〈詩酒琴人例多薄命予酷好三事雅當此科而所得己多爲幸斯甚偶成狂詠聊寫愧懷〉	卷四五五	一四／五一五一	七／一二
〈寄明州予駙馬使君三絕句〉	卷四五五	一四／五一五二	七／四
〈代琵琶弟子謝女師曹供奉寄新調弄譜〉	卷四五五	一四／五一五四	七／四
※〈夜宴醉後留獻裴侍中〉	卷四五五	一四／五一五五	七／八
〈楊柳枝二十韻〉	卷四五五	一四／五一五六	五／四〇
※〈和同州楊侍郎誇柘枝見寄〉	卷四五五	一四／五一五七	七／四
※〈劉蘇州寄釀酒糯米李浙東寄楊柳枝舞衫偶因嘗酒試衫輒成長句寄謝之〉	卷四五五	一四／五一六一	七／八
〈嘗酒聽歌招客〉	卷四五六	一四／五一七一	七／八
〈偶於維揚牛相公處覓得箏箏未到先寄詩來走筆戲答〉	卷四五六	一四／五一七三	五／八
※〈三月三日祓禊洛濱〉	卷四五六	一四／五一七八	五／二四
〈宅西有流水牆下構小樓臨玩之時頗有幽趣因命歌酒聊以自娛獨醉獨吟偶題五絕句〉	卷四五六	一四／五一七九	七／四
〈和令狐僕射小飲聽阮咸〉	卷四五六	一四／五一八〇	五／一二
〈醉後聽唱桂華曲〉	卷四五七	一四／五一八七	七／四
〈聽歌〉	卷四五七	一四／五一九三	七／四
〈長洲曲新詞〉	卷四五七	一四／五一九六	七／四
〈夜聞箏中彈瀟湘送神曲感舊〉	卷四五八	一四／五二〇〇	五／八
〈聽都子歌〉	卷四五八	一四／五二一二	七／四
〈樂世〉	卷四五八	一四／五二一二	七／四
〈水調〉	卷四五八	一四五二一二	七／四
〈想夫憐〉	卷四五八	一四／五二一三	七／四
〈何滿子〉	卷四五八	一四／五二一三	七／四
〈離別難〉	卷四五八	一四／五二一三	七／四
※〈楊柳枝詞〉	卷四六〇	一四／五二三九	七／四
※〈池上篇〉	卷四六一	一四／五二四九	四／三〇
〈聽蘆管〉	卷四六二	一四／五二五四	五／一六
〈吹笙內人出家〉	卷四六二	一四／五二五六	七／四
〈濟源上枉舒員外兩篇因酬六韻〉	補　編	中／一〇八一	五／一二
〈聽琵琶勸殷協律酒〉	補　編	中／一〇九〇	七／六

柳宗元	※〈渾鴻臚宅冊歌效白紵〉	卷二二	一／二八八	七／七
鮑 溶	※〈霓裳羽衣歌〉	卷四八五	一五／五五〇四	雜言／二〇
	※〈秋夜聞鄭山人彈楚妃怨〉	卷四八五	一五／五五一二	五／一二
	※〈竊覽都官李郎中和李舍人盆酬張舍人弘靜夏夜寓直思聞雅見寄〉	卷四八六	一五／五五二三	五／一二
元 禎	※〈寄吳士矩端公五十韻〉	卷四〇一	一二／四四八五	五／一〇〇
	※〈聽庚及之彈烏夜啼引〉	卷四〇四	一二／四五一〇	雜言／二二
	※〈六年春遣懷八首〉之三	卷四〇四	一二／四五一二	七／四
	※〈見人詠韓舍人新律詩因有戲贈〉	卷四〇七	一二／四五二九	五／二
	〈酬樂天東南行詩一百韻〉	卷四〇七	一二／四五三〇	五／二〇〇
	〈晚宴湘亭〉	卷四〇九	一二／四五四九	五／八
	〈遣行十首〉之九	卷四一〇	一二／四五五三	五／八
	〈漢江上笛〉	卷四一二	一二／四五六九	七／四
	〈琵琶〉	卷四一五	一二／四五九〇	七／四
	〈黃草峽聽柔之二首〉	卷四一六	一二／四五九五	七／四
	〈聽妻彈別鶴操〉	卷四一六	一二／四五九六	七／四
	※〈多白紵〉	卷四一八	一二／四六〇五	雜言／一五
	〈連昌宮詞〉	卷四一九	一二／四六一二	七／七〇
	〈華原磬〉	卷四一九	一二／四六一五	七／二四
	〈五弦彈〉	卷四一九	·二／四六一六	七／三〇
	※〈西涼伎〉	卷四一九	一二／四六一六	七／二五
	※〈法曲〉	卷四一九	一二／四六一六	七／二四
	※〈立部伎〉	卷四一九	一二／四六一七	七／三二
	※〈驃國樂〉	卷四一九	一二／四六一八	七／二二
	※〈胡旋女〉	卷四一九	一二／四六一八	七／三二
	※〈琵琶歌〉	卷四二一	一二／四六二九	雜言／八二
	※〈小胡笳引〉	卷四二一	一二／四六三〇	雜言／二四
	※〈何滿子歌〉	卷四二一	一二／四六三二	七／四〇
	※〈曹十九舞綠鈿〉	卷四二二	一二／四六三八	五／八
	※〈舞腰〉	卷四二二	一二／四六四一	七／四
	※〈箏〉	卷四二二	一二／四六四二	七／八
	※〈崔徽歌〉	卷四二三	一二／四六五二	七／八
	※〈春詞〉	補　編	中／一〇三三	七／四
	※〈崔徽歌〉	補　編	中／一〇三七	七／八
	※〈詠二十四氣詩〉之一四、一六、二〇、二一	補　編	中／一〇三八	五／八
賈 島	※〈聽樂山人彈易水〉	卷五七四	一七／六六八八	七／四
李德裕	〈房公舊竹亭聞緬風流神期如在因重題此作〉	卷四七五	一四／五三九四	五／四
	〈桂花曲〉	補　編	上／四〇一	雜言／一〇

李　賀	〈李憑箜篌引〉	卷三九〇	一二／四三九二	七／一四
	〈申胡子觱篥歌〉	卷三九一	一二／四四〇五	五／一六
	※〈公莫舞歌〉	卷三九一	一二／四四〇九	七／一六
	〈安樂宮〉	卷三九二	一二／四四一九	五／一〇
	※〈章和二年中〉	卷三九二	一二／四四二一	雜言／一三
	※〈上雲樂〉	卷三九三	一二／四四二五	雜言／九
	〈苦篁調嘯引〉	卷三九三	一二／四四二六	雜言／一六
	※〈拂舞歌辭〉	卷三九三	一二／四四二六	雜言／一六
	〈箜篌引〉	卷三九三	一二／四四二六	雜言／一五
	※〈神弦曲〉	卷三九三	一二／四四三三	七／一〇
	※〈將進酒〉	卷三九三	一二／四四三四	七／一二
	〈聽穎師琴歌〉	卷三九四	一二／四四四一	七／一六
劉言史	※〈王中丞宅夜觀舞胡騰〉	卷四六八	一四／五三二三	七／一四
	〈樂府雜詞三首〉之二	卷四六八	一四／五三二六	七／四
劉　叉	〈狂夫〉	卷三九六	一二／四四四七	五／六
施肩吾	※〈夜宴曲〉	卷四九四	一五／五五八五	七／八
	※〈聞山中步虛聲〉	卷四九四	一五／五五九四	七／四
	〈贈鄭倫吹鳳管〉	卷四九四	一五／五六〇二	七／四
	〈安吉天寧寺聞磬〉	卷四九四	一五／五六〇九	七／四
孟　簡	〈酬施先輩〉	卷四七三	一四／五三七一	七／四
徐　凝	〈樂府新詩〉	卷四七四	一四／五三八二	七／四
王　起	〈貢舉人謁先師聞雅樂〉	卷四六四	一四／五二七一	五／一二
胡直鈞	〈太常觀閱驃國新樂〉	卷四六四	一四／五二七六	五／一二
白行簡	〈夫子鼓得其人〉	卷四六六	一四／五三〇五	五／一二
李　涉	〈聽多美唱歌〉	卷四七七	一四／五四三五	七／四
	※〈竹技詞〉	卷四七七	一四／五四三九	七／四
	〈李獨攜酒見訪〉	補　編	中／一〇二七	七／一六
	※〈贈蘇小〉	補　編	中／一〇二九	雜言／一九
顧非熊	※〈子夜夏秋二曲〉	卷五〇九	一五／五七九一	五／四
殷堯藩	※〈席上聽琴〉	卷四九二	一五／五五七四	五／四
	※〈聞箏歌〉	卷四九二	一五／五五七六	七／四
	※〈吹笙歌〉	卷四九二	一五／五五七六	七／四
	※〈潭州席上贈舞柘枝妓〉	卷四九二	一五／五五七七	七／四
章孝標	※〈柘枝〉	卷五〇六	一五／五七五五	七／八
楊　衡	※〈白紵辭〉	卷二二	一／二八七	雜言／一七
沈亞之	※〈夢別秦穆公〉	卷四九三	一五／五五八二	雜言／八
盧　仝	〈風中琴〉	卷三八七	一二／四三七二	七／四
	〈樓上女兒曲〉	卷三八八	一二／四三七八	雜言／二〇

張　祐	〈歌〉	卷五一〇	一五／五八一二	五／八
	〈宮詞二首〉	卷五一一	一五／五八三四	五／四
	〈玉樹後庭花〉	卷五一一	一五／五八三五	五／四
	〈聽歌二首〉	卷五一一	一五／五八四四	七／四
	〈邊上逢歌者〉	卷五一一	一五／五八四四	七／四
	〈司馬相如琴歌〉	卷五一〇	一五／五七九六	七／四
	〈聽岳州徐員外彈琴〉	卷五一一	一五／五八五〇	七／四
	〈箏〉	卷五一〇	一五／五八一二	五／八
	〈聽箏〉	卷五一一	一五／五八四四	七／四
	〈觀宋州于使君家樂琵琶〉	卷五一〇	一五／五八一二	五／八
	〈王家琵琶〉	卷五一一	一五／五八四四	七／四
	〈玉環琵琶〉	卷五一一	一五／五八四七	七／四
	〈五弦〉	卷五一〇	一五／五八一二	五／八
	〈箜篌〉	卷五一〇	一五／五八一三	五／八
	〈楚州韋中丞箜篌〉	卷五一一	一五／五八四四	七／四
	〈笙〉	卷五一一	一五／五八一二	五／八
	〈簫〉	卷五一〇	一五／五八一三	五／八
	〈聽薛陽陶吹蘆管〉	卷五一一	一五／五八四九	七／四
	〈聽簡上人吹蘆管二首〉	卷五一一	一五／五八五〇	七／十二
	〈觱篥〉	卷五一〇	一五／五八一二	五／八
	〈笛〉	卷五一〇	一五／五八一三	五／八
	〈李謨笛〉	卷五一一	一五／五八三九	七／四
	〈塞上聞笛〉	卷五一一	一五／五八四五	七／四
	〈邠娘羯鼓〉	卷五一一	一五／五八四〇	七／四
	※〈李家柘枝〉	卷五一一	一五／五八四四	七／八
	※〈觀杭州柘枝〉	卷五一一	一五／五八二七	七／八
	※〈周員外席上觀柘枝〉	卷五一一	一五／五八二七	七／八
	※〈觀楊瑗柘枝〉	卷五一一	一五／五八二七	七／八
	※〈感丁將軍柘枝妓歿〉	卷五一一	一五／五八二七	七／八
	※〈折楊柳〉	卷五一一	一五／五八二四	五／八
	※〈折楊柳枝二首〉	卷五一一	一五／五八四一	七／八
	※〈春鶯囀〉	卷五一一	一五／五八三八	七／四
	※〈華清宮四首〉	卷五一一	一五／五八四一	七／四
	※〈容兒缽頭〉	卷五一一	一五／五八四七	七／四
	※〈舞〉	卷五一〇	一五／五八一三	五／四
	※〈千秋樂〉	卷五一一	一五／五八三八	七／四
	※〈正月十五夜燈〉	卷五一一	一五／五八三八	七／四
	※〈悖怒兒舞〉	卷五一一	一五／五八四〇	七／四

	〈酬張權宣州新橋秋夜對月見寄〉	補　編	上／一八八	七／八
	〈登杭州龍興寺三門樓〉	補　編	上／一九三	七／八
	※〈壽州裴中丞出柘枝〉	補　編	上／一九四	七／八
	※〈池州周員外出柘枝〉	補　編	上／一九四	七／八
	※贈柘枝〉	補　編	上／一九五	七／八
	〈杭州遠眺〉	補　編	上／一九七	七／八
	〈彈琴譚〉	補　編	四／一九七	七／八
	〈洛陽春望〉	補　編	上／一九九	七／八
	〈長安感懷〉	補　編	上／二〇〇	七／八
	※〈投魏傅田司空二十韻〉	補　編	上／二〇九	五／四〇
	※〈投愧博李相國三十二韻〉	補　編	上／二〇九	五／六四
	〈途次揚州贈崔荊二十韻〉	補　編	上／二一三	五／四〇
	〈旅次岳州呈徐員外〉	補　編	上／二一七	五／四六
	※〈戊午年感事書懷二百韻謹寄獻太原裴令公淮南李相公漢南面射宣武李尙書〉	補　編	上／二一九	五／四〇〇
	〈伊山〉	補　編	上／四〇八	七／四
朱慶餘	※〈酬蕭員外見寄〉	卷五一五	一五／五八八四	七／一〇

附錄二　中唐樂舞詩相關圖片

圖一　新石器時代　舞蹈紋陶盆
青海大通縣上孫家寨出土　採自《中
國舞蹈史》

圖二　琴
採自《樂書書》

圖三　瑟
採自《樂書》

圖四　箏
採自《樂書》

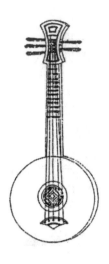

圖五　直項琵琶

採自《樂書》

圖六　曲項琵琶

採自《樂書》

圖七　五弦琵琶

採自《中國音樂史圖鑑》

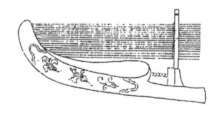

圖八　臥箜篌

採自《樂書》

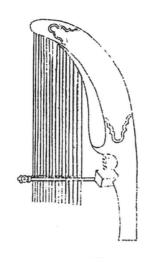

圖九　豎箜篌

採自《中國音樂史圖鑑》

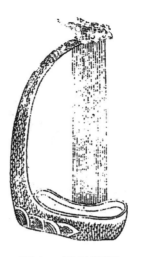

圖十　鳳首箜篌

採自《樂書》

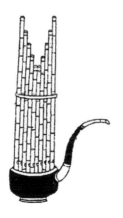

圖十一　笙

採自《中國音樂史圖鑑》

圖十二　洞簫

採自《中國音樂史圖鑑》

圖十三　排簫
採自《樂書》

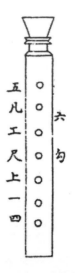

圖十四　觱篥
採自《樂書》

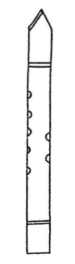

圖十五　蘆管
採自《樂書》

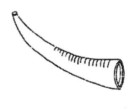

圖十六　角
採自《樂書》

圖十七　笛
採自《樂書》

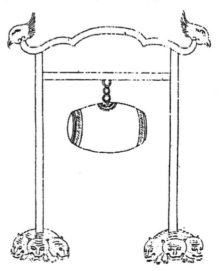

圖十八　骨笛　新石器時代
浙江河姆渡文化遺址出土
（採自《唐詩故事》

圖十九　羯鼓
採自《樂書》

圖二十　鼗鼓
採自《樂書》

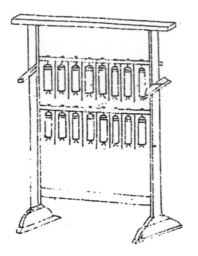

圖二十一　方響

採自《樂書》

圖二十二　拍板

採自《中國音樂史》

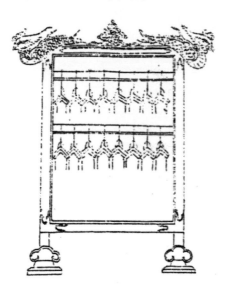

圖二十三　磬

採自《樂書》

圖二十四　戰國時代編磬　湖北隨縣曾侯乙墓出土
採自《歷史月刊》第三十八期　一九九一年三月

圖二十五　公莫舞
採自《中國舞蹈發展史》

圖二十六　漢樂舞百戲畫像磚
右下方為「巾舞」表演者　四川成都揚
子山出土
採自《中國舞蹈史》

圖二十七　國劇洛神「拂舞」劇照
採自《故宮文物月刊》第五卷第十二期民國七十七年三月

圖二十八　執鞞鼓俑　　圖二十九　唐李壽墓陰刻線鞻鼓伎畫像
陝西西安　北魏墓出土　　　採自《唐代宮廷舞蹈之研究》
採自《中國舞蹈發展史》

圖三十　七盤舞　漢百戲畫像磚
採自《中國舞蹈史》

圖三十一　巴渝舞舞蹈形象
四川成都百花潭出土
採自《中國舞蹈史》

圖三十二　白紵舞意想畫
野烽繪
採自《中國舞蹈史》

圖三十三　坐部伎俑　河南洛陽邙山村徐村唐墓
採自《唐代宮廷舞蹈之研究》

圖三十四　立部伎俑　採自《唐代宮廷舞蹈之研究》

圖三十五　秦王破陣樂　見於日本《信西古樂圖》
採自《唐代宮廷舞蹈之研究》

圖三十六　太平樂獅子舞　見於日本《信西古樂團》
採自《唐代音樂史的研究》

圖三十七　五代　顧閎中「韓熙載夜宴圖」王屋山舞綠腰（部份）
採自《中國舞蹈史》

圖三十八　綠腰舞舞姿
根據顧閎中「韓熙載夜宴圖」摹繪
採自《唐詩故事》

圖三十九　柘枝舞意想圖
野烽繪
採自《中國舞蹈史》

圖四十　劍器舞（單劍）
採自《故宮文物月刊》
第三卷第八期民國七十四年

圖四十一　劍器舞（雙劍）
採自《中國舞蹈發展史》

圖四十二　敦煌莫高窟 220 壁畫
胡旋舞舞姿
採自《唐代宮廷舞蹈之研究》

圖四十三　胡騰舞
採自《中國舞蹈發展
史》

圖四十四　　唐代樂舞壁畫　胡騰舞　西安東郊蘇思勖墓出
採自《中國舞蹈史》

圖四十五　北齊黃釉瓷扁壺樂舞圖及其摹本　河南安陽范粹墓出土
採自《中國舞蹈史》　野烽臨摹

圖四十六　霓裳羽衣舞意想圖　野烽繪
《採自中國舞蹈史》

圖四十七　霓裳羽衣舞　一九八○年甘蕭歌舞舞團演出
採自《唐詩故事》

圖四十八　文舞
採自《中國舞蹈發展史》

圖四十九　武舞
採自《中國舞蹈發展史》

圖五十　巫舞　信陽市長臺關楚墓
　　　　出土　漆瑟彩繪巫師樂舞
採自《中國古代舞蹈》

圖五十一　武舞
內蒙陰山岩畫
採自《中國古舞與民舞研究》

圖五十二　巫舞
內蒙陰山岩畫
採自《中國古舞與民舞研究》

參考文獻

依作者姓名筆劃順序排列

壹、專　書

一、古籍部分

1. 丁福保編，《歷代詩話續編》，台北，木鐸出版社，民國77年。
2. 孔穎達等，《十三經注疏》，台北，藝文印書館，民國49年。
3. 王圻等，《三才圖會》，台北，成文出版社，民國59年。
4. 王灼，《碧雞漫志》，台北，鼎文書局，民國63年。
5. 王逸，《楚辭章句》，台北，世界書局，民國54年。
6. 王溥，《唐會要》，台北，世界書局，民國49年。
7. 王讜，《唐語林》，台北，臺灣商務印書館，民國72年。
8. 王仁裕，《開元天寶遺事》，台北，藝文印書館，民國60年。
9. 王先謙，《荀子集解》，台北，藝文印書館，民國62年。
10. 王定保，《唐摭言》，台北，世界書局，民國77年。
11. 王欽若等，《冊府元龜》，台北，臺灣中華書局，民國56年。
12. 司馬光，《資治通鑑》，台北，臺灣商務印書館，民國72年。
13. 司馬遷，《史記》，台北，鼎文書局，民國68年。
14. 白居易編，《白孔六帖》，台北，新興書局，民國58年。
15. 列禦寇，《列子》，貴陽，貴州人民出版社，1993年。

16. 朱長文，《琴史》，台北，臺灣商務印書館，民國 72 年。

17. 朱熹，《諸子語類》，海口，誠成文化公司，1995 年。

18. 朱熹，《詩集傳》，台北，學生書局，民國 59 年。

19. 何文煥編，《歷代詩話》，台北，漢京文化出版公司，民國 72 年。

20. 呂不韋，《呂氏春秋》，台北，臺灣商務印書館，民國 56 年。

21. 李肇，《唐國史補》，台北，世界書局，民國 80 年。

22. 李延壽，《北史》，台北，鼎文書局，民國 65 年。

23. 杜佑，《通典》，台北，大化書局，民國六十七年。

24. 沈括，《夢溪筆談》，台北，臺灣商務印書館，民國 49 年。

25. 沈約，《宋書》，台北，鼎文書局，民國六十九年。

26. 沈德潛編，《唐詩別裁集》，台北，臺灣商務印書館，民國六十七年。

27. 辛文房，《唐才子傳》，台北，文津出版社，民國七十七年。

28. 孟棨，《本事詩》，台北，臺灣商務印書館，民國 72 年。

29. 房玄齡等，《晉書》，台北，鼎文書局，民國 65 年。

30. 南卓，《羯鼓錄》，台北，臺灣商務印書館，民國 72 年。

31. 姚思廉等，《梁書》，台北，鼎文書局，民國六十九年。

32. 姚思廉等，《陳書》，台北，鼎文書局，民國 69 年。

33. 段玉裁，《說文解字注》，台北，黎明文化事業公司，民國 80 年。

34. 段安節，《樂府雜錄》，台北，鼎文書局，民國 63 年。

35. 洪邁，《容齋隨筆》，台北，大立出版社，民國 70 年。

36. 胡震亨，《唐音癸籤》，台北，木鐸出版社，民國 71 年。

37. 胡應麟，《詩藪》，台北，廣文書局，民國 74 年。

38. 范曄，《後漢書》，台北，鼎文書局，民國 70 年。

39. 計有功，《唐詩紀事》，台北，臺灣商務印書館，民國 72 年。

40. 徐堅，《初學記》，台北，鼎文書局，民國 65 年。

41. 孫棨，《北里志》，台北，世界書局，民國 80 年。

42. 班固，《漢書》，台北，鼎文書局，民國 65 年。

43. 高棅編，《唐詩品彙》，台北，學海書局，民國 72 年。

44. 崔令欽，《教坊記》，台北，鼎文書局，民國 63 年。

45. 清高宗御選，《唐宋詩醇》，台北，臺灣中華書局，民國 60 年。

46. 郭茂倩編，《樂府詩集》，北京，中華書局，1996 年。

47. 陳暘，《樂書》，台北，臺灣商務印書館，民國 72 年。

48. 陳尚君輯校，《全唐詩補編》，北京，中華書局，1992 年。

49. 陳振孫，《直齋書錄解題》，台北，廣文書局，民國 57 年。

50. 陳鴻墀輯，《全唐文紀事》，台北，世界書局，民國 50 年。

51. 彭定求等編，《全唐詩》，北京，中華書局，1996 年。

52. 葛立方，《韻語陽秋》，台北，臺灣商務印書館，民國 72 年。

53. 葛洪，《抱朴子》，台北，臺灣商務印書館，民國 56 年。

54. 董誥等編，《全唐文》，海口，誠成文化公司，1995 年。

55. 楊衒之，《洛陽伽藍記》，台北，臺灣商務印書館，民國 70 年。

56. 趙翼，《廿二史箚記》，台北，鼎文書局，民國 64 年。

57. 劉昫等，《舊唐書》，台北，鼎文書局，民國 68 年。

58. 劉勰，《文心雕龍》，台北，天龍出版社，民國 72 年。

59. 劉餗，《隋唐嘉話》，台北，新文豐出版公司，民國 74 年。

60. 劉熙載，《藝概》，台北，華正書局，民國 74 年。

61. 歐陽修等，《新唐書》，台北，鼎文書局，民國 68 年。

62. 鄭樵，《通志》，台北，新興書局，民國 48 年。

63. 蕭子顯，《南齊書》，台北，鼎文書局，民國 67 年。

64. 蕭統編，《昭明文選》，台北，文化出版社，民國 78 年。

65. 鍾嶸，《詩品》，台北，臺灣古籍出版社，民國 86 年。

66. 戴聖編，《禮記》，台北，藝文印書館，民國 49 年。

67. 魏徵等，《隋書》，台北，鼎文書局，民國 68 年。

68. 魏慶之，《詩人玉屑》，台北，九思出版社，民國 67 年。

69. 顧有孝編，《唐詩英華》，台北，臺灣商務印書館，民國 62 年。

二、今著部分

（一）文學類

1. 中國舞蹈藝術研究會編，《全唐詩中的樂舞資料》，北京，人民音樂出版社，1996 年 11 月。

2. 王曙編，《唐詩故事續集・二》，台南，大行出版社，民國 83 年 11 月。

3. 王國維，《人間詞話》，台北，臺灣中華書局，民國 59 年。

4. 任半塘，《唐聲詩》，上海，上海古籍出版社，1982 年 10 月。

5. 任半塘，《教坊記箋訂》，台北，宏業書局，民國 62 年 1 月。

6. 朱光潛，《詩論》，台北，萬卷樓圖書公司，民國 79 年 3 月。

7. 羊春秋，《唐詩百講》，廣州，廣州文化出版社，1989 年 5 月。

8. 何定生等，《詩經研究論集》，台北，學生書局，民國 72 年 11 月。

9. 吳宏一，《詩經與楚辭》，台北，臺灣書店，民國 87 年 11 月。

10. 吳相洲，《中唐詩文新變》，台北，商鼎文化出版社，民國 85 年 8 月。

11. 呂正惠，《唐詩論文選集》，台北，長安出版社，民國 74 年 4 月。

12. 李浩，《唐代關中士族與文學》，台北，文津出版社，1996 年 6 月。

13. 李浩，《唐詩的美學詮釋》，台北，文津出版社，2000 年 5 月。

14. 李曰剛，《中國詩歌流變史》，台北，文津出版社，民國 76 年 2 月。

15. 李志慧，《唐代文苑風尚》，台北，文津出版社，民國 78 年 7 月。

16. 李辰冬，《詩經研究》，台北，水牛出版社，民國 79 年 3 月。

17. 孟二冬，《中唐詩歌之開拓與新變》，北京，北京大學出版社，1998 年 9 月。

18. 松浦友久著，孫昌武、鄭天剛譯，《中國詩歌原理》，台北，洪葉文化事業公司，民國 82 年。

19. 邱宜文，《巫風與九歌》，台北，文津出版社，民國 85 年 8 月。

20. 邱燮友，《品詩吟詩》，台北，東大圖書公司，民國 78 年 6 月。

21. 侯迺慧，《詩情與幽境》，台北，東大圖書公司，民國 80 年 6 月。

22. 俞琰，《歷代詠物詩選》，台北，廣文書局，民國 57 年。

23. 施蟄存，《唐詩百話》，上海，上海古籍出版社，1987 年 9 月。

24. 柯慶明，《境界的再生》，台北，幼獅文化事業公司，民國 66 年。

25. 胡雲翼，《唐詩研究》，台北，臺灣商務印書館，民國 76 年 10 月。

26. 胡懷琛，《唐代文學》，上海，商務印書館，1933 年。

27. 范況，《中國詩學通論》，台北，臺灣商務印書館，民國 84 年 5 月。

28. 徐昌洲、李嘉訓編，《古典樂舞詩賞析》，合肥，黃山書社，1988 年 6 月。

29. 袁行霈，《中國詩歌藝術研究》，北京，北京大學出版社，1996 年 6 月。

30. 馬茂元，《古詩十九首探索》，台北，純眞出版社，民國 72 年 11 月。

31. 高友工、梅祖麟，《唐詩的語意研究》，台北，聯經出版事業公司，

民國 65 年。。

32. 高友工、梅祖麟,《唐詩的魅力》,上海,上海古籍出版社,1989 年 11 月。

33. 張明非,《唐音論藪》,南寧,廣西師範大學出版社,1993 年 8 月。

34. 張健,《中國文學散論》,台北,臺灣商務印書館,民國 57 年 5 月。

35. 張健,《詩話與詩》,台北,五南圖書出版公司,民國 91 年 7 月。

36. 張敬文,《中國詩歌史》,台北,幼獅文化事業公司,民國 59 年 12 月。

37. 梅應運,《詞調與大曲》,香港,新亞研究所,民國 50 年 10 月。

38. 梁石,《中國詩歌發展史》,台北,經氏出版社,民國 65 年 10 月。

39. 許總,《唐詩史》,南京,江蘇教育出版社,1995 年 3 月。

40. 許總,《唐詩體派論》,台北,文津出版社,民國 83 年 10 月。

41. 陳伯海,《唐詩學引論》,上海,東方出版中心,1988 年 10 月。

42. 陳伯海編,《唐詩彙評》,杭州,浙江教育出版社,1996 年 5 月。

43. 陳萬鼐,《中國古代音樂研究》,台北,文史哲出版社,民國 89 年 2 月。

44. 傅錫壬,《牛李黨爭與唐代文學》,台北,東大圖書公司,民國 73 年 9 月。

45. 傅璇琮,《唐代科舉與文學》,台北,文史哲出版社,民國 83 年 8 月。

46. 傅璇琮,《唐代詩人叢考》,北京,中華書局,1980 年 1 月。

47. 彭慶生、曲令啟注,《唐代樂舞書畫詩選》,北京,北京語言學院出版社,1988 年 8 月。

48. 馮藝超,《唐詩中和親主題研究》,台北,天山出版社,民國 83 年。

49. 黃永武,《中國詩學・思想篇》,台北,巨流圖書公司,民國 80 年 5 月。

50. 黃永武,《中國詩學・設計篇》,台北,巨流圖書公司,民國 81 年 5 月。

51. 黃永武,《中國詩學・鑑賞篇》,台北,巨流圖書公司,民國 66 年 8 月。

52. 黃壽祺等譯,《楚辭》,台北,臺灣古籍出版社,民國 85 年 11 月。

53. 黃慶萱,《修辭學》,台北,三民書局,民國 81 年 9 月。

54. 黃錦堂編註,《詩經今釋》,台北,大夏出版社,民國 83 年 6 月。

55. 楊宗瑩,《白居易研究》,台北,文津出版社,民國 74 年 3 月。

56. 葉嘉瑩，《迦陵説詩》，台北，桂冠圖書公司，民國 91 年 6 月。

57. 葉慶炳，《中國文學史》，台北，學生書局，民國 55 年 11 月。

58. 葛曉音，《漢唐文學的嬗變》，北京，北京大學出版社，1990 年 6 月。

59. 詹瑛，《唐詩》，台北，群玉堂出版事業公司，民國 81 年 7 月。

60. 廖美雲，《唐伎研究》，台北，學生書局，民國 84 年 9 月。

61. 臺靜農，《靜農論文集》，台北，聯經出版事業公司，民國 78 年 10 月。

62. 劉大杰，《中國文學發展史》，台北，華正書局，民國 80 年 7 月。

63. 劉若愚著，杜國清譯，《中國詩學》，台北，幼獅文化事業公司，民國 68 年 1 月。

64. 劉開揚，《唐詩通論》，台北，木鐸出版社，民國 72 年 4 月。

65. 樂維華，《唐詩與音樂軼聞》，上海，文藝出版社，1991 年 7 月。

66. 蔣寅，《大曆詩人研究》，北京，中華書局，1995 年 8 月。

67. 蔣寅，《大曆詩風》，上海，上海古籍出版社，1992 年 8 月。

68. 蔡宗陽，《修辭學探微》，台北，文史哲出版社，民國 90 年 4 月。

69. 蔡英俊編，《中國文化新論，文學篇一，抒情的境界》，台北，聯經出版事業公司，民國 71 年。

70. 鄭騫，《中國古典文學論叢》第一冊，台北，中外文學月刊社，民國 65 年。

71. 鄭在瀛，《楚辭探奇》，台北，萬卷樓圖書公司，民國 84 年 8 月。

72. 鄭振鐸，《中國文學史》，台北，莊嚴出版社，民國 80 年。

73. 鄭學檬等，《唐文化研究論文集》，上海，人民出版社，1994 年。

74. 鄧小軍，《唐代文學的文化精神》，台北，文津出版社，民國 77 年 5 月。

75. 蕭馳，《中國詩歌美學》，北京，北京大學出版社，1986 年 11 月。

76. 戴偉華，《唐代幕府與文學》，北京，現代出版社，1990 年 2 月。

77. 謝海平，《唐代文學家及文獻研究》，高雄，麗文文化公司，民國 85 年 4 月。

78. 魏怡，《詩歌鑑賞入門》，台北，萬卷樓圖書公司，民國 88 年 6 月。

79. 蘇雪林，《唐詩概論》，台北，臺灣商務印書館，民國 64 年。

（二）史學類

1. 方亞光，《唐代對外開放初探》，合肥，黃山書社，1998 年 12 月。

2. 王書奴,《中國娼妓史話》,台北,大林書店,民國 66 年。

3. 王壽南,《唐代政治史論集》,台北,臺灣商務印書館,民國 72 年 4 月。

4. 王壽南,《唐代宦官權勢之研究》,台北,正中書局,民國 60 年 12 月。

5. 王壽南,《隋唐史》,台北,三民書局,民國 75 年 12 月。

6. 向達,《唐代長安與西域文明》,台北,明文書局,民國 71 年 10 月。

7. 呂思勉,《隋唐五代史》,台北,九思出版社,民國 83 年 4 月。

8. 李樹桐,《唐史研究》,台北,臺灣中華書局,民國 68 年 6 月。

9. 李樹桐,《唐史新論》,台北,臺灣中華書局,民國 74 年 9 月。

10. 卓遵宏,《唐代進士與政治》,台北,國立編譯館,民國 76 年 3 月。

11. 林天蔚,《隋唐史新編》,香港,現代教育研究社,1968 年。

12. 唐代學會編輯委員會編,《唐代文化研討會論文集》,台北,文史哲出版社,民國 80 年 7 月。

13. 陳寅恪,《陳寅恪先生論文集》,台北,文理出版社,民國 66 年 4 月。

14. 陶希聖,《唐代之交通》,台北,食貨出版社,民國 71 年 5 月。

15. 陶希聖,《唐代經濟史》,台北,臺灣商務印書館,民國 61 年。

16. 章群,《唐史》,台北,華岡出版公司,民國 67 年 6 月。

17. 傅樂成,《中國通史》,台北,大中國圖書公司,民國 60 年 7 月。

18. 傅樂成,《隋唐五代史》,台北,眾文圖書公司,民國 83 年 4 月。

19. 傅樂成,《漢唐史論集》,台北,聯經出版事業公司,民國 66 年 9 月。

20. 程光裕主編,《中國通史》,台北,中國文化大學出版部,民國 72 年 9 月。

21. 趙輝,《六朝社會文化心態》,台北,文津出版社,民國 85 年 1 月。

22. 錢穆,《國史大綱》,台北,臺灣商務印書館,民國 84 年 12 月。

23. 羅香林,《唐代文化史研究》,台北,臺灣商務印書館,民國 68 年 6 月。

(三)音樂舞蹈類

1. 于平,《中國古典舞與雅士文化》,長春,吉林教育出版社,1992 年。

2. 中國舞蹈藝術研究會編,《全唐詩中的樂舞資料》,北京,人民音樂出版社,1996 年 11 月。

3. 王光祈,《中國音樂史》,台北,臺灣中華書局,民國 66 年 2 月。

4. 王昆吾,《漢唐音樂文化論集》,台北,學藝出版社,民國80年7月。

5. 田邊尚雄著,陳清泉譯,《中國音樂史》,台北,臺灣商務印書館,民國64年3月。

6. 伍國棟,《中國古代音樂》,台北,臺灣商務印書館,民國82年12月。

7. 朱謙之,《中國音樂文學史》,北京,北京大學出版社,1989年。

8. 余國芳,《中國舞蹈發展史》,台北,大聖書局,民國68年7月。

9. 沈冬,《唐代樂舞新論》,台北,里仁書局,民國89年3月。

10. 岸邊成雄著,梁在平譯,《唐代音樂史的研究》,台北,臺灣中華書局,民國62年10月。

11. 林聲翕,《談音論樂》,台北,東大圖書公司,民國75年3月。

12. 林謙三,《東亞樂器考》,北京,人民音樂出版社,1962年。

13. 殷亞昭,《中國古舞與民舞研究》,台北,貫雅文化事業公司,民國80年5月。

14. 袁禾,《中國舞蹈意象論》,北京,文化藝術出版社,1994年5月。

15. 常任俠等,《中國舞蹈史·初編三種》,台北,蘭亭書店,民國74年10月。

16. 張世彬,《中國音樂史稿論述》,香港,友聯出版社,民國63年11月。

17. 張玉柱,《中國音樂哲學》,台北,樂韻出版社,民國74年5月。

18. 張蕙慧,《中國古代樂教思想論集》,台北,文津出版社,民國80年1月。

19. 許之衡,《中國音樂小史》,台北,臺灣商務印書館,民國65年11月。

20. 陳星,《廣陵絕響》,上海,三聯書店,1997年1月。

21. 黃友棣,《中國音樂思想批判》,台北,樂友書房,民國64年9月。

22. 黃炳寅,《中國音樂哲學》,台北,國家出版社,民國71年。

23. 黃炳寅,《中國音樂與文學史話集》,台北,國家出版社,民國71年10月。

24. 楊隱,《中國音樂史》,台北,學藝出版社,民國66年1月。

25. 楊旻瑋,《唐代音樂文化之研究》,台北,文史哲出版社,民國82年9月。

26. 楊振良、李國俊,《勝國元聲·中國的音樂》,台北,幼獅文化事業

公司，民國 75 年 3 月。

27. 楊陰瀏，《中國古代音樂史稿》，台北，丹青圖書公司，民國 74 年 5 月。

28. 劉芹，《中國古代舞蹈》，台北，臺灣商務印書館，民國 84 年 8 月。

29. 劉再生，《中國古代音樂史簡述》，北京，人民音樂出版社，1989 年 12 月。

30. 歐陽予倩等，《中國舞蹈史‧二編兩種》，台北，蘭亭書店，民國 74 年 10 月。

31. 戴粹倫等，《中國音樂史論集》，台北，中華文化出版事業社，民國 57 年 7 月。

32. 薛宗明，《中國音樂史‧樂器篇》，台北，臺灣商務印書館，民國 72 年 9 月。

貳、學位論文

1. 王小琳，《大曆詩人研究》，台北，台大中文所碩士論文，民國 72 年。

2. 王維芳，《唐代西域樂舞傳入之研究》，台北，政大中文所碩士論文，民國 74 年。

3. 何名忠，《唐代西域樂舞傳入之研究》，台北，政大邊政所碩士論文，民國 74 年。

4. 呂正惠，《元和詩人研究》，台北，東吳大學中文所碩士論文，民國 72 年。

5. 李秉剛，《中唐詩派研究》，香港，新亞研究所碩士論文，1988 年 8 月。

6. 沈冬，《隋唐西域樂部與樂律之研究》，台北，台大中文所碩士論文，民國 80 年。

7. 周虹怜，《唐代古琴詩研究》，台北，輔大中文所碩士論文，民國 89 年。

8. 周曉蓮，《碧雞漫志研究》，台北，文大中文所碩士論文，民國 67 年。

9. 林恬慧，《唐代詩歌之樂器音響研究》，台中，逢甲大學中文所碩士論文，民國 90 年。

10. 邱曉淳，《白居易敘事詩研究》，高雄，高師大中文所碩士論文，民國 90 年。

11. 胡政之，《中唐士人文化反省研究》，台北，輔大中文所博士論文，

民國 85 年。

12. 馬楊萬運,《中晚唐詩研究》,台北,台大中文所博士論文,民國 63
    年。

13. 張修蓉,《中唐樂府詩研究》,台北,政大中文所碩士論文,民國 70
    年。

14. 張康淳,《李賀詩在中唐詩歌史上的地位特色及其影響》,台北,文
    大中文所碩士論文,民國 88 年。

15. 梁國標,《白居易及其諷諭詩之探討》,香港,珠海中文所碩士論文,
    民國 73 年。

16. 陳凱莉,《唐代遊士研究》,台北,台大中文所碩士論文,民國 82 年。

17. 黃婷婷,《六朝宮體詩研究》,台北,臺灣師大中文所碩士論文,民
    國 71 年。

18. 鄒湘靈,《大曆時期別離詩歌研究》,台北,政大中文所碩士論文,
    民國 88 年。

19. 劉怡慧,《唐代燕樂十部伎二部伎之樂舞研究》,高雄,高師大中文
    所碩士論文,民國 89 年。

20. 劉慧芬,《唐代宮廷舞蹈之研究》,台北,文大藝術所碩士論文,民
    國 75 年。

參、期刊及學報論文

1. 方亞光,〈論安史之亂對唐代中外交往的影響〉,南京,《江海學刊》,
   1995 年第五期。

2. 王婉冰,〈唐代胡樂之研究〉,台北,《中華文化復興月刊》,民國 61
   年 1 月,第五卷第一期。

3. 王維真,〈垂珠碎玉空中落,漫談中國的豎琴,箜篌〉,台北,《音樂
   與音響》,1983 年第一二四期。

4. 王鳳芹,〈漫談唐詩中的比喻和想象〉,哈爾濱,《學術交流》,1994
   年第二期。

5. 吳承學,〈關於唐詩分期的幾個問題〉,北京,《文學遺產》,1989 年
   第三期。

6. 吳效剛,〈論詩歌的意象與意境〉,西安,《人文雜誌》,1993 年第三
   期。

7. 李方元、俞梅,〈唐代文人音樂探析〉,北京,《中央音樂學院學報》,
   1998 年第三期。

8. 那志良，〈說磬〉，台北，《音樂與音響》，民國 63 年 1 月第七期。

9. 周暢，〈唐詠樂詩的史料價值與美學價值〉（上），上海，《音樂藝術》，1995 年第一期。

10. 周暢，〈唐詠樂詩的史料價值與美學價值〉（下），上海，《音樂藝術》，1995 年第二期。

11. 周鴻善，〈論古代詩論中的意境說〉，北京，《文學遺產》，1982 年第一期。

12. 孟二冬，〈論齊梁詩風在中唐時期的復興〉，北京，《文學遺產》，1995 年第二期。

13. 常任俠，〈磬〉，台北，《歷史月刊》，民國 80 年 3 月第三十八期。

14. 張明非，〈略論唐代樂舞的興盛及影響〉，收錄在《唐音論藪》，南寧，廣西師範大學出版社，1993 年 8 月。

15. 張明非，〈論唐代樂舞詩的價值〉，收錄在《唐音論藪》，南寧，廣西師範大學出版社，1993 年 8 月。

16. 張清治，〈古琴藝術的美感境界〉，台北，《中國文化月刊》，1981 年 6 月第二十期。

17. 張儷瓊，〈箜篌探索‧樂器起源、形態與現況研究〉，台北，《藝術學報》，1996 年 6 月第五十八期。

18. 梁美意，〈詩經中的歌舞詩篇〉，台北，《孔孟月刊》，民國 68 年 12 月，第十八卷第四期。

19. 莊本立，〈周磬之研究〉，台北，《中央研究院民族學研究所專刊之四》，民國 52 年。

20. 陳萬鼐，〈公孫大娘舞劍器〉，台北，《故宮文物月刊》，民國 74 年，第三卷第八期。

21. 陳萬鼐，〈琵琶，漢代弦樂器六種及「相和歌」傳衍研究〉（一），台北，《故宮文物月刊》，民國 86 年 9 月，第十五卷第六期。

22. 陳萬鼐，〈琴、箏，漢代弦樂器六種及「相和歌」傳衍研究〉（二），台北，《故宮文物月刊》，民國 86 年 10 月，第十五卷第七期。

23. 陳萬鼐，〈箜篌、筑，漢代弦樂器五種及「相和歌」傳衍研究〉（三），台北，《故宮文物月刊》，民國 86 年 11 月，第十五卷第八期。

24. 陳萬鼐，〈漢代相和歌的傳衍，漢代弦樂器五種及「相和歌」傳衍研究〉（四），台北，《故宮文物月刊》，民國 86 年 12 月，第十五卷第九期。

25. 傅樂成，〈唐代夷夏觀念之演變〉，台北，《大陸雜誌》，民國 51 年，第二十五卷第八期。

26. 費鄧洪，〈含蓄與弦外之音〉（上），北京，《中國音樂》，1989 年第一期。

27. 費鄧洪，〈含蓄與弦外之音〉（下），北京，《中國音樂》，1989 年第二期。

28. 楊國宜、陳慧群，〈唐代文人入幕成風的原因〉，蕪湖，《安徽師大學報》，1991 年第三期。

29. 董乃斌、程薔，〈唐代的士風演變與時代遷易〉，北京，《中國社會科學院研究生院學報》，1994 年第一期。

30. 趙昌平，〈吳中詩派與中唐詩歌〉，北京，《中國社會科學》，1984 年第四期。

31. 劉慧芬，〈碧雲仙曲舞霓裳，唐代樂舞研究〉（一），台北，《故宮文物月刊》，民國 76 年 9 月，第五卷第六期。

32. 劉慧芬，〈胡旋舞與胡騰舞，唐代樂舞研究〉（二），台北，《故宮文物月刊》，民國 76 年 10 月，第五卷第七期。

33. 劉慧芬，〈踊躍動息話龜茲，唐代樂舞研究〉（三），台北，《故宮文物月刊》，民國 76 年 11 月，第五卷第八期。

34. 劉慧芬，〈從出土文物論高昌伎與高麗伎，唐代樂舞研究〉（四），台北，《故宮文物月刊》，民國 76 年 12 月，第五卷第九期。

35. 劉慧芬，〈舞容閑婉，曲有姿態的清商伎（上），唐代樂舞研究〉（五），台北，《故宮文物月刊》，民國 77 年 3 月，第五卷第十二期。

36. 劉慧芬，〈舞容閑婉，曲有姿態的清商伎（下），唐代樂舞研究之六〉，台北，《故宮文物月刊》，民國 77 年 4 月，第六卷第一期。

37. 劉慧芬，〈敦煌壁畫中各種舞蹈，唐代樂舞研究之七〉（上），台北，《故宮文物月刊》，民國 78 年 2 月，第六卷第十一期。

38. 劉慧芬，〈敦煌壁畫中各種舞蹈，唐代樂舞研究之七〉（下），台北，《故宮文物月刊》，民國 78 年 3 月，第六卷第十二期。

39. 劉慧芬，〈唐代軟舞健舞之最，唐代樂舞研究之八〉，台北，《故宮文物月刊》，民國 78 年 4 月，第七卷第一期。

40. 魏耕原，〈詩詞的意象系列題材與時空之關係〉，西安，《人文雜誌》，1991 年第二期。

41. 饒宗頤，〈古琴的哲學〉，台北，《華岡學報》，民國 63 年 7 月第八期。

42. 韓順發，〈北齊黃釉瓷扁壺樂舞圖的初步分析〉，北京，《文物》，1980 年第七期。